La Pucelle
de Belleville
par
Paul de Kock

LA PUCELLE DE BELLEVILLE

Chapitre I. Le Passage des Panoramas.

C'est le passage le mieux situé, le plus fréquenté de Paris, et il est probable que la nouvelle rue que l'on a percée à côté ne lui fera pas perdre de sa vogue.

Et pourquoi ne donnerait-on pas toujours la préférence au passage, quand ce ne serait que pour admirer, en le traversant, les charmantes caricatures de *Dantan*, ces petits bustes si vrais, si piquants, si comiques, si spirituels, où l'on aime à voir la charge de chaque célébrité du jour, où tant de gens voudraient voir la leur, pour se croire une célébrité ?

Et puis, il est gai, et il n'est point canaille, ce passage. Vous y rencontrez rarement des gens en veste, des ivrognes, des femmes en fichu sur la tête. Ce n'est pas que j'estime davantage la moralité des gens en habits élégants, mais enfin c'est quelque chose que de conserver de la tenue, surtout maintenant où l'on affecte de s'en passer, où l'on fume dans les promenades, où l'on va au bal en bottes, et souvent avec des mains sales. Vous me direz que c'est bien agréable d'être libre ; je vous répondrai que c'est bien joli d'être propre.

M. Troupeau et son ami Vauxdoré.

Le passage des Panoramas est un peu étroit, vu le grand nombre de personnes qui s'y promène ; on y passent chaque jour ; mais il faut bien le prendre tel qu'il est ; son exiguité n'empêchera pas qu'on ne le choisisse de préférence à un autre chemin. Quand un endroit est en vogue, quand il plaît, on ne remarque pas ces inconvénients ; on suit la foule, et on se laisse marcher sur les talons ; cela fait quelquefois murmure, surtout lorsqu'on est pressé et que les flâneurs vous barrent le passage et vous empêchent d'avancer ; on ce dit : — Je ne reprendrais pas par ici ! Mais soyez certain qu'on y retourne, et que l'on cesserait d'y passer au contraire, si l'on y marchait à son aise et sans y rencontrer personne. Le passage Vendôme est là pour prouver la vérité de ce que j'avance : il est large, et dans cette enceinte on ne se marche jamais sur les talons, à moins qu'on ne le fasse exprès ; voyez s'il y va plus de monde !

Outre la boutique de Susse, qui est de bon goût et renferme toujours des nouveautés charmantes, le passage des Panoramas vous offre tout ce qui peut flatter vos désirs ; votre coquetterie et même votre gourmandise

Désirez-vous être habillé à neuf des pieds à la tête, vous trouverez là bottiers, chapeliers, tailleur, habits, pantalons, gilets tout fait et à la dernière mode; vous pouvez entrer râpé, usé, fripé, dans la boutique d'un tailleur: en passant dans une petite salle au fond, vous changerez de tout... Ce sera presque à vue, comme à l'Opéra.

Voulez-vous dîner? il y a un restaurateur; ne voulez-vous que vous rafraîchir? des cafés étincelants de dorures, de moulures, de ciselures s'offrent à vos regards. Cela vous semble si beau, si élégant, si majestueux pour un café que vous n'osez pas y entrer pour n'y pendre qu'un petit verre.

Voulez-vous lire? Voilà des cabinets de lecture. Après votre dîner, vous-sentez vous indisposé et voulez-vous... Enfin je vous répète qu'on trouve toutes les commodités possibles dans ce passage. Aussi, qu'il fasse beau ou qu'il pleuve, il y a toujours du monde. Le matin... pas trop matin cependant, car le quartier n'est point matinal, mais sur les dix heures, des employés retardataires, des jeunes gens qui font des affaires commencent à passer; puis vient le courtier marron qui se dépêche d'aller chez des négociants pour montrer ses échantillons avant le courtier patenté; puis des demoiselles de magasin qui sont en commission; peu de grisettes; ce n'est pas leur quartier. Point encore de chalands, d'acheteurs dans les boutiques; le beau monde ne se met pas en course de si bonne heure. Mais quand midi a sonné, les dames commencent à se montrer en petit négligé du matin, négligé coquet, galant, plus gracieux souvent que la grande toilette. On est sorti sans but déterminé, pour se promener, prendre l'air, voir les modes, les nouveautés; aussi l'on s'arrête avec délices devant les boutiques; on contemple un chapeau, une étoffe pour robe... Et qui pourrait dire combien de pensées la vue de cette étoffe fait naître? Tout en se disant: — C'est joli cela m'irait bien; on pense encore. — Je la mettrais pour aller à la soirée de mon docteur,.. Ce jeune avocat, qui parle si bien toilette, m'admirera, j'en suis sûre. Et ma grande cousine, qui a tant de prétentions, en mourra de dépit! Oh! il faut absolument que je l'achète et que ma couturière me la donne cette semaine.

Et voilà une robe que l'on achète pour faire mourir une grande cousine de dépit. *Vanitas vanitatum! omnia vanitas!*

Quand arrivent deux heures, les dames sont en plus grand nombre; il y a des toilettes; il y a quelquefois des rendez-vous; mais, pour les entretiens amoureux, je trouve que l'endroit n'est point convenable. L'amour et même la galanterie veulent toujours un peu de mystère. Au passage des Panoramas, vous risquez trop d'être vus, rencontrés; croyez-moi, pour jasser à votre aise et sans redouter des témoins indiscrets, allez au passage Vendôme, vous serez beaucoup plus commodément.

Savez-vous où la bonne compagnie se donne rendez-vous quand elle va dans le passage des Panoramas? C'est chez un pâtissier, chez le successeur du fameux Félix. De deux à trois heures, il est difficile de trouver place dans cette boutique. On s'y presse, on est presque à la queue; c'est à qui approchera du buffet de cuivre contenant les petits pâtés et autres gâteaux tout chauds. On regarde avec envie celui ou celle qui est placée de manière à pouvoir mettre sa main sur l'autel. Quelquefois on murmure contre des gens qui ne finissent pas de manger. Et cependant ce ne sont point ici des chalands en tablier, en bonnet de loutre, comme chez M. *Coupe-Toujours*, marchand de galette, boulevard Saint-Denis; le pâtissier du passage des Panoramas ne voit que la bonne compagnie, des femmes élégantes, des douairières coquettes, des officiers décorés, de jeunes fashionables à petite ou à grande barbe, et tout cela se bourre de gâteaux, en y joignant quelquefois le petit verre de bordeaux ou de madère. Ce qui prouve que la bonne compagnie est tout aussi friande que la classe ouvrière; elle l'est plus même, car ces belles dames, ces jeunes élégants qui mangent si bien des petits pâtés chauds ont un excellent dîner qui les attend, tandis que l'ouvrier et le petit commissionnaire dînent quelquefois avec leur morceau de galette.

L'heure avance et la foule augmente. Mais c'est surtout le soir qu'on a peine à traverser le passage: le soir, c'est le moment où l'on flâne avec délices en faisant sa digestion, en causant avec un ami. L'un s'arrête pour voir *Frédéric* et *Serres* en plâtre; un bibliomane admire des reliures; une musicienne regarde à travers les carreaux du marchand de musique et cherche une romance qu'elle ne connaisse pas; un vieil antiquaire examine les porcelaines, les laques de Chine, tandis qu'un enfant dévore des yeux les bonbons en chocolat et qu'un gourmand flaire les homards et les pâtés de foie gras.

Les jeunes gens s'arrêtent et lorgnent les demoiselles de comptoir dans les boutiques de modes et de nouveautés. Celles-ci regardent de côté en chuchotant entre elles, mais conservent toujours une tenue décente, parce qu'on ne voudrait pas se faire gronder et renvoyer: car on est fière de pouvoir dire. — Je suis au passage des Panoramas!

Il était huit heures du soir: après une belle journée d'été, il venait de tomber une pluie d'orage, chacun avait cherché un abri, et le passage des Panoramas pouvait à peine contenir la foule qui se pressait sous les vitraux; pour augmenter l'affluence, une pièce du théâtre des Variétés venait de finir, et les marchands de contre-marques poursuivaient les spectateurs jusque sous le passage.

Ce n'est pas sans peine que deux messieurs, qui se tenaient sous le bras, parviennent à se faufiler dans le passage. Tous deux étaient d'une forte corpulence, et il leur fallait un grand espace. L'un surtout, beaucoup plus petit que son compagnon, regagnait en circonférence ce qu'il perdait en hauteur. C'étaient deux hommes approchant de la cinquantaine, et dont la mise annonçait l'aisance. La figure du plus petit était gaie, ouverte et ronde; celle de son ami laissait voir plus de prétentions à la gravité, et quelquefois une morgue qui était comique, parce qu'il n'y avait rien de noble et d'imposant dans le reste de la personne; mais au moment où ces deux messieurs parvinrent à entrer dans le passage, leurs physionomies semblaient également animées; elles respiraient le plaisir, l'intention de s'amuser, et leurs joues fortement colorées, leur respiration bruyante, l'éclat de leur voix laissaient deviner que leur dîner n'avait pas peu contribué à les mettre dans ces bonnes dispositions.

— Nous y voici enfin, dit le plus petit de ces messieurs en déboutonnant entièrement son habit. Que de monde ici!... on y étouffe...

— C'est l'orage qui a fait affluer tout ce monde-là..

— C'est vrai... il a plu pendant que nous dînions... On dîne bien chez Pétron... Ah! ma foi, j'ai joliment dîné moi, et toi, Troupeau, comment te sens-tu?

— Je me sens fort bien!...

— Par exemple, c'est un peu cher chez Pétron.

Ah bah! quand on veut être bien il faut payer, et ne pas regarder à quelque chose de plus... il ne faut pas liarder...

— Ce petit vin de la côte Saint-Jacques m'a mis tout en train... J'ai envie de faire des folies!... Diable m'emporte si je ne fais pas des folies ce soir!...

— Allons, Vauxdoré, de la sagesse, mon ami; tu sais bien que nos femmes nous l'ont recommandée!... La mienne avait quelque peine à me laisser descendre à Paris avec toi, car elle est cruellement jalouse de ses droits, madame Troupeau, et tu as la réputation d'un homme... à femmes...

— Vraiment!... Est-ce qu'on dit ça dans Belleville?... Oh! oh! sont ils mauvaises langues dans ce pays!...

— Ah! mon ami, nedis pas de mal de Belleville?... je t'en prie... C'est la patrie de mon épouse et celle de ma fille... Tu ferais de la peine à madame Troupeau, si tu te permettais la moindre plaisanterie sur son endroit.

— Ne t'échauffe pas, on respectera l'endroit de madame Troupeau; d'ailleurs ne suis-je pas moi-même habitant de Belleville depuis que j'ai quitté le commerce des toiles cirées; mais au moins j'ai gardé un pied-à-terre à Paris... C'est commode!... Quand j'ai affaire je viens coucher... Comme aujourd'hui, par exemple.

— Je voulais aussi avoir un petit logement à Paris... Je dis petit, j'aurais pu le prendre grand, je suis assez riche pour cela... Dieu merci; mais madame Troupeau ne l'as pas voulu... Sais-tu pourquoi?

— Encore par jalousie, mon ami, pas autre chose; c'est qu'elle est d'un si grande sévérité sur les mœurs!... Elle a prétendu que deux logements cela pouvait faire jaser, donner lieu à des propos...

— Comment jaser!... Quel mal d'avoir une logement à la ville et un autre à la campagne?

— Sans doute, moi je n'y vois aucun mal, d'autant plus que mes moyens me permettent cette double dépense. Mais ma femme a craint que cela ne nous fît trop souvent mener notre fille à Paris, et tu sais avec quelle rigidité elle élève sa fille Virginie!

— Oui... elle ne la laisse même pas sortir assez, à mon avis.

— Ah! mon cher Vauxdoré, ma femme prétend qu'il faut cela. Une jeune fille!... c'est une fleur qu'on doit cultiver dans une serre, vois-tu, afin qu'elle se développe en toute sécurité: c'est ma femme qui m'a dit cela...

— Et moi je trouve que les fleurs exposées aux vents poussent tout aussi bien que dans une serre. Au reste chacun fait comme il l'entend!

— Nous n'avons pas à nous repentir de la manière serrée dont nous avons élevé Virginie; Dieu merci, elle a eu dix-sept ans le mois dernier, et je puis dire avec orgueil qu'elle ne sait rien!... C'est l'innocence dans sa pureté... C'est au point... L'autre jour, dans le jardin du voisin Bernard, elle a vu une statue de Mars, elle nous a demandé pourquoi il n'avait pas de gorge...

— Ah! ah, ah!... et elle n'a pas fait d'autres réflexions?..

— Oh! non... Mars était en tunique, sans cela ma femme et ma tante n'auraient pas laissé aller Virginie chez le voisin.. Oh! ma tante, c'est celle-là qui est terrible...

— Parbleu! une vieille dévote, une vieille fille, cela aime tant à diriger les autres!... Oh! viens donc voir les caricatures moulées... J'ai promis à ma femme de lui rapporter *Paganini*; elle brûlait d'envie de le voir à l'Opéra; je luis ai dit. Ma bonne, tu serais foulée... mais je te le donnerai en plâtre, tu le mettras sur la cheminée, et tu pourras le voir tous les jours; c'est bien plus commode.

Les deux amis s'approchent de la boutique devant laquelle il y a toujours un grand nombre de curieux. Vauxdoré, qui vient souvent à Paris, où il suit les spectacles, reconnaît les acteurs dont il voit le portrait et dit en s'adressant à son compagnon:

— Hein !... comme c'est cela !... J'espère qu'il est frappant, n'est-ce pas ?

M. Troupeau ne reconnaît pas la plupart des personnages dont il voit la caricature ; mais il ne veut pas avoir l'air moins au courant que son ami, et il crie plus fort que Vauxdoré en s'écriant :

— Oui, parbleu !... Oh ! c'est bien cela... Il est étonnant !...

— Quel est donc celui-là qui est étonnant ? demande un individu qui est à côté de M. Troupeau.

— Et parbleu !... c'est... c'est chose... n'est-ce pas, Vauxdoré ?

— Chose ! chose ! Je ne connais pas chose ! dit l'individu en haussant les épaules, et M. Troupeau entraîne son ami loin de la boutique de Susse en disant :

— Il y a trop de monde là... on se marche sur les pieds.

— Veux-tu entrer dans ce beau café ?... Je te joue des glaces aux dames.

— Non... Je ne suis pas de force aux dames.

— Eh bien ! aux dominos...

— Oh ! tu veux toujours jouer, toi ; j'aime mieux prendre l'air.

— On n'en prend guère ici... Oh ! les chocolats... les boîtes de pistaches... Je suis fou des pistaches ! Troupeau, je te joue une boîte à la nille au billard, je te rends six points.

— Non... je ne veux pas jouer.

— Eh bien ! moi, j'avoue que j'aime à faire ma partie ; depuis que je suis retiré des toiles cirées, mon bonheur c'est de jouer. D'abord, il faut toujours que je sois occupé ; je m'ennuierais sans cela. Le matin, avec ma femme, nous faisons un petit écarté en déjeunant ; dans la journée, j'ai vu faire jusqu'à mes quinze cents de piquet ; en dînant, nous parions toujours quelque chose pour le dessert ; et le soir, le boston, le délicieux boston !... Je me ferais couper en quatre pour un boston, et certainement ce n'est pas le désir du gain qui me domine... Tu sais que nous jouons petit jeu !

— Et moi ce n'est pas la peur de perdre qui me retient... Dieu merci, je suis riche, je pourrais jouer et fort gros jeu, si j'en avais l'envie !...

— On sait que tu es riche, on n'en doute pas.

— Vauxdoré, ce n'est pas pour faire de l'embarras que je dis cela !... Tu me connais, j'espère, tu sais quels sont mes principes ? Tous les hommes sont égaux... et tous les honnêtes gens se valent... Je ne sors pas de là... Prenez donc garde, monsieur, vous me poussez...

Ces mots étaient adressés à un particulier en redingote verte tachée d'huile, en chapeau cassé et crasseux, et qui venait de pousser M. Troupeau assez brusquement.

— Si ça vous amuse de flâner, moi je veux avancer, dit l'individu en regardant insolemment son interlocuteur.

— Hum !... manant !... murmure M. Troupeau quand cet homme est bien loin de lui. Tu conviendras, Vauxdoré, qu'il est désagréable de se trouver avec toutes sortes d'individus, aussi je déteste les foules... les cohues... Je suis très-connu, moi, et je ne voudrais pas que l'on pût dire : M. Troupeau a été vu en mauvaise compagnie...

— Oh ! oh ! parce que tu as vendu de la plume et du crin, tu crois que tout le monde se souvient de toi !...

— Je te dis que je dois me respecter, ma femme me l'a recommandé.

— Eh bien ! viens jouer quelque chose au café.

— Allons plutôt au spectacle pour finir notre soirée, car je pense qu'il est inutile que je me présente ce soir chez M. le comte de Senneville, je ne le trouverais pas... J'irai demain matin.

— Qu'est-ce que c'est que ce comte de Senneville ? que vas-tu faire chez lui.

— Je vais... tout bonnement pour le voir... C'est un de mes amis...

— Ah ! tu es ami avec des comtes, toi ?

— Pourquoi pas ? Il me semble que mes moyens me permettent de voir la belle compagnie.

— Mon Dieu ! Troupeau, que tu es terrible avec tes moyens !... Tu as des écus, tant mieux pour toi !... Tiens, je te joue dix sous à pair ou non.

— Allons au spectacle.

— Il est bien tard pour prendre des billets... Ah ! une idée délicieuse... J'ai un de mes amis qui est musicien, il est dans l'orchestre du théâtre qui est place de la Bourse ; il m'a dit : Demandez-moi, je vous ferai monter sur le théâtre... Allons le demander, nous irons sur le théâtre, dans les coulisses, nous verrons les actrices de près... hein ?... C'est séduisant ça...

— Mais oui, ça me tente assez... Cependant si madame Troupeau venait à savoir que je suis allé dans les coulisses d'un théâtre... Dieu ! quelles scènes elle me ferait !...

— Elle n'en saura rien. Viens... Dis donc, Troupeau, si nous allions faire chacun une conquête... Je suis fou des actrices !

— Moi, ce sont surtout les danseuses qui me tentent !

— Ah ! polisson ! tu es plus scélérat que moi !... Entrons prendre un petit verre de rhum pour nous donner plus de mordant et ne pas nous conduire comme des écoliers.

Troupeau se laisse entraîner par son ami Vauxdoré, ces messieurs quittent le passage des Panoramas et entrent dans un café où ils prennent du rhum, ce qui achève de les étourdir.

— As-tu déjà été sur un théâtre, toi ? dit Vauxdoré à son ami.

— Non, jamais... Ah ! si, attends donc... il y a environ treize ans... ma fille avait alors quatre ans, je l'ai menée chez Séraphin, et j'ai été un moment parler à M. Séraphin, qui était sur son théâtre, pour le prier de faire donner par Polichinel un cornet de dragées à ma fille.

— Tu me parles d'un théâtre de marionnettes !... ce n'est plus ça. Moi, je te parle d'un grand spectacle... où jouent des personnes naturelles... Oh ! c'est cela qui est curieux... j'y suis allé trois fois... quatre fois même... On voit les acteurs avec leur costume...

— Parbleu, je pense bien qu'ils ne se promènent pas en chemise avant de jouer.

— Mais je veux dire leur costume de la pièce qu'ils jouent... Moi, tel que tu me vois, j'ai causé avec Manlius... j'ai donné du tabac à Turcaret.

— Qu'est-ce que c'est que ces gens-là... je ne les ai jamais vus chez toi ?

— Mon ami, ce sont les héros de différentes pièces... Manlius, Œdipe, Hamlet... ce sont des tragédies.

— Ah ! oui... c'est juste !... je connais ça... mais je suis un peu rouillé avec le spectacle ; tu sais que ma tante l'a en horreur ; dans ce moment elle habite avec nous à Belleville, ce qui fait que ma femme ne va plus au spectacle, et moi fort rarement, par considération pour ma tante...

— Tu es bien bon de te gêner !

— Écoute donc, Vauxdoré, quoique je sois déjà fort à mon aise, je ne serais pas fâché d'augmenter ma fortune... Mademoiselle Bellavoine, ma tante, jouit de vingt-cinq mille livres de rente que lui a laissées son père, qui était brasseur.

— Dieu ! comme il a dû faire de la mousse pour gagner ça !

— C'est Virginie qui aura toute cette fortune ; mais aussi ma tante tient à surveiller son éducation, à lui donner de bons principes ; c'est pour cela qu'elle a quitté sa maison de Senlis pour venir passer quelque temps chez nous, où elle se fixera peut-être. Mademoiselle Bellavoine est à cheval sur les mœurs... si on conduisait sa petite nièce au spectacle elle jetterait de hauts cris !... au reste, Virginie elle-même ne voudrait pas pour tout au monde y aller... elle en a une frayeur extrême... elle croit qu'elle serait fouettée par les démons en sortant du théâtre !...

— Pauvre petite ! Ma nièce Adrienne ne lui ressemble pas... elle est folle du spectacle ; si on l'écoutait, on irait tous les soirs !...

M. Troupeau laisse errer sur ses lèvres un sourire presque moqueur en répondant : — Oh ! non... à coup sûr ma fille Virginie ne ressemble en rien à ta nièce... je crois même que c'est tout l'opposé... mademoiselle Adrienne est d'une gaieté... d'une folie... elle rit sans cesse... elle cause facilement avec tout le monde... c'est une luronne... elle n'est pas timide, ta nièce !...

— Non, elle n'a peur de rien, mais c'est une bonne enfant, bon cœur... très-aimante !...

— Oh ! je la crois extrêmement sensible ! répond Troupeau en laissant encore échapper un sourire.

— Mon ami, il se fait tard, il est temps de nous rendre au théâtre, si nous voulons encore y voir quelque chose.

— Oui, c'est juste, allons sur le théâtre.

M. Troupeau appuie sur ces derniers mots, et il espère qu'on les a entendus dans le café. Aussi, en sortant, comme il veut encore se donner les airs d'un artiste ou d'un auteur, il marche le nez au vent, les yeux au plafond, se cogne dans les tables, renverse des tabourets, et se jette dans le plateau que portait un garçon ; heureusement il est près de la porte, son ami Vauxdoré lui saisit le bras et parvient à le faire sortir.

Ces messieurs arrivent chez le concierge du théâtre ; puis, par l'entremise de l'ami qui est attaché à l'orchestre, la porte du temple leur est ouverte. Les voilà qui montent l'escalier qui conduit au théâtre ; tous deux ne se sentent pas de joie ; leurs yeux brillent comme des vers luisants. Ils remontent leur col, rajustant leur cravate, et, ne rêvant que conquêtes, jettent déjà des regards langoureux sur les pompiers, que, dans leur trouble, ils prennent d'abord pour des figurantes.

— Prenez garde, dit le musicien qui marche en avant. Suivez-moi Je vais vous placer dans une coulisse, mais n'en bougez pas ; car on donne ce soir une féerie ; le théâtre est machiné, et lorsqu'on n'a pas l'habitude, on peut se blesser.

— Oh ! je sais ce que c'est que l'intérieur d'un théâtre, dit Vauxdoré. Ça me connaît... J'y suis allé... plusieurs fois... J'ai même eu l'envie d'y jouer...

— Vous y voici... restez-là... vous verrez bien... On va commencer. Je retourne à l'orchestre... je vous reprendrai à la fin.

Vauxdoré et Troupeau sont dans une coulisse ; ils n'ont pas assez d'yeux pour regarder ; près d'eux passent des femmes avec des turbans, du rouge, des robes légères, des cottes de mailles ; l'une rit, l'autre fredonne, celle-ci fait des ronds-de-jambe, celle-là se fait mettre son épingle, mais toutes sourient de l'air à la fois étonné et comique des deux habitants de Belleville.

— Nous faisons de l'effet, dit Vauxdoré ; mais je voudrais bien me promener un peu sur le théâtre.

— Moi aussi... Voilà une Turque... une Turquoise... enfin cette belle brune là-bas, que je voudrais admirer de plus près.

— Avançons... nous n'avons pas besoin de rester dans la même coulisse... nous aurions l'air de ne pas oser bouger... Viens, Troupeau... allons faire les aimables.

M. Vauxdoré s'avance sur le théâtre, son ami Troupeau le suit. En ce moment on changeait la décoration.

— Gare là dessous! crie une grosse voix qui sort des frises.

C'était un palais qui descendait sur la tête des deux amis; ils se reculent vivement contre une forêt; des garçons de théâtre les bousculent avec un devant de pavillon; étourdis par le mouvement qui se fait autour d'eux, suivant toujours des yeux les dames habillées à la turque, messieurs Vauxdoré et Troupeau ne font que sauter d'une planche sur une autre; poursuivis par les garçons machinistes, ils vont se réfugier contre un arbre, mais tout à coup l'arbre contre lequel ils se sont arrêtés s'agite, s'ébranle, et avant qu'ils n'aient eu le temps de quitter la place il s'enfonce avec rapidité; les deux amis voient disparaître les jolies femmes, les quinquets, les coulisses, ils sont engloutis avec le gros arbre; ils poussent des cris terribles, car ils se croient perdus; enfin la trappe est arrivée dans le troisième dessous; en touchant terre la commotion a été un peu forte; Vauxdoré est allé rouler à six pas plus loin, et Troupeau est jeté contre un pilier. On accourt aux cris de ces messieurs qui se croient morts; le régisseur du théâtre, témoin de leur accident, s'est empressé de descendre avec un médecin, afin de leur faire donner tous les secours nécessaires; mais les deux amis avaient eu plus de peur que de mal; ils en étaient quittes pour quelques contusions et de légères bosses à la tête. Cela avait suffi cependant pour dissiper toutes leurs idées de conquêtes et leurs projets séducteurs; en vain le régisseur leur propose de remonter sur le théâtre et de les placer commodément, ils refusent, ils ne demandent qu'à sortir du gouffre dans lequel ils sont tombés, et ne se croient en sûreté que lorsque leurs pieds touchent le pavé de la rue.

— Jamais on ne me reprendra à monter sur un théâtre, dit M. Troupeau en se tâtant les côtes; quel infernal terrain!... j'ai bien cru que c'était mon dernier jour; disparaître sous terre avec un arbre... c'est à ne pas y croire si je le racontais!

— Il est vrai que nous avons fait une descente un peu rapide... nous pouvions être moulus...

— Je le crois bien... Tu vois, Vauxdoré, que ma tante Bellavoine a raison quand elle dit : Les théâtres sont des lieux de perdition!... nous pouvions y perdre la vie...

— Oui... c'est dangereux... ma foi je n'ai plus envie de voir les actrices de près... Aïe... j'ai une bosse au nez... je dirai à ma femme que c'est un cocher de cabriolet qui m'a donné son fouet dans le visage.

— Moi j'ai le front endommagé, je dirai à madame Troupeau que c'est un homme ivre qui s'est jeté contre moi.

— Rentrons-nous, Troupeau?...

— Oui, allons nous coucher; nous nous sommes assez amusés comme cela ce soir.

CHAPITRE II. — Un jeune Seigneur.

Il était près de midi, et dans un bel hôtel de la Chaussée-d'Antin un jeune homme était encore au lit, ne dormant pas, mais étendant avec délices ses membres fatigués par plusieurs nuits passées au jeu et au bal. C'était un fort joli garçon de vingt-cinq à trente ans, portant de petites moustaches noires bien cirées, bien relevées, mais ayant les yeux et tous les traits du visage aussi fatigués que le corps.

Une sonnette se fait entendre, puis un valet pénètre dans la chambre à coucher où le jeune homme cherchait le sommeil.

— Qu'est-ce encore?... on ne me laissera donc pas reposer ce matin? dit le comte de Senneville en se retournant avec humeur dans son lit; c'est épouvantable cela... Leblond, je te chassera, mon garçon, car tu n'entends rien au service!

— Pardon, monsieur le comte, répond le valet en s'approchant avec respect des rideaux de soie qui entourent le lit de son maître. C'est que... il semble que ces gens-là se soient donné le mot ce matin... ils viennent là-dedans... ils disent que monsieur leur a promis de l'argent...

— Eh bien! après?... je leur en ai promis! je leur en promets encore, et je leur en promettrai toujours, qu'à cela ne tienne; mais qu'on me laisse dormir... j'ai veillé jusqu'à cinq heures, j'ai besoin de repos... ces êtres-là croient peut-être que je vis comme eux, que je me couche à six heures... Ah! Leblond, tu ne te formes pas, mon garçon... tu ne sais pas recevoir des créanciers. Comme La Brie t'aurait donné des leçons! c'était là un valet précieux! Je ne sais pas comment il faisait, mais je n'entendais jamais crier tous ces industriels... Ah! quel dommage qu'il se soit laissé embaucher pour l'Angleterre!... il va se rouiller par là!

— Ma foi, monsieur le comte, je devrais cependant m'habituer à éconduire vos créanciers, car depuis six mois que j'ai l'honneur d'être à votre service, je ne fais que cela toute la journée.

— Finissons, Leblond; voyons, qui est-ce qui est là maintenant?

— Monsieur, c'est votre tailleur, un Allemand, qui est si entêté qu'il ne veut pas comprendre que vous dormez; il crie, il jure même enfin il dit qu'il ne s'en ira pas sans parler à monsieur.

— L'impertinent!... Ah! il dit cela... Eh bien, je vais le recevoir ah! le drôle! il y met de l'entêtement! Leblond, passe-moi ma robe de chambre, et apporte-moi mes fleurets, mon épée, mon petit sabre turc... c'est cela... à présent laisse entrer M. Kirchmann.

Le jeune homme s'est levé, il prend un fleuret et s'exerce à tirer au mur; pendant ce temps son valet de chambre s'est éloigné, et bientôt un petit homme sec, dont la figure longue et jaune accuse la mauvaise humeur, se glisse dans la chambre à coucher en murmurant : — Ah! c'est bien heureux qu'on puisse le rencontrer, enfin!

Le comte ne se dérange pas, il continue de s'escrimer tout en s'écriant :

— Comment, c'est vous, monsieur Kirchmann! par quel hasard!

— Monsir, c'est boint bar hasard, mais la domestique il voulait cha mais que j'entre... monsir a bromis te l'archent...

— Une... deux... oui, monsieur Kirchmann, c'est juste, je vous en ai promis... mais aujourd'hui j'ai bien d'autres affaires à terminer... deux duels pour ce matin... deux hommes à tuer... pardieu, vous allez me servir de mannequin...

— Comment, monsir?...

— Vous devez savoir tirer, prenez ce fleuret et défendez-vous?

— Moi, che tire bas du tout, monsir.

— Allons, prenez donc ce fleuret... je le veux... c'est bien le moins que vous me serviez à quelque chose... nous parlerons d'argent ensuite... ne craignez rien, ils sont boutonnés.

Le tailleur n'ose point refuser de crainte de mécontenter le jeune homme, qui paraît bien disposé; il se laisse mettre un fleuret dans la main. M. de Senneville lui porte force bottes; M. Kirchmann a reculé tant qu'il a pu, mais il reçoit des coups dans le ventre, dans la poitrine et jusque dans le visage.

— Assez, assez, monsir... che suis vainquis!... crie le tailleur en se mettant presque à genoux. Soutenez donc, monsieur Kirchmann... soutenez donc... parez celle-là!

Au lieu de parer, le tailleur jette le fleuret loin de lui.

— Ah! vous avez assez du fleuret, dit le comte, en ce cas nous allons prendre le sabre; par exemple ça demande un peu plus de prudence, car il n'y a pas ici de boutons; mais n'ayez aucune crainte; je modérerai mes coups... je tâcherai de m'arrêter à temps... ensuite nous parlerons de votre mémoire.

— Merci, monsir, che suis pien fâché, mais che beux bas rester plis longtemps, che reviendrai un chour où monsir il aura pas du monde à tuer.

— Restez donc, monsieur Kirchmann, je veux régler votre mémoire aujourd'hui... quelques coups de sabre, puis nous prendrons l'épée et le pistolet... c'est l'affaire d'un moment. Voyez-vous comme ce petit sabre a le fil!...

— Oui, monsir... je vois...

— Qu'est-ce que vous cherchez donc, monsieur Kirchmann?

— Monsir, che cherche mon chapeau.

— Pas du tout! je suis disposé à régler votre compte aujourd'hui... vous ne vous en irez pas ainsi... d'ailleurs une petite leçon de sabre vous fera du bien!...

Le tailleur n'en écoute pas davantage, il a salué, pris la porte, et il se sauve en criant :

— Che reviendrai, monsir, che reviendrai une autre fois.

M. de Senneville se jette en riant dans un fauteuil; son domestique revient en disant :

— M. Kirchmann se sauve comme si la maison allait s'écrouler.

— Tu vois bien, Leblond, qu'il y a toujours moyen de se débarrasser d'un créancier!...

— C'est affaire à monsieur.

— Et l'autre fois... te rappelles-tu ce vieux juif qui ne voulait pas non plus me quitter!... ah! ah... j'ai bien su le faire déguerpir... Trois bottes de paille dans la cour auxquelles on a mis le feu... puis des cris : au secours!... vite les pompiers!... le pauvre israélite se croyait déjà rôti, si bien qu'il a sauté par la fenêtre pour être plus tôt dehors... ah! j'en rirai longtemps!...

— Oui, monsieur trouve mille ruses pour ne point donner d'argent... je m'en aperçois bien!...

— Q'est-ce que tu veux dire, Leblond?

— Je veux dire, monsieur, qu'il serait peut-être plus agréable d'être en fonds...

— Oh! cela viendra... je ne suis pas en veine à la bouillotte... j'emprunterai encore sur ma terre... ma belle terre de Touraine... elle est déjà terriblement hypothéquée... mes parents auraient bien dû me laisser plus de fortune! trente mille livres de rente!... que diable voulez-vous qu'un jeune homme fasse avec cela!... des dettes; et c'est ce que j'ai fait... encore si j'apercevais dans l'avenir quelque bon héritage... mais rien!... pas un oncle... une tante!.. c'est très-ridicule...

— Monsieur va-t-il se recoucher? dit le valet en se disposant à débarrasser son maître de sa robe de chambre.

— Ma foi non, Leblond, puisque je suis levé... je resterai, d'ailleurs j'ai pour ce matin un rendez-vous... Ah! quelle corvée! avec ce

— ... Depuis que je n'aime plus... c'est une femme terrible!...

— ... monsieur, l'avez-vous jamais aimée?

— ... vous avez raison, je n'ai jamais pu l'aimer... c'était un ... historique!... Aujourd'hui je frémis quand je pense ... lui sacrifier une heure... Hier elle était au bal où je me ... mécontente de ne pas m'avoir vu depuis quinze jours, elle ... dans un coin du salon : Vous viendrez demain vous excuser ... vos torts, ou je ne vous reverrai jamais. M'excuser de tous mes ... je sais bien comment elle l'entend !... Ah ! Célénie !... vous ... une femme terrible... Il lui faudra des réparations !... des protestations !... que sais-je !... Diable m'emporte si je sais comment je m'y prendrai !... Je suis sur les dents !... j'ai eu une veine de bonnes fortunes la semaine dernière... il a fallu faire honneur à ses engagements et à sa réputation !... Ah, mon Dieu! le plaisir est quelquefois bien ennuyeux !

— Et pourquoi monsieur le comte va-t-il au rendez-vous de madame la marquise, puisqu'il ne l'aime plus?

— Pourquoi !... j'ai mes raisons apparemment !... Leblond, dis qu'on me prépare du chocolat !... tu sais, de celui que je prends dans les grandes occasions... qui me fait oublier mes fatigues et me rendrait capable d'entreprendre les travaux d'Hercule... tu m'entends?

— Oh ! oui, monsieur, je sais de quel chocolat vous voulez... monsieur le comte en prend souvent depuis quelque temps.

— C'est bon, maraud, ce ne sont pas tes affaires... va, et reviens sur-le-champ m'habiller.

Le valet de chambre sort ; le jeune homme fait quelques tours dans la chambre, se regarde dans une glace, étend les bras, se bâille au nez, puis se jette sur une causeuse en se disant :

— Oh ! certainement, si je pouvais me dispenser d'aller chez la marquise, cela m'arrangerait beaucoup !... mais je suis sans le sou... j'ai perdu hier au jeu tout ce que je possédais, et je ne puis pas rester sans argent... ce n'est pas vivre que d'être dans cet état... j'emprunterai encore sur ma terre... si on veut me prêter... mais il me faut de l'argent ce soir... aujourd'hui même... Célénie m'a déjà obligé plusieurs fois, elle m'obligera encore... je lui rendrai tout cela... quand je pourrai ; d'ailleurs n'est-elle pas trop heureuse que je veuille bien quelquefois avoir l'air de l'aimer ! Oh ! les femmes !... avec de l'amour on en fait tout ce qu'on veut ! mais il leur faut absolument de l'amour.

Leblond revient faire la toilette de son maître ; Senneville abandonne sa tête à son valet, qui le frise et le coiffe dans le dernier goût. Tout en procédant à cette importante opération Leblond s'écrie :

— Ah ! je n'ai pas dit à monsieur que pendant son sommeil il était venu un homme de Belleville... Comme je sais que c'est aussi un créancier, je l'ai renvoyé ; mais pour celui-là, j'avoue qu'il est très-facile de s'en débarrasser, il fait tout ce qu'on veut !... et est d'une politesse !...

— Je gage que c'est M. Troupeau dont tu veux parler ?

— Précisément, monsieur, c'est cet honnête Troupeau qui est venu d'abord sur les neuf heures. Je lui ai dit : Monsieur le comte dort.

— C'est juste ! s'est-il écrié, je me présente beaucoup trop tôt ! je reviendrai... Sur les dix heures et demie il est revenu. Mon maître dort toujours, lui ai-je dit.

— Oh ! de grâce ! ne l'éveillez pas ! je reviendrai plus tard !... Et là-dessus le voilà parti.

— Ce pauvre Troupeau ! parlez-moi d'un créancier comme cela ! Il est vrai qu'il n'y a que cinq ou six ans que je lui dois un millier d'écus pour des matelas, des lits de plumes, des duvets qu'il m'a fournis alors !... et depuis ce temps, quoiqu'il se soit présenté plusieurs fois chez moi, il ne m'a jamais parlé, il se contente d'inscrire son nom chez mon concierge.

En ce moment on sonne doucement à la porte d'une pièce voisine

— Je gage que c'est M. Troupeau qui se présente pour la troisième fois, dit Leblond, je reconnais sa manière délicate de s'annoncer à la porte.

— Va voir, Leblond, et si c'est le respectable marchand de fer, laisse-le entrer, que je lui procure au moins une fois le plaisir de me voir.

Le valet de chambre sort et revient bientôt avec M. Troupeau, qui tient son chapeau à la main, glisse ses pieds au lieu de marcher, et s'incline jusqu'à terre en apercevant le comte de Senneville.

— Comment, c'est ce cher monsieur Troupeau ! dit le jeune homme en souriant d'un air aimable au nouveau venu. Ah ! que je suis donc content de le voir... et que vous avez bien fait de revenir !...

M. Troupeau, tout étourdi d'un accueil si flatteur, ne sait plus où il en est, il se prosterne devant le comte, il salue Leblond, il salue tous les meubles de l'appartement, il emmêle ses jambes et ne peut plus parvenir à les détortiller, tout en balbutiant : — Ah ! monsieur le comte ! combien je suis sensible !... et... certainement de mon côté...

— Asseyez-vous, mon cher Troupeau. Leblond, donne un fauteuil à monsieur... et achève ma toilette ; vous permettez que devant vous je continue de m'habiller, n'est-ce pas, monsieur Troupeau ?

— Ah ! monsieur le comte, vous plaisantez... faites devant moi tout ce qui vous fera plaisir, je vous en prie.... je m'assieds... pour vous obéir.

— Savez-vous bien, monsieur Troupeau, qu'à l'instant même je parlais de vous ?

— Quoi ! monsieur le comte me ferait cet honneur... à mon insu !

— Oui, ayant appris que vous étiez venu ce matin, je faisais à Leblond les plus vifs reproches de ne pas vous avoir laissé entrer... il devait me réveiller.

— Vous réveiller !... ah ! monsieur le comte, je ne me le serais jamais pardonné ! M. Leblond m'aurait vivement affligé !... j'étais venu beaucoup trop tôt .... mais, que voulez-vous ! quand on habite la campagne on perd un peu les habitudes de la ville.

— Est-ce que vous habitez la campagne maintenant, monsieur Troupeau ?

— Oui, monsieur le comte, c'est-à-dire j'habite Belleville....

— Belleville... je ne connais pas... où diable est-ce cela ?

— A la Courtille, dit Leblond en souriant, au-dessus du faubourg du Temple.

— Permettez, monsieur Leblond, permettez, reprend Troupeau, je vous assure que vous êtes dans l'erreur !... On passe en effet par la Courtille pour aller à Belleville ; mais ce n'est point le même endroit; il y a une ligne de démarcation très-positive : la Courtille cesse au théâtre, et Belleville s'étend fort loin... jusqu'aux limites du terrain de Romainville.

— Peste, monsieur Troupeau, comme vous connaissez votre topographie !... mais après tout, quel mal quand vous habiteriez la Courtille, illustrée jadis par Ramponeau !... Nos pères allaient s'y divertir, et je suis persuadé qu'ils s'amusaient mieux que nous.

— Monsieur le comte, c'est que je tiens à ce qu'on ne confonde pas les deux endroits ; d'ailleurs, on peut très-bien aller à Belleville sans passer par la Courtille : il y a le chemin de Pantin, des Prés-Saint-Gervais, de Ménilmontant... de...

— Très-bien, mon cher Troupeau, me voilà convaincu que vous n'habitez pas la Courtille. Ah çà, vous avez donc quitté le commerce puisque vous n'êtes plus à Paris ?

— Oui, monsieur le comte. Depuis quatre ans je suis entièrement retiré des affaires ; j'étais assez riche, je n'avais pas besoin de continuer à travailler.

— Vous avez parbleu raison, et voilà qui est raisonné comme Epicure... Connaissez-vous Epicure, monsieur Troupeau ?

— Je n'ai pas cet honneur, monsieur le comte... Est-ce qu'il vendait aussi des lits de plume ?

— Non, mais il aimait à se mettre dessus. Enfin, vous êtes à votre aise, mon brave Troupeau ?

— Oui, monsieur le comte, très à mon aise... sans compter qu'à la mort de ma tante je verrai ma fortune considérablement augmentée.

— A la bonne heure, vous avez des tantes, vous !... je n'ai pas cet esprit-là ! et vous vivez en Sybarite à Belleville ; vous avez, je gage, un petit château.

— Oh ! pas absolument... d'abord je ne connais pas de château à Belleville ; mais nous avons une fort jolie maison dans la rue de Calais... une des plus belles rues du village... je dis village, quoique Belleville puisse bien passer pour une petite ville.

— Vous avez des enfants, monsieur Troupeau ?

— Une fille, monsieur le comte, une fille unique, je puis bien le dire : ma femme, ma tante et moi-même, nous avons donné tous nos soins pour confectionner son éducation et surtout ses mœurs.... J'ose croire que nous y sommes parvenus avec usure !

— Vous êtes content de sa conduite ?

— Oh ! monsieur le comte, sa conduite !... figurez-vous une feuille de papier blanc sur laquelle il n'y a pas un seul pâté. Voilà ma fille ! c'est pur ! c'est intact ! c'est l'innocence avec une chemise et un jupon.

— Est-ce qu'elle ne porte que cela ?

— Pardonnez-moi, monsieur le comte, diable ! elle est élevée sur le pied de la plus scrupuleuse décence ! elle porte des caleçons.

— Des caleçons !... et dans quel but, s'il vous plaît ?

— Mais, monsieur le comte, afin que si par hasard... Vous comprenez, dans la rue le pied peut glisser, ou bien un coup de vent perfide... cela s'est vu ! et ma tante prévoit tout ! d'ailleurs, dans la famille de ma femme on a toujours porté des caleçons. Sa tante ne les a jamais quittés, à ce qu'elle nous disait encore l'autre soir ; moi, j'en porte depuis mon mariage ; notre femme de chambre et notre cuisinière en ont ; c'est-à-dire mon épouse vient de renvoyer sa femme de chambre parce qu'elle s'est aperçue qu'elle se permettait parfois de n'en pas mettre pour sortir le dimanche... Une fille qui ôte son caleçon pour aller promener dans la campagne, ne peut avoir que de mauvaises pensées, nous ne pouvions pas la garder. Quand j'avais mon magasin, ma femme n'aurait point conservé un commis qui n'aurait pas eu cela sous sa culotte.

— Voilà qui est pousser la sévérité des mœurs à l'extrême ; il paraît que madame Troupeau ne plaisante pas.

— Elle n'endurerait pas qu'on lui chatouillât le petit doigt !... et pourtant c'est une femme brûlante ! c'est une femme qui m'adore, j'ose le dire, et qui me tuerait si elle pensait que j'ai failli avec d'autres.

— Diable ! monsieur Troupeau, quel trésor vous possédez !... Et votre fille est jolie ?

—Extrêmement jolie; et cependant c'est singulier, elle ne ressemble ni moi ni à ma femme.

—Ce ne serait pas une raison; Quelle âge a-t-elle?

—Dix-sept ans, monsieur le comte.

—C'est déjà l'âge de la marier!

—Oh! rien ne presse! ma fille sera très-riche, nous avons le temps e lui choisir un époux, digne d'elle... et puis, il ne faudrait pas lui parler mariage maintenant, elle est si enfant! elle aime mieux faire la dinette, jouer à la dame, à la poupée... elle ne connaît rien de rien!

—Vous ne l'amenez donc pas quelquefois à Paris, au spectacle, au bal?

—**Ah! bien oui!... le spectacle! elle l'a en horreur. Et la danse!..** elle la déteste; c'est tout au plus si on a pu parvenir à lui faire faire la révérence, encore la fait-elle sans aucun écart.

—Je vois qu'en effet votre fille ne ressemble pas aux demoiselles de son âge. Mais à propos, mon cher Troupeau, je crois que j'ai un compte à régler avec vous... vous êtes sans doute venu pour cela?

—Non, monsieur le comte; oh! je vous assure que je n'ai voulu qu'avoir l'honneur de vous offrir mes respects...

—C'est fort aimable de votre part, et j'y suis très-sensible, mais je veux pourtant régler ce compte...

—Monsieur de Senneville, vous me désobligeriez en pensant que je suis venu pour ce motif... Je n'ai aucunement besoin de fonds..., je viens encore ce matin de toucher quatre mille francs, dont je ne sais que faire; vous voyez que je suis loin d'avoir besoin de rentrées.

—Oh! n'importe, mon cher Troupeau; moi, j'aime à payer mes dettes... Vous pourriez passer sans me trouver, et je dois...

—Monsieur le comte, nous causerons de cela plus tard, vous me feriez de la peine en insistant davantage.

—Allons... je cède... pour ne point vous faire de peine... mais à une condition... c'est que vous allez accepter à déjeuner avec moi.

—Ah! monsieur le comte... c'est vraiment trop d'honneur... et je suis tellement touché...

—Vous acceptez: à la bonne heure! Leblond, fais mettre deux couverts... qu'on nous serve vite... ce sera sans façon, mon cher Troupeau, un déjeuner de garçon...

—Monsieur le comte... du moment que ce sera avec vous... un morceau de fromage suffirait!

—J'espère que vous aurez mieux que cela... Voici ma toilette terminée... passons dans ma salle à manger; et s'il venait du monde, je n'y suis pour personne, entends-tu, Leblond, je ne veux pas que des importuns me dérangent quand je déjeune avec mon ami Troupeau.

En disant ces mots, le jeune comte de Senneville passe familièrement son bras autour de la taille de M. Troupeau, qu'il entraîne dans la salle à manger; l'habitant de Belleville ne se sent pas de joie d'être traité en ami par un seigneur; en ce moment il se croit tellement enflé et grandi qu'il se baisserait pour passer sous la porte Saint-Denis.

Le comte et son convive se placent à une table sur laquelle on a servi un joli déjeuner à la fourchette.

—Quand monsieur voudra son chocolat, il est prêt, dit Leblond en s'inclinant.

—C'est bien... qu'on le tienne chaud... je sonnerai.

Le jeune homme avait déjà son projet, il s'était aperçu du faible de M. Troupeau, qui, tout en faisant le libéral avec Vauxdoré, était bouffi d'orgueil et enchanté de ce qu'un comte l'appelait son ami. Senneville veut achever de tourner la tête au ci-devant marchand de crin; le comble de politesse et affecte plusieurs fois de l'appeler son ami.

—Mangez donc, mon cher Troupeau... si j'avais su vous avoir, je vous aurais mieux traité, mais une autre fois j'espère...

—Ah! monsieur le comte, tout ceci est délicieux!...

—Etes-vous à Paris pour longtemps?

—Non, je vais repartir en vous quittant; je suis venu hier avec un ami qui garde un pied-à-terre à Paris, j'ai couché chez lui et nous repartirons ensemble... je lui ai donné rendez-vous sur le boulevard....

—Il fallait donc l'amener avec vous... est-ce que vos amis ne sont pas les miens!...

—Monsieur le comte, je ne sais comment j'ai mérité... croyez que de mon côté... s'il fallait me jeter dans le feu pour vous... j'en serais d'une joie!...

—Je ne doute pas de votre attachement, mon ami; des hommes de notre trempe s'entendent tout de suite... Buvez donc... si ce vin ne vous plaît pas, je vais en faire venir d'autre; grâce au ciel, j'ai une cave assez bien garnie.

—Je le crois, monsieur le comte, mais ce vin est délicieux...

—Vous avez comme une blessure au front, mon cher, est-ce qu'il vous serait arrivé quelque accident à Paris?

—Ah! monsieur le comte!... en effet... c'est... cela vient... si j'ose vous conter... ma foi... je ne vois pas pourquoi je ne vous dirais pas la vérité... vous êtes un jeune homme... vous serez moins sévère que ma femme.

—Soyez tranquille, je ne suis nullement sévère, je ne porte pas de leçon, moi; mais qu'est-ce donc? vous piquez ma curiosité... quelque aventure galante, je gage... Ah! Troupeau!... vous êtes un séducteur....

—Monsieur le comte, l'aventure serait peut-être devenue galante,

mais nous avons été interrompus si brusquement dans nos projets... Voici le fait: Hier au soir mon ami et moi nous sommes allés au spectacle...

—Je ne vois aucun mal à cela.

—Mais nous n'étions pas où va le public; un ami de mon ami nous a fait monter sur le théâtre.

—Sur le théâtre!... Ah! fripon! je vous vois venir... pour faire votre cour aux actrices.

—Eh, e..., eh!... j'avoue, monsieur le comte, que j'étais disposé à être très-entreprenant; mais au moment où nous allions nous lancer, mon ami et moi... patatra!... un palais descend sur notre tête... nous fuyons, un pavillon nous poursuit; nous nous croyons à l'abri contre un arbre... il s'enfonce et nous disparaissons avec lui!...

—Ah! ah! ah!... ce pauvre Troupeau!... il me semble que je vous vois d'ici... Ah! ah! quel coup de théâtre cela a dû faire!...

—Ma foi, monsieur le comte, nous nous sommes crus morts!... enterrés tout vivants! aussi, quoiqu'il n'en soit rien résulté de grave, j'ai bien juré que de ma vie on ne me reprendrait sur des planches.

—Ah! ah! mon cher, je rirai longtemps de votre manière d'aller vous amuser sur un théâtre...

—Oui, monsieur le comte... c'était fort drôle en effet!...

—Je ris, parce que vous n'êtes pas blessé, je serais inconsolable si je vous savais souffrant... Buvez donc... prenez quelque chose.

—Je ne fais que cela, monsieur le comte.

—Oh! diable, déjà une heure!... comme le temps passe dans votre société, mon cher Troupeau!

—Si vous avez affaire, monsieur de Senneville, ne vous gênez en rien, je vous prie... je m'en vais...

Déjà Troupeau se levait à demi de dessus sa chaise, le comte le retient et le fait se rasseoir.

—Eh bien! eh bien!.. que faites-vous donc?... me quitter si vite!... Oh! que non pas!... je vous tiens, et je n'ai pas si souvent le plaisir de vous voir; les autres m'attendront!... d'ailleurs, je réfléchis que je n'irai pas au rendez-vous que l'on m'avait donné..... c'est un jeune homme de mes amis..... qui sera fort riche un jour, mais qui fait des folies en attendant; je l'ai déjà obligé plusieurs fois... et il m'avait prié de lui prêter trois ou quatre mille francs... c'est ce que je comptais faire parce que j'attendais des rentrées de fonds ce matin, car on me doit un argent fou... mais, ma foi, mes débiteurs ne sont pas venus, et, malgré tout le plaisir que j'aurais eu à obliger mon ami sur-le-champ, il attendra!...

Troupeau, qui avait écouté attentivement le comte, s'écrie aussitôt d'un air radieux:

—Monsieur de Senneville, voulez-vous me rendre très-heureux, voulez-vous me faire un très-grand plaisir?

—Moi, mon cher Troupeau, je ne demande pas mieux... mais comment cela?

—En daignant accepter ces quatre mille francs que j'ai sur moi, et dont je n'ai aucun besoin... car je suis fort à mon aise; vous pourrez obliger votre ami aujourd'hui même, et nous serons tous satisfaits.

—Ah! Troupeau... voilà une offre à laquelle je ne m'attendais pas!... Comment! vous voulez que je prenne vos quatre mille francs... je vous dois déjà... je ne sais combien!...

—Une bagatelle!... pour laquelle je n'étais nullement venu!... j'espère que vous le croyez...

—Oui, sans doute, mais...

—Mais, monsieur le comte, si vous me refusez, je penserai que vous ne me jugez pas digne de votre estime. Je serai affecté, mortifié....

—Tout est dit, mon ami: moi, vouloir vous mortifier!... j'accepte!... donnez-moi vos quatre mille francs... il y en aurait vingt mille que je les prendrais de même plutôt que de vous faire de la peine...

—Ah! monsieur le comte, vous me comblez!

Et le confiant Troupeau tire de son portefeuille quatre billets de mille francs qu'il présente d'un air humble au jeune homme. Celui-ci les met dans sa poche avec un gracieux sourire, puis s'écrie:

—Il faut que je vous fasse un petit écrit... n'est-ce pas?

—Entre nous, monsieur le comte!... vous plaisantez, est-ce donc nécessaire?

—Ma foi, je crois en effet que cela ne servirait pas à grand'chose... entre amis la parole suffit... donnez-moi votre main, Troupeau...

—Ah! monsieur le comte... avec grand plaisir!

Pendant que le comte serre et secoue la main du roturier, qui reçoit cette faveur comme un amant en reçoit une de sa maîtresse. Leblond paraît à la porte de la salle à manger.

—Est-ce que monsieur le comte ne prendra pas son chocolat? dit le valet en souriant de la figure comique de Troupeau, qui avait les yeux baissés sur son assiette, n'osant pas retirer sa main que le comte secouait depuis assez longtemps, et qu'il finissait par tapoter machinalement comme quelqu'un qui ne pense plus à ce qu'il fait.

—Non, Leblond, il est inutile que je prenne ce chocolat, s'écrie gaiement le jeune comte en lâchant enfin la main de M. Troupeau; je n'irai pas ce matin voir la marquise, ainsi... Eh mais... quelle idée... oui, pardieu! cela ne pourra que bien faire... Leblond, apporte

[...] comme le racahout des Arabes?

— [...] ce n'est pas précisément cela...

— C'est bien demain?

— [...] n'est pas cela non plus, mais vous en serez satisfait ; il est horriblement cher, ce qui fait que les personnes fort riches peuvent elles se permettre ce petit régal ; je sais qu'on en envoie fort souvent à Constantinople ; le sultan en fait un fréquent usage, ainsi que tous les pachas à trois queues.

— Je le prendrai, monsieur le comte, tout ce que vous m'en dites pique ma curiosité.

Leblond est revenu avec une petite tasse pleine de chocolat ; il la place devant Troupeau qui la regarde avec respect, enchanté de prendre d'une chose dont se régalent les pachas. Senneville sourit avec malice en voyant son convive porter la tasse à ses lèvres et se délecter en avalant le chocolat.

— Eh bien, mon ami, qu'en dites-vous ?

— Parfait, monsieur le comte ; délicieux !... un parfum !.... un goût !... on croirait boire des pastilles du sérail.

— Vous voyez que je ne vous avais pas trompé... Maintenant, mon cher, je ne veux pas vous retenir davantage ; votre ami vous attend sur les boulevards ; madame Troupeau désire sans doute votre retour ; allez, mon brave... allez faire votre paix avec elle... il est essentiel qu'elle ne devine pas d'où vous vient cette bosse au front.

— C'est vrai... diable ! si elle s'en doutait... Ah ! comme ce chocolat est chaud... c'est un tison sur l'estomac !...

— De mon côté je vais au rendez-vous de mon ami, lui porter cette somme dont il a besoin.

— Oui, monsieur le comte ; puisque vous le permettez, je vais vous présenter mes respects...

— Dites vos amitiés, Troupeau. Ah çà, il faudra que j'aille vous voir, je veux faire connaissance avec votre famille ; je veux saluer votre femme, et baiser la main de votre jolie Virginie.

— Monsieur le comte, ce serait nous combler de joie !... et si vous aviez jamais cette bonté...

— C'est un plaisir que je me procurerai... vous m'avez dit à Belleville... rue de Calais ?...

— Précisément... d'ailleurs je me flatte d'être connu...

— Ah !... dites-moi, mon cher, serai-je reçu chez vous sans caleçon ?... c'est que, d'après les principes de votre femme...

— Vous serez toujours bien reçu, monsieur le comte, et vous pensez bien que mon épouse ne se permettra pas de s'assurer du fait.

— Je le crois ! je ne vous disais cela que pour plaisanter. Adieu donc, mon cher monsieur Troupeau ; quand vous viendrez à Paris n'oubliez pas que j'y suis toujours pour vous.

— J'aurai l'honneur de m'en souvenir, monsieur le comte.

Le jeune homme serre encore la main de son convive ; celui-ci se confond en saluts, et s'éloigne enfin enchanté de sa matinée, et fier de pouvoir dire à ses connaissances qu'il a déjeuné chez son ami le comte de Senneville.

CHAPITRE III. — Une Lecture.

Dans une chambre à coucher d'une jolie maison de Belleville, deux personnes étaient assises près d'une petite table à ouvrage. L'une, vieille femme sèche, jaune, cassée, ridée, annonçait au moins soixante-dix ans, quoiqu'elle n'en eût que soixante-cinq ; sa figure, que les années n'avaient point embellie, n'avait jamais été ni jolie ni agréable ; ses petits yeux fauves et renfoncés avaient quelque chose de ceux d'une chouette ; sa bouche ne laissait plus apercevoir que trois dents qui étaient à la vérité d'une prodigieuse longueur ; son nez fort grand était recourbé comme celui d'une pie-grièche, et son menton pointu semblait défendre d'approcher d'un aussi laid visage. Telle était mademoiselle Bellavoine ; en la voyant on comprenait qu'elle avait pu en effet passer sa vie sans quitter ses caleçons.

L'autre personne était une jeune fille paraissant à peine dix-sept ans, d'une taille svelte, élancée et qui accusait des formes naissantes déjà fort agréables ; ses cheveux châtain-clair étaient relevés simplement, et retombaient en boucles sur un front blanc et spirituel ; ses yeux, sans être grands, plaisaient par leur expression à la fois naïve et maligne ; sa bouche souvent serrée et sérieuse, devenait riante et moqueuse quand un léger sourire s'y montrait ; enfin il y avait dans l'ensemble de ses traits de la finesse et de la malice que l'on semblait vouloir cacher sous une expression de candeur et de bonhomie : telle était mademoiselle Virginie Troupeau, que son père se plaisait à sur-

nommer la Pucelle de Belleville, ce qui sans doute ne voulait pas dire qu'il n'y eût que celle-là dans le pays.

La grand'tante de Virginie avait une paire de lunettes sur le nez et s'occupait à tricoter des bas ; la jeune fille tenait un gros livre dans lequel elle lisait, mais de temps à autre elle tournait la tête, allongeait le cou pour regarder par la fenêtre, laissant échapper des signes d'impatience, se permettant même de faire une légère grimace derrière le dos de mademoiselle Bellavoine, lorsque celle-ci lui disait avec sa voix aigre et glapissante :

— Eh bien ! ma nièce... pourquoi vous arrêtez-vous... ?

— Je ne sais pas ce que j'ai aujourd'hui, dit Virginie en posant le livre sur la table, ça me picote dans les jambes... j'ai des cousins bien sûr !

— Où donc les auriez-vous attrapés, ma nièce ? vous n'avez pas été promener dans les champs depuis plusieurs jours...

— Mais, ma tante, est-ce qu'on ne trouve des cousins que dans les champs ?... il y en a dans notre jardin peut-être...

— Allons, Virginie, continuez donc la sainte lecture commencée.

— Oui, ma tante... je ne sais plus où j'en étais, à présent...

— Il faudrait faire attention, mademoiselle...

— Ah ! m'y voici : C'est ce que vous ferez à Aaron et à ses enfants... vous leur mettrez la mitre sur la tête et ils seront... et... ils... Mon Dieu comme ça me démange... Ah !... c'est bien ennuyeux d'avoir des démangeaisons comme ça... c'est à la cuisse, tout en haut...

— Ma nièce, une demoiselle bien élevée ne doit jamais dire la cuisse... il y a comme cela des mots qui choquent dans la bouche d'une femme et qui provoquent des pensées inconvenantes !

— Ma tante, comment donc faut-il que je dise alors pour que vous sachiez où cela me démange ?

— Dites... le fémur, ce sera plus décent.

— Cela suffit, ma tante... Voulez-vous me permettre de me gratter un peu mon fémur ?

— Plus vous gratterez et plus cela vous démangera.

— Oh ! c'est égal, cela fait tant de plaisir de se gratter !

Et mademoiselle Virginie, enchantée de suspendre sa lecture, relève lestement sa robe, mettant au jour une petite culotte de finette qui enveloppait ses formes arrondies, et sous laquelle elle passe sa main blanchette afin de mieux se gratter.

— Voyez, ma nièce, s'écrie la vieille tante, à quel point est précieuse la coutume de porter des caleçons ; si vous n'en aviez pas en ce moment où vous avez été obligée de relever votre robe, combien vous auriez à rougir !

— Dame, ma tante... je ne sais pas si j'aurais rougi, mais je sais que j'aurais pu me gratter beaucoup plus facilement.

— La décence avant tout, mon enfant.

— Mais, ma tante, pourquoi donc toutes les femmes ne portent-elles pas des caleçons ?

— Parce que dans ce monde les bonnes coutumes ont toujours de la peine à s'établir : les hommes sont si pervers et les femmes si faibles !... mais, patience, il faudra bien que le vice soit terrassé à la fin.

— C'est donc le vice qui va sans caleçons, ma tante ?

— C'est lui qui s'est introduit sous mille formes dans le monde !... Certainement les habitants de Ninive, de Babylone, de Sodome et de Gomorrhe n'avaient point de mœurs, point de tenue... je suis sûre que leur costume était fort inconvenant.

— Mais Adrienne ne porte pas de caleçons, elle dit qu'elle ne pourrait pas marcher avec cela... et qu'une femme ne doit point être mise comme un homme.

— Mademoiselle Adrienne est une effrontée ; qu'elle s'habille comme elle le voudra, cela nous est bien égal ; ce que je désire, c'est que vous ne la voyiez pas souvent ; jamais seule surtout... entendez-vous, Virginie ? ne causez jamais avec elle quand vos parents ne sont pas là... c'est une société qui ne vous convient pas.

— Pourquoi donc cela ? Adrienne m'amuse, elle est bien gaie, elle rit toujours.

— Elle rit beaucoup trop même ; est-ce qu'une jeune fille bien élevée doit rire à tout propos, et quand des hommes lui parlent ?.... fi donc !... Voyez-moi, ma nièce, est-ce que je sourcille quand un monsieur me demande quel est l'état de ma santé ?... aussi aucun homme ne peut se flatter d'avoir ri ou plaisanté avec moi ; mais Adrienne a été fort mal élevée, son oncle et sa tante sont de si drôles de gens !... pourvu que madame mange, boive, que monsieur joue et dise de grosses bêtises, ils sont contents et ils ne s'occupent point de leur nièce ; aussi je fais fort peu de cas de ces Vaudoré !... Allons, Virginie, reprenez votre lecture ; je pense que vous vous êtes suffisamment grattée.

Virginie tourne la tête avec dépit, tire la langue à mademoiselle Bellavoine, puis reprend le gros livre et débite toujours sur le même ton :

— Vous prendrez du sang de veau, que vous mettrez avec le doigt sur les cornes de l'autel...

— Pas si vite, ma nièce, je vous en prie.

— Vous prendrez aussi toute la graisse qui couvre les entrailles et la membrane qui enveloppe le foie... Qu'est-ce que c'est qu'une membrane, ma tante ?

— Allez toujours, ma nièce; vous vous interrompez trop souvent; je perds le fil.

— Quel fil avez-vous perdu, ma tante?

— C'est votre lecture qui n'est point assez suivie... Allez donc, Virginie.

— Le foie... avec les deux reins et la graisse qui les couvre, et vous les offrirez en les brûlant... Oh! ma tante! brûler de la graisse! cela doit sentir bien mauvais?

— Non, mademoiselle, cela ne pouvait pas sentir mauvais, puisque c'était une offrande au Seigneur.

— Mais, ma tante, quand on fait seulement griller des côtelettes de mouton, vous savez bien que papa dit que cela sent la mouchure de chandelle?... Ah! mon Dieu, ma tante, voilà que cela me démange à la fesse maintenant...

— Ah! fi, ma nièce, fi!... quel mot vous venez encore de dire!

— Pourquoi donc fi, ma tante? est-ce que je ne dois pas avoir de...

Arrivée de M. Baisemon chez le comte de Séneville.

— Chut!... taisez-vous, c'est assez! ne révoltez pas de nouveau mes oreilles!... Mon Dieu! votre éducation est bien imparfaite... au lieu du mot ignoble que vous venez de prononcer, dites mon os coxal.

— Mais je vous assure, ma tante, que ce n'est pas un os, c'est bien gras...

— Je vous répète qu'il faut dire ainsi quand vous parlerez de cet endroit-là; mais c'est ce qu'il faut éviter... il y a des sujets qu'on ne doit pas aborder. Ah! mon enfant, quand vous aurez passé cinq ou six mois avec moi à Senlis, j'espère que vous ne retomberez pas dans ces fautes-là.

— Comment, ma tante, est-ce que vous voulez retourner à Senlis?

— Oui, ma nièce, je ne puis pas toujours rester ici, j'ai affaire chez moi; mais vous viendrez pendant quelque temps m'y tenir compagnie.

— Moi, ma tante!

— Oui, mon enfant, vos parents vous ont assez convenablement élevé; ils ont veillé sur votre innocence, c'est bien, mais cela ne suffit pas; il faut que vous ayez cette tenue, cet air qui commande le respect, qui impose aux hommes... qui les foudroie quand ils ont de méchants desseins.

— Est-ce que vous avez quelquefois foudroyé des hommes, vous, ma tante?

— Oui, ma nièce, oui, je peux m'en flatter...

— Qu'est-ce qu'ils avaient donc fait pour cela?

— Ils n'avaient rien fait, grâce au ciel; mais ils auraient peut-être voulu faire.

— Quoi donc, ma tante?

— Quoi donc!... c'est assez babiller... reprenez votre pieuse lecture.

— Ah! ma tante, vous me faites toujours lire dans le gros livre... j'aimerais bien varier ma lecture.

— Prenez le *Magasin des enfants*; je vous permets de lire la *Belle et la Bête*.

— Je sais par cœur tous les contes qui sont dans le *Magasin des Enfants*.

— Ah! mon Dieu! avec ces petites filles, il faudrait tous les jours en faire de nouveaux. Moi, ma nièce, à votre âge je relisais tous les jours le *Petit Poucet*!

— Ah! j'aime mieux ce que je ne connais pas.

— Allons, enfant gâtée, il faut toujours vous céder... Tenez, apportez ce volume qui est là-bas sur la commode... Oui, c'est cela; je vous permets de me lire de ce qu'il contient.

— Qu'est-ce que c'est que ce livre-là, ma tante? Est-il amusant?

— Extrêmement amusant, ma nièce; je l'ai trouvé parmi quelques ouvrages érudits que nous laissa mon pauvre père; je ne vois aucun danger à vous en permettre la lecture.

— Voyons le titre : *Relations des guerres entreprises par divers peuples de l'Europe*. Ah! c'est amusant des guerres!...

— Commencez à l'endroit où j'ai fait une corne.

« Le général hollandais voulut poursuivre ses succès dans les Indes orientales. »

— Est-ce là, ma tante?

— Oui, ma nièce; allez.

« Il se porta en avant, voulant soumettre les naturels des îles Moluques... »

— Qu'est-ce c'est que cela, des naturels, ma tante?

— Ce sont des sauvages.

« Des îles Moluques, il se dirigea sur Banda et Manille, dont les habitants voulaient faire une vigoureuse résistance; enfin, après avoir rassemblé toutes ses forces, le général hollandais prit Manille et Banda dans l'espace de trois jours. »

— C'était un grand général, à ce qu'il paraît...

— Eh bien! ma nièce, vous ne lisez plus?

— Ma tante, ça m'est bien égal, à moi, que ces gens-là se soient battus!... J'aimerais mieux lire autre chose... Ah! par exemple, un roman... Adrienne m'a dit qu'il y avait des romans bien intéressants, qu'elle en avait lu qui étaient charmants;

— Ah! Jésus, Marie! Quelle peste que cette petite Adrienne!... Un roman!... vous osez me demander à lire un roman!... Mais, Virginie, vous ne savez donc pas que ce sont des livres damnés, défendus, impies pour la plupart... qu'une jeune fille est perdue dès qu'elle a eu le malheur de mettre le nez dans un de ces pernicieux ouvrages?

— Mais puisque je vous dis qu'Adrienne en a lu... vous voyez bien qu'elle n'est pas perdue cependant.

— Pardonnez-moi, ma nièce; Adrienne est à mes yeux aux trois quart dans l'abîme... Ah! elle lit des romans et sa tante souffre cela... C'est bien; j'en dirai deux mots à madame Vauxdoré.

— Je ne veux pas que l'on gronde Adrienne... elle est si bonne fille... c'est elle qui m'a arrangé les cheveux ce matin pendant que maman déjeunait; voyez-vous, ma tante, comme je suis bien coiffée?

Mademoiselle Bellavoine lève la tête et examine la coiffure de Virginie, tandis que celle-ci, qui ne veut plus lire, se lève et sautille dans la chambre.

— Eh! mon Dieu! ma nièce, je n'avais pas encore remarqué votre toilette... Qu'est-ce que c'est que ces tortillons qui vous pendent sur les côtés?

— Ce sont des boucles à l'anglaise, ma tante.

— Vos boucles à l'anglaise vous donnent l'air d'une effrontée; retournez-moi cela bien vite derrière vos oreilles...

— Ah! ma tante... cela va si bien!...

— Et pourquoi votre fichu n'est-il pas croisé sur votre poitrine?

— Il fait si chaud, cela m'étouffe!

— Ma nièce, la décence d'abord... vous respirerez ensuite...

— Mais, ma tante.

— Mais, mademoiselle, je prétends qu'on m'obéisse... Allons, venez ici... là... ce fichu plus montant... à la bonne heure... vous êtes gentille à présent; vous avez l'air d'une petite sainte.

Virginie se laisse faire, mais elle se dit : — Arrangez-moi comme vous voudrez... je saurai bien me donner de l'air quand vous ne serez pas là.

L'arrivée de madame Trousseau interrompt la conversation de la vieille fille et de sa petite nièce. L'épouse du ci-devant marchand de fer est une grande femme de quarante ans, qui ressemble un peu à une girafe; elle porte toujours d'immenses bonnets surchargés de fleurs et de rubans, car sous son air sévère elle cache beaucoup de prétentions; elle a deux bouquets de poils sur la joue gauche, mais on lui a dit que c'étaient des grains de beauté, et c'est pour qu'on puisse mieux les voir qu'elle ne porte jamais de chapeau.

— Concevez-vous, ma tante, que mon mari ne soit pas encore revenu de Paris? dit madame Trousseau en entrant d'un air alarmé dans la chambre de mademoiselle Bellavoine.

— Votre mari avait sans doute plusieurs affaires à régler à Paris?

— Oh! plusieurs... je ne sais pas trop!... Quelques débiteurs à voir, entre autres M. le comte de Senneville; mais c'est bientôt fait cela, et il est parti d'hier à trois heures!... et voilà vingt-quatre heures qu'il est absent... je suis sur des charbons ardents!

— Allons, ma nièce, calmez-vous; une femme doit toujours conserver son quant à soi.

— Justement, ma tante, je veux mon quant à moi... et, ce qui m'alarme, c'est que Troupeau est allé à Paris avec ce M. Vauxdoré... un homme libre,... en qui je n'ai nulle confiance à l'égard des mœurs! Dieu sait tout ce que ces messieurs ont fait à Paris!—

— Pourquoi souffrez-vous que votre époux fréquente ces gens-là?... Pourquoi les recevez-vous vous-même?...

— Mon Dieu, ma tante, il ne faudrait voir personne alors!

— Eh bien! ma nièce, on ne voit personne plutôt que de se perdre en mauvaise société... Leur nièce, Adrienne, lit des romans; elle l'a dit à Virginie...

— Ah! ma tante, je sais ce que c'est : *Gil Blas* et *Amadis*; elle en parlait l'autre jour devant moi...

Mademoiselle Bellavoine tante des Troupeau et l'apôtre des caleçons.

— Je gage qu'il est question d'amour dans votre *Gil Blas*; donc c'est un mauvais ouvrage!...

— Ah! ce Troupeau!... me laisser ainsi dans l'inquiétude!... Comprenez-vous, ma tante, que madame Vauxdoré n'est nullement tourmentée de ce que son mari ne revient pas? Je viens d'aller chez elle, croyant qu'elle partageait mes émotions; je l'ai trouvée tout occupée de faire un canard aux navets! Ah! il y a des gens heureux! des gens qui ne sentent rien!

— Vous vous livrez trop à vos sensations, ma nièce; on croirait que vous ne pouvez pas vous passer deux jours de votre mari; cela n'est pas décent. La preuve que l'on peut fort bien se passer de ces choses-là, c'est que je n'en ai jamais pris, moi, et il me semble que je n'en ai pas moins l'air respectable. Ah! si toutes les femmes me ressemblaient, les hommes seraient bien attrapés.

— Ah! le voilà, ma tante... c'est lui, j'en suis sûre... je reconnais sa manière de se moucher.

CHAPITRE IV. — Effets du chocolat.

En sortant de chez le comte de Senneville, M. Troupeau était allé retrouver Vauxdoré, qui l'attendait sur le boulevard des Italiens

— Tu as été bien longtemps! dit Vauxdoré en voyant arriver son ami.

— Que veux-tu, mon cher, le comte m'a si bien reçu! il m'a fait déjeuner avec lui... il m'a forcé d'accepter...

— Et je vois qu'il t'a bien traité, car tu as l'air tout guilleret. Moi, je suis allé aussi chez un ami qui m'a fait boire d'un certain *vaspétro*!.. Oh! mon cher!... je veux en faire provision!... cela guérit et même prévient toutes les maladies!... et, comme j'aime mieux la liqueur que la tisane, j'ai pris l'adresse du *vaspétro* sans pareil... Tiens, voilà l'adresse : Madame *Pémoulié*, liquoriste, rue Duphot, nº 14... Un magasin magnifique.

— Oh! j'ai bu bien autre chose que ton vespétro!... Le comte m'a supérieurement traité.

— Je devine; des vins rares...

— Ce n'est pas tant le vin qu'un certain chocolat... Figure-toi, Vauxdoré, que j'ai pris d'un chocolat qu'on ne sert qu'aux têtes couronnées ou aux sultans à trois queues.

— Ah! mon Dieu! et quel goût a-t-il donc?

— Oh! un goût!... une chaleur... mais il faut être très-riche pour qu'il ne fasse pas mal à l'estomac.

— Que diable me contes-tu là?

— Je te dis ce que je tiens du jeune comte de Senneville, qui est maintenant mon ami intime... Dieu! quel aimable jeune homme! il m'a serré la main pendant près de dix minutes.

— Pourquoi faire?

— Par affection... et il viendra nous voir à Belleville. Dis donc, Vauxdoré, comprends-tu quel honneur!... il viendra... le comte de Senneville, nous voir à Belleville... avec son cabriolet et son domestique.

— Oui, oui, je comprends; mais il me semble qu'il serait temps d'y retourner, à Belleville; nos femmes doivent s'impatienter...

— Ah! c'est juste... allons... Nous prendrons la citadine en bas du faubourg du Temple.

Ces messieurs allongent le pas et suivent les boulevards. Le temps était beau, et il y avait beaucoup de monde à la promenade. A chaque instant M. Troupeau s'arrête et se retourne en s'écriant :

— Ah! mon ami, quelle jolie femme! L'as-tu vue?

— Non, je ne l'ai pas remarquée.

— Et celle-ci... les belles formes!...

— Elle est laide, celle-ci.

— Mais ses formes... moulées, mon cher! Et cette petite bonne... hum... friponne de bonne, si je te tenais!...

VIRGINIE TROUPEAU ET ADRIENNE VAUXDORÉ

— Tu sais bien, notre... chose sur quoi nous sommes assises... ma tante dit que cela doit s'appeler un os coxal.

— Ah çà, Troupeau, si tu t'arrêtes à chaque femme qui passe, nous n'arriverons jamais... Que diable as-tu donc? je ne t'ai jamais vu si amateur du beau sexe.

— C'est que je le trouve aujourd'hui plus beau qu'à l'ordinaire... Ah! voilà une charmante tournure... doublons le pas... je veux voir sa figure...

Et M. Troupeau tire son ami Vauxdoré; il bouscule les passants pour arriver plus vite devant une dame qui a un grand chapeau de paille Vauxdoré regarde son ami et lui croit quelques verres de champagne dans la tête. La dame au chapeau de paille se trouve avoir cinquante ans et une loupe sur un l'œil.

— Ce n'était pas la peine de pousser tout le monde pour cela! murmure Vauxdoré.

— Ma foi, c'est égal ! je lui dirais bien encore deux mots.

— Alors tu as le diable au corps, c'est sûr ! Eh bien !... tu t'arrêtes présent ?

— Je veux acheter des oranges.

— Pourquoi faire ?

— Parce que la marchande est gentille... Tiens,... viens la voir... c'est la jolie marchande du boulevard Saint-Martin... a-t-elle l'air polisson !... Combien vos oranges ?

— Trois sous, monsieur... flairez-moi ça...

— Hum !... séductrice !... je flairerais bien autre chose !...

Vauxdoré tire son ami par le pan de l'habit en lui disant à l'oreille :

— Troupeau, tu te compromets... Si c'était la nuit, je ne dis pas... mais le jour...

— Mais vois donc ces yeux-là !

— Voyons, monsieur, avez-vous fini de me toucher les mains?... vous êtes bien long à choisir...

— Je sais bien ce que je choisirais si tu voulais...

— Troupeau, si tu restes là, je m'en vais sans toi.

Ce n'est pas sans peine que Vauxdoré arrache son ami d'auprès de la marchande d'oranges. Enfin ces messieurs arrivent au faubourg du Temple ; la Citadine de Belleville passait ; ils montent dedans ; M. Troupeau va se coller contre une énorme femme qui a l'air fort commun, tandis que Vauxdoré s'assied près de la portière.

— Je ne lui ai jamais vu le vin si gai ! se dit Vauxdoré ; est-ce que par hasard il trouve aussi ce colosse à son goût ?

M. Troupeau cherchait en effet à lier conversation avec sa voisine ; la chose était facile : la dame ne demandait qu'à parler.

— Appuyez de mon côté, madame ; ne vous gênez pas... les dames ne me gênent jamais, moi.

— Vous êtes bien honnête, monsieur ; c'est que je suis un peu large...

— Raison de plus... en voiture il faut se prêter... Vous n'êtes pas de Belleville ?

— Non, monsieur ; je suis des Prés... Je viens de Paris, de consulter un fameux médecin pour mon homme qui est malade... Depuis six mois, il s'en va en crachats, le pauvre cher ami.

— Diable ! c'est fort désagréable d'avoir un mari qui s'en va... Appuyez-vous donc.

— Le médecin m'a dit comme ça, de lui faire appliquer des *moque-toi de ça* sur la poitrine.

— Des moque-toi... Ah ! des *moquepesa*, vous voulez dire !

— Oui, moque-toi... enfin c'est une petite chose qui vous brûle la peau... et il prétend que ça lui fera du bien.

— Appuyez-vous... Approchez-vous... ne vous gênez pas.

— Ce pauvre cher homme ! c'est pourtant une *courante d'air* qui lui a valu cette maladie-là ! Il était frais comme vous et moi avant ce chien de rhume !

— Appuyez-vous... laissez-vous aller.

— Vous êtes bien honnête. Et dame, c'est qu'il n'y a pas moyen qu'il travaille, depuis six mois il n'a presque pas touché à l'ouvrage.

— Votre mari est dans le commerce ?

— Non, il est dans la vidange.

Cette confidence amortit un peu la galanterie de M. Troupeau. C'est lui qui s'éloigne de la grosse femme, tandis que Vauxdoré sourit et prend une prise de tabac.

On est enfin arrivé à Belleville, les deux amis se séparent, Vauxdoré trouve sa femme tranquillement occupée à savourer un canard aux navets ; madame Troupeau n'était pas en aussi bonnes dispositions.

— Me voici, ma chère amie, dit l'habitant de Belleville en s'approchant pour embrasser sa moitié.

— Bonjour, ma tante... bonjour, Virginette... Eh bien ! madame Troupeau, embrassez-moi donc...

— C'est bien, monsieur, je veux auparavant savoir ce que vous avez fait depuis hier... une si longue absence !...

— Moi, je veux d'abord t'embrasser, nous causerons après...

Et monsieur Troupeau embrasse sa femme en la serrant dans ses bras avec plus d'ardeur que de coutume, ce qui fait murmurer mademoiselle Bellavoine qui trouve inconvenant que l'on s'embrasse devant elle.

— Maintenant, monsieur, vous allez, j'espère, nous apprendre ce qui vous a retenu ?

— Oui, tendre amie... Tu sauras tout. Tiens, Virginette, voilà des oranges que je t'ai achetées...

— Merci, papa...

— Comment, monsieur, vous avez acheté des oranges ?... à quel propos ?... quelle idée de rapporter des oranges !...

— Idée de faire plaisir à ma fille...

— Cela n'est pas clair... il y a quelque chose de caché sous ces oranges-là... Et le comte de Senneville, l'avez-vous vu ?... Et hier au soir, qu'avez-vous fait... et pourquoi revenez-vous si tard aujourd'hui ?

— Tu sauras tout cela, chère amie.

M. Troupeau se penche vers sa femme et lui dit à l'oreille, en faisant des yeux en coulisses :

— Je monte dans notre chambre à coucher... suis-moi, j'ai à te parler en tête-à-tête...

— Suis-moi, te dis-je, tu n'en seras pas fâchée.

M. Troupeau ajoute tout haut :

— Je vais monter à notre chambre... j'ai besoin de changer de bottes. Bobonne, tu viendras me donner des chaussettes... je ne sais jamais où elles sont.

En achevant ces mots, le ci-devant marchand de crin sort de la chambre en sautillant, puis il monte dans le sanctuaire conjugal, où il ôte ses bottes et tout ce qui peut le gêner.

Cependant madame Troupeau a regardé fixer son mari, elle ne devine pas ce qu'il veut lui dire ; mais elle s'écrie en s'adressant à sa tante :

— Mon époux a quelque chose... certainement il a quelque chose ; je ne le laisserai plus aller à Paris sans moi.

— Je crois que vous aurez raison ! répond mademoiselle Bellavoine en secouant la tête, tandis que Virginie mord dans les oranges en murmurant : — Moi, je trouve que papa est bien gentil !

Madame Troupeau n'a pas tardé à suivre son mari, parce qu'une femme est toujours curieuse de savoir ce qu'on veut lui dire en tête-à-tête. En entrant dans sa chambre à coucher, elle aperçoit son époux qui a ôté bien autre chose que ses bottes. Elle reste saisie et s'écrie :

— Qu'est-ce que cela veut dire ?

M. Troupeau se hâte d'aller mettre le verrou, puis il donne à sa femme une explication qui probablement la satisfait complétement ; car en sortant de la chambre à coucher pour retourner près de sa tante, un air aimable et gracieux a remplacé l'expression sévère qui depuis le matin rembrunissait le front de madame Troupeau.

— Eh ! dit la vieille tante en ôtant ses lunettes, votre mari vous a-t-il communiqué le résultat de son voyage ?

— Oui, ma tante, il vient de me le communiquer. Il paraît que ce jeune comte de Senneville est un homme charmant... il a fait déjeuner Troupeau avec lui... lui a fait prendre du chocolat... il l'a reçu d'une façon tout à fait intime.

— En vérité ?

— Oui, ma tante ; Troupeau a ses entrées dans l'hôtel du comte, il peut s'y présenter quand il le voudra... jour et nuit.

— Jour et nuit !... c'est fort honorable cela... Mais, ma nièce, est-ce que vous ne pensez pas à nous faire dîner... il me semble que voici l'heure ; à Senlis je serais à table depuis longtemps... nous n'avons pas déjeuné chez un comte, nous autres.

— C'est juste, ma tante, je vais voir si Babelle est prête à nous servir !

Madame Troupeau donne un coup d'œil à la glace, redresse son bonnet et descend à sa cuisine en fredonnant : « *Toujours ! toujours ! je te serai fidèle !* » et Virginie s'écrie :

— Ah ! c'est drôle comme maman est de bonne humeur depuis que papa a ôté ses bottes !

— Les femmes sont trop bonnes ! dit mademoiselle Bellavoine, un rien les calme, les apaise !... Ah ! si j'étais mariée, on ne m'aurait pas vue girouette comme cela ! lorsqu'une fois j'aurais été de mauvaise humeur contre mon mari, cela aurait duré toute l'année... il faut du caractère.

M. Troupeau revient, il est en pantoufles, il a passé sa robe de chambre, il cherche encore sa femme.

— Où est donc Bellotte... je ne la vois pas ?...

— Elle est à la cuisine...

— Comment ! est-ce qu'on pense déjà à dîner ?

— Déjà !... quand vous allez à Paris, mon neveu, vous y perdez donc l'appétit ?... il est trois heures et demie...

— Ah ! pardon, ma tante, c'est que j'ai si bien déjeuné... ma femme est longtemps à la cuisine.

Madame Troupeau reparaît en disant : « Dans quelques instants le dîner sera prêt... Babelle nous avertira. »

M. Troupeau se penche encore vers sa femme et lui dit tout bas :

— Viens donc là-haut... monte avec moi...

— Comment, monsieur... vous voulez derechef... mais il me semble...

— Ma chère amie, tu m'as donné des chaussettes qui me gênent, reprend M. Troupeau en élevant la voix ; je ne peux pas les garder, vu que j'ai un cor qui me fait mal... fais-moi le plaisir de venir m'en donner d'autres...

Après avoir dit cela, d'une enjambée il est hors de la chambre, à madame Troupeau, qui est restée un moment indécise, ne tarde pas à suivre son mari en balbutiant : « Au fait... si ses chaussettes le gênent, je ne veux pas qu'il ait des durillons ! »

Mademoiselle Bellavoine a remarqué avec humeur cette nouvelle disparition de son neveu et de sa nièce ; elle murmure entre ses dents : Je n'ai jamais vu monsieur Troupeau si délicat pour ses chaussettes... parce qu'il est l'ami d'un comte, ce n'est pas une raison pour changer de bas tous les quarts d'heure ! cela deviendrait ruineux...

Babelle vient annoncer que le dîner est prêt et les deux époux ne sont pas encore redescendus.

— Mais que peuvent-ils faire si longtemps là-haut ! s'écrie la vieille fille, cela devient ridicule... c'est me manquer de respect... Venez, Virginie, nous allons dîner sans eux, puisqu'ils s'embarrassent si peu de me faire attendre. Chez moi, à Senlis, j'ai mes heures réglées, je n'attends jamais.

Au moment où la vieille tante va se rendre avec sa petite-nièce dans la salle à manger. M. et madame Troupeau reviennent; le premier, l'air fier et conquérant; la seconde, les yeux baissés et quelque chose de langoureux dans la physionomie.

— Nous allions dîner sans vous, dit sèchement mademoiselle Bellavoine, car je ne comprends pas que l'on soit si longtemps pour mettre ses chaussettes.

— Pardon... excusez-nous, ma tante; Troupeau me faisait voir son nez...

— Eh bien! il fallait faire ce que je vous ai dit cent fois: appliquer dessus une feuille de bardane trempée dans le vinaigre; cela les fait mourir en très peu de temps.

— Ah!... oui... de la bardane... nous n'y avons pas pensé... mais il faut pardonner à mon mari d'oublier le dîner, il paraît qu'il a pris de si bon chocolat!... As-tu faim, mon ami?

— Mais oui, bobonne, je suis capable de très-bien dîner.

— Ah! méchant!... tu es capable de tout aujourd'hui! murmure madame Troupeau en se penchant vers son mari. Heureusement ces mots ne parvinrent pas aux oreilles de la vieille tante, qui en eût été scandalisée. Mademoiselle Bellavoine est déjà dans la salle à manger.

On sert le dîner; M. Troupeau y fait honneur, sa femme mange peu, elle se contente de sourire tendrement en regardant son mari. Mademoiselle Bellavoine a de l'humeur, elle ne dit rien. Pendant que son père découpe un poulet, Virginie s'écrie: Papa, vous me donnerez un petit fémur à ronger, n'est-ce pas? c'est ce que j'aime le mieux.

M. Troupeau regarde sa fille et ne comprend pas. L'ex-négociant n'était pas fort sur l'anatomie.

— Qu'est-ce que tu m'as demandé, Virginette? reprend-il enfin.

— Le fémur du poulet, papa, puisque ma tante m'a dit qu'il ne fallait pas dire la cuisse.

— Oui, mon neveu, dit mademoiselle Bellavoine, et j'espère que vous m'approuvez; ne trouvez-vous pas que ce mot est plus décent que l'autre?...

— Ma tante, certainemen... Je suis de votre avis... mais je vous avoue que je ne connaissais pas ce terme-là...

— Il faut les apprendre, mon neveu, je vous prêterai les livres savants que me laissa feu mon père!... on s'instruit à tout âge.

— C'est juste, ma tante; mais lorsque j'étais dans la plume et le crin, vous conviendrez que j'avais peu de temps à donner aux beaux-arts... à présent que je suis fort à mon aise, et l'ami intime du comte de Senneville, je ne serai pas fâché de pouvoir m'étendre sur tous les sujets... d'autant plus que le comte viendra nous voir... il me l'a promis...

— Il viendra chez vous, mon neveu? dit la vieille fille en regardant Troupeau avec plus de considération.

— Oui, ma tante, j'ai sa parole, et un homme noble ne peut pas y manquer.

— Ah! quel bonheur de recevoir un comte! s'écrie madame Troupeau. Je pleurerai de joie ce jour-là!... Mon ami, c'est le cas de faire repeindre notre escalier et nos corridors.

— J'y songeais, ma chère.

— Mon papa, un comte, est-ce plus joli garçon qu'un autre homme? Mademoiselle Bellavoine regarde sa petite-nièce d'un air sévère en disant: Virginie, à quoi pensez-vous là!... que signifie une telle question?

— Dame, ma tante, c'est pour savoir.

— Et cela prouve son innocence, dit madame Troupeau en passant sa main sur la joue de sa fille. Elle demande cela comme elle s'informerait de la beauté d'un éventail.

— Ma fille, reprend M. Troupeau, tous les hommes sont égaux devant la loi! Certainement mes principes sont connus!... Je hais le despotisme.

— Ce n'est pas cela que je vous demande, papa.

— Mais un comte a toujours des manières distinguées... élégantes... qui plaisent tout de suite... et M. de Senneville est très-bien... C'est un joli garçon... pétillant d'esprit.

— Est-ce chez lui que vous vous êtes cogné au front, papa?

— Eh mais!... en effet, dit madame Troupeau en regardant son mari. Tu as quelque chose au front... Comment n'avais-je pas vu cela!... J'ai été si... occupée depuis ton retour!

— Moi, je l'avais bien vu, dit mademoiselle Bellavoine, c'est un furieux coup que vous avez reçu là!

— Oui, ma tante, et pourtant c'est peu de chose... C'est un commissionnaire qui portait... une fontaine... et à Paris il y a tant de monde dans les rues... Je ne l'ai pas vu venir... le robinet m'a un peu attrapé... et... Ah! voici Rouget... viens donc, Rouget, que je te donne quelque chose!...

Rouget est un petit chat tout jeune, dont l'arrivée vient d'être fort agréable à M. Troupeau qui s'embarrassait dans son histoire; il s'empresse de le prendre, de le caresser; il lui présente sa joue; mais le chat grogne et veut griffer.

— Qu'a-t-il donc aujourd'hui, Rouget, il ne veut pas jouer... Il est méchant, dit M. Troupeau en déposant le petit chat à terre.

— Ah! je sais bien pourquoi il est sauvage, dit Virginie, c'est que ce matin notre bonne lui a coupé la queue avec une pelle rouge, cela m'aura fait mal, à ce pauvre chat.

— Ma petite-nièce, il ne faut pas dire la queue, c'est malpropre, s'écrie la vieille fille avec humeur; on dit: notre servante lui a coupé le superflu.

— Ça suffit, ma tante, je dirai superflu une autre fois.

La famille est encore au dessert lorsque arrive un petit monsieur d'une cinquantaine d'années, figure bouffie, bouche toujours ouverte, œil étonné, petite perruque lisse, un peu trop courte au-dessus des oreilles: tel est monsieur Tir, que sa taille a exempté de la conscription.

Monsieur Tir est un ancien employé; depuis qu'il est à la retraite il s'est retiré à Belleville avec sa femme et ses enfants; là il jouit d'une honnête aisance et peut s'adonner entièrement à la passion qui l'a toujours dominé, c'est de faire des feux d'artifice. Étant encore enfant, le petit Tir ne rêvait que fusées, bombes et serpenteaux; il jouait sans cesse avec de la poudre, qu'il pétrissait et mêlait avec de l'eau et du soufre; il en bourrait de petits canons et faisait partir cela aux yeux de ses camarades; en prenant de l'âge, son goût pour l'artifice n'a fait que s'accroître; c'est son seul bonheur, c'est son idée fixe. Pendant vingt ans de sa vie il ne s'est délassé des travaux bureaucratiques qu'en composant des soleils et des étoiles; il a toujours sur sa table de nuit des mèches et des étoupilles; il s'est marié pour avoir l'occasion de tirer des chandelles romaines; enfin il a nommé son fils Pétard et sa fille Poudrette. Du reste M. Tir est un excellent homme, point bavard, point cancanier, et ne mettant de l'artifice que dans ses cartouches.

— Monsieur, madame, toute la société, j'ai bien l'honneur de vous saluer, dit M. Tir en entrant. Ah! vous êtes encore à table... Ah! si j'avais su que vous fussiez à table...

— Qu'est-ce que cela fait? entrez donc, monsieur Tir. Est-ce que nous sommes à cérémonies entre nous?... Asseyez-vous donc...

— Vous avez dîné plus tard qu'à votre ordinaire aujourd'hui... car il me semble qu'à cinq heures vous avez toujours fini?...

— Oui, dit mademoiselle Bellavoine, c'est mon neveu qui est revenu tard de Paris... on n'en a pas fini pour se mettre à dîner.

— Monsieur Tir... une prune... un abricot... cela ne se refuse pas...

— Infiniment obligé... je sors d'en prendre... Je me suis hâté de dîner. Je n'ai même presque pas mangé aujourd'hui, parce que j'étais tourmenté... depuis trois jours ça me trottait dans la tête.

— Est-ce qu'il va encore y avoir des émeutes? dit mademoiselle Bellavoine en fixant sur M. Tir ses petits yeux fauves.

— Des émeutes... Ah! je ne vous dirai pas... Ce qui me tourmentait, c'était de trouver la manière de faire tourner trois soleils en sens inverses. Eh bien! je l'ai trouvée!... Oh! je la tiens!...

— Vraiment?

— Je fais tourner un soleil à droite, un autre à gauche, et le troisième reste immobile. Hein?... qu'en dites-vous?...

— C'est très-ingénieux.

— Vous vous occupez donc toujours de feu d'artifice, monsieur Tir!

— Oui, madame, c'est mon seul plaisir... Et puis, c'est bien amusant... pétrir de la poudre avec du charbon pilé, de la limaille de fer, du soufre... mesurer tout cela, ce n'est pas une petite besogne!

— Mais vous devez toujours avoir les mains noires?

— Ma femme y est habituée. Voilà mon petit garçon qui commence à aller bien... il fait sa petite bombe très-joliment... Ma fille travaille aux étoupilles... moi j'ai passé tout mon hiver à faire des fusées. J'ai masse de matériaux, et quand vous donnerez une fête... Il faut marier cette jolie demoiselle, nous lui tirerons ce jour-là un feu d'artifice qui se verra de loin, je l'espère.

— Chut! de grâce, monsieur Tir... Est-ce qu'on parle de ces choses là devant les jeunes filles? dit la vieille tante en se pinçant les lèvres.

— Et d'ailleurs nous avons le temps, dit M. Troupeau. Virginette est encore bien enfant..... Je prétends aussi qu'elle n'épouse qu'un homme... digne d'elle. Je suis à mon aise, et je veux choisir mon gendre... avec l'assentiment de ma tante...

— Assez, mon neveu, assez!... je vous en supplie!... s'écrie mademoiselle Bellavoine. Vous allez faire naître des idées à cette enfant!... c'est inconvenant!

— Je me tais, ma tante; mais alors, monsieur Tir, vous allez accepter un petit verre de cognac... Cela ne se refuse pas.

— Allons, va pour le cognac... nous le boirons à la découverte de mes trois soleils... si vous le permettez.

— Volontiers... Nous boirons au soleil, à la lune, à tout ce que vous voudrez.

— Mon Dieu! comme votre mari a le verbe haut ce soir! dit mademoiselle Bellavoine à madame Troupeau. Ce voyage à Paris lui a fait du tort.

— Mais je ne trouve pas, ma tante, répond madame Troupeau en versant du cognac à son époux.

Vauxdoré entre au moment où ces messieurs vont trinquer. La vieille tante fait la grimace à la vue du voisin; celui-ci tient un jeu de dames sous son bras, et s'écrie en arrivant:

— Je viens de gagner une partie superbe à mon voisin le capitaine... et vous savez qu'il est fort... Mesdames, je vous présente mes hommages... J'apporte le jeu... je veux vous montrer le coup qui est compliqué... Bonsoir, monsieur Tir, je suis allé à dame comme ça ne m'était jamais arrivé... faites-moi un peu de place.

— Vauxdoré, tu vas prendre un petit verre? dit M. Troupeau pertant que son ami place son damier sur un coin de la table et arrange ses dames.

— Non, non, laisse que je me rappelle bien comment le jeu était disposé.

— A la réussite de mes soleils!... dit M. Tir en se levant. Troupeau a déjà avalé son cognac; depuis qu'on est au dessert, il semble éprouver des inquiétudes dans les jambes, il regarde sa femme, lui fait des mines, lève les yeux au plafond et ne fait que peu d'attention au damier.

— Voilà positivement comment nos dames étaient placées, dit Vauxdoré, j'avance celle-ci et je donne à prendre... Examine le coup, Troupeau.

— Oui, oui... j'examine aussi... c'est que...

— Mon Dieu! mon neveu, qu'avez-vous donc à vous tortiller ainsi sur votre chaise?... Voilà un quart d'heure que vous êtes en mouvement!

— Ma tante, je vous demande pardon... je vous avoue que mon cor me gène toujours... Bobonne ne me l'a pas bien arrangé apparemment... ou ce sont mes chaussettes qui...

— Comment, mon neveu, voici encore l'histoire de votre cor qui va recommencer.... mais cela devient une infirmité!... c'est fort ennuyeux. Allons, ma nièce, montez vite avec votre mari et coupez-lui ce cor de manière que nous ne l'en entendions plus parler.

Madame Troupeau ne se fait pas répéter cet ordre : elle suit son mari, qui est déjà sur l'escalier, tandis que Vauxdoré lui crie :

— Attends donc... que je te montre comment on va à dame!

Réduit à expliquer son coup à M. Tir, qui ne voit partout que du feu, Vauxdoré remet avec humeur les dames de côté; mais il tire un jeu de cartes de sa poche et force l'artificier à faire avec lui une partie de mariage, c'est le seul jeu que possède M. Tir.

— Je ne propose pas une partie à mademoiselle Bellavoine, dit Vauxdoré, je sais qu'elle n'aime pas les cartes.

— Je les ai en horreur; je n'en ai jamais touché de ma vie, répond sèchement la vieille tante. C'est un péché que le jeu.

— Elle aime mieux médire de son prochain, dit tout bas Vauxdoré. Je me défie de ces gens qui n'aiment rien, c'est qu'ordinairement on ne les a jamais aimés. Qu'en pensez-vous, monsieur Tir!

— Je pense... qu'il tournera pendant près de trois minutes.

— Quoi donc?

— Mon triple soleil.

Il y a près d'une demi-heure que les époux ont disparu; Virginie regarde à travers les carreaux de la fenêtre; Vauxdoré a gagné six parties à M. Tir; mais mademoiselle Bellavoine s'impatiente et se tourne à chaque instant vers la porte de l'escalier, en murmurant :

— Il se passe aujourd'hui quelque chose d'extraordinaire entre mon neveu et ma nièce!... Que peuvent-ils faire là-haut?... on se conduit d'une façon inconvenante dans cette maison! C'est me manquer de respect que d'être si longtemps dans leur chambre.... Ah!... je vois bien que j'ennuie ici... c'est bon... je retournerai chez moi... là, du moins, je commande, et tout obéit à mes volontés.... Bientôt trois quarts d'heure pour s'extirper un durillon!... monsieur Troupeau a donc des exostoses au pied!

— Il est certain, dit Vauxdoré, que je ne suis pas aussi long pour couper un cor... Zig, zag!... en deux coups c'est fait.

— Ils font peut-être une fusée, dit M. Tir.

— Je ne sais pas ce qu'ils font, mais cela devient ridicule. Est-ce que par hasard ma nièce aurait blessé son mari en voulant lui extirper ce cor?... je veux m'assurer de cela.

Mademoiselle Bellavoine se lève, prend la grande canne sur laquelle elle s'appuie en marchant, et laissant sa petite-nièce regarder à la fenêtre, elle sort de la salle et monte l'escalier qui mène chez madame Troupeau.

La vieille tante marchait doucement, trainant ses jambes frêles, et reprenant haleine à chaque instant. Elle arrive cependant devant la porte de la chambre des époux, elle s'arrête, elle a entendu du bruit. Elle écoute, parce qu'on peut avoir horreur des cartes et écouter aux portes; le son d'un gros baiser parvient à ses oreilles; mais comme il y a un pinson dans la chambre de sa nièce, elle se figure que c'est l'oiseau qui vient de chanter. Elle cherche la clef, elle n'est pas sur la porte.

— Comment, ils se sont enfermés!... dit mademoiselle Bellavoine, cela me semble bien extraordinaire... s'enfermer pour couper un cor... Allons, voilà encore le pinson qui chante... Que font-ils donc à cet oiseau?... si je pouvais voir!...

Et la vieille fille applique son petit œil de chouette sur le trou de la serrure, et au bout d'un moment elle pousse un cri perçant et s'éloigne de la porte en disant :

— Quelle horreur!... quelle indignité!... il ne l'a plus... au milieu de la journée!... Je ne resterai pas davantage dans cette maison!...

Aux cris de la vieille tante, monsieur et madame Troupeau sont sortis de leur chambre. Ils s'informent de la cause de ce bruit qui les a étrangement troublés. La vieille fille continue de descendre l'escalier, en frappant à terre avec sa canne et criant :

— Dès demain je pars... je retourne chez moi, à Senlis. Je ne veux pas habiter plus longtemps une maison où je suis exposée à voir de ces choses-là!...

— Mon Dieu! ma tante, que... que voulez-vous dire? dit Troupeau en rougissant jusqu'aux oreilles.

— Ce que j'ai vu, ma nièce, que votre mari n'avait plus...

— Mais, ma tante...

— La nuit, pour dormir, je ne dis pas; et encore un homme devrait coucher avec. Mais au milieu de la journée, devant sa femme ôter son caleçon!... C'est ignoble, ma nièce.

— Ma tante, c'est que...

— Mon neveu, je ne sais pas ce que vous avez fait à Paris, mais vous en avez rapporté des façons beaucoup trop libres... Tout cela me déplaît! Ce soir, je fais mes paquets et demain je retourne à Senlis.

— Ah! ma chère tante, calmez-vous!

— Non, ma nièce, je veux retourner chez moi; j'y suis décidée. Quant à votre fille Virginie, gardez-la!... Oh! gardez-la près de vous. Je ne veux plus me mêler en rien de son éducation.

C'est en vain que M. Troupeau et sa femme essaient de calmer la colère de leur tante. La vieille fille n'écoute rien; elle va s'enfermer dans sa chambre, où elle prépare ses paquets. Le lendemain, elle fait mettre le cheval à sa carriole de voyage, qu'elle nomme son cabriolet, et qui ressemble à une voiture de boulanger; puis un vieux paysan que mademoiselle Bellavoine appelle fastueusement son laquais, monte sur la banquette d'avant, et fouette le cheval qui emmène la vieille fille.

CHAPITRE V. — Deux jeunes Filles.

M. et madame Troupeau ont été mortifiés du départ précipité de leur tante; cependant, ils ne conçoivent pas de sérieuses inquiétudes de ce moment d'humeur, mademoiselle Bellavoine les ayant habitués à supporter les boutades de son caractère; ils comptent d'ailleurs faire entièrement la paix avec leur tante, en lui envoyant Virginie dès qu'elle la fera demander.

Bien loin d'être contrariée du départ de mademoiselle Bellavoine, Virginie en est enchantée : elle ne s'entendra plus dire toute la journée : « Tenez-vous droite, baissez les yeux... ne vous servez pas de ce mot-là. » Elle ne sera plus obligée de faire tous les jours des lectures qui l'ennuient; elle pourra voir son amie Adrienne; enfin elle sera plus libre, car ses parents, qui l'adorent, ayant la plus entière confiance dans son innocence, ne l'empêchent pas de faire sa volonté; et cela est si joli à dix-sept ans de pouvoir faire sa volonté! Plus tard nous trouvons doux aussi de faire toutes les volontés d'une autre... puis, en avançant dans la vie, nous redevenons égoïstes et volontaires comme étant enfants.

Cette Adrienne, que mademoiselle Bellavoine ne pouvait pas souffrir, était cependant une jolie personne. Elle avait deux ans de plus que Virginie, elle était plus grasse, plus formée; c'était une brune aux yeux vifs et noirs : son petit nez, légèrement redressé, donnait à sa physionomie quelque chose de badin; ajoutez à cela une bouche bien garnie, qui riait presque toujours, de jolies couleurs, de la gaieté dans l'esprit, de la vivacité dans les mouvements, de l'étourderie dans le caractère; et l'on concevra que les jeunes gens dussent aimer à faire rire mademoiselle Adrienne; s'ensuit-il de là que c'était une connaissance dangereuse pour Virginie, et doit-on suspecter la vertu d'une femme parce qu'elle rit facilement? C'est ce que probablement la suite nous apprendra.

M. et madame Vauxdoré allaient assez souvent le soir faire une partie de nain jaune chez M. Troupeau, où se réunissaient quelques autres personnes du voisinage. Adrienne accompagnait ses parents, mais elle ne jouait pas; elle apportait son ouvrage et allait travailler, ou plutôt causer à côté de Virginie, qui préférait babiller avec son amie à tenir des cartes dans sa main, et répéter pendant deux ou trois heures de suite : Six sans sept, ou dame sans roi. Quand le jeu était bien en train, Virginie faisait un signe à Adrienne qui la suivait dans sa chambre, où l'on était plus libres pour jaser et se faire des confidences. Entre jeunes filles, c'est si gentil, les confidences! et la plus sage en a toujours à faire.

Le lendemain du départ de mademoiselle Bellavoine, la famille Vauxdoré arrive pour faire la partie; M. Troupeau est étendu depuis la veille dans un grand fauteuil à la Voltaire, il a l'air de ne pas pouvoir se bouger, on voit que ses cors le laissent fort tranquille, et que c'est tout au plus s'il sera en état de jouer au nain jaune.

M. Tir est venu avec son fils Pétard et sa fille Poudrette, auxquels il veut bien permettre la récréation du nain jaune, parce qu'il a été content des mèches que ses enfants lui ont fabriquées toute la semaine; quant à lui qui n'aime pas le jeu, il a dans sa poche des cartouches du papier et une boîte à colle; il va s'asseoir dans un coin du salon et demande à la société la permission de terminer un petit soleil à bombe, pièce compliquée et de sa composition; ce qui lui est accordé par madame Troupeau, à condition qu'il ne s'approchera pas de la chandelle.

Virginie et Adrienne ont fait semblant d'aller travailler contre une croisée; mais dès que le jeu est animé, elles s'éclipsent et montent à la petite chambrette de mademoiselle Troupeau, qui touche à celle de ses parents.

— Nous voici seules, enfin, dit Virginie en s'asseyant près de son amie. Nous pouvons causer.

— Tu n'aimes donc pas mieux rester avec la famille Tir? dit Adrienne en riant; elle est cependant bien aimable, la petite Poudrette qui a toujours la figure barbouillée de limaille, de charbon!... et ce grand niais de Pétard, qui saute sans cesse comme un cabri et qui empoisonne le soufre!...

— Oh! j'aime bien mieux parler avec toi... Il y a plusieurs jours que nous ne nous sommes vues!...

— Ta vieille tante était si aimable! elle ne te quittait pas plus que ton ombre.

— Et il fallait lui faire des lectures toute la journée, et puis elle me reprend sans cesse : par exemple... tu sais bien... notre chose... sur quoi nous sommes assises...

— Notre chaise?

— Non... ce qui nous suit toujours.

— Ah... ça?

— Oui, et bien, ma chère, au lieu du nom que nous lui donnions, cela doit s'appeler un os coxal.

— Ah! cette bêtise!... c'est ta tante qui dit cela?

— Et bien autre chose, encore! C'est qu'elle est méchante!... jusqu'à vouloir m'empêcher de me gratter quand ça me démange!

— Ah! c'est trop fort.

— Heureusement que tout cela ne me gênait guère.

— Mais par quel hasard est-elle partie si vite?... Vous comptiez qu'elle resterait encore quinze jours?

— Je ne sais ce qui lui a pris... C'est après le dîner... Elle était fort mécontente parce que papa et maman étaient montés plusieurs fois à leur chambre.

— Comme s'ils n'étaient pas les maîtres.

— Papa avait des cors qu'il voulait faire tailler... Mademoiselle Bellavoine a trouvé cela ridicule... Elle les a suivis, elle est revenue en fureur... je ne sais de quoi!... Enfin, elle est partie. Mais on prétend qu'il faudra que j'aille passer quelque temps chez elle à Senlis...

— Ah! ma pauvre Virginie, c'est là qu'il faudra de la raison pour ne pas mourir d'ennui!... Moi, je ne pourrais pas y tenir; mais toi, tu es si sage!...

— Oh! oui, certainement... je suis bien sage... Mais ça n'empêche pas de penser...

— Tu n'aimes ni le spectacle, ni les bals, ni la danse... tandis que je suis folle de tout cela!

— J'ai l'air de ne pas aimer cela devant ma tante, parce que ça lui fait plaisir... et, comme je veux être son héritière, je suis bien aise de lui faire plaisir; mais au fond du cœur je grille de connaître le spectacle, et je voudrais bien aller au bal si je savais danser; on ne m'a pas fait apprendre parce que ma tante a prétendu qu'il suffirait que je susse faire la révérence... Ah! je la fais bien, la révérence... Veux-tu que je t'en fasse une?

— Non, merci; garde-la pour danser un menuet. Moi, j'aime le monde... la société... C'est si amusant quand des messieurs aimables viennent faire les galants... nous adresser des compliments... nous faire la cour enfin! je les laisse dire... je ris de leurs belles paroles, de leurs soupirs... Tiens!... il faut bien rire! Est-ce qu'il y a du mal à cela?... D'ailleurs, je voudrais trouver un mari, et comme je ne suis pas riche, moi, il me semble que ce n'est pas en faisant une mine sévère, ou en ne répondant que par monosyllabes, que j'inspirerai une passion profonde à un beau jeune homme.

— Ah! tu veux inspirer une passion à un beau jeune homme?

— Certainement que s'il était laid ça me serait fort égal qu'il m'aimât, je n'en voudrais pas. D'abord, moi, je veux aimer mon mari! je veux l'adorer, l'idolâtrer!... Oh! que ce doit être gentil un mari... quand il est gentil!

— Tu crois que c'est gentil?

— Apparemment, puisque toutes les demoiselles en prennent.

— Ma tante n'en a pas pris, elle.

— Parce qu'on n'aura pas voulu d'elle malgré ses écus. Elle était trop laide et trop méchante!

— Mais, dis donc, quand on a un mari, est-ce que les autres hommes ne nous adressent plus de compliments... ne nous font plus la cour?

— Oh! si; mais on ne doit plus les écouter. On a son mari, ça suffit.

— Ah!... ça suffit... C'est dommage!... on ne peut donc plus rire avec les jeunes gens?

— On rit innocemment...

— Qu'est-ce que ça veut dire, innocemment?

— Oh! mon Dieu, que tu es niaise, tu ne comprends rien, toi; cela veut dire qu'on ne leur accorde aucune faveur!

— Ah!... et qu'est-ce que c'est que des faveurs?

— C'est... comme par exemple de se laisser prendre la main... puis quand on nous la serre, de la serrer aussi... mais un tout petit peu... ensuite de sourire quand on nous regarde... mais de sourire tendrement. Ah! si tu savais comme tout cela rend les hommes heureux!

— Comment fait-on pour sourire tendrement?

— Ah! quand on est près de quelqu'un qu'on aime déjà... un petit brin, je t'assure que c'est bien facile!...

— Bah!... est-ce que tu as déjà quelqu'un que tu aimes un petit brin, toi?

— Ah! mademoiselle!... rangez-vous avec son air simple comme

elle fait attention à tout!... Si tu me promettais de n'en pas parler, je te dirais quelque chose.

— Oh! dis-moi quelque chose, je t'en prie... A qui veux-tu que j'en parle, je ne cause qu'avec toi.

— Eh bien, écoute : je crois que j'ai fait une conquête, un joli garçon, un brun, aux yeux bleus... M. Doudoux... connais-tu M. Doudoux?

— Non.

— C'est un jeune homme qui habite Belleville depuis peu; il y est venu avec sa mère, qui était malade et veut y rétablir sa santé. Ce sont des gens à leur aise... ils s'appellent Ledoux, mais comme la maman appelle toujours son fils Doudoux, on le nomme aussi comme ça, d'autant plus qu'il a l'air d'une demoiselle! Oh! il est très-timide!... Il est encore bien jeune, il n'a que dix-neuf ans... c'est ce qui me chagrine... le même âge que moi... il me trouvera peut-être trop vieille pour lui!...

— Et enfin, ce monsieur?...

— Il reste toute la journée à étudier chez sa mère : il ne sort que le soir avec elle... Oh! il est rangé comme une fille. Cependant mon oncle ayant eu occasion de les rencontrer chez des personnes de Ménilmontant, ils sont revenus ensemble à Belleville, de là on a fait connaissance, on s'est engagé réciproquement à aller faire la partie l'un chez l'autre; enfin, nous sommes allés chez eux. Après nous avoir salués, M. Doudoux, qui avait ce jour-là un de ses camarades de collège chez lui, est allé causer avec son ami dans une pièce voisine. Moi, pendant qu'on jouait, je n'ai eu l'air de rien, je me suis approchée de la porte de la chambre où étaient ces messieurs; comme ils causaient avec feu et que la porte n'était que poussée à demi, j'ai pu entendre une partie de leur conversation... oh! c'était bien intéressant!...

— De quoi parlaient-ils donc?

— Des femmes... des demoiselles... enfin, du beau sexe en général

— Est-ce que nous sommes le beau sexe, nous?

— Assurément.

— Alors les hommes c'est le vilain sexe?

— Ce n'est pas cela, c'est-à-dire que c'est aux femmes que l'on doit aide et protection. Ecoute-moi donc : M. Doudoux disait à son ami : Ah, mon cher! que la femme est un être ineffable!... Quand j'en vois... ça me fait faire des rêves terribles... J'en deviens tout de suite amoureux, mais je n'ose pas le leur dire... Auprès d'elles je tremble, je rougis, je perds toutes mes facultés!...

— Ah! ce pauvre jeune homme!

— L'autre répondait : Ah! que tu es bête!... Moi, j'ai déjà eu six maîtresses... et je leur ai fait des traits pendables; aussi on m'adore, on ne me résiste pas!

— Voyez-vous ce monsieur! Etait-il gentil, celui-là?

— Non, un vrai carlin. Enfin, ce pauvre M. Doudoux répondait en soupirant : Tu es bien heureux, toi, de savoir tout de suite te faire aimer!... Mais aussi quelle ivresse j'éprouverai quand je rencontrerai une âme qui se confondra avec la mienne, un cœur qui comprendra les pulsations du mien!...

— Qu'est-ce que cela veut dire, tout ça!

— Ah! cela veut dire probablement qu'il voudrait être aimé de quelqu'une.

Comme la conversation finissait, je m'éloignai de la porte. Quand M. Doudoux revint au salon, je ne pus m'empêcher de le regarder avec... intérêt; d'abord, il est fort bien, ce jeune homme... Je ne sais pas s'il s'aperçut que j'avais les yeux sur lui, mais il devint très-rouge Ce soir-là il ne me dit rien du tout; mais lorsqu'il vint à la maison avec sa mère, il m'adressa pourtant la parole. Je lui répondis, et, quoiqu'il soit très-sérieux, je trouvai moyen de le faire rire. Alors il devint moins timide... et enfin l'autre soir il me dit à demi-voix que les jours où il me voyait étaient marqués sur de la pierre blanche.

— Je ne comprends pas cela.

— Moi j'ai deviné que cela voulait dire qu'il aimait beaucoup à me voir.

— Ah! de la pierre blanche ça veut dire cela?

— Oui, c'est une figure... M. Doudoux aime beaucoup à faire de grandes phrases. Je lui ai répondu que j'avais aussi du plaisir à le voir, et qu'il n'avait qu'à venir plus souvent avec sa mère... Oh! alors, si tu savais comme il paraissait enchanté! Il s'est écrié : *O bone Deus! Jehova!*

— Ah! mon Dieu! est-ce qu'il récitait ses prières?

— Non; c'était des exclamations de joie, de plaisir. Comme il est très-savant, il parle souvent latin.

— Et tu comprends le latin, toi?

— Je ne comprends pas, mais je devine ce que cela veut dire à la pantomime de M. Doudoux. Au reste, je pense que tu le verras bientôt chez nous... Ils viennent très-souvent. Et à présent que ta vieille tante est partie, j'espère que tes parents et toi reviendrez nous voir comme autrefois.

— Je suis bien curieuse de le voir, ton M. Doudoux...

— Ah! Virginie, si tu savais comme c'est amusant d'avoir un sentiment... d'avoir quelqu'un qui nous occupe... alors on n'a plus un moment d'ennui... on pense à ce qu'il nous a dit... à ce qu'il nous dira...

Ce jeune homme ne m'a pas encore positivement déclaré qu'il m'aimait, mais je vois bien qu'il brûle de me le dire.

— Puisque c'est si gentil, moi aussi je veux avoir un sentiment; je veux connaître un jeune homme qui brûle du désir de me dire quelque chose.

— Mais il est bien entendu que cela doit être pour le bon motif!

— Qu'est-ce que tu veux dire avec ton bon motif?...

La conversation des jeunes filles est interrompue par une forte explosion qui part du salon; ce bruit soudain est suivi de cris, d'exclamations : il semble que la maison soit bouleversée. Les deux amis ont tressailli de frayeur; elles descendent précipitamment l'escalier en se disant :

— Mon Dieu! qu'est-il donc arrivé en bas?

Lorsque Virginie et Adrienne arrivent à la porte du salon, elles le trouvent rempli de fumée, mais éclairé par un soleil d'artifice qui brûle sur le beau fauteuil à la Voltaire; madame Troupeau et madame Vauxdoré se sont cachées sous la table de jeu pour ne pas recevoir d'étincelles, les deux maris sont blottis derrière des rideaux; mademoiselle Poudrette tient une chaise sur sa tête, et regarde le feu comme si elle était à Tivoli; Pétard est au milieu du salon, où il fait des bonds et des éclats de rire, tandis que M. Tir est dans un coin de la chambre, l'air tout stupéfait et la moitié de la figure et de la perruque brûlée.

Pendant que la société jouait au nain-jaune, M. Tir, brûlant du désir de terminer son soleil à bombe dans la soirée, avait oublié la recommandation de madame Troupeau; mais il attachait des conducteurs, il voulait que ce fût solidement fait. Il s'était beaucoup trop rapproché de la chandelle, et voilà qu'au moment où Vauxdoré s'écriait d'un air triomphant : — Je place mon nain!... Pan!... un conducteur prend feu, puis le soleil, puis la perruque de M. Tir, qui, en recevant les rayons du soleil dans le visage, repousse loin de lui la pièce d'artifice, et la société est aux champs; les dames jettent de grands cris, parce que le soleil, rejeté par M. Tir, est allé pétiller sous leurs jupons. On quitte la table, on bouleverse tout, le soleil est pris et rejeté au hasard, et il est allé achever sa carrière sur le fauteuil à la Voltaire au moment où les deux jeunes filles arrivent à la porte du salon.

Le soleil s'éteint enfin; alors la frayeur se calme, les dames sortent de dessous la table, les hommes leur donnent la main pour se relever, et madame Troupeau s'écrie :

— Voilà un événement bien désagréable!... Je vous avais prévenu, monsieur Tir, je vous avais dit : — N'approchez pas de la lumière... mais quand vous êtes dans votre artifice, vous n'écoutez rien.

— J'ai eu terriblement peur, dit madame Vauxdoré, j'ai reçu des étincelles dans les mollets... Tenez... voici les preuves... des trous à mes bas.

— Mon beau fauteuil à la Voltaire est perdu!... totalement perdu! dit Troupeau avec humeur; je sais bien que mes moyens me permettent d'en acheter un autre... mais ce n'en est pas moins désagréable...

— Je suis confus... je suis désespéré, répond M. Tir qui n'ose pas se plaindre de sa figure et de ses cils brûlés. Je ne comprends pas comment cela s'est fait... J'avais cependant l'œil sur les mèches!...

— C'était tout de même bien gentil! dit mademoiselle Poudrette.

— Oui, s'écrie Pétard, c'est seulement dommage que ça ne tournait pas... une autre fois, papa, quand tu en feras partir dans un salon, attache-les à quelque chose.

— J'espère que ça ne sera pas chez moi, dit madame Troupeau; et toi, ma chère Virginie, où étais-tu donc dans ce terrible instant?

— Maman, je venais de monter à ma chambre avec Adrienne... Je lui montrais la dernière robe que tu m'as donnée.

— Comme c'est heureux!... Si ces jeunes filles eussent été là, cet artifice pouvait les dévisager!... Ah! monsieur Tir, désormais je vous craindrai comme le feu!

— Madame, je suis désolé... c'est que les conducteurs étaient trop bons!

— C'est d'autant plus contrariant, dit Vauxdoré, que je venais de placer mon nain jaune, je faisais un coup superbe... je gagnais beaucoup... mais on a poussé la table... mêlé tous les jeux!...

— Bien heureux encore d'en être quitte pour la peur. Allons, Vauxdoré, Adrienne, disons bonsoir à nos voisins et allons nous coucher. Je gage que je rêverai d'incendie.

La compagnie se retire, M. Tir, toujours confus en renouvelant ses excuses et ramenant sur son front ce qui lui reste de sa perruque; Adrienne en souriant à Virginie et lui disant à l'oreille :

— Tâche de venir demain, tu verras Doudoux.

— Mon pauvre fauteuil à ressort! dit M. Troupeau en allant se coucher.

— Certainement, j'ai eu aussi quelque chose de brûlé, dit madame Troupeau; mais je verrai cela tout à l'heure. Je ne suis pas comme madame Vauxdoré, qui montre ses mollets à toute la société.

Virginie ne dit rien, mais elle pense... elle pense beaucoup, et ce n'est pas au soleil d'artifice.

CHAPITRE VI. — Première espièglerie de Virginie.

Il est rare que nous ne rêvions pas à ce qui nous a fortement ému la veille, soit peines, soit plaisirs; s'ils ont produit sur notre âme une vive impression, dans nos songes cette impression se reproduit encore. On dit que le sommeil est le repos. Oui, pour ceux qui ont été calmes et exempts de soucis dans le courant de la journée; mais regardez dormir le joueur, l'ambitieux, le jaloux, le malheureux qui n'a pas de pain à donner à ses enfants, et dites-moi si ces gens-là goûtent ce doux repos!... pour eux le sommeil est encore une fatigue : c'est eux cependant qui auraient besoin de connaître ses douceurs; mais le repos sera pour celui que la fortune comble de ses dons, que rien n'inquiète, ne tourmente, par la raison que l'eau va toujours à la rivière, ce qui ne prouve pas, quoi qu'en dise le docteur Pangloss, que tout soit bien ici-bas.

S'il est des songes agréables, quoiqu'ils nous agitent encore, il me semble que ce doit être ceux d'une jeune fille ne connaissant l'amour que par les petites confidences de ses amies, ou ce qu'elle a pu saisir en écoutant innocemment quelques conversations. Que de plaisirs, de jouissances nouvelles elle entrevoit lorsqu'on lui fera la cour, lorsqu'un jeune homme qu'elle crée, qu'elle façonne, qu'elle habille même à sa fantaisie, lui dira : — Je vous aime, je ne veux aimer que vous! Quand elle dort, elle voit le beau jeune homme auquel elle a pensé la veille; il est à ses genoux, puis il est dans ses bras, enfin, sans qu'elle sache comment, il se trouve à ses côtés sur sa couche solitaire : on sait que dans un rêve les choses les plus extraordinaires paraissent toutes naturelles!... et quelquefois on est bien fâché de s'éveiller, car même en songe le bonheur est toujours imparfait.

Virginie a rêvé à M. Doudoux, que pourtant elle ne connaît pas encore; mais la conversation de la veille lui avait monté l'imagination; dans son rêve, M. Doudoux lui faisait la cour, c'était d'elle qu'il était amoureux, et non pas d'Adrienne. Lorsque Virginie s'éveille, elle se frotte les yeux avec humeur en disant : — Ah! c'est dommage... voilà qu'à présent ce sera d'Adrienne qu'il sera amoureux... c'était plus amusant dans mon rêve...

Pendant le déjeuner Virginie demande à sa mère d'un air indifférent si on ira le soir chez madame Vauxdoré.

— Mais... pourquoi cela, ma fille?

— Maman, c'est que... Adrienne m'a dit qu'elle me montrerait de jolies images qui viennent du journal des modes et dont on lui a fait cadeau... Comme il y a longtemps que nous n'avons été chez elle, je n'ai pas encore vu cela, et moi j'aime beaucoup les images.

Madame Troupeau sourit de l'innocence de sa fille qui place son bonheur dans de si simples récréations; elle répond :

— Oui, je pense que nous irons ce soir chez les Vauxdoré... puisque ma tante n'a plus besoin que nous lui tenions compagnie... n'est-ce pas, Troupeau?

Troupeau étend ses bras et ses jambes en disant :

— Je suis encore bien fatigué!... mais n'importe, comme c'est à deux pas... nous irons...

— Je crois qu'il faudra faire de la toilette, ils ont beaucoup de monde maintenant, dit-on... Vendredi dernier on assure qu'ils avaient onze personnes, sans se compter! Virginie, je t'arrangerai les cheveux, mon enfant : tu n'es pas coquette, c'est fort bien; mais j'entends, malgré cela, que ma fille soit bien coiffée.

— C'est juste, dit Troupeau, quand on appartient à des parents riches... on peut se permettre les petits peignes.

Virginie fait la révérence en répondant modestement :

— Comme il vous fera plaisir, maman.

Puis elle remonte à sa chambre, où elle va se placer devant son miroir, tandis que madame Troupeau dit à son mari :

— Quelle perle de fille que la nôtre!...

— C'est vrai, ma femme.

— Elle a de la candeur depuis les pieds jusqu'à la tête!... et ma tante prétend qu'elle a besoin de passer quelque temps auprès d'elle!... c'est être trop sévère!

— Ma chère amie, un gros héritage mérite quelques complaisances, et d'ailleurs Virginie, qui s'amuse partout où il y a des poissons rouges et des papillons, ne s'ennuiera pas chez sa tante. Je ne voudrais pas que mademoiselle Bellavoine restât fâchée; et cependant pourquoi s'est-elle fâchée.... n'étais-je pas dans mes droits?

— Ah! monsieur Troupeau, ne me rappelez pas cela... vous allez me rendre pourpre!...

Le soir, on va chez la famille Vauxdoré. Virginie a été coiffée par sa mère, et, sans avoir l'air de s'en occuper, elle a en secret donné beaucoup de soins à sa parure. Virginie n'était pas une beauté, ce n'était ni un de ces profils grecs qui vous frappent par leur régularité, ni une de ces vierges de Raphaël devant lesquelles on se mettrait volontiers en prières; mais mademoiselle Troupeau avait dans son ensemble quelque chose qui séduisait, qui éveillait les désirs; un homme ne pouvait passer près d'elle sans la remarquer; elle avait dans la physionomie je ne sais quoi qu'on ne peut décrire et qui nous charme sur-le-champ, du moins un homme est-il presque toujours séduit par cela; et c'est le meilleur juge de la beauté d'une femme.

Les dames entre elles ne se rendent jamais justice. « Les femmes, dit La Bruyère, ne se plaisent point les unes aux autres par les mêmes agréments qu'elles plaisent aux hommes ; mille manières qui allument dans ceux-ci les grandes passions forment entre elles l'aversion et l'antipathie. » Je suis entièrement de l'avis de La Bruyère ; sans doute les femmes ne nieront point une beauté évidente, car il y aurait de la maladresse de leur part, ce serait laisser croire qu'elles en sont envieuses ; bien au contraire, elles renchériront alors sur les louanges des hommes tout en mêlant à leurs éloges la remarque de quelque imperfection. Mais les femmes qui, sans être ni belles ni même jolies, plaisent partout et sans cesse, elles ne voudront rien accorder, elles les trouveront affreuses, se plairont à vous détailler tous leurs traits en s'écriant : Que lui trouvez-vous donc de joli ? Eh ! mesdames, croyez-moi, cessez de vous donner une peine inutile pour enlaidir vos rivales, vous aurez beau faire, vous n'êtes point juges compétents dans cette matière ; les hommes voient avec leurs sentiments, leurs passions, leurs penchants, tandis que vous ne voyez qu'avec vos yeux. Et lors même que vous me direz que madame une telle est un monstre, si je vois tous les hommes la trouver à leur gré, je serai persuadé qu'il y a quelque chose de fort agréable dans la physionomie de ce monstre-là.

Il y avait déjà du monde chez le voisin Vauxdoré ; outre quelques anciennes connaissances, la réunion était augmentée de madame Doudoux et son fils. A peine Virginie est-elle entrée dans le salon qu'Adrienne lui dit tout bas en l'embrassant :

— Il est là… c'est lui qui est assis à côté du chat.

Cette indication était assez inutile, M. Doudoux étant alors le seul jeune homme qu'il y eût dans le salon. Néanmoins Virginie en profite, tout en sautillant et faisant l'enfant, elle s'approche du chat, et pendant qu'elle le caresse ses yeux à demi baissés examinent le jeune homme qui est à côté d'elle et qui a les regards attachés sur Adrienne. Virginie trouve que ce monsieur pourrait bien faire l'honnêteté de la regarder aussi un peu ; impatientée de ce qu'il ne tourne pas la tête, elle se met à serrer la queue du chat si fort que l'animal saute en miaulant sur les épaules de M. Doudoux, que cela tire de sa préoccupation.

— Qu'est-ce que tu fais donc à mon chat ? dit Adrienne en s'approchant.

— Moi… j'ai pincé un peu son superflu qu'il avait en trompette, et voilà tout.

— Que me contes-tu là… un superflu en trompette ?

— Oui, ma tante prétend qu'on ne dit plus la queue.

— M. Doudoux, qui pendant ce temps s'est débarrassé du chat et a regardé Virginie, s'approche d'elle en disant :

— Est-ce qu'il provoqué en vous une douleur quelconque, mademoiselle ?…

— Mais je crois que oui… tenez, voulez-vous regarder, s'il vous plaît ?

Virginie montrait son cou et son dos. M. Doudoux avance timidement la tête, osant à peine regarder, tandis que la jeune fille se penchait vers lui et entr'ouvrait le haut de sa robe en répétant : — Voyez-vous quelque chose ?

Le jeune homme commençait effectivement à apercevoir quelque chose, mais ce n'étaient point des marques de griffes. Adrienne, que cet examen semble ennuyer, s'écrie :

— Mon Dieu ! ma petite, que tu es folle ! est-ce que le chat a pu mettre ses pattes là !… tu as bien de la complaisance de tendre ainsi le cou !

Virginie relève la tête, remercie M. Doudoux en lui faisant une grande révérence et lui lançant un petit regard fort gracieux ; si bien que le jeune homme en reste tout en émoi, parce qu'il n'avait pas l'habitude de ces regards-là, n'ayant encore que fort peu vu le monde, et surtout la bonne compagnie, où il se fait une si grande dépense de ces douces manières.

— Au jeu… jouons, ne perdons pas de temps ! dit Vauxdoré en comptant des fiches sur une grande table couverte d'un vieux morceau de serge.

Les amateurs se mettent au jeu. Virginie, Adrienne et deux petites filles de huit à dix ans restent avec M. Doudoux, qui est chargé de récréer ces demoiselles et n'a pas l'air de vouloir se mettre en train. Virginie a le temps d'examiner le jeune homme ; elle trouve que son amie ne l'a pas flatté, qu'il est en effet très-bien. Lorsque le jeune cercle s'assied pour causer, elle a soin de se placer à côté de M. Doudoux.

— Voyons, dit Adrienne en riant comme à son ordinaire, qu'allons-nous faire pour nous amuser ?… Ah ! monsieur Doudoux, vous devriez nous conter quelque chose.

— Mesdemoiselles, répond le jeune homme en se rengorgeant, que désirez-vous que je vous conte ?… l'Iliade, l'Odyssée, ou la Jérusalem libérata ?

— Oh ! non, c'est trop sérieux, tout cela… Quelque chose de gai…

— Mais il me semble que l'Iliade…

— Moi j'aime bien les histoires de revenants, dit une des petites.

— Ah ! oui, dit Adrienne, une histoire bien effrayante, ça nous fera rire…

— Oh ! cherchez bien… Vous ne voudriez pas me refuser, je pense…

Ces derniers mots sont dits tendrement et avec un doux sourire ; M. Doudoux va retomber en extase… Virginie fait un grand bond sa chaise, cela fait retourner le jeune homme.

— Mon Dieu ! qu'as-tu donc, Virginie ? dit Adrienne.

— Ah ! c'est que ton oncle a fait remuer le quinquet, et il m'a semblé que c'était encore le soleil de M. Tir que je voyais éclater !… A propos, tu ne sais pas, mamin a eu quelque chose de brûlé aussi hier au soir…

— Vraiment ?

— Oui, elle a une grande marque rouge… ici… le long… le fémur…

M. Doudoux, qui a écouté Virginie, paraît être en admiration de ce qu'une jeune personne se serve de termes scientifiques ; il s'écrie :

— Je vois que mademoiselle a fait de fortes études… qu'elle connaît l'anatomie et probablement l'ostéologie… peut-être même un peu de chimie…

— Monsieur, vous êtes bien honnête, répond Virginie en baissant les yeux ; c'est ma tante qui m'a appris cela.

— Mademoiselle, cela vous fait honneur. Il serait à désirer que les femmes sortissent enfin de l'ornière, qu'elles prissent un vol auquel leurs facultés intellectuelles leur donnent droit d'atteindre… qu'elles sussent les mathématiques, qu'elles sussent la géométrie… qu'elles sussent les langues mortes… qu'elles sussent…

— Moi j'ai sucé ce matin un beau bâton de sucre d'orge, dit une des petites filles en regardant fièrement M. Doudoux.

Cette naïveté fait partir Adrienne d'un éclat de rire, ce qui arrête le jeune savant au milieu de sa période ; il paraît même éprouver un certain dépit de ce qu'Adrienne aime mieux rire que de l'écouter, et il se tourne vers Virginie en reprenant :

— Mademoiselle a-t-elle lu la description du corps humain par Platon ?

— Non, monsieur, je ne suis pas encore savante sur le corps humain.

— Ah ! mademoiselle, c'est un ouvrage bien précieux, bien admirable : selon le disciple de Socrate, vous y verriez que notre tête est une citadelle, notre cou un isthme, notre cœur une source, autrement dit la fontaine du sang ; nos pores sont des rues, et notre rate est une cuisine…

Virginie ouvre de grands yeux, mais Adrienne rit comme une folle en s'écriant :

— Ah ! par exemple, monsieur Doudoux, vous vous moquez de nous… Notre rate est une cuisine !…

— Mademoiselle, puisque Platon le dit…

— Ah ! finissez, je vous en prie… vous me faites tant rire !… j'en ai mal à ma cuisine !…

— Le jeune homme se pince les lèvres et se tait. Adrienne, qui craint de l'avoir fâché, reprend :

— Et notre histoire de revenants ?

— Je n'en sais pas, mademoiselle.

— Eh bien ! moi j'en sais, dit un monsieur qui vient d'arriver, et qui s'est approché du rond formé par la jeunesse. Faites-moi un peu de place… je vais vous raconter de l'effrayant… du terrible… tout ce que vous voudrez enfin.

On fait une place au nouveau venu, qui se nomme M. Renard, c'est un homme d'une cinquantaine d'années, dont le bonheur est de parler, de pérorer. A l'en croire, il sait tout, il fait tout ce qu'il veut, il est plus adroit que tout le monde. Il n'y a que pour faire fortune qu'il n'a pas réussi, mais il vous dira encore : — Ah ! si j'avais voulu ! Dans le monde on rencontre beaucoup de ces gens-là ; si vous n'aimez pas à parler, ils vous conviendront en ce qu'ils vous en éviteront la peine ; mais ne les voyez pas trop souvent, car alors ils vous fatigueraient.

M. Renard est dans son histoire ; les petites filles l'écoutent avec attention, les deux grandes avec distraction. Adrienne est surprise que M. Doudoux ne la regarde pas aussi souvent que de coutume, elle interrompt même le narrateur pour dire à Virginie :

— Prends donc garde, ma petite, tu te mets dans la poche de M. Doudoux.

— Mon Dieu !… si je gêne monsieur, il n'a qu'à me le dire ! répond Virginie en faisant semblant de reculer ; et le jeune homme s'écrie :

— Vous, me gêner, mademoiselle !… Oh ! Jehova !… Vous ne le croyez pas, j'espère !…

— Tiens ! est-ce qu'il croit que je m'appelle Jéhova ? se dit Virginie en regardant Doudoux à la dérobée. C'est égal… il me regarde au moins autant qu'elle à présent.

— Renard, pourquoi ne veux-tu pas jouer ? crie M. Vauxdoré ; est-ce que tu ne sais pas le nain jaune ?

— Ah ! par exemple !… moi qui connais tous les jeux !… Mon pauvre Vauxdoré, tu te crois fort, mais je t'en apprendrai encore quand tu voudras !… Pardon, mesdemoiselles, je poursuis.

Et M. Renard continue de narrer, et Adrienne ne rit plus, parce qu'elle ne comprend pas pourquoi M. Doudoux ne la regarde pas assez…

et celui-ci ne sait plus où il en est d'être lorgné par une jeune fille qui dit mon fémur au lieu de ma cuisse.

M. Renard conte longtemps, avec lui les histoires ne finissent on fait en amène un autre, c'est comme les *Mille et une Nuits*, c'en est fini qu'il conte encore. Mais c'est l'heure de rentrer : à Belleville on ne vit pas comme à la Chaussée-d'Antin: la société se sépare, avant de quitter Virginie, Adrienne lui dit à l'oreille :

— M. Doudoux n'a pas été aussi aimable qu'à l'ordinaire ce soir; probablement il avait quelque chose.

— Mais si fait, je l'ai trouvé bien gentil.

— Oh! tu verras! il y a des soirs où il est tout autrement avec moi...

M. Doudoux.

C'est que... comme il y avait beaucoup de monde et qu'il ne te connaissait pas encore, ça l'aura intimidé.

Virginie ne dit pas à son amie ce qu'elle pense et ce qu'elle espère; mais elle est toute joyeuse, et en se mettant au lit elle s'endort en disant :

— Après tout!... pourquoi m'a-t-elle dit que c'était si amusant d'avoir un sentiment? Je n'y pensais pas, moi! il ne fallait pas m'en parler!

Quelques jours après les jeunes gens se retrouvent ensemble. Doudoux rougit en voyant Virginie, qui lui fait encore de petites mines agaçantes derrière le dos d'Adrienne. Dans la soirée, en causant et gesticulant, mademoiselle Troupeau fait en sorte que sa main se trouve plusieurs fois près de celle du jeune homme, qui d'abord recule la sienne comme s'il avait rencontré un charbon ardent; mais, sans le faire exprès sans doute, Virginie pose un moment son bras sur celui de M. Doudoux, qui ne peut pas se reculer, parce qu'il risquerait de laisser tomber la jeune fille, mais soupire comme un asthmatique.

Ce soir-là Virginie se dit : — Je crois qu'il me regarde plus qu'elle à présent! La première fois je lui accorderai une petite faveur pour voir si cela le rendra très-heureux.

A la réunion suivante, Virginie commence par faire de petits soupirs lorsqu'elle est à côté de M. Doudoux. Le jeune homme ne regarde plus du tout la folâtre Adrienne, il est bouleversé par les soupirs qu'il entend et qui sont accompagnés de regards furtifs; il se sent transporté, hors de lui; il s'approche de Virginie et lui dit à l'oreille :

— Ah! mademoiselle!...

— Oh! monsieur! répond la jeune espiègle sans lever les yeux.

— Mon cœur est plein, mademoiselle.

— Et de quoi, monsieur?

— Je n'ose pas vous le dire.

— Comment voulez-vous que je le sache alors?

— Si je ne suis pas pour vous un objet de toute nullité, une fraction neutre, un zéro enfin!.... daignez me permettre de vous prendre le bout du doigt.

Non-seulement Virginie le permet, mais elle donne sa main et répond à la pression de celle qui la tient; alors Doudoux ne se connaît

voir vous, presque ... Mais cette intrigue... faute et grande... celle-ci a... d'abord...

Voyez ce que c'est que la confiance! Adrienne et sa fille, qui font presque une intrigue sous les yeux de tout le monde, n'en ont pas le moindre soupçon. Vous me direz à cela que quelquefois une femme en fait autant sous les yeux de son mari qui ne s'en doute pas davantage, surtout si sa femme a su éviter de le rendre jaloux! Oh! la réputation !... c'est une belle chose que la réputation !... et ceux qui font une de sagesse font très-bien de tâcher de la conserver! Sous son manteau on peut faire tant de choses! Contentez vos désirs, vos penchants, vos passions, qui s'avisera de vous soupçonner si vous jouissez d'une bonne réputation? Vous n'en vaudrez pas mieux au fond, vous vaudrez moins même, car vous aurez joint l'hypocrisie à vos autres défauts; mais le monde sera satisfait parce que vous aurez respecté les convenances. Que veut-il que l'on ait, le monde? Un bel habit : peu lui importe ce qu'il y a dessous. Il y a bien encore quelques esprits moroses qui voudraient que l'on eût de la probité, de la franchise, des vertus !... Mais ils sont en petit nombre. On les traite de radoteurs et on ne les écoute pas.

Doudoux ne pense plus à Adrienne, qui ne l'avait séduit que parce qu'elle était femme, et qu'à dix-neuf ans presque tous les jeunes gens sont comme le petit page de Beaumarchais; pourvu que l'on soit femme, on fait tressaillir leur cœur. Mais ce ne sont que les désirs qui causent cette émotion; il y a loin de là à l'amour, et c'était de l'amour que le jeune savant éprouvait pour Virginie, parce que Virginie ne causait pas comme toutes les demoiselles de son âge; qu'elle se servait dans la conversation de termes rarement employés par les femmes; Doudoux trouvait enchanteur de pouvoir parler anatomie ou physiologie avec l'objet de sa tendresse: ainsi ce que mademoiselle Bel-

La famille Tir.

lavoine avait appris à sa nièce dans l'intérêt de la décence était justement ce qui faisait tourner la tête à un jeune homme.

Adrienne cherchait ce qui pouvait avoir refroidi M. Doudoux à son égard; pauvre fille!... comme s'il fallait des raisons aux hommes pour être inconstants! Elle voyait bien que le jeune savant aimait à se rapprocher de Virginie, mais elle ne pouvait croire qu'il en fût amoureux; elle regardait Virginie comme une enfant, une petite niaise en amour, et elle prenait pour un défaut ce que les hommes trouvent une qualité.

— M. Doudoux agit peut-être ainsi pour me rendre jalouse, se disait Adrienne. Mais qu'il y prenne garde!... s'il continue, je cesserai bien vite de penser à lui... Quoique ça, c'est bien singulier qu'il soit plus difficile de conserver une conquête que de la faire.

... en ayant toujours l'air... son air naturel; mais de... voir son miroir et le... ...entendre des hommes amoureux qu'il... montrer le... C... M. Doudoux... que je lui ai mis le doigt... Ah!... bien amusant d'avoir un sentiment, et je... que ce doit être encore plus drôle... et qui promettent bien des choses! mais... perdre de l'avenir? sait-on jamais ce qu'on sera et ce qu'on... Combien de jeunes filles élevées dans l'horreur du vice, détour-nant la tête à l'aspect d'une femme entretenue, montrant au doigt celle de leurs compagnes qui a commis une faute, se laissent à leur tour séduire, puis, de faiblesses en faiblesses, tombent enfin si bas qu'elles font rougir celles qu'elles ont méprisées!

Virginie ne pense encore qu'à s'amuser; car elle n'é-prouve pas de l'amour pour le fils de madame Ledoux. Vous trouverez peut-être que ce n'est pas d'un bon cœur de s'amuser de ce qui fait de la peine à son amie; je vous répondrai que ce sont de ces petites espiègle-ries que les femmes aiment beaucoup à se faire; que leur amitié est rarement assez forte pour résister à la va-nité d'augmenter le nombre de leurs conquêtes, et que souvent ce qu'elles n'ont commencé que pour rire devient sérieux avant qu'elles puissent s'arrêter.

Et pourquoi la nature, si parcimonieuse pour les uns, est-elle si prodigue pour les autres? pourquoi des êtres déjà laids, difformes, repous-sants, sont-ils de plus sots, imbéciles et ennuyeux, tan-dis que d'autres, doués d'un physique séduisant, d'une taille élégante, d'une tour-nure gracieuse, ont avec cela un esprit qui subjugue, des grâces qui charment, une voix qui pénètre jus-qu'au cœur? Comment vou-lez-vous que l'on ne cherche pas à profiter de ses avan-tages? ne serait-ce point une duperie? Quand nous arri-vons dans la vie si bien do-tés, c'est que le destin nous a fait beau jeu; ce serait dommage de ne pas risquer sa partie. Une jolie femme est faite pour aimer; un homme aimable pour faire

Madame Troupeau tient sa maison d'une manière fort sévère, et vérifie de temps en temps si sa servante Babelle porte des caleçons.

— J'aime mieux vous écouter que de lire ces poëtes qui sont morts.
— Ils vivent dans la postérité, mademoiselle.
— Est-ce qu'on fait l'amour pour ça, monsieur?
Doudoux était resté tout sot, et n'avait su que répondre; un autre eût ri; cela eût mieux valu. Les femmes ont raison de ne pas aimer les novices; il y a trop de temps à perdre avec ces gens-là.
Il y avait trois semaines que M. Troupeau avait été à Paris, d'où il était revenu en si joyeuse humeur, lorsqu'un matin madame Troupeau, qui depuis quelques jours tournait autour de son mari comme pour lui faire une proposition, l'aborde enfin d'un petit air indifférent et lui dit à demi-voix:
— Mon bon ami... il me semble que tu nous avais fait espérer que le jeune comte de Senneville nous ferait l'honneur de venir nous voir.
— Ma chère amie, il me l'a dit en effet en me serrant la main pen-dant fort longtemps... mais, que veux-tu, ces jeunes seigneurs ont tant de connaissances... tant de choses en tête!... il aura oublié sa promesse.
— Oh! ce serait dom-mage... mais... Troupeau... il me semble... je pense que si tu allais à Paris revoir M. de Senneville... cela te rappellerait à son souvenir.
— Ma chère..... il n'y a que trois semaines que j'y suis allé... Je craindrais d'ê-tre indiscret... Vois-tu, dans le grand monde, il y a une certaine étiquette... un sa-voir-vivre... et après tout, je ne puis pas forcer le comte à venir nous voir; il sera bien plus flatteur pour nous que cela lui vienne... de lui-même.
Madame Troupeau ne ré-pond rien; elle paraît con-trariée; mais elle tourne en-core dans la chambre; au bout de quelques instants elle se rapproche du fauteuil de son mari en s'écriant:
— Mais, mon ami, le comte ne nous doit-il pas de l'argent?
— Oui... quelque chose...
— Vous n'avez pas réglé cela à ta dernière visite?
— Non, tu sais bien que nous n'attendons pas après cette rentrée; Dieu merci, je suis à mon aise!...
— N'importe, mon ami, avec les jeunes gens il faut penser pour eux... Si tu ne demandes pas ton argent au comte, il ne songera jamais à te le rendre... Crois-moi, va le voir... Tu amèneras la conversation là-dessus... sans avoir l'air de rien... vas-y... à l'heure..... de son dé-jeuner...

sa cour aux dames: c'est leur mission à chacun, ils seraient cou-pables de ne pas la remplir; mais les femmes, qui devinent fort bien quelle est leur mission ici-bas, la remplissent toujours avec zèle, et mademoiselle Virginie Troupeau, qui sentait sans doute au fond de son âme qu'elle était née pour plaire, pour tourner les têtes, pour faire endiabler les garçons, commençait à ne plus s'amuser à voir des pois-sons rouges et se trouvait mal à son aise dans son caleçon. En re-vanche, son imagination lui fournissait mille moyens pour se rappro-cher du jeune Doudoux, et comme on n'allait pas tous les soirs chez les voisins Vauxdoré, elle lui avait fait entendre qu'il pourrait se pro-mener en face de sa fenêtre, qu'elle pourrait s'y placer pour prendre l'air, qu'elle pourrait tousser si elle n'était pas seule, ou chanter si on pouvait lui parler. Le jeune savant, qui ne l'était nullement en in-trigues, était demeuré émerveillé de l'esprit de mademoiselle Virgi-nie, qui avait trouvé ces choses sans les avoir apprises, et qui parais-sait susceptible d'en trouver bien d'autres. Il lui avait dit tendrement:
— O mademoiselle!... vous m'apprendrez de petites malices pour nous rapprocher, et moi je vous apprendrai le latin!
Virginie avait répondu à M. Doudoux: — Vous tâcherez de m'ap-prendre autre chose que le latin, parce que je crois que cela ne m'a-muserait pas beaucoup.
— Cependant, mademoiselle, les poésies de Catulle, les vers de Pro-perce sont écrits pour des amants-

— Mais, ma chère, je suis persuadé que M. de Senneville ne nous donnera pas d'argent.
— Vas-y toujours, mon petit... il te donnera peut-être du chocolat.

CHAPITRE VII. — *Sic vos non vobis...*

Pour contenter sa tendre moitié, M. Troupeau est parti de bonne heure pour Paris, il a fait une toilette soignée et acheté des gants neufs pour aller chez son ami le comte de Senneville; il prépare la phrase qu'il dira en l'abordant et la manière dont il tiendra son chapeau sous son bras. M. Troupeau a entendu dire qu'on reconnaissait un homme de génie jusque dans les plus petites choses; depuis ce temps il met beaucoup de prétentions à tout ce qu'il fait, espérant que cela lui don-nera du génie.

Madame Troupeau a vu partir son époux avec un doux battement de cœur; les pensées les plus voluptueuses la bercent en son absence; elle rêve amour, cœur aux pieds, chocolat, et mille autres choses encore. Heureux les gens qui rêvent tout éveillés! ceux-là peuvent façonner leur rêve à leur fantaisie, et le prolonger tant que cela leur plaît.

Pendant que ses parents font travailler leur imagination, Virginie cherche à employer utilement son temps; quelque chose lui dit qu'il est pour les femmes un autre bonheur que celui que l'on rêve; elle a trouvé fort amusant de faire la coquette à M. Doudoux: mais il lui

semble que le sentiment dont ce jeune homme prétend brûler devrait avoir d'autres résultats que des soupirs, des œillades et des mots latins. Virginie ne sait pas bien encore ce qu'elle désire, mais il est certain qu'elle désire quelque chose. La Fontaine nous a dit comment l'esprit vient aux filles ; il en est dont l'esprit précoce devance toutes les leçons, et qui ont deviné ce qu'on leur apprendra. *Beati pauperes spiritu !*

Si vous ne connaissez pas Belleville, je vous apprendrai que la rue de Calais est grande, large et passablement déserte, surtout le côté qui ne donne pas dans la rue de Paris. Le jeune Doudoux pouvait s'y promener souvent sans crainte d'être remarqué par les voisins, qui sont aussi mauvaises langues à Belleville qu'ailleurs. Mais Virginie, qui n'est pas romantique, trouve que c'est peu de chose de regarder son amoureux par la fenêtre, quoique le jeune homme se donne un torticolis afin de l'apercevoir plus longtemps. Si elle se trouve en société avec le jeune savant, Adrienne est sans cesse sur leur dos ; ils ne peuvent se dire un mot qu'elle ne cherche à l'entendre ; cela semble d'autant plus contrariant à Virginie, que Doudoux lui répète sans cesse :

— Ah ! mademoiselle, si vous saviez !...

Et la phrase du jeune homme n'a jamais été plus loin.

— Je veux absolument savoir ! se dit Virginie. Si je pouvais causer seule avec M. Doudoux, il achèverait sans doute sa phrase... Il n'invente rien pour me parler... pour se rapprocher de moi... Il est bien drôle, ce jeune homme-là ! il faut que ce soit moi qui fasse tout. Si j'étais aussi gauche que lui, nous ne risquerions rien que de passer notre vie à soupirer... Oh ! mais ça ne m'amuse pas, les soupirs !... Je veux bien rire de ceux des hommes, mais je ne veux pas en faire pour eux !

Vous voyez que mademoiselle Virginie a presque la science infuse ; une grande coquette ne penserait pas autrement ; mais, comme je vous disais tout à l'heure, elle était de ces êtres que la nature a richement dotés.

Il y a des personnes qui disent qu'on peut tout ce qu'on veut, cela n'est vrai que jusqu'à un certain point ; mais il est bien certain que les gens intelligents et laborieux peuvent plus que les sots et les fainéants. L'imagination de Virginie n'étant pas paresseuse, elle a bientôt trouvé un expédient pour avoir un tête-à-tête avec M. Doudoux.

La maison de M. Troupeau a des fenêtres au rez-de-chaussée, mais ces fenêtres éclairent l'antichambre, la salle à manger, pièce où la servante va et vient sans cesse ; ce n'est donc pas là qu'on pourrait causer. A la grille d'entrée on peut encore être surpris ; mais, en suivant le mur du jardin, on trouve bientôt une petite porte de bois. Cette porte est toujours fermée à double tour, et la clef n'est pas dans la serrure, parce qu'on ne sort jamais par là ; Virginie sait que cette clef est pendue dans la cuisine. En allant et venant dans la journée, elle a saisi le moment où leur servante Babelle n'est pas à la cuisine ; elle prend la clef, court au jardin, tourne les deux tours de la petite porte, s'assure qu'elle n'est plus fermée qu'au pêne, va remettre la clef à sa place, puis se poste à sa fenêtre, attend que Doudoux passe, ce qui ne tarde pas ; lui fait signe d'approcher, lui dit à demi-voix :

— Venez ce soir à la brune, près de cette petite porte ; et, sans attendre la réponse du joli garçon, parce qu'une femme sait bien qu'un homme ne refuse jamais un doux tête-à-tête, Virginie referme la fenêtre, va rejoindre sa mère et reste à côté d'elle toute la journée sans ôter les yeux de dessus son ouvrage, ce qui fait que madame Troupeau se dit encore en regardant sa fille :

— Quelle perle d'enfant mon mari a eu l'esprit de me faire !

C'était justement le jour où M. Troupeau s'était rendu de nouveau à Paris. Son père est absent, et sa mère a fait commander un bain à domicile pour huit heures du soir (on a des bains à domicile à Belleville) ; Virginie voit avec joie que rien ne la troublera dans l'entretien qu'elle veut avoir avec Doudoux.

La nuit est venue, et le bain aussi ; madame Troupeau, qui espère que son mari reviendra coucher, plonge dans l'eau ses chastes appas avec accompagnement d'eau de miel et de pâte d'amandes, attendant le retour de son époux dans la situation de Suzanne, mais avec de tout autres intentions.

Babelle est à la cuisine, et Virginie, qui a dit qu'elle allait dans sa chambre regarder des images, se rend furtivement dans le jardin et gagne la petite porte.

Il était presque nuit, Virginie éprouvait une vive émotion dans laquelle entrait du plaisir, de la curiosité, de l'espoir et de la peur ; on ne va pas sans quelque crainte à un premier tête-à-tête, et à dix-sept ans on n'est pas bien aguerrie, mais la plus grande crainte de la jeune fille était que M. Doudoux ne l'eût pas bien entendue et ne fût pas au rendez-vous.

Avant d'ouvrir la porte qui donne sur la rue, Virginie dit à demi-voix : — Etes-vous là, monsieur Doudoux ?

— Oui, mademoiselle, répond le jeune homme, depuis longtemps je contemple Phébé en vous attendant.

— Alors je vais ouvrir... Eh bien !... mon Dieu, que cette porte est dure !... Elle est rouillée... elle ne veut plus tourner... Aidez-moi donc, monsieur Doudoux !...

— Que faut-il donc faire, mademoiselle ?

— Poussez !... poussez bien fort !...

— Je vais y employer l'union de mes moyens.

Et en effet, M. Doudoux se jette sur la porte avec tant d'impétuosité, qu'elle s'ouvre brusquement et renverse Virginie, qui était derrière.

Le jeune homme pousse un cri en voyant la jeune fille faire la culbute ; mais Virginie se relève lestement en lui disant :

— Taisez-vous donc ! Si vous criez on va venir, et nous ne pourrons pas causer.

— Ah ! mademoiselle, je suis si désolé !... C'est que vous m'aviez dit de pousser !

— C'est vrai ; mais je ne croyais pas que vous iriez si vite...

— Mon Dieu !... vous êtes-vous blessée ?

— Non, ce n'est rien.

— Sur quoi êtes-vous tombée ?

— Tiens... vous l'avez bien vu !

— Je vous assure que je n'ai rien vu, mademoiselle...

— Je me suis seulement un peu écorchée... à l'os coxal.

— A l'os cox... O fille éminemment scientifique ! vous fûtes faite pour moi, je suis fait pour vous, nous sommes faits l'un pour l'autre.

— Ça me fait un peu de mal, quoique ça... Tenez, asseyons-nous là, monsieur Doudoux.

Il y avait un vieux banc de bois dans le jardin près de la petite porte ; Virginie va s'asseoir dessus, Doudoux se place près d'elle, et il reste en admiration devant le joli visage de la jeune fille, que la lune éclaire alors parfaitement.

Se lassant d'être admirée en silence, Virginie dit à Doudoux :

— Eh bien ! monsieur ?...

— Eh bien ! mademoiselle... *Quid novi ?*

— Comment avez-vous dit, monsieur ?

— *Quid novi ?* mademoiselle.

— Ah ! monsieur Doudoux, ça m'ennuie quand vous parlez latin... Qu'est-ce que vous voulez dire avec *novi ?*

— Je vous demande ce qu'il y a de nouveau, mademoiselle.

— Est-ce que c'est à moi à vous apprendre du nouveau ?...

— Quand vous me rencontrez dans le monde, vous me dites toujours : Ah ! mademoiselle, si vous saviez !... Dites-moi donc à présent ce que je ne sais pas.

— C'est juste, mademoiselle ; vous parlez comme Cicéron, c'est à moi de vous dire ce qu'il y a dans mon âme... C'est que... j'ai tant de choses à vous expliquer ; je ne sais par où commencer.

— Commencez par la fin, je serai plus vite au fait... Mais ne remuez pas tant sur le banc... Entendez-vous comme il craque ?

Après s'être un moment recueilli, Doudoux s'écrie en faisant un bond sur le banc : — Savez-vous ce que c'est que l'amour, mademoiselle ?

— Non, monsieur.

— Eh bien !... ni moi non plus ; du moins je ne l'avais pas su jusqu'à ce que je vous eusse rencontrée. Je croyais aimer... je ne m'en doutais pas... Je n'étais qu'un polisson près des femmes ; mais vous m'avez fait connaître cette divine flamme... Ah ! mademoiselle !...

— Prenez garde... vous casserez le banc...

— Mademoiselle, si je vous demande en mariage à vos parents, pensez-vous qu'ils me donneront votre main ?

— Je ne sais pas... D'abord, cela regarde aussi ma tante... Et puis on ne veut pas me marier si jeune.

— C'est comme moi, ma mère a décidé que je ne pouvais me marier avant vingt-cinq ans...

— Vous avez le temps d'attendre !

— Mais que faire d'ici là ?... Quand on brûle... qu'on se consume...

— Moi, je ne brûle pas !... Tenez, tâtez mes mains, comme je suis fraîche...

Le jeune homme prend les mains de Virginie dans les siennes ; il était en effet brûlant, et la pression des petites mains qu'on lui abandonnait ne rafraîchissait pas son sang. Il se rapproche de la jeune fille, qui commence à s'échauffer aussi ; car il y a entre deux personnes de cet âge un fluide électrique qui se communique très-rapidement. On ne se disait plus rien, mais on éprouvait un bien-aise qui valait les plus belles phrases. La lune se cachait, Doudoux se rapprochait toujours de Virginie, qui se reculait un peu, mais se laissait prendre la taille et serrer fort tendrement par le jeune homme, qui devenait plus audacieux à mesure que l'astre des cieux se dérobait derrière un nuage... Enfin, il va se hasarder à prendre un baiser.... lorsque le banc fait la bascule... Les jeunes gens étaient parvenus au bout sans s'en apercevoir. Ils tombent tous deux... Doudoux roule sur Virginie... D'abord il se désole ; mais la jeune fille rit, il se calme ; il se permet même de fureter avec sa main, et il rencontre... le petit caleçon de finette ; il pousse un cri, et se relève comme s'il venait de marcher sur un serpent, en disant :

— Ah, mon Dieu ! est-ce que c'est un garçon ?...

Avant que Virginie ne réponde, quelqu'un paraît à l'entrée du jardin, et une voix s'écrie :

— Je vous y prends, monsieur Doudoux !... et avec mademoiselle Virginie ! j'en étais sûre !

C'est Adrienne qui vient de parler, Virginie a reconnu sa voix, en une seconde elle s'est relevée, a poussé Doudoux dehors, elle lui ferme la porte sur le nez, puis court dans sa chambre regarder ses images.

Je ne sais pas ce qu'Adrienne dira, mais je soutiendrai toujours que je ne suis pas sortie de ma chambre.

Doudoux s'est trouvé dans la rue sans trop savoir comment. Il n'est pas bien revenu de la surprise que lui a causée le caleçon, et il est resté immobile contre la porte qui vient de se fermer derrière lui. Adrienne est à quelques pas, fort émue aussi, mais cherchant à dissimuler son dépit. Elle attend que le jeune homme lui dise quelque chose, comme il n'en fait rien, elle se décide à parler.

— Monsieur... je suis bien aise d'avoir une explication avec vous... car vous pourriez croire que je suis venue interrompre votre tête-à-tête parce que je vous avais suivi... et certainement c'est bien loin de ma pensée!... je ne suis personne... et quoique votre conduite avec moi ait été bien singulière... Mais au reste je suis charmée de vous dire que cela m'est bien égal!... vous me parliez sans cesse... vous étiez toujours sur mes pas, à présent vous êtes tout occupé d'une autre!... Mon Dieu!... vous avez raison!... il ne faut jamais se gêner!... les femmes n'en valent pas la peine!...

Ici Adrienne est obligée de s'arrêter pour reprendre sa respiration; elle a débité son discours si vite qu'elle étouffe. Doudoux profite de ce moment de répit pour murmurer:

— Mademoiselle... je ne sais pas pourquoi...

— C'est bien, monsieur. Oh! je n'ai pas besoin de vos excuses... je vous répète que cela m'est fort indifférent que vous soyez amoureux de mademoiselle Troupeau... qui sera une franche coquette avec son petit air niais!...

— Une coquette... Ah! par exemple, mademoiselle...

— Oui, monsieur, et qui se moquera de vous... et ce sera bien fait. Mais tout ce que je veux vous dire c'est que j'ai passé ici par hasard: ma tante m'avait priée de lui acheter une petite flûte pour son souper, chez le boulanger du coin, puis de monter jusque chez notre laitière, qui demeure dans cette rue, lui dire de nous apporter demain le double de lait... parce qu'elle veut faire de la bouillie à mon oncle...

— Mademoiselle, je n'ai pas besoin de savoir...

— Si, monsieur, je veux vous prouver que je suis venue par hasard; en passant devant cette porte je l'ai vue ouverte, cela m'a paru singulier, car elle est ordinairement fermée; je me suis approchée... j'ai entendu rire... et je vous ai vus tous les deux... vous étiez drôlement mis à ce qu'il m'a paru!...

— Mademoiselle, nous venions de tomber...

— Oh! c'est possible, monsieur; d'ailleurs ça ne me regarde pas... et à présent je me repens de vous avoir dérangés....

— Mademoiselle, je vous prie de ne pas croire...

— Comment donc, je me garderai bien de rien croire!... Une petite fille si niaise, si innocente... et un jeune homme qui a l'air si doux, si timide!... Ah! ah! ah!... vous jouiez à pigeon vole probablement?... Au reste, soyez tranquille, monsieur, je ne dirai rien... je ne parlerai à personne de ce que j'ai vu, car je ne suis pas méchante, et je serais très-fâchée de causer de la peine à quelqu'un... quoiqu'on n'ait pas eu crainte de m'en faire à moi.

Adrienne a fini, elle se tait; Doudoux ne répond rien, au fond du cœur il se sent un peu coupable; tous deux restent en face l'un de l'autre. Doudoux voudrait voir Adrienne s'en aller, celle-ci voudrait entendre Doudoux s'excuser car les femmes, lors même qu'elles semblent le plus en colère, ne sont pas bien loin de pardonner, il ne s'agit que de savoir s'y prendre; mais aussi elles ont quelquefois des accès de colère très-violents, lorsqu'au lieu d'implorer leur pardon on est insensible à leurs reproches. En voyant M. Doudoux prendre sans mot dire le chemin de chez lui, Adrienne, qui le croyait touché de ce qu'elle venait de lui dire, éprouve un tel mouvement de dépit qu'elle court sur les pas du jeune homme, en lui criant:

— C'est égal, monsieur, vous êtes un malhonnête, un impertinent, et vous vous êtes conduit avec moi comme un homme sans éducation!...

— Ah! mademoiselle!... calmez-vous, je vous en supplie!...

— Qu'est-ce que cela vous fait que je me calme!... cela vous est bien égal... après m'avoir fait des yeux si tendres... car vous aviez l'air d'une perdrix à côté de moi... Ah! c'est affreux!... c'est indigne!...

— Oui, mademoiselle, c'est indigne!... dit d'une voix forte un homme qui se trouve alors entre les deux jeunes gens sans qu'ils l'aient aperçu venir. Mais c'est votre conduite qui est épouvantable, mademoiselle!... Donner des rendez-vous le soir... à un jeune homme... et dans ma rue.... devant ma maison... que vous devriez respecter, car elle est l'asile de l'innocence!...

Les jeunes gens ont reconnu M. Troupeau, ils se sauvent chacun de son côté. Le ci-devant marchand de crin revenait seulement de Paris, et, au moment d'entrer chez lui, il avait entendu Adrienne parlant avec feu à Doudoux. La fuite des jeunes gens ne le calme pas; il continue de s'écrier:

— C'est épouvantable!... c'est une horreur!... devant chez moi!... à ma porte!.. dans ma rue!... il n'y a plus de mœurs!... je voudrais que tous les voisins pussent m'entendre!... c'est par trop de liberté!

Et, tout en criant, M. Troupeau avait saisi le cordon de sa sonnette il le tirait avec violence, par suite de son agitation; et madame Troupeau, qui de son bain avait entendu crier dans la rue, sonnait aussi sa bonne pour savoir ce qui se passait, et Babelle au lieu d'aller ouvrir courait à sa maîtresse, et Virginie restait sans bouger dans sa chambre en se disant:

— Criez! sonnez!... ça m'est bien égal! je n'entends rien, moi.

— Babelle, qu'est ce donc?... qu'est-il donc arrivé? demande madame Troupeau en sortant de sa baignoire, de manière à laisser voir un sein qui ne bougeait pas de place et qui n'en tenait même pas du tout.

— Ah! madame, je suis tout effrayée! dit la cuisinière en s'appuyant contre un meuble.

— J'ai entendu crier dans la rue...

— Oui, madame, et maintenant entendez-vous comme on sonne à la grille?... il veulent entrer de force peut-être...

— Ah! mon Dieu!... mais d'où vient tout ce bruit?

— C'est encore une émeute, madame, c'est une nouvelle révolution... La fruitière m'avait bien dit que la semaine ne se passerait pas sans queuque chose, parce qu'on devait mettre un impôt sur les haricots flageolets!... Je suis sûre que tout est à feu et à sang dans Paris...

— Ah! grand Dieu!... et Troupeau qui n'est pas revenu...

— Tenez, madame, entendez-vous comme ils carillonnent, drelin! drelin!... le plus souvent que j'ouvrirai...

— Mais que veulent-ils enfin?...

— Je crois qu'ils veulent qu'on crie avec eux Vive la liberté!

— Eh bien! il faut les satisfaire... Ah! mon Dieu!... et je suis nue... Babelle, vite un peignoir... un châle, un caleçon... ce que vous trouverez... Et ma fille, pourvu qu'elle ne sorte pas!

Madame Troupeau saute hors de sa baignoire, laissant voir à sa cuisinière des objets que M. Troupeau devait seul admirer quand même; mais Babelle ne s'occupe point de toutes ces bagatelles; tandis que sa maîtresse s'essuie à la hâte, elle court dans la chambre, cherchant les vêtements de madame, qui de son côté court en sauvage et ne trouve rien, comme c'est assez l'ordinaire quand on est pressé.

Enfin Babelle s'écrie: — Ah! voici un caleçon, madame.

— Bien, donnez... donnez donc vite.

— C'est ce maudit peignoir que je ne trouve pas... voilà un châle.

— Allons, je vais m'en contenter, avec le caleçon... Ils vont casser la sonnette... ouvrons la croisée à côté; certes, je ne veux pas descendre au rez-de-chaussée... venez, suivez-moi, Babelle.

Figurez-vous une grande femme maigre, n'ayant pour tous vêtements qu'un caleçon et un châle ployé en long, telle est madame Troupeau, qui court ouvrir une fenêtre de son salon, et s'y met en criant:

— Oui, mes amis, vive la liberté!

— Et point d'impôts sur les haricots! ajouta Babelle en se démenant à la croisée et agitant un vieux mouchoir à tabac.

— Qu'est-ce que cela veut dire, ma femme?... que signifie cette plaisanterie-là, et pourquoi ne vient-on pas m'ouvrir, depuis une heure que je sonne? crie M. Troupeau en regardant à la fenêtre.

— Mais, mon Dieu! c'est mon mari!...

— Comment! c'est monsieur qui sonne, madame?

— Et vous êtes-vous venue me chanter, Babelle, avec votre émeute et vos flageolets?

— Dame, ces cris... ce bruit...

— Allons, vous êtes une sotte! descendez vite ouvrir à mon époux.

Babelle va ouvrir. M. Troupeau, de l'humeur d'avoir attendu si longtemps à la porte; en entrant dans son salon il trouve sa femme qui s'est jettée dans un fauteuil, et n'est pas encore remise de son émotion. Le costume de madame semble fort singulier à monsieur; madame se hâte de donner des explications à son mari, et de lui demander à son tour la cause des cris qu'elle a entendus. M. Troupeau apprend à sa femme ce qui a causé sa colère.

— Cette petite Adrienne!... cela ne m'étonne nullement de sa part, dit madame Troupeau en déroulant son châle pour tâcher de couvrir ses épaules. C'est une éveillée, une évaporée!...

— Vous voyez que notre tante avait raison en nous engageant à ne pas laisser Virginie la fréquenter.

— Oh! Virginie n'écouterait point de mauvais conseils. Chère enfant! elle a passé la journée à travailler à côté de moi! c'est sur elle n'a pas quitté sa chambre, où elle regarde les images du *Juif errant*; il paraît même que tout ce bruit que tu faisais dans la rue ne l'a pas effrayée....

— Tant mieux; quant à moi, je dirai à mon ami Vaurdoré de veiller sur sa nièce, car je n'engagerai pas madame Ledoux et son fils à venir chez nous, ainsi que j'en avais l'intention, puis que ce jeune homme est un petit séducteur.

— Je suis de ton avis, mon ami. Mais parle-moi donc de ton voyage... tu ne me dis rien... Viens donc te mettre dans cette bergère... près de moi... tu seras mieux.

Madame Troupeau minaudait en prononçant ces mots, et elle arrangeait si maladroitement son châle qu'elle laissait voir qu'elle n'avait pas de chemise. Sans être ému par toutes ces agaceries, M. Troupeau se lève, prend une chandelle et dit à sa femme:

— Bonsoir, ma chère amie, je suis très-fatigué et je vais me coucher... demain je te raconterai ce que j'ai fait à Paris. Tout ce que je puis te dire, c'est que je n'ai pu parvenir à rencontrer le comte de Senneville.

— Et vous n'avez pas pris de son chocolat? ajoute madame Troupeau d'un air ironique. Puis, voyant que son mari s'est retiré, elle se lève ; se drape à l'antique et se décide aussi à aller se coucher en murmurant : C'était bien la peine !... Les hommes ne sont jamais aimables quand cela nous ferait plaisir.

CHAPITRE VIII. — Un Cuirassier.

— Mon cher Vauxdoré, tu ne veilles pas assez sur ta nièce, dit M. Troupeau en rencontrant son ami le lendemain de son retour de Paris.

— Je ne puis pas avoir toujours ma nièce dans ma poche, répond Vauxdoré en feuilletant dans un gros livre qui explique la règle de tous les jeux.

— Il me semble cependant, mon ami, que lorsqu'il s'agit des mœurs... de l'avenir de ta nièce... Je doute fort qu'elle trouve un mari en se conduisant ainsi !...

— On peut jouer l'impériale de rencontre... C'est ce que je soutenais encore hier au café de M. Bart... J'y faisais ma partie avec M. l'ingénieur-géomètre de Belleville...

— Vauxdoré, le jeu te maîtrise trop, tu deviendras un Beverley. Il ne s'agit pas de l'impériale ; mais de ta nièce, que j'ai prise hier sur le fait, dans ma rue, à près de neuf heures du soir, avec le fils de madame Ledoux !

— Comment, sur le fait !... Qu'est-ce que cela veut dire, qu'est-ce que tu as pris hier au soir ?

— Comme j'allais rentrer chez moi, j'aperçois un jeune homme et une demoiselle causant avec beaucoup de feu... la demoiselle surtout semblait exaltée ; j'avance... c'était ta nièce et M. Doudoux.

— Eh bien, après !... Ils causaient, voilà tout.

— Voilà tout !... Peste ! La nuit, une demoiselle avec un jeune homme dans la rue... Tu trouves cela convenable ?

— Ils pouvaient s'être rencontrés...

— Vauxdoré, tu me fais de la peine !... Ce n'est pas ma fille que l'on rencontrera jamais causant en tête-à-tête avec un jeune homme ! Au reste, je t'ai averti, c'était mon devoir. Tu feras à présent ce que tu voudras.

— Oui, oui... Je parlerai à ma femme... Le point ne se compte qu'après l'impériale.

En rentrant chez lui, Vauxdoré fait part à sa femme des propos qui courent sur Adrienne. Madame Vauxdoré est une bonne femme toute ronde et très-gourmande, qui ne soupçonne jamais le mal ; pourvu que ses ragoûts ne sentent pas le brûlé, elle est satisfaite. Elle se hâte de prendre la défense de sa nièce :

— Votre M. Troupeau est un cancanier !... Il ferait un potiron avec un gland ! Adrienne est sortie hier au soir parce que je l'ai envoyée me chercher une petite flûte chez M. Patte, boulanger, et du lait chez notre laitière, qui demeure rue de Calais... Il fallait bien qu'elle passât devant la maison de Troupeau ; mais vous voyez qu'elle n'avait pas prémédité un rendez-vous...

— Je ne te dis pas le contraire... C'est Troupeau, qui...

— Adrienne... viens nous parler, mon enfant.

Adrienne accourt à la voix de sa tante, devinant déjà ce qu'on va lui demander.

— Ma chère amie, est-ce que tu as rencontré quelqu'un hier soir en allant chez la laitière ?

— Oui, ma tante ; en revenant j'ai rencontré le fils de madame Ledoux... Ce jeune homme m'a souhaité le bonsoir, je lui ai répondu.... Est-ce qu'il y a du mal à cela ?

— Aucun, ma chère, c'est M. Troupeau qui a dit à ton oncle qu'il t'avait surprise à un rendez-vous.

— M. Troupeau est arrivé si brusquement sur nous en criant, que cela nous a fait peur... Je me suis sauvée, et M. Doudoux s'en est allé d'un autre côté... voilà tout.

— Je te crois, mon enfant, mais il y a des gens qui voient du mal dans tout !...

— Il faut les laisser dire, ma tante ; il me semble qu'il doit nous suffire de ne rien avoir à nous reprocher.

— C'est égal, dit Vauxdoré, j'expliquerai tout cela à Troupeau, afin qu'il n'ait plus de mauvaises pensées sur ta vertu... Ma femme, je te propose un écarté...

Adrienne n'aurait eu qu'un mot à dire pour se justifier et se venger de celui qui l'accusait ; mais Adrienne est bonne, elle serait désolée de causer du chagrin à Virginie, et il ne lui vient pas un moment à la pensée de se disculper en faisant connaître la conduite de celle qu'elle appelait son amie.

Par suite de cet événement, Doudoux n'ose plus passer dans la rue de Calais, car M. Troupeau lui fait une paire d'yeux très-sévères toutes les fois qu'il le rencontre, et le jeune homme craint que le papa n'ait deviné l'amour qu'il éprouve pour sa fille. Cet amour a triomphé de la sensation désagréable causée par l'attouchement du petit caleçon. Doudoux, qui a pris des informations, sait maintenant qu'il n'y a rien d'extraordinaire à ce qu'une femme porte des culottes. Il donnerait tout au monde pour obtenir un nouveau rendez-vous ; mais il se creuse en vain la tête pour en faire naître l'occasion ; il n'a pas l'imagination de Virginie, et celle-ci ne le seconde plus ; car elle n'a pas été satis-

faite de son tête-à-tête avec lui, et elle se dit : — Pour être jetée deux fois par terre, ce n'est pas la peine de se donner tant de mal.

Vauxdoré a conté partout comment sa nièce avait eu occasion de se trouver le soir dans la rue de Calais avec le fils de madame Ledoux ; mais Troupeau et sa femme conservent la même opinion d'Adrienne. Le monde est méchant, il est toujours porté à croire le mal, et revient difficilement sur ses jugements : c'est un auteur qui, lors même qu'on le siffle, ne veut pas l'être trompé. Cependant les voisins continuent à se voir, parce que dans un petit endroit on ne fait pas aisément de nouvelles connaissances, et qu'il est souvent difficile d'éviter les anciennes ; mais madame Troupeau ne laisse plus sa fille causer seule avec Adrienne, et celle-ci a encore la bonté d'en être fâchée, car elle avait réellement de l'amitié pour Virginie. Quant à mademoiselle Troupeau, depuis la soirée du jardin, elle baisse les yeux devant Adrienne en faisant une petite mine si drôle, qu'il serait difficile de lui garder rancune ; aussi Adrienne a saisi un moment où leurs parents ne les regardaient pas, pour prendre la main de son ancienne amie ; elle l'a serrée dans la sienne en lui soufflant dans l'oreille : — Je ne dirai rien ! je ne t'en veux pas et je t'aime toujours. Sur quoi Virginie a souri en faisant un petit mouvement de tête pour remercîment.

La Providence devait un dédommagement à cette bonne fille qui se faisait soupçonner d'une faute... qu'à la vérité elle eût peut-être été fort aise de commettre, mais qu'enfin elle n'avait pas commise. Adrienne soupirait encore un peu en pensant à M. Doudoux, lorsqu'un matin elle entend dire à son oncle :

— Nous allons avoir des cuirassiers à loger dans Belleville.... C'est M. Renard qui vient de me le dire... il sait les nouvelles même avant les autorités... Je dois m'attendre à loger au moins un homme...comme propriétaire de la maison que j'habite... Adrienne, tu prépareras la petite pièce d'en haut... Si ce cuirassier est aimable, je ferai la partie avec lui.

— Et peut-être pourrons-nous apprendre des nouvelles de notre neveu, dit madame Vauxdoré, cet espiègle de Godibert, qui s'est engagé quoiqu'il ait eu un bon numéro... C'était une mauvaise tête... mais je l'aimais, moi, ce garçon !

— Ah ! mon cousin Godibert ! dit Adrienne ; je me le rappelle encore, quoiqu'il y ait sept ans qu'il soit parti !... Il m'appelait sa petite femme, et je l'appelais mon petit mari !... Je serais bien contente de le revoir.

— Parbleu ! il s'était mis justement dans les cuirassiers !... dit Vauxdoré ; si c'était son régiment qui vînt loger à Belleville... Je vais tâcher de m'en informer au café de M. Bart... en jouant une poule.

Pendant que la nouvelle de l'arrivée des cuirassiers fait battre de plaisir le cœur d'Adrienne, on est aux abois chez M. Troupeau, qui craint qu'on ne lui donne des militaires à loger.

— Je ne doute pas de l'honneur de ces militaires, dit madame Troupeau ; mais enfin notre Virginette est si jolie !... un cuirassier ne se gêne pas pour dire une galanterie... quelquefois un peu trop cavalière... Mon ami, il ne faut pas que l'innocence de notre fille coure le moindre péril... Va à la mairie, informe-toi... qu'on nous donne deux chevaux, trois chevaux s'il le faut... mais point de militaires à loger... ce sera plus convenable.

— C'est juste... quoique j'aie bien le moyen de recevoir aussi des hommes... mais tu as raison, les chevaux sont moins dangereux près du beau sexe.

— Pourquoi donc ne veulent-ils pas loger de militaires ? se dit Virginie, cela m'aurait amusée de voir chez nous un cuirassier... Nous ne recevons pas si souvent de nouvelles figures !... On a peur de tout ici. Je suis bien sûre qu'Adrienne sera plus heureuse, et que son oncle aimera mieux des hommes que des chevaux.

On a satisfait aux désirs de M. Troupeau, au lieu d'un soldat, il a quatre chevaux à loger. Quant aux Vauxdoré, ils voient arriver un jeune cuirassier de cinq pieds huit pouces, beau blond, au teint coloré, moustache bien peignée, tournure dégagée et martiale à la fois. En entrant dans la maison, le cuirassier saute au cou de Vauxdoré, puis à celui de sa femme en s'écriant :

— Comment, mon oncle !... ma tante !... vous ne me reconnaissez pas !... C'est votre neveu Godibert, surnommé Ventre-à-Terre !... Mais embrassez-moi donc !...

— Quoi ! ce serait lui !... ce pauvre Godibert ! dont nous parlions encore il y a deux jours... Ce cher neveu !... mais regarde donc, Vauxdoré, comme il est bel homme maintenant !... comme cet uniforme lui va bien !...

Et tandis que l'oncle et la tante embrassent et contemplent leur neveu, Adrienne, qui est restée au milieu de la chambre et à laquelle on n'a pas sauté au cou, dit à son tour :

— Eh bien ! monsieur Godibert, est-ce que vous ne me reconnaissez pas, moi ?

Le cuirassier examine la jeune fille en répondant :

— Ma foi, mademoiselle, je vous demande pardon... mais je ne me rappelle pas...

— Vous avez oublié Adrienne... celle que vous appeliez votre petite femme !...

— Adrienne ! il se pourrait !... Cette petite fille, quand je suis arrivé aujourd'hui cette belle

— ... mon petit mari... permettez-moi de renouveler connaissance avec... la jeune fille qui se laisse faire sans avoir... la moustache que porte maintenant son petit mari, et... s'efforçant c'est de s'écrier :

— Il est superbe en uniforme... c'est un cuirassier fini !... Il faut... Aimes-tu la matelote, mon ami ?

— Oh! ma tante, un soldat n'est pas difficile !

— ... eh bien! je te ferai une matelote, j'excelle là-dedans... Nous resteras-tu longtemps?

— Mon régiment ne restera que huit jours, à ce que je crois; mais j'espère obtenir une permission du capitaine, et vous consacrer quelque temps.

— Ah! tant mieux!... Mon Dieu, comme il est devenu grand, mon petit mari !...

— Moi, je vais dire à tout le monde que c'est mon neveu que j'ai le plaisir de loger.

Vauxdoré court dans Belleville apprendre à ses connaissances l'arrivée de son neveu qui a cinq pieds huit pouces et de fort belles moustaches.

— On ne t'a pas donné un neveu à loger, à toi? dit-il en entrant chez son ami Troupeau.

— Je ne peux pas avoir un neveu parmi des chevaux...

— Tu verras le mien, mon ami, je te le présenterai... c'est un homme achevé!... un cavalier admirable... son nom de guerre est Ventre-à-Terre... il ne faut pas croire pour cela que ce soit un de ces militaires au ton rude et brusque... pas du tout!... c'est un air moelleux... c'est de la grâce... une galanterie permanente... rien qui sente la caserne !... Oh! j'en suis émerveillé! Madame Troupeau, je vous présenterai mon neveu.

Vauxdoré s'en va en se frottant les mains, et madame Troupeau dit:

— Je me passerais bien de voir son Ventre-à-Terre !... Quel joli nom de guerre!... Je suis sûre qu'il sent la pipe d'une lieue...

— Ah! ma chère amie... on ne peut pas refuser... c'est son neveu... Mais je pense... ce jeune cuirassier qui va loger dans la maison... avec mademoiselle Adrienne... qui a l'humeur si gaie... Heim... prévois-tu les conséquences?

— Oui, certes, je les devine... ces gens-là sont si bornés! ils ne verront rien... ce sera comme avec le petit Ledoux... Ah! c'est une fine matoise que cette Adrienne!

— Quelle différence d'avec notre fille!

— C'est qu'aussi Virginette a été autrement élevée et surveillée... et quand elle sortira de mes mains pour passer dans celles d'un mari, je pourrai dire avec orgueil à son époux : « Mon gendre! vous trouverez tout à sa place !... »

— Oui, ma femme, je m'en flatte, et il y a tant de maris qui trouvent des places... où il n'y a rien !...

— Taisez-vous, Troupeau, votre fille n'est pas loin.

— A propos, ma femme, c'est bientôt la fête de notre fille, ne ferons-nous pas comme à l'ordinaire une petite réjouissance?...

— Pourquoi pas?

— A coup sûr mes moyens me le permettent... Mais que ferons-nous cette année?... Si nous donnions un bal?...

— Fi donc, monsieur! notre fille ne danse pas, vous le savez bien... ta tante ne veut pas qu'elle danse.

— C'est juste... nous donnerons un grand déjeuner.

— Un déjeuner... c'est toujours très-fatigant pour moi!... il faut tout surveiller... aller... venir... c'est un casse-tête que de recevoir... le traiter...

— Eh bien! nous le donnerons dehors... Tiens, dans le bois de Romainville... il y a longtemps que Virginie nous demande d'y aller, et nous n'avons pas pu nous y promener une seule fois tant que ma tante a été ici. Mademoiselle Bellavoine a le bois de Romainville en horreur à cause de la chanson : *Ce bois charmant pour les amants...*

— Oui, oui, je sais... mais où déjeunerons-nous?

— Chez *Robert*, au Tourne-bride, c'est le plus ancien traiteur du bois, et moi je considère l'ancienneté d'un établissement. D'ailleurs il y a une superbe pelouse en face de Robert, nous y ferons porter le déjeuner, et ce sera plus champêtre.

— Nous verrons cela... Virginette, approche, ma fille. Seras-tu contente, pour ta fête, si nous donnons un déjeuner soupatoire au bois de Romainville?

— Oui, maman... et j'irai sur un âne, n'est-ce pas?

— Tu iras même sur les chevaux de bois, si tu le désires.

— Oh! j'aime mieux un âne qui court. Et avec qui irons-nous?

— Nous verrons... il y a encore du temps... je réfléchirai pour nos invitations.

— Ah! vous prierez Adrienne, n'est-ce pas?

— Adrienne... peut-être, ma fille... La société de mademoiselle Adrienne ne te convient guère !...

— Ah! maman! elle est si gaie, Adrienne!... je m'ennuierai si elle n'est pas de la fête.

— C'est bon, petite, nous verrons cela !

Madame Troupeau donne un petit coup sur la joue de sa fille, et s'éloigne en sautillant et en se disant :

— On invitera Adrienne, on invitera les Vauxdoré, et par conséquent on invitera le cuirassier.

Ventre-à-Terre est établi chez son oncle; ses manières aimables lui ont gagné le cœur de toute sa famille. Ce n'est pas par l'esprit qu'il brille, mais il est beau garçon et galant près des dames; n'est-ce pas assez pour plaire dans ce monde, où l'on réussit plus par les dehors que par le fond? Madame Vauxdoré lui fait de petits mets, M. Vauxdoré joue avec lui aux dominos, enfin Adrienne rit toute la journée avec son cousin.

Les souvenirs d'enfance sont bien doux, ils nous reportent à ce temps où l'on est exempt de soins et d'inquiétudes, où les passions ne se sont point encore emparées de notre cœur; les désirs d'un enfant ne vont pas loin, il est rare qu'ils passent le lendemain ou le dimanche de la semaine. C'est avec joie qu'on revoit ceux qui nous rappellent nos premiers plaisirs.

Adrienne n'ose plus appeler le cuirassier son petit mari, mais elle lui parle souvent de l'époque où ils jouaient ensemble; elle n'a oublié ni les noms qu'ils se donnaient, ni les niches qu'ils se faisaient. Ventre-à-Terre écoute Adrienne en caressant sa moustache, et s'écrie :

— Vous avez une mémoire étonnante, ma petite cousine!

— Oh ! oui, mon cousin !... d'ailleurs je n'avais pas oublié mon...

— Votre petit mari... Est-ce que vous n'osez plus m'appeler ai...

— Mais non... vous êtes si grand à présent... si changé... cet arme, ces moustaches... vous êtes bien différent !

— Et vous m'aimiez mieux autrefois?

— Je ne dis pas cela !... seulement, à présent, je ne me sens pas libre près de vous...

— Pourquoi donc?

— Parce que... ce n'est pas la même chose !...

— Je suis toujours votre cousin... Toujours Godibert! Je vous appellerai encore volontiers ma petite femme...

— Vraiment! oh! par habitude...

— Parce que vous êtes devenue bien gentille, ma cousine...

Le cuirassier souriait et caressait encore ses moustaches; Adrienne riait et faisait de petites grimaces fort agréables. Le cousin parlait ensuite de ses campagnes, il avait été à Alger, il avait combattu les Bédouins, il en avait tué six pour sa part; et il racontait tout cela non pas en jurant et en s'échauffant comme beaucoup de militaires, mais avec une voix flûtée et un ton doucereux qui semblaient encore plus surprenants dans un homme de cinq pieds huit pouces. En écoutant son cousin, Adrienne faisait souvent des bonds sur sa chaise; elle s'écriait :

— Comment! mon cousin, vous avez tué six Bédouins !

— Pourquoi pas, ma petite cousine?

— C'est que vous avez l'air si doux... il faut être bien en colère pour tuer quelqu'un !

— A la guerre, pas du tout, ma cousine, on va se battre en chantant, en folâtrant, on aborde l'ennemi poliment... il tire sur nous, et nous manque... on lui dit : C'est pas ça, cher ami, faut mieux ajuster... on tire et on le tue. « Merci, j'ai mon compte, qu'il dit en tombant. « Eh bien! alors, adieu, et sans rancune. » Voilà la chose, ma cousine, la guerre n'est pas plus terrible que ça.

Ces entretiens se renouvelaient fréquemment depuis que le jeune militaire était arrivé. On n'avait pas encore eu le temps de le mener chez M. Troupeau, mais Ventre-à-Terre ne s'ennuyait pas chez son oncle; car Adrienne le laissait rarement seul, elle semblait redoubler d'amabilité pour rendre agréable à son cousin la maison de son oncle.

Depuis qu'on logeait le cuirassier, il restait peu de temps à Adrienne pour penser à M. Doudoux, aussi avait-elle cessé de soupirer en songeant à lui. Le cœur d'une femme a besoin d'occupation, il conserve un souvenir pour avoir quelque chose à penser; mais cela ne prouve pas toujours de la constance !

CHAPITRE IX. — Les Chevaux et les Anes.

Un soir la famille Vauxdoré se rend chez les habitants de la rue de Calais. Adrienne donne le bras à son cousin, elle se pavane en tenant le beau cuirassier; elle a un air triomphant, c'est que l'on va présenter son cousin chez M. Troupeau, que Virginie le verra, qu'elle remarquera la tendre amitié qui unit le jeune militaire à sa cousine, et qu'elle sentira qu'Adrienne est amplement dédommagée de l'abandon de M. Doudoux. Voilà ce qui donne un air radieux à l'amie de Virginie, car la femme la moins méchante éprouve toujours un grand plaisir dans ces petits triomphes de l'amour-propre; si elle ne ressentait pas tout cela elle serait trop bonne... mais une femme n'est jamais trop bonne, probablement parce qu'elle sait que le mieux est l'ennemi du bien.

Il y avait la famille Tir, M. Renard et quelques autres voisins réunis chez M. Troupeau, lorsque Vauxdoré entre dans le salon en tenant son neveu par la main; il le présente à la société en disant :

— Permettez-moi de vous faire voir mon neveu qui a cinq pieds huit pouces et tué six Bédouins.

La société se lève; on considère le jeune cuirassier, qui est obligé de se baisser pour ne point emporter avec sa tête une hollandaise en verres dépolis dont le salon est décoré.

— C'est un bel homme... un fort beau garçon! disent les dames.

— Il est plus grand que ma plus haute baguette de fusée, dit M. Tir à son fils Pétard.

— Oui, papa, il a le double de vous.

— Ah! monsieur a vu des Bédouins? dit M. Renard en s'approchant du jeune militaire.

— Oui, monsieur.

— Oh! je sais... les Bédouins!... diable! ce sont de vilaines gens!... vilaine race! J'ai vu beaucoup de Bédouins.

— Est-ce que tu as été à Alger, toi, Renard? dit M. Vauxdoré.

— Moi... oh! j'ai été à peu près partout... Et à quoi passiez-vous votre temps dans ce pays-là?

Ventre-à-Terre commence à être fort ennuyé des questions de ce monsieur, qu'il voit pour la première fois; il ne sait pas encore qu'il y a dans le monde des gens qui s'arrogent le privilége de disposer du temps des personnes avec lesquelles ils se trouvent; celles-ci vont dans une réunion espérant s'y amuser, y causer avec d'intimes connaissances; mais pas du tout, un pédant, un bavard, un indiscret en ordonne autrement; il vous saisit à votre entrée dans un salon, il s'accroche à vous et ne vous lâche plus; il ne voit pas que vous mourez d'impatience en l'écoutant, que vos yeux se portent incessamment à droite ou à gauche, il va toujours, quelquefois même il vous tient par un bouton ou le devant de votre habit. La bienséance ne vous permet pas de lui rompre en visière, et de lui dire : — Voilà deux heures que vous m'ennuyez! mais aussi à l'avenir vous fuyez ces gens-là comme la peste.

Le cuirassier ne savait comment se tirer d'auprès de M. Renard, lorsque l'on entend madame Troupeau s'écrier :

— Où est donc ma fille?... qu'est devenue Virginette?

— En effet, dit Adrienne, je ne l'ai pas aperçue depuis que nous sommes arrivés... j'allais vous demander de ses nouvelles.

— Mais elle était là... dans le salon, lorsque vous êtes tous entrés... par où est-elle passée?... Virginette!

— Je suis là, maman, répond une petite voix qui part de derrière les rideaux d'une croisée.

— Mamzelle Virginie est cachée là-bas, derrière le rideau! dit mademoiselle Poudrette en montrant du doigt la fenêtre. Madame Troupeau va trouver sa fille et lui dit :

— Que fais-tu donc là, ma chère enfant?

— Ah! maman, laissez-moi ici, je vous en prie...

— Que signifie cet enfantillage, Virginie?

— Maman... je n'ose pas être dans le salon...

— Et de quoi donc as-tu peur, ma petite?

— Maman... j'ai peur de ce grand... grand monsieur qui a tué six Bédouins! je n'ose pas le regarder!...

— Ah! ah! enfant...

Et madame Troupeau sort de dessous le rideau et dit en riant à la société.

— Vous ne devinez pas pourquoi ma fille s'est cachée... elle a' peur du neveu de M. Vauxdoré... parce qu'on a dit qu'il avait tué des Bédouins!

Toute la compagnie rit et se récrie sur l'extrême timidité de mademoiselle Troupeau. Il n'y a qu'Adrienne qui trouve un peu singulier que sa petite amie soit si craintive.

— Mon neveu, dit Vauxdoré, c'est à toi d'aller rassurer cette aimable enfant, et de lui faire comprendre qu'on peut tuer des Bédouins et être fort galant près des dames.

— Oui, certainement, dit M. Renard, d'ailleurs nous savons la chanson : *Les Tartares ne sont barbares qu'avec leurs ennemis!...*

Le jeune cuirassier, ayant demandé la permission à madame Troupeau, se dirige vers le rideau, suivi de M. Troupeau, qui crie à sa fille :

— N'aie donc pas peur, Virginie, monsieur est un jeune homme... absolument comme les autres... il a des moustaches, c'est vrai... mais cela ne prouve rien... tous les hommes sont susceptibles d'avoir des moustaches... moi-même, je pourrais en porter... si telle était mon opinion.

— J'ai eu longtemps une petite royale au menton, dit M. Tir en se caressant la figure; mais je me la suis brûlée en tirant un artichaut... elle n'a pas repoussé depuis... cela a beaucoup contrarié mon épouse, qui me dit toujours : — Ah! je t'aimais bien mieux quand tu n'avais pas brûlé minet!

Pendant que l'on cause dans le salon, le cuirassier, qui s'est introduit sous le rideau, est parvenu à vaincre la frayeur que la jeune fille prétendait éprouver à son aspect. A la voix mielleuse du militaire, Virginie, qui cachait sa figure dans ses doigts, a ouvert sa main petit à petit; puis enfin elle a entièrement laissé voir son visage, et en regardant Ventre-à-Terre elle a souri très-gracieusement.

— Soyez certaine, mademoiselle, que je ne suis nullement méchant! dit le cuirassier presque intimidé par les yeux malins de Virginie.

— Oh! monsieur... à présent que je vous entends parler je n'ai plus peur... votre voix est si douce!...

— Ah! mademoiselle!... c'est un effet de votre part...

— Vos moustaches mêmes ne me semblent plus effrayantes... au contraire...

— Ah! mademoiselle... c'est la chose de l'habitude...

— Votre uniforme me parait fort joli maintenant...

— Mademoiselle... oui... il est vrai que l'uniforme est agréable

— Eh bien! mon cousin?... est-ce que vous restez aussi sous le rideau? dit Adrienne que toute cette histoire n'amuse pas.

En ce moment le cuirassier reparait tenant mademoiselle Troupeau par la main; il l'amène au milieu du salon. La jeune fille marche les yeux baissés comme une rosière; le militaire a encore plus de couleur et se dandine avec une certaine grâce. On s'empresse autour de Virginie, que l'on plaisante sur sa frayeur. Godibert lui dit de temps à autre en faisant l'aimable :

— Est-ce que je vous fais toujours peur? Et les yeux de mademoiselle Troupeau répondent d'une façon qui affirme le contraire.

La soirée se passe, et Adrienne s'est beaucoup moins amusée qu'elle ne l'espérait; son cousin lui a paru mettre trop de soins à dissiper la crainte de Virgi... En revenant, Godibert ne parle à sa cousine que de mademoiselle Troupeau :

— Elle est gentille, cette demoiselle, dit le cuirassier pendant qu'Adrienne essaie de changer de conversation.

— Oui... figure de fantaisie... vous ne nous quittez pas de sitôt, n'est-ce pas, mon cousin?...

— Non, ma cousine... j'ai une permission... et, entre nous, je vous dirai que je travaille à obtenir mon congé.

— Quoi! vous quitteriez l'état militaire?

— Je l'ai pris de bonne heure, ma cousine, et je vous avoue que j'en ai assez... il me faudrait attendre trop longtemps pour être colonel... Pour en revenir à cette jeune personne... elle parait bien candide...

— Qui ça, mon cousin?

— Mademoiselle... du Troupeau.

— Ah! vous la trouvez candide?...

— Oui... elle me fait l'effet d'une Agnès.

— Elle vous fait cet effet-là!...

Adrienne réprime un rire moqueur, et dit au bout d'un moment :

— Mais, mon cousin, si vous quittez le militaire, que ferez-vous donc?

— Je verrai, ma cousine; j'ai hérité depuis un an de quinze cents francs de rente, avec ça on peut attendre les événements... C'est votre amie, cette jeune personne?...

— Qui? Virginie!

— Oui, ma cousine.

— Nous étions fort amies il y a quelque temps, nous nous voyons beaucoup moins à présent.

— Pourquoi donc cela?...

— Ah! les demoiselles ont quelquefois des motifs pour se brouiller...

— C'est juste, c'est comme les cuirassiers; mais celle-ci parait bonne personne!

— Du reste, comme elle sera fort riche, son père ne la donnera qu'à quelqu'un de très-riche aussi; je vous dis cela, mon cousin, dans le cas où vous auriez des pensées sur elle!....

— Ah! ma cousine!.... par exemple... je dis tout ceci pour causer!...

— Mon cousin.... ça me fera de la peine si vous quittez votre uniforme... il vous va si bien!

— Vous trouvez?... c'est ce que me disait aussi la petite... qui a eu peur.

Heureusement pour le cuirassier que l'on était arrivé devant la maison de Vauxdoré; car Adrienne, dans son humeur, allait pincer le bras à son cousin, mais elle se contente de le quitter et va se coucher sans lui dire un mot de plus.

Chez le ci-devant marchand de crin, le jeune militaire a été trouvé fort aimable; le ton doucereux et galant du cuirassier a charmé madame Troupeau; en songeant que ce jeune homme a tué six Bédouins, M. Troupeau se sent pour lui une certaine considération; quant à Virginie, elle ne dit rien, mais elle pense qu'il y a une grande différence entre le beau cuirassier et M. Doudoux.

— Par exemple, dit madame Troupeau, j'ai trouvé que mademoiselle Adrienne regardait son cousin d'une façon beaucoup trop familière.

— Cela m'a frappé aussi, dit M. Troupeau; ses yeux étaient presque constamment attachés sur le jeune militaire... Si l'on n'y prend garde, il arrivera malheur à cette jeune fille...

— Ce ne sera pas faute qu'on n'ait averti les parents!... mais votre ami Vauxdoré se dessèche sur ses cartes, et sa femme sur ses casseroles!...

— Les inviterons-nous pour la fête de ma fille?

— Il le faut bien!..... leur neveu est fort honnête, j'en conviens... c'est bien dommage qu'on l'appelle Ventre-à-Terre!... je ne peux pas me faire à ce nom-là... Enfin, ils passeront dans la foule... car nous aurons beaucoup de monde.

— Et Tir m'a promis un très-joli feu d'artifice pour ce jour-là.

— Il nous fera encore quelque malheur, comme l'autre soir avec son soleil.

— Ma chère amie, il tirera son feu dans les champs... en plein air; nos meubles ne courront aucun danger.

— C'est bien heureux.

Les parents de Virginie ont fait leur invitation pour la fête champêtre qu'ils veulent donner à leur fille. Le cuirassier est ivre de joie en apprenant qu'il est invité. Adrienne, dont l'humeur n'est point dissipée, parce que son cousin parle toujours de la demoiselle qui a eu

...eur, raille Godibert sur le désir qu'il a de se retrouver avec mademoiselle Troupeau ; le cousin prend très-bien les plaisanteries et les petits mots piquants que lui lance sa cousine, on a toujours l'esprit bien fait quand on espère être heureux. Cependant Godibert n'a revu Virginie qu'une seule fois, un matin, en allant faire une visite à madame Troupeau, et il n'a pu regarder la jeune fille qu'en présence de sa mère ; mais les militaires, qui ont l'habitude d'aller promptement en amour, avancent leurs affaires aussi vite par la pantomime que par la conversation, et la petite Agnès avait montré de fort belles dispositions pour la pantomime.

Le jour de la fête est arrivé. Dès le matin, le cuirassier s'occupe à nettoyer son casque, son uniforme ; Adrienne lui dit d'un air ironique :

— Mon Dieu ! mon cousin, comme vous vous faites beau !...

— Ma cousine, un militaire doit toujours être d'une sévère propreté !

— Oh ! c'est juste !... et puis, quelquefois, on a des intentions !......

Adrienne se regarde dans une glace, et se dit :

— Il me semble pourtant que je ne suis pas mal non plus !... est-ce parce que je ne baisse pas les yeux... parce que je n'ai pas l'air de trembler toujours que mon cousin trouve Virginie plus à son goût ?..... Mon Dieu ! que les hommes sont drôles !.... Ils aiment dans l'une le contraire de ce qu'ils aiment dans l'autre !

Le rendez-vous était pour midi, chez M. Troupeau ; la famille Vauxdoré s'y rend ; M. Renard est déjà au milieu du salon, où il pérore sur ce que l'on doit faire pour s'amuser à la campagne. Plusieurs habitants de Belleville sont conviés à la fête, entre autres la famille Tir, qui arrive bientôt chargée d'artifice ; M. Tir tient une étoile qui doit effacer toutes celles du firmament, son fils porte des fusées et des serpenteaux, enfin mademoiselle Poudrette tient un soleil sous chaque bras.

A l'aspect de cet attirail d'artifice, madame Troupeau pousse un cri d'effroi.

— Que voulez-vous faire de tout cela dans mon salon?.... dit-elle à M. Tir, qui, au milieu de toutes ses pièces, ne sait comment se retourner.

— Madame Troupeau, je suis bien le vôtre... c'est le feu que nous apportons...

— Je ne le vois que trop, que c'est le feu !... je ne veux pas de tout cela dans mes appartements... Vous ne comptez pas tirer votre feu dans une chambre, j'espère ?

— Oh !..... nous n'aurions pas assez de place..... mais j'emporterai cela avec nous... je le tirerai au bois de Romainville.

— Très-bien... mais en attendant que nous partions, veuillez le porter dehors... en bas... dans la cour... cela me fait trop peur chez moi.

M. Tir descend, avec ses enfants, déposer son artifice en plein air, pendant que M. Renard dit à la société :

— J'en ai fait aussi, moi, de l'artifice !... oh ! je connais cela !.... si je voulais, j'en ferais encore... c'est la moindre des choses !... et je ne ferais pas tout l'embarras de ce pauvre Tir... Ah ! voici mademoiselle Virginie Troupeau que j'ai l'honneur de vous annoncer... charmante fille... parfaitement élevée, remplie de vertus, de qualités... tout le portrait de sa mère.

Virginie arrivait seulement dans le salon ; elle était tout en blanc. Sa robe, faite en pèlerine, cachait scrupuleusement ses jeunes appas, et il était impossible que la pudeur la plus sévère trouvât rien à redire dans sa parure ; mais il y a une manière de porter les choses qui leur donne plus ou moins de grâce. Sous cette robe qui lui montait jusqu'au cou, il semblait que les charmes de la jeune fille cherchassent à se faire jour, et quoique sa démarche fût posée et modeste, ses deux hanches se dessinaient très-voluptueusement à chaque pas que faisait la gentille pucelle.

Tous les hommes, en saluant Virginie, semblent sous le charme de ce je ne sais quoi qui séduit en elle ; le grand cuirassier ne sait plus sur quelle jambe se tenir, et faute de mieux se mange les moustaches ; M. Tir lui-même, qui revient de déposer son artifice, s'écrie :

— Mademoiselle Troupeau serait charmante dans un transparent !

— Vous êtes donc toujours pour l'artifice, monsieur Tir ? dit M. Troupeau en admirant la tournure de sa fille.

— Que voulez-vous, monsieur Troupeau ?... l'artifice me procure des passe-temps si agréables !... Quand j'ai fait des étoupilles depuis le matin jusqu'au soir, je me dis : je n'ai pas perdu ma journée.. — Par exemple, je l'avoue... je ne suis pas ambitieux, mais j'ai un regret!

— Qu'est-ce donc, monsieur Tir?

— C'est de n'avoir pas inventé la poudre ; j'aurais été le plus heureux des hommes si j'eusse inventé cela... d'autant plus que je l'aurais faite imperméable.

— Voilà midi passé, dit madame Troupeau, pourquoi ne partons-nous pas ?

— Ma femme, tu sais que j'attends encore deux amis de Paris... des négociants très-riches qui m'ont assuré qu'ils viendraient peut-être.

Madame Troupeau ne répond rien ; son mari a parlé de gens riches, on doit attendre ; s'il s'agissait d'un modeste rentier, on se dirait : Partons sans lui, il nous rejoindra !... Le monde s'incline toujours devant les écus ; et quoique nous soyons dans le siècle des lumières, je ne vois pas qu'il y ait rien de changé à cet égard.

Cependant l'heure s'écoule et les riches amis de Paris ne vien-pas ; mais en revanche il vient à l'horizon un gros nuage noir qui s'avance et s'étend rapidement sur Belleville et ses environs.

— Le temps se gâte, dit Vauxdoré.

— Ce ne sera rien, dit Renard ; c'est un nuage qui passe... Je connais ça.

— J'ai peur qu'il ne tombe de l'eau sur mon étoile, dit Tir.

— Ce serait bien désagréable si le temps était vilain, dit madame Troupeau, car nous ne pourrions plus aller déjeuner au bois de Romainville.

— Mais j'espère qu'on déjeunerait toujours? dit madame Vauxdoré à sa nièce. Et celle-ci ne répond rien. Peu lui importe le déjeuner : elle observe Virginie qui est en admiration devant le casque que Godibert a posé sur une chaise.

Malgré les prévisions de M. Renard, la nuée crève, et des torrents d'eau tombent du ciel. La société se désole.

— C'est extrêmement contrariant, dit M. Troupeau, voilà mes projets renversés.

— Ce ne sera rien, répond M. Renard qui ne veut pas en démordre. C'est une pluie d'orage... cela va passer.

— Ah ! mon Dieu ! et mes artifices qui ne sont pas à l'abri, s'écrie M. Tir en sortant précipitamment du salon. Viens, Pétard, suis-moi : sauvons au moins mon étoile !

— Voilà un temps bien vexant, dit Ventre-à-Terre en s'approchant de Virginie. Je me promettais tant de plaisir, mademoiselle, à me promener avec vous dans le bois.

Virginie sourit, et après avoir regardé autour d'elle si personne n'écoute, répond à demi-voix :

— Alors... si l'on sort.... il faudra me donner votre bras... et pas à Adrienne.

— Oh ! mademoiselle, avec le plus vif...

Le cuirassier ne peut achever, Adrienne s'est approchée.

— Es-tu fâchée qu'il pleuve ? dit-elle à Virginie.

— Ah ! oui... Nous devions tant jouer, courir, aller à âne.

— Est-ce que tu oserais aller sur un âne ?...

— Mais oui... J'irais même sur un cheval... J'aime beaucoup les chevaux, moi.

— Vous iriez à cheval, mademoiselle ! s'écrie Ventre-à-Terre en regardant Virginie d'un air d'admiration. Ah ! Dieu ! une femme à cheval !.. Je ne connais rien de plus séduisant dans l'univers.

— En ce cas, mon cousin, dit Adrienne, vous n'avez qu'à aller au bois de Romainville, vous verrez les femmes à cheval... mais je ne vous garantis pas que ce soit toujours séduisant...

— Ma cousine, il y a amazone et amazone, ça fait deux !

La pluie ne cesse pas et les estomacs deviennent pressants. Madame Troupeau dit à son mari :

— Qu'allons-nous faire de tout ce monde? D'abord, monsieur, je vous préviens que je ne vais pas m'occuper à présent de leur faire à déjeuner... Je n'ai pas envie de passer ma journée à la cuisine avec Babelle. Comme ce serait divertissant pour moi !

— Ma chère amie, je ne te dis pas... il faut pourtant que l'on déjeune... Je vais faire apporter à déjeuner de l'Ile-d'Amour...

— Non, monsieur, je vous répète que je ne veux pas que vos Tir et vos Vauxdoré déjeunent ici... Ce serait toujours de l'embarras pour moi. Menez la société à l'Ile-d'Amour, à la bonne heure.

— C'est juste... Cela me coûtera plus cher, mais mes moyens me permettent cet *extra*.

Et M. Troupeau, s'adressant à la compagnie, qui était moins aimable parce qu'elle avait faim, s'écrie :

— Messieurs et dames, puisque le temps nous interdit Romainville, descendons déjeuner à l'Ile-d'Amour... avec des parapluies, nous pourrons arriver sans eau.

La proposition est acceptée. Les hommes s'occupent sur-le-champ de se procurer des parapluies pour les dames. En quelques minutes on en a réuni plusieurs, et la société se met en marche. M. Renard, qui a un énorme rifflard, s'empare du bras de Virginie. La jeune fille n'a pu refuser l'ennuyeux bavard ; mais tout le long du chemin elle lui envoie de l'eau dans les jambes pour lui ôter l'envie d'être son cavalier une autre fois.

La réunion est bientôt entassée dans un salon de l'Ile-d'Amour. Les jeunes filles ne sont plus aussi gaies. Quand on espérait une partie de campagne, on ne se trouve pas bien dans une chambre, le dîner y fût-il meilleur ; c'est que la campagne promet et permet mille petites libertés interdites à la ville, et que les demoiselles les plus sages aiment beaucoup les petites libertés. Madame Troupeau avait placé son monde. Adrienne était entre le jeune Pétard et M. Renard ; Virginie entre M. Tir et le voisin Vauxdoré. Aussi l'on ne disait rien, on avait les yeux fixés sur son assiette, mais on s'ennuyait considérablement, tout en mangeant le veau rôti et la gibelotte, plats obligés chez les traiteurs *extra muros*.

Pour augmenter les regrets de ces demoiselles, il n'y a pas un quart d'heure que l'on est à table, et déjà la pluie cesse, le soleil renaît, le temps redevient beau et les pavés secs.

— Je l'avais dit ! ce n'était qu'un nuage ! s'écrie M. Renard en versant à boire à ses voisines afin d'avoir occasion de se verser à lui-même

— Un nuage qui a duré longtemps ! dit Vauxdoré. Qu'importe !... il n'y paraît plus maintenant... je connais ça !

— C'est dommage, dit M. Troupeau, si nous avions attendu, nous serions montés jusqu'au bois de Romainville, comme c'était mon idée.

— Mais, papa, si le temps est remis... est-ce que nous n'irons pas après le déjeuner ? dit Virginie.

— Au fait, s'il fait beau, je ne vois pas pourquoi nous n'irions pas nous y promener... Qu'en pense la société ?

La société est d'accord pour aller se promener quand on aura bien déjeuné ; cette promesse fait de nouveau briller la joie sur les jeunes visages qui voudraient déjà quitter la table ; mais il y a des gens cruels qui ne consentiraient pas à donner un coup de dent de moins.

Enfin les grands appétits sont satisfaits ; depuis longtemps les jeunes filles ne mangent plus ; le temps est redevenu superbe, et M. Troupeau s'écrie : Partons pour le bois de Romainville.

— Oui, partons, dit Tir, en route je prendrai mon artifice, car nous pourrons le tirer tantôt.

CHUTE DE VIRGINIE ET DE M. DOUDOUX.

Comment M. Doudoux s'aperçut que Virginie portait un petit caleçon de finette.

On se remet en marche, cette fois Virginie court prendre le bras de la petite Poudrette afin d'esquiver celui de M. Renard ; Adrienne a saisi son cousin en descendant l'escalier du traiteur, et lui dit moitié en riant, moitié au sérieux :

— Mon cousin, j'en suis bien fâchée pour vous, mais vous serez mon cavalier !

— Ma cousine... c'est une faveur de votre part ! répond le cuirassier qui a bu comme quatre, mais qui n'est pas gris, parce qu'il a déjà pris de bonnes habitudes.

Madame Troupeau dit à son mari en regardant de loin sa fille et Adrienne : Voyez donc, mon ami, comme l'innocence se manifeste en tout... Notre Virginette est contente de donner le bras à la petite Poudrette, tandis que cette Adrienne s'est emparée de son cousin le militaire d'une façon même indécente... il semblait qu'on allait le lui voler...

— Ces deux jeunes filles ne se ressemblent en rien, Dieu merci !... aussi je payerai un âne à Virginette pour l'amuser, je le lui ai promis.

— Payez-lui même un petit cheval si elle le désire ; grâce au ciel, ma fille est vêtue de manière à pouvoir monter à cheval sans offenser les mœurs.

On a monté Belleville et traversé le parc Saint-Fargeau au milieu des coups de pistolet qui partent à chaque instant aux oreilles des promeneurs, depuis que la manie d'établir des tirs a gagné les campagnes ; ce qui n'amuse pas les personnes qui sortent de la ville dans l'espérance de jouir d'un peu de calme, et qui, tout le long de leur route, assistent à l'exercice à feu ; mais en France où tout est mode, celle-ci passera comme les autres.

On est arrivé aux loueurs d'ânes et de chevaux. De tous côtés on vient offrir aux piétons de dociles quadrupèdes. Romainville est devenu dans cette partie rival de Montmorency, et je serais bien embarrassé pour dire où sont les plus mauvais chevaux.

Virginie a quitté Poudrette et s'est arrêtée, elle regarde son père qui lui dit : Nous te permettons une petite bête... choisis un âne ou un cheval.

Virginie est indécise entre les chevaux et les ânes ; Vauxdoré s'écrie, Allons, une partie d'ânes !... j'en suis ! Adrienne, je te paye un âne ; à toi aussi, ma femme ; montons tous... nous ferons des manœuvres superbes.

— Je ne monte sur rien, dit madame Troupeau, cela donne trop de mouvement !

— Moi et mes enfants, il faut que nous restions avec nos artifices, dit M. Tir en passant son étoile de son bras gauche dans le droit.

— Ah ! papa ! laissez-moi prendre un petit âne, dit Poudrette.

— Oui, un âne pour nous deux ma sœur, dit Pétard, je me mettrai sur la queue.

— Non, mes enfants... vous n'irez point à âne... et vos fusées, qui donc les porterait ?... mon étoile me fait déjà suer...

— Nous les mettrons sur l'âne avec nous.

— Pour que le trot dérange les mèches ?... je vous dis que vous irez à pied.

Poudrette pleure ; Pétard déchire avec colère deux cartouches de fusées. M. Renard déclare qu'il a tant monté à cheval dans sa vie, que cela l'ennuie de voir même des chevaux de bois. Enfin une partie de la compagnie reste à pied, l'autre prend des ânes ou des chevaux ; Virginie s'est décidée pour cette dernière monture parce que Ventre-à-Terre lui a dit qu'un cheval se roulait bien moins qu'un âne.

Un petit cheval gris est amené à la jeune fille, que le grand militaire enlève lestement dans ses bras et place sur une selle à l'anglaise ; M. Troupeau dit à sa femme : Je vais prendre aussi un cheval afin d'être toujours près de ma fille et de veiller sur elle.

— Je vous approuve, mon ami, mais n'allez pas trop fort, car on prétend que c'est perfide.

— N'ayez aucune crainte... je ne suis point imprudent... d'ailleurs je ne me flatte pas d'être un Franconi ; ma fille ira doucement et je resterai près d'elle.

M. Troupeau se fait seller le plus petit locatif de l'endroit, et ne monte dessus qu'après qu'on lui a certifié qu'il est doux comme un agneau. Godibert a pris le cheval qui lui a semblé le meilleur, il va se placer près de Virginie et lui dit : Je vais vous escorter, si vous le permettez...

— Ah ! oui, monsieur... et vous ne me ferez point tomber, n'est-ce pas ?

— Au contraire, je vous en empêcherai.

— Ma fille ! la plus grande prudence... et toujours doucement, crie madame Troupeau à Virginie, tandis qu'Adrienne monte avec humeur sur son âne en murmurant : J'aurais mieux aimé un cheval aussi, moi... c'est égal... il faudra que mon âne les suive... ou je fais une pelote de son derrière.

Et pour commencer, elle pique sa monture dans les environs de la queue avec une forte épingle noire, tout en criant : Attendez-moi donc, mon cousin... je vais avec vous... Virginie, tu me prêteras un peu ton cheval, n'est-ce pas ?

— Oui... oui.

Mais il y a peu d'apparence que la cavalcade se forme : Vauxdoré est monté sur un âne qui ne fait point dix pas sans se retourner, comme pour valser, ce qui fait beaucoup rire son cavalier ; M. Troupeau, qui, en effet, n'est point un Franconi, menace de tomber à droite ou à gauche, dès que son cheval prend le trot. Mais alors le cavalier s'arrête brusquement en disant à la société : Je vais m'y remettre... c'est un aplomb à prendre... je vais le retrouver.

Deux personnes de la compagnie, qui sont aussi à cheval, ont déjà pris le grand galop pour montrer leur talent en équitation ; elles disparaissent bientôt sur la route. Godibert voudrait en faire autant avec Virginie, mais il n'ose encore se lancer ; il faut d'ailleurs que la jeune cavalière s'accoutume à sa monture, et que l'on ait un peu perdu de vue les parents.

A force d'épingler son âne, Adrienne est parvenue à se tenir presque derrière le cuirassier. Celui-ci ne peut plus dire un mot à Virginie sans que sa cousine ne l'entende ; mais mademoiselle Troupeau, qui n'est peut-être pas fâchée de s'éloigner d'Adrienne, dit au jeune militaire : Si vous me répondiez que je ne tomberai pas, j'aimerais bien à aller un peu plus vite.

— Afin que vous soyez sans aucune crainte, je vais tenir votre cheval par la bride, et je le ferai aller au même pas que le mien, comme cela... je réponds de vous.

Le cuirassier prend la bride du cheval de Virginie ; puis, avec cette facilité que donne l'habitude de l'équitation, il presse sa monture et emmène la jeune fille au petit trot.

Virginie pousse d'abord quelques exclamations causées par la frayeur ; mais, rassurée par Ventre-à-Terre, qui est tout près d'elle, sa crainte fait bientôt place au plaisir, et elle trotte fort gentiment en disant : C'est drôle !... je n'ai plus peur... On s'y fait tout de suite.

— N'allez donc pas si vite ! crie Adrienne en piquant son âne ;
Virginie, ta maman t'a défendu d'aller le trot... Ton père ne peut te
suivre !... Vous allez tomber !...

Vaines remontrances, et que déjà l'on n'entend plus ; car, malgré
les épingles noires dont Adrienne se sert pour émoustiller sa monture,
son cousin et Virginie sont bientôt loin d'elle ; et, pour augmenter son
désespoir, elle les voit tourner à gauche et entrer dans le bois.

— Vous allez comme un chef d'escadron, dit Ventre-à-Terre en regardant amoureusement la jeune cavalière.

— Vous trouvez que je me tiens bien ?...

— Oh ! parfaitement... vous étiez née pour le cheval !...

— Je trouve que c'est bien amusant de sauter comme cela !

Jauxdoré présente partout son cousin le cuirassier, qui a cinq pieds six
pouces, et qui a tué six Bedouins.

— Si vous vouliez aller un peu le galop, cela vous plairait encore
davantage !

— Vraiment?... Mais répondrez-vous toujours de moi?

— Oh ! sur ma vie !... Une si jolie personne... est-ce que je voudrais
vous endommager !

— Eh bien ! voyons le galop... J'aime beaucoup à m'instruire, moi.

— Délicieuse jeune fille ! Laissez-vous aller... Eh hope !...

— Ah Dieu ! comme ça m'enlève...

— Ne résistez pas... cédez au mouvement... Très-bien... Près de
vous mon cœur galope encore plus vite... Eh hope !...

— Ah ! je m'y fais !... Que c'est gentil !... A chaque élan du cheval
il semble qu'on monte au ciel !...

— Avec vous, je me trouve dans le paradis !...

— Mais comme cela fait voltiger ma robe...

— Qu'importe, puisque vous avez une petite culotte en dessous ! Je
m'en viens que si vous n'en aviez pas... Ah, Dieu !... si vous n'en aviez
pas... Eh hope !...

— On veut que j'en porte toujours...

— Quoi ! même sans aller à cheval ?...

— Oui, monsieur...

— Drôle d'uniforme pour une femme !... Soutenez !... soutenez légèrement la bride à chaque temps... C'est cela... Ah ! les beaux yeux !...
Eh hope !

— Oh ! maintenant j'aime mieux le galop que toute autre manière...
cela ne secoue pas et on va plus vite...

— J'étais certain que cela vous plairait... le corps en arrière...
droite... C'est cela... pas de roideur... Quelle taille divine !... Eh
hope !...

— Etes-vous content de moi ?...

— J'en suis si content... Ah ! mademoiselle... Je ne sais plus où j'en
suis... Eh hope !

Ventre-à-Terre et Virginie sont entrés dans le bois de Romainville,
ils ont déjà parcouru plusieurs fois les petites allées qui se croisent

pour revenir presque toutes au carrefour où est située la maison du
garde. Quoique le bois soit petit, en tournant souvent autour on peut
encore faire du chemin. Les chevaux commençaient à se lasser de galoper dans le sable ; Virginie ne se lassait point, mais elle était en
nage ; le cuirassier semblait aussi très-enflammé ; un bois, une jolie
femme et le galop, voilà trois choses qui doivent nécessairement en faire
désirer une quatrième. Depuis quelques instants les chevaux vont moins
vite, et le jeune militaire ne les stimule plus. On est arrivé au bout
d'une allée, où côtoie l'enceinte qui enferme le parc du château situé
dans le bois ; château qui a beaucoup de rapport avec celui où reposait
la Belle au Bois dormant, puisque, de même que le castel du conte, on
ne l'aperçoit point des environs. Le jeune couple est alors devant un
chemin de sable jaune, qui descend assez rapidement jusqu'à ce que
l'on soit arrivé au point de vue, d'où l'œil découvre une partie de Paris : les Invalides, la Colonne, l'arc de l'Etoile, le canal qui coupe la
route, les prés Saint-Gervais, Pantin, le clocher de Saint-Denis, Montmartre, le Calvaire, les bois de Bondy et de Montmorency ; c'est un
fort beau tableau, et lorsque, le soir, il est éclairé par la lune, et que
sur les premiers plans s'élèvent des tourbillons de flamme et de fumée
sortant des fours à plâtre établis dans le bas des buttes, cela mérite-
rait peut-être que l'on fît plusieurs lieues pour l'aller voir ; mais on
n'y va pas parce que c'est à la porte de Paris, et qu'on est convenu de
n'admirer que ce qui est loin.

Virginie et le jeune militaire sont arrivés au point de vue, là ils se
sont arrêtés ; ce n'est pourtant pas pour admirer le coup d'œil, Ventre-
à-Terre préfère les yeux de Virginie et les jolies petites buttes qui sont
plus bas à toutes celles que lui offre l'horizon. Virginie se laisse regarder, elle y met beaucoup de complaisance, c'est assez l'habitude
d'une femme quand elle s'aperçoit qu'on la trouve bien. Le jeune couple soupire et les chevaux soufflent depuis quelques minutes, lorsqu'un
vieux couple sale et enviné les tire de leur extase en leur criant :

Malgré les épingles noires dont Adrienne se sert pour émoustiller sa
monture, son cousin et Virginie sont bientôt loin d'elle.

— Pardon, excuse, monsieur et madame, mais le chemin des fornications, s'il vous plaît ?... on nous a dit que nous en verrions au bout
du bois.

— Vous voulez aller aux fortifications? répond Ventre-à-Terre.

— Oui, mon militaire, dit la femme, qui a la langue un peu moins
épaisse que son mari ; il y a-z-un siècle que mon mari, qui est sans ouvrage depuis l'année dernière, me promet des fornications aux environs de Paris... il faut bien se distraire un peu... Nous avons tévu des
malheurs, éprouvé des injustices... nous n'avons pas pris une bouchée
de pain depuis la dernière fois !... Si c'était une providence que votre
rencontre... obligez-nous de queuques petites choses... mon militaire.

Le vieux couple, qui prétendait manquer de pain, sentait le vin et
l'eau-de-vie à faire reculer ; mais Ventre-à-Terre, qui ne désire que
s'en débarrasser, leur donne une pièce de vingt sous et leur montre le
bout du chemin en disant :

— Suivez par là... c'est devant vous.

— Merci, mon officier... c'est un véritable service que vous nous rendez là... et qui nous portera bonheur... Viens, mon rat!... Au revoir, mes enfants...

Les deux ivrognes sont éloignés. Le cuirassier est descendu de cheval, il dit à Virginie :

— Ces pauvres bêtes ont bien chaud...

— C'est vrai... Faut-il que je descende aussi?

— Ça ne ferait pas mal...

— Descendez-moi, alors.

Ventre-à-Terre prend la jeune fille dans ses bras et ne se presse pas de la poser à terre; Virginie se laisse tenir et se contente de dire :

— Comme vous êtes fort!...

— Ah! je voudrais vous porter à cent lieues comme ça!

— Oh! vous ne pourriez pas... je vous fatiguerais!

— Jamais, fille adorable!... car vous êtes adorable.

— Mais qu'est-ce que vous faites donc? vous m'emportez?...

— C'est pour vous prouver que vous ne me fatiguez pas.

— Et nos chevaux que nous laissons là?

— N'ayez pas peur, nous les retrouverons! Ces chevaux-là ne se perdent jamais, ils n'ont plus envie de courir...

— Mais où donc m'emportez-vous?

— Qu'importe!... pourvu que je ne vous lâche pas.

Et le jeune homme prend, avec son joli fardeau, une des allées qui entrent dans le bois, non pas de celles qui conduisent au carrefour du garde, mais une autre, plus sombre, plus solitaire, qui côtoie le bas du bois, où l'on rencontre rarement du monde, et qui semble faite pour de tendres déclarations. Virginie rit de se sentir emportée; Ventre-à-Terre serre très-fort son fardeau, puis, au lieu de suivre l'allée, il prend à droite, descend, s'enfonce dans le fourré et ne s'arrête que dans un endroit touffu. Là, il pose Virginie sur le gazon et se jette brusquement à ses genoux en s'écriant :

— Mademoiselle, je n'y tiens plus, il faut que vous sachiez que je vous aime éperdument!

— Mon Dieu! monsieur, est-ce pour me dire cela que vous m'avez portée ici?

— Oui, mademoiselle, ça m'a semblé plus convenable; me permettez-vous de vous aimer?...

— Mais... monsieur...

— Je vous préviens que si vous ne me le permettez pas, je vous aimerai de même.

— Alors, j'aime autant vous le permettre.

— Depuis ce certain soir où je vous avais fait peur, je me suis senti subjugué par vos charmes.

— Je croyais que vous étiez amoureux d'Adrienne?...

— Amoureux de ma cousine!... je ris, je badine avec elle; voilà tout.

— Et ce n'est pas pour rire que vous m'aimez, moi, monsieur?

— Pour rire!... Ah, mademoiselle!... pour rire... Tenez, j'en jure par votre main... par votre bras que je serre... par ce baiser, par cet autre...

Virginie commence à voir que cela n'est pas pour rire; le beau cuirassier y va sérieusement; il lui a déjà pris plusieurs baisers, il est sur le point de prendre autre chose, lorsqu'il entend beaucoup de bruit dans le feuillage; le militaire fait trêve à ses entreprises pour savoir quel est l'importun qui se permet de le déranger : il reste confus en apercevant Adrienne et son âne.

La nièce de Vauxdoré, tout en picotant sa monture, était arrivée dans le bois; elle venait de rencontrer le cheval de Virginie, qui retournait à son écurie, un peu plus loin elle avait aperçu celui que montait son cousin se régalant de feuilles de chêne. Adrienne, présumant que le cavalier ne devait pas être loin, avait cherché aux environs et, comme les ânes aiment beaucoup les petits chemins, celui que montait la jeune fille s'était de lui-même engagé dans le taillis.

— Ah! c'est comme cela que vous galopez, mon cousin! dit Adrienne en sautant à bas de son âne. C'est joli de conduire les demoiselles dans les broussailles... Et toi, Virginie... Oh! je me doutais bien que tu causais quelque part avec mon cousin... et que ce n'était pas sans motif qu'on me laissait en arrière avec mon âne!... Ah! Virginie!... c'est bien mal, cela... moi... qui déjà!... Et voilà comme tu me récompenses!... et ton père qui te cherche... et quand on va voir les chevaux revenir sans vous, on vous croira morts!...

— C'est la faute de monsieur, dit Virginie, c'est lui qui m'a fait descendre de cheval... Est-ce que je savais que c'était pour m'embrasser qu'il m'emportait ici... Prête-moi ton âne, Adrienne, je t'en prie; tu prendras mon cheval, si tu le rattrapes.

Sans attendre la réponse d'Adrienne, Virginie est montée sur l'âne, elle le pousse hors du taillis, et, une fois dans une allée du bois, la pauvre bête prend d'elle-même le bon chemin.

Pendant que mademoiselle Troupeau prenait dans le bois de Romainville une leçon d'équitation, son père, qui n'était pas parvenu à attraper l'équilibre, n'avançait que fort doucement devant la société. Son ami Vauxdoré, tout en valsant sur son âne, était parfois plus loin que lui, et madame Troupeau criait à son mari :

— Tu ne suis pas notre fille et je ne la vois plus...

— Sois sans inquiétude! je vais la rattraper. M. Godibert et Adrienne sont avec elle. Il n'y a pas de danger, ils vont doucement.

Puis M. Troupeau faisait deux ou trois petits bonds sur son cheval et ne rattrapait personne, tandis que Vauxdoré lui criait :

— Avec mon asinus, je gage que je te laisserais derrière moi.

On est ainsi arrivé au bois, devant la maison de l'ancien garde. Les piétons sont fatigués et désirent le repos; Troupeau est plus fatigué que les autres, quoiqu'il n'ait pas été à pied; il va descendre de cheval, lorsqu'on aperçoit le coursier de Virginie qui sort du bois et trotte vers son écurie.

— Ah, mon Dieu! c'est le cheval que montait ma fille! dit madame Troupeau. Il est arrivé un malheur à Virginette!...

Toute la compagnie est aux abois. Madame Troupeau pleure; M. Renard pérore; M. Troupeau se démène comme un damné pour avancer avec son cheval, et Vauxdoré roule en bas de son âne en voulant l'empêcher de valser.

— Il faut battre le bois... Il faut la retrouver, dit-on de toutes parts.

— Oui, battez le bois, dit Tir. Je vais vous attendre ici avec mon étoile... Je garderai l'âne et le cheval, qui vous gênent plus qu'ils ne vous servent pour avancer.

— C'est cela... attendez-nous ici avec ces maudites bêtes.

Et la société entre dans le bois en regardant à droite et à gauche, et appelant Virginie, qui ne répond pas, en la cherchant sous chaque taillis et n'y trouvant que des champignons, dont quelques-uns ont une forme très-singulière, mais que je ne vous décrirai pas.

On est au carrefour du bois; on s'informe chez le garde; on se consulte sur la route que l'on doit suivre, lorsqu'on aperçoit une jeune personne qui arrive au petit trot sur un âne.

— C'est elle! s'écrie-t-on; et en effet c'était Virginie qui venait d'un air fort tranquille rejoindre la compagnie.

On court au-devant de la jeune fille, on l'entoure, on la presse de questions :

— Comment se fait-il?... Tu étais à cheval...

— Et il revient seul...

— Serais-tu tombée?

— N'es-tu pas blessée?

Virginie descend de son âne en disant :

— Mais non, maman, il ne m'est rien arrivé; seulement, comme Adrienne désirait aller à cheval, je lui ai prêté le mien et je suis montée sur son âne, voilà tout.

— Mais ce cheval qui revient tout seul?

— Ah! dame... je ne sais pas...

— Mais Adrienne et son cousin, où sont-ils?

— Ah! dame... je n'en sais rien.

— Il faut maintenant que nous cherchions ma nièce, dit Vauxdoré, car le cheval m'inquiète.

Madame Troupeau, qui est satisfaite d'avoir retrouvé sa fille, ne se soucie pas de battre le bois pour chercher Adrienne.

— Nous allons retourner vous attendre près de M. Tir, dit-elle, je ne puis pas marcher continuellement dans le sable... c'est trop fatigant.

— Allez, dit M. Troupeau, moi je vais aider Vauxdoré dans ses recherches.

— Et moi je vous guiderai dans le bois, dit M. Renard. Je le connais comme ma poche ce bois-ci... Oh! scélérat de bois!... Si je vous contais tout ce que j'y ai fait!...

— Allons donc chercher ma nièce.

— C'est juste.

Les dames retournent à l'Ancien Garde, suivies de Poudrette et de Pétard, qui se disputent à qui montera sur l'âne; et Vauxdoré, accompagné de Troupeau et de M. Renard, s'enfonce dans le bois en appelant sa nièce.

M. Renard, qui prétend tout savoir, dit à ses deux compagnons :

— Laissez-moi vous conduire; je connais tous les détours, tous les coins de ce bois, nous ne pouvons manquer de trouver les jeunes gens... J'ai habité par ici jadis, et je m'y promenais souvent... pas toujours seul, comme vous pensez bien... Hum!... polisson de bois!... Messieurs, vous voyez bien cet arbre-là?...

— Oui.

— Eh bien! là je fus vainqueur d'une femme charmante!

— Sur l'arbre?

— Non, dessous... venez par ici... Ah! comme j'ai fait la châtaigne par ici!... car vous saurez que les châtaignes de ce bois sont fort bonnes, et que les Parisiens ne se font pas faute d'en venir chercher...

— Hohé!... Adrienne!... Godibert!...

— Ne t'inquiète pas, mon cher Vauxdoré, nous allons les trouver... prenons cette allée... Ah! cette allée, je la reconnais aussi. Tenez, messieurs... avancez un peu... nous devons trouver par ici... certain bouleau... Oui... le voilà... Ah! messieurs, sur ce bouleau, il y a dix ans, je gravai la première lettre de mon nom et celle du nom d'une jolie petite blonde... terriblement voluptueuse... elle se nommait Quercille... Je fis sur cet arbre un R et un Q. Eh pardieu!... le voilà... tenez... l'R y est encore... le Q n'y est plus... c'est dommage!... J'aurais été content de le revoir aussi...

— Adrienne!... Godibert!...

— Je te dis que nous allons les trouver !... Il doit encore y avoir par ici un gros chêne. Voyez-vous un gros chêne, messieurs ?

— Eh c'est ma nièce que je veux voir... Avec tes souvenirs tu nous fais tourner sans cesse dans le même cercle, et nous n'avançons pas.

— Messieurs ! messieurs ! voici un cheval ! crie M. Troupeau à ses amis.

— Encore un cheval sans maître !... c'est bien singulier... il me semble que c'est celui que montait mon neveu ?...

— Je le crois aussi.

— Qu'est-ce que cela veut dire ?

— Que probablement ton neveu et ta nièce auront préféré se promener à pied.

M. Troupeau accompagne cette remarque d'un sourire malin, auquel M. Renard répond par un clignement d'yeux.

— Voyons, messieurs, dit Vauxdoré, il faut toujours garder ce cheval... il s'est arrêté, celui-là ; il n'a pas l'air méchant... monte-le, toi, Renard, qui es un bon écuyer.

— Bien obligé, je n'ai jamais monté que des chevaux de prix. Je ne veux pas me compromettre sur un marchand de cerises... c'est ainsi qu'on nomme ceux-ci... Montez-le, monsieur Troupeau.

— Ma foi, l'autre m'a trop fatigué... je crois même que je suis écorché.

— Allons, messieurs, je crois qu'il faut que ce soit moi qui monte le cheval de mon neveu.

Vauxdoré s'approche du cheval en lui adressant de douces paroles ; mais l'animal s'éloigne en secouant la bride ; MM. Renard et Troupeau se mettent de la partie ; c'est à qui le saisira. Bref, ces messieurs font si bien que le cheval disparaît bientôt à travers le bois.

— Qu'il aille au diable ! dit Vauxdoré, mon neveu s'arrangera ! c'était à lui à ne pas le quitter.

— Pourvu qu'il ne fasse pas de malheurs.

— Mon neveu les payera... En avant, messieurs.

On s'enfonce dans une partie du bois où de jeunes taillis commencent à cacher les promeneurs.

— Ils ne peuvent pas être par ici, dit Vauxdoré.

— Il faut pourtant qu'ils soient quelque part.

M. Troupeau, qui était en avant, s'arrête bientôt en faisant un signe à ses compagnon.

— J'ai entendu quelque chose, dit-il.

— Quelle espèce de chose ? demande Renard d'un air goguenard.

— Ma foi... je ne sais trop...

Vauxdoré s'empresse d'avancer, et derrière un épais buisson il aperçoit Adrienne assise sur l'herbe, ayant les yeux rouges et pleurant encore, tandis que le grand cuirassier cherche à l'embrasser. Tout cela était fort innocent, car depuis le départ de Virginie, Adrienne s'était contentée de pleurer, et son cousin était resté à côté d'elle sans rien dire ; mais, comme le jeune militaire s'ennuyait de voir pleurer sa cousine, il s'était dit enfin : Il faut pourtant bien la consoler ! Et comme il avait consolé bien des femmes en les embrassant, il allait employer ce moyen au moment où son oncle s'offre à ses yeux avec ses deux amis.

— Qu'est-ce que cela signifie ?... dit Vauxdoré en fronçant le sourcil.

— Il est bon là ! Vauxdoré, qui demande ce que cela signifie ! dit Troupeau en se penchant à l'oreille de M. Renard, cela se devine de reste !

— Oui, vraiment ; la jeune personne pleure, donc elle est coupable.

— Il n'y a pas de doute. Quand une femme pleure... règle générale, c'est qu'elle a des raisons pour ça.

— Mon oncle, dit le jeune militaire en se levant, nous nous étions assis là... pour nous reposer... Et ma cousine pleure... parce que nous n'avons pas pu retrouver nos chevaux.

— Et pourquoi les avez-vous quittés, vos chevaux ?... hum ! mon neveu... je ne suis pas très-satisfait de votre manière d'aller à cheval... Et vous, Adrienne... suffit... Nous causerons ce soir ; suivez-nous. Il est bien temps de rejoindre la société.

Vauxdoré se remet en marche avec ses deux amis, dont l'un lui dit :

— Je t'avais prévenu de veiller sur ta nièce. Et l'autre : — Ah ! ce bois de Romainville est terrible pour les faux pas ! Je connais ça...

Pendant que ces messieurs marchent en avant, le beau militaire dit à sa cousine :

— Adrienne... je vous en prie... vous êtes si bonne... ne compromettez pas mademoiselle Virginie !...

— Non, mon cousin, dit Adrienne en s'essuyant les yeux, je ne dirai rien... on croira ce qu'on voudra !... Je ne veux pas lui causer du chagrin à elle ; car cela ne m'ôterait pas celui que j'ai !

On rejoint la société. L'air mécontent de Vauxdoré et les yeux rouges de sa nièce donnent beaucoup à penser. Quelques mots lâchés par Troupeau et Renard alimentent les cancans. Madame Troupeau se lève en disant :

— Voilà la nuit, il est temps de partir. Puis elle ajoute d'un air solennel : Virginie, reste à côté de ta mère... je ne veux pas que tu ailles avec... d'autres personnes.

Ces mots sont accompagnés d'un coup d'œil de dédain lancé sur Adrienne ; et Virginie va, les yeux baissés, se placer à côté de sa maman.

— Comment ! on part ?... dit M. Tir en se levant avec son étoile ; mais un instant, puisque voilà la nuit, je vais vous tirer mon feu là-bas... sur la pelouse... Vous voyez bien que j'ai déjà disposé mes pièces... Pétard les garde...

— Cela nous mènera bien tard, monsieur Tir.

— Mais, madame, je ne veux pas avoir promené mon étoile pour rien... Venez... Oh ! cela va aller tout seul... J'ai mon briquet phosphorique sur moi.

On ne peut pas refuser de voir le feu d'artifice que la famille Tir promène depuis le matin. On se rend sur la pelouse, mais madame Troupeau a soin de se mettre avec sa fille à une grande distance du feu. Cette précaution était inutile. Vainement M. Tir, après avoir allumé sa mèche, l'approche de ses serpenteaux et de ses fusées, rien ne prend feu, et l'étoile, ainsi que les autres pièces, reste insensible aux atteintes de la flamme.

M. Tir se désole ; suivi de son fils, il court d'une pièce à l'autre ; ils mettent leur mèche sur tout, ils dépensent tout le papier, toutes les allumettes dont ils sont pourvus. Rien ne part. M. Tir se frappe le front en disant :

— C'est ce maudit nuage de ce matin qui aura gâté tout cela.

Et la société, ennuyée de ne voir que M. Tir et son fils courir avec leur mèche allumée, se lève et se met en route en disant :

— En voilà assez pour ce soir... Cela prendra peut-être une autre fois.

Le malheureux artificier abandonne sur la pelouse les fusées et les serpenteaux, mais il roule son étoile sur son bras en murmurant :

— Il faudra bien qu'il finisse par briller !

La compagnie reprend la route de Belleville beaucoup moins gaiement qu'elle n'était montée au bois. Le grand cuirassier regarde de loin Virginie, mais il n'ose l'approcher ; et la jeune fille ne lève pas les yeux et ne regarde pas une seule fois le militaire pendant le chemin.

Tout n'est pas terminé, il faut rendre les ânes et savoir si les chevaux que l'on a perdus sont revenus à leur écurie. On arrive aux limites de Romainville, là où commence Belleville, du moins s'il faut en croire un poteau qui l'indique aux passants. C'est là que sont établis les loueurs de chevaux, et du plus loin qu'on aperçoit Ventre-à-Terre, il entend crier :

— Le voilà !... c'est son cheval qui a fait le malheur... c'est lui qui doit payer.

Le cuirassier, que le bruit n'effraie pas, perce la foule et demande la cause de ces cris. On lui apprend que les deux chevaux sont en effet revenus à l'écurie, mais que le coursier qu'il avait pris a renversé un homme et une femme qui buvaient devant un cabaret à quelques pas de là.

— Ce sont des ivrognes, dit un palefrenier, ils ne pouvaient plus se tenir ; c'est l'homme qui a été se jeter sous le cheval... je crois même que sa femme l'y a poussé en lui disant : Va donc, ça nous rapportera quelque chose...

— Et sont-ils blessés ?...

— La femme n'a rien ; mais pour une légère contusion que son mari a reçue à la jambe, elle fait plus de bruit que s'il était mort. Tenez... la voilà... l'entendez-vous ?

Une vieille femme s'avançait en criant, en gesticulant. Ventre-à-Terre reconnaît la femme à qui il a fait l'aumône dans le bois de Romainville ; mais la vieille n'est pas en état de le reconnaître ; elle court sur lui en criant :

— Ah ! c'est vous qui avez lâché le cheval sur mon homme !... mon pauvre homme !... il a une infraction à la jambe !... Nous étions là tranquillement à boire le *riquiqui*... il faut bien se donner un brin de bon temps après une journée d'ouvrage !... mon mari est très-habile, il gagne quatre francs par jour... Il va être plus de trois semaines sans pouvoir travailler ; il faut donc lui payer tout ce temps-là à raison de quatre francs par jour... Ah ! dame ! vous prenez des chevaux, vous autres, et vous écrasez le pauvre monde !... mais ça ne peut pas se passer comme ça... n'est-ce pas, mes enfants ?

Sans rien répondre à la mégère, Godibert la prend par le bras et la conduit jusque devant une maison dont l'entrée est éclairée ; là, il lui dit en se plaçant devant elle :

— Me reconnaissez-vous, vieille mendiante ?

— Comment ?... quoi que ça veut dire ? répond la vieille un peu troublée.

— Cela veut dire que c'est moi qui dans le bois de Romainville vous ai fait l'aumône de vingt sous, parce que vous m'avez dit que votre mari n'avait point d'ouvrage et que vous manquiez de pain. Tenez, voici maintenant cent sous pour panser votre mari ; mais, en vérité, c'est plus que vous ne valez vous et lui ! Des gens comme vous dégoûteraient de faire la charité.

La vieille est restée confondue, elle prend cependant les cent sous et s'en va accompagnée des huées de tous les gens de l'endroit, tandis que Godibert rejoint la compagnie dans le parc Saint-Fargeau.

Arrivée au coin de la rue de Calais, la société se dispose à se séparer, lorsque M. Tir s'avance en disant :

— Si vous vouliez venir jusque chez moi... ce n'est pas loin, je suis certain que je parviendrais à enflammer mon étoile.

— Non, monsieur Tir, pas ce soir, répond madame Troupeau, il est tard et nous sommes fatigués ; gardez votre étoile pour une autre occasion. Messieurs et dames, nous avons l'honneur de vous souhaiter le bonsoir.

La famille Troupeau salue et rentre chez elle : les autres en font autant. M. Tir, resté entre Pétard et Poudrette, se décide enfin à rentrer aussi, en murmurant :

— Tous ces accidents ne seraient pas arrivés si j'avais inventé la poudre.

CHAPITRE X. — Une Lettre à la tante.

— Comment, mon cher ami, cette effrontée d'Adrienne était cachée dans les taillis avec son cousin ? dit madame Troupeau à son mari lorsqu'ils se retrouvent seuls chez eux.

— Oui, ma femme, elle avait les yeux rouges et gros comme des ognons !... Le jeune homme l'embrassait....

— Assez, mon ami, je devine le reste.

— Ah ! je dois avouer que nous n'en avons pas vu davantage.

— Je ne veux plus que notre fille se trouve avec Adrienne... Vos Vauxdoré se fâcheront s'ils le veulent, c'est un parti pris , il ne faut pas que le contact de la perversité vienne flétrir l'innocence.

— C'est juste , ma bonne amie. Ce M. Godibert !... mener sa cousine dans les broussailles !... Fi... cela lui fait perdre beaucoup de mon estime. Avec tout cela , je suis inquiet, moi ; nous ne recevons pas de nouvelles de notre tante... Mademoiselle Bellavoine nous tient rigueur.

— C'est vrai, cela me tourmente aussi... F le devait mander Virginette près d'elle... elle ne la demande pas... il paraît qu'elle est encore fâchée.

— Diable !... vingt-cinq mille livres de rente, cela mérite considération !

— Mon ami, il faudrait lui écrire demain une lettre qui la persuadât du regret où nous sommes de lui avoir déplu.

— Sans doute... mais vous savez que je n'aime pas beaucoup à écrire, et puis c'est fort difficile à tourner ; mais, n'importe , je vais y rêver cette nuit.

Pendant que M. Troupeau rêve à la lettre qu'il doit écrire pour rentrer dans les bonnes grâces de mademoiselle Bellavoine, Virginie pense à sa course à cheval avec Ventre-à-Terre, à l'entretien qui a suivi, et à tout ce qui allait suivre peut-être, si Adrienne n'était arrivée avec son âne. Le beau militaire avait des manières d'agir toutes différentes du fils de madame Ledoux ; il brusquait les événements, mais son impétuosité n'avait pas allumé un grand courroux dans l'âme de la jeune fille ; elle se tourne , elle se retourne sur son lit solitaire où elle ne peut trouver le sommeil, parce que son imagination travaille beaucoup ; elle se dit : Il paraît que tous les hommes ne font pas une déclaration d'amour de la même manière. M. Doudoux me regardait, soupirait et ne bougeait pas ; mais M. Ventre-à-Terre !... comme il est vif, comme il m'embrassait !... Je n'avais pas le temps de l'en empêcher... Adrienne avait l'air en colère de me trouver là, causant avec son cousin... J'en suis fâchée ! mais est-ce ma faute si on la quitte pour venir près de moi... si je tourne la tête à ces pauvres jeunes gens !...

De son côté, le jeune cuirassier se disait : Cette petite Virginie est adorable... j'en suis fou, voilà la chose... auprès d'elle il n'y a pas moyen de répondre qu'on sera sage... Elle est riche et je ne le suis pas... Mais si elle m'aime, si elle me donne son cœur, il faudra bien que ses parents nous unissent ! Je ferai toujours mon possible pour être son vainqueur, car elle m'a l'air de ne pas me détester.

Quant à la pauvre Adrienne, autrefois si gaie, si rieuse, elle avait pleuré presque toute la nuit ; non qu'elle eût un amour bien profond pour son cousin : mais les jeunes filles qui ne demandent qu'à aimer, prennent souvent pour de l'amour ce qui n'est que de l'amitié, et l'habitude d'être avec un jeune homme leur fait croire qu'elles l'adorent, lorsqu'elles ne l'aiment que faute de mieux. Enfin Adrienne pleurait surtout de dépit de voir pour la seconde fois les espérances qu'elle formait renversées par un seul regard de Virginie.

— Si cela continue, disait-elle, je ne pourrai jamais avoir un pauvre petit amoureux... par conséquent aucun mari ! mademoiselle Virginie m'enlèvera toutes mes conquêtes !... c'est bien cruel !... Mon Dieu ! comment donc faire pour empêcher un homme de changer ?

Le lendemain matin Vauxdoré fait venir son neveu devant lui, et lui dit :

— Mon cher ami, je t'ai trouvé hier consolant ta cousine, que probablement tu avais fait pleurer...

— Mon oncle...

— Tais-toi et laisse-moi finir. Si tu es amoureux d'Adrienne, il faut l'épouser ; si tu ne l'es pas, il ne faut pas la conduire dans les petits fourrés du bois, ce qui nuit essentiellement à sa réputation... Veux-tu épouser ta cousine ?

— Non, mon oncle, car je ne suis pas amoureux d'elle, je n'ai pour Adrienne qu'une sincère amitié.

— Fort bien, mais comme ta sincère amitié te fait jouer à cache-cache avec elle, et que cela pourrait donner lieu à la procréation d'un petit innocent qui se trouverait être l'enfant de l'amitié, tu vas me faire un plaisir : c'est de choisir ton domicile ailleurs ; je ne veux pas te garder, toi et ma nièce ; ça me donnerait trop d'occupations, et ça fait déjà assez de propos.

— Comme vous voudrez, mon oncle. Je serais moi-même désolé de faire du tort à ma cousine.

— Je te conseille de dire cela ! il est temps.

— Vous verrez plus tard que vous étiez dans l'erreur. Je vais aller à Paris, tâcher d'obtenir mon congé. Je reviendrai dans quelque temps vous voir en bourgeois.

— Comme tu voudras.

Le jeune militaire a bientôt fait ses apprêts ; il va embrasser sa tante, il serre la main de son oncle, et quand il est près de sa cousine, il lui dit à l'oreille :

— Si vous voyez mademoiselle Troupeau, assurez-lui que je reviendrai bientôt... et que pour la vie... mon cœur... enfin.

— Je ne lui dirai rien du tout, répond Adrienne, car j'espère bien ne plus la voir. Tâchez de faire vos commissions vous-même.

Alors Ventre-à-Terre prend son sabre et se décide à quitter Belleville pour se rendre à Paris ; mais auparavant il veut revoir Virginie, et pour cela il ne voit pas d'autre moyen que d'aller faire ses adieux à sa famille.

M. Troupeau n'avait pas encore trouvé ce qu'il voulait écrire à sa tante, sa femme était près de lui et tâchait de l'inspirer, Virginie se tenait un peu plus loin, près de la fenêtre, lorsque le grand cuirassier se présente devant eux.

M. Troupeau lui fait un salut cérémonieux, madame le reçoit d'un air sévère, et Virginie lui adresse un petit sourire imperceptible, tout en restant contre la fenêtre, au travers de laquelle elle regarde fréquemment.

Le cuirassier est un peu décontenancé de la réception froide des parents ; il balbutie :

— J'ai cru pouvoir me permettre de venir faire mes adieux aux personnes qui ont eu la bonté de me recevoir.

— Vous partez, monsieur... Ventre-à.... monsieur Godibert ? dit madame Troupeau.

— Oui, madame, je quitte Belleville... momentanément...

Et le cuirassier tâche, en regardant obliquement, de voir quel effet l'annonce de son départ produit sur Virginie ; mais celle-ci a l'air de faire en ce moment de petits signes à travers les carreaux de la fenêtre, cependant elle se retourne bientôt vers la société.

— J'ai intention de quitter le service, reprend Godibert ; je compte avoir bientôt mon congé.

— Comment ! vous voulez quitter le service, après avoir tué six Bédouins ! dit Troupeau.

— Monsieur, ces occasions-là ne se retrouvent pas assez souvent... J'ai hérité... je possède quinze cents francs de rente...

Troupeau sourit dédaigneusement, en disant :

— Quinze cents francs !... et vous croyez, jeune homme , que c'est quelque chose ?...

— Certainement, monsieur ; c'est toujours des pommes de terre et des haricots d'assurés pour ses invalides !

— Oh ! sans doute... je sais que tout le monde n'a pas le moyen... tout le monde n'est pas à son aise... comme je le suis.

— Virginie ! que regardes-tu donc par la fenêtre ? dit madame Troupeau à sa fille.

— Rien, maman... c'est le chat de nos voisins qui court dans la rue....

— Voilà un chat qui l'occupe bien ! se dit le cuirassier.

— Et vous quittez Belleville sur-le-champ, monsieur ?

— Oui, madame ; mais j'espère y revenir bientôt... J'ai des espérances... des désirs... qui me ramèneront à Belleville.

— Oui... oui... nous comprenons, dit Troupeau en souriant.

— Nous vous souhaitons un bon voyage, monsieur... Allons, Virginie , viens, ma fille, tu as assez regardé ce chat.

Madame Troupeau accompagne ces mots d'une froide salutation, son époux l'imite. Le jeune homme voit qu'il n'y a pas moyen de rester davantage. Il s'incline profondément devant les parents de Virginie ; celle-ci lui fait une belle révérence, mais sans lever les yeux, car sa mère est là, et le cuirassier sort assez mécontent de ses adieux, en se disant : A peine si elle m'a regardé... Maudit chat qui l'occupait... si je le rencontre je lui casse les pattes.

Et Ventre-à-Terre en ouvrant la porte de la rue va se donner le nez sur celui d'un jeune homme qui regardait en l'air précisément vers la fenêtre où se tenait Virginie.

Ce jeune homme était Doudoux, qui adorait toujours mademoiselle Troupeau ; quoiqu'il n'osât plus se promener dans la rue, il ne s'était occupé que des moyens de la revoir ; mais son esprit peu inventif ne lui avait fourni aucun expédient. Madame Ledoux voyait sans cesse son fils soupirer et rêver sur ses livres, et, craignant que son amour pour la science n'altérât sa santé, elle avait songé à le faire voyager, et commençait par l'envoyer en Angleterre. Doudoux, n'osant désobéir à sa mère, quittait tristement Belleville, se promettant de ne pas être longtemps absent ; mais avant de partir il n'avait pu résister au désir de revoir Virginie ; il était venu se placer devant ses fenêtres, l'avait aperçue, et il tâchait par signes de lui faire comprendre qu' s'éloignait, mais l'adorait toujours; c'était là le chat que la jeune fille regardait à travers les carreaux.

— Pardon, monsieur !... dit Doudoux en se frottant le front, que le militaire vient de lui heurter. Et le jeune homme s'éloigne en souriant, après avoir jeté un regard vers la fenêtre.

— Il y a quelque chose ! se dit Godibert en regardant Doudoux s'en aller. Ce petit blanc-bec qui avait le nez en l'air... Hum ! ce chat dans la rue... Est-ce que mamzelle du Troupeau serait une coquette? Eh bien ! ça m'est égal, raison de plus pour que je m'y entête, je lui ai pris un baiser, et il ne sera pas dit que Ventre-à-Terre en restera là avec une aussi jolie fille.

— Je n'ai vu que son caleçon, se disait Doudoux en s'éloignant de la rue de Calais; mais ce caleçon est toujours devant mes yeux... il ne me sort pas de la tête, il n'y a pas de sacrifices, pas d'efforts dont je ne sois capable pour le revoir encore... Et alors... Oh ! alors ! *Labor improbus omnia vincit !*

— Ils partent tous deux ! se disait Virginie en retournant dans sa chambre. Tous deux... c'est dommage ! ce pauvre Doudoux, comme il paraissait désolé ! et le cousin d'Adrienne, comme il me regardait en relevant ses moustaches !... Si du moins il nous venait du monde de Paris pour me distraire. C'est bien ridicule à ces messieurs de s'en aller tous les deux en même temps !...

— Mon épouse, de l'encre, du papier, dit M. Troupeau à sa femme lorsque leur fille est retournée dans sa chambre.

— Est-ce que cela vous est venu, mon ami ?

— Oui, ma chère... je me sens en verve... je vais laisser couler mes idées sur le papier... je suis persuadé que ma lettre sera persuasive, et que notre tante ne nous tiendra plus rigueur.

Madame Troupeau a donné à son mari ce qu'il demandait; celui-ci prend la plume, la trempe dans l'encre, et appuie sa tête dans sa main en regardant au plafond; de temps à autre il couche quelques phrases sur le papier et s'arrête pour regarder encore au plafond. Après plus d'une heure employée dans cet exercice, M. Troupeau s'écrie : C'est fini !... écoutez, madame Troupeau, voici ce que j'écris à notre tante.

— Je vous écoute, mon ami.

— *Bonjour, notre tante; comment va l'état de votre santé?...* Vois-tu, j'ai pensé que cela lui ferait plaisir de voir d'abord que nous nous occupons de sa santé.

— C'est bien vu, mon ami.

— N'est-ce pas ? je crois que c'est débuter assez gracieusement...Je poursuis... *l'état de votre santé... je vous écris ces lignes sans autre but...* vois-tu la finesse ? pour qu'elle ne pense pas que ma lettre est préméditée.

— Je conçois.

— *Autre but. Cependant, ma chère tante, j'ai à cœur de me laver vis-à-vis de vous relativement à ce qui fut cause de votre colère et de votre départ...* Ceci était le point chatouilleux, tu vas voir comme j'en suis sorti... *Il est bien vrai que j'avais ôté mon caleçon et que vous avez pu voir des choses désagréables; mais cela ne se renouvellera plus ; ma femme est là pour vous affirmer que depuis votre départ j'ai toujours été dedans; et si cela vous semble convenable je m'en ferai faire un en taffetas gommé avec lequel je coucherai; car il n'est rien que je ne fasse pour mériter vos bonnes grâces. Nous en avons fait faire une douzaine de neufs pour notre fille; ma femme s'en est également fait cadeau de plusieurs en molleton, et moi j'ai augmenté les gages de Babelle de six caleçons qu'il lui est enjoint de toujours porter; je me suis assuré qu'elle n'y manque pas. Vous voyez, ma tante, que ma famille peut défier les coups de vent. Ma fille vous fait la révérence, nous la tenons toujours à votre disposition lorsqu'il vous plaira de la faire venir près de vous. Adieu, notre respectable tante.*

Votre neveu et nièce TROUPEAU.

— C'est très-bien, mon ami; c'est écrit comme si vous aviez passé toute votre vie dans les papiers et les plumes.

— N'est-ce pas que c'est passablement tourné... Ma foi, si après cela mademoiselle Bellavoine nous garde rancune, nous aurons bien du malheur.

La lettre est cachetée, M. Troupeau y met l'adresse et va lui-même la porter au bureau de poste pour être bien certain qu'elle parviendra à sa tante.

CHAPITRE XI. — Encore un.

Trois semaines se sont écoulées depuis que le cuirassier et Doudoux ont quitté Belleville. Adrienne a essuyé ses larmes en se disant : Mon cousin ne mérite pas que je le pleure. — Quand une femme se dit cela c'est qu'elle n'aimait pas beaucoup. Virginie n'a pas eu besoin d'essuyer ses yeux, parce qu'elle n'a point pleuré; mais elle regarde à sa croisée si l'un de ses deux amoureux est revenu; et elle dit : C'est fort ennuyeux de n'avoir plus quelqu'un à qui l'on puisse faire des signes !

Un soir M. Renard après avoir péroré chez M. Troupeau pendant près d'une heure, s'écrie : Savez-vous la nouvelle?...

— La nouvelle ! répond M. Troupeau, qui n'est pas fâché de pou-

voir enfin placer un mot. Mais d'abord de quelle nouvelle voulez-vous parler?... il se peut que je...

— Je veux vous demander si vous savez que, depuis trois ou quatre jours... je crois même qu'il y a six jours déjà... mais je ne l'assurerai pas, notre ami Vauxdoré a un locataire?

— Un locataire?...

— Oui, sa maison étant plus grande qu'il ne faut pour sa famille, vous savez qu'il reloue un petit appartement de garçon au second?...

— Ah ! oui... il y avait même une vieille femme dans ce logement de garçon.

— Mais ils lui ont donné congé parce qu'elle faisait sa cuisine sur l'escalier et jetait ses épluchures de salade dans les plombs... Je sais tout cela ; bref, ce petit local était vacant depuis assez longtemps, ils viennent de le louer à un jeune homme.

— A un jeune homme ! dit madame Troupeau en haussant les épaules; ces gens-là sont étonnants !... l'expérience ne les corrige pas !... encore un loup dans la bergerie.

— Et probablement, dit Troupeau, ils le reçoivent... ils en font leur société.

— Oui, le jeune homme va chez eux... je l'y ai vu; il fait la partie d'écarté avec Vauxdoré.

— Et quelle espèce de jeune homme est-ce ? dit madame Troupeau.

— Ma foi... c'est un grand... non, pas très-grand... un homme de ma taille... bien fait, joli garçon ! oh, il est très-bien... il a des manières distinguées, et vous savez que je m'y connais.

— Comment se nomme-t-il? que fait-il? pourquoi vient-il loger à Belleville?

— Oh ! je sais tout cela... il se nomme... attendez donc... son nom m'échappe... je l'ai entendu nommer cependant; ce qu'il fait... je croirais assez que c'est un jeune homme qui... ayant des moyens... je lui crois beaucoup de moyens... Alors vous savez... les jeunes gens... quelquefois ils ne savent pas eux-mêmes ce qu'ils veulent faire; quant au motif de son séjour à Belleville, c'est par goût... pour être à la campagne... ou pour sa santé... j'ai deviné cela sur-le-champ.

— Mademoiselle Adrienne va encore faire parler d'elle, dit à demi-voix madame Troupeau, afin de ne pas être entendue de sa fille, qui est en train d'enfiler de petites perles pour faire des bagues.

— Eh dame !... il est certain que... si elle allait avec lui au bois de Romainville... c'est un bois si perfide !... j'y ai fait tant de....

— Chut !... monsieur Renard !... je vous en prie... dit madame Troupeau en lançant un coup d'œil au voisin.

— C'est juste, l'innocence nous écoute. Ah çà, est-ce que vous êtes brouillés avec les Vauxdoré?

— Je n'y mettrai plus les pieds, avec ma fille du moins. Mon mari peut y aller... M. Vauxdoré vient quelquefois; mais je ne veux plus que ma Virginette fasse société avec mademoiselle Adrienne.

— Pourquoi donc cela, maman? demande Virginie sans lever les yeux de dessus les perles.

— Ma fille, parce que... mademoiselle Adrienne... est beaucoup trop rieuse, trop évaporée... trop... Cela ne nous convient plus enfin. A tout âge, ma fille, il faut être difficile dans le choix d'une amie !... Tu es encore trop enfant pour comprendre cela, et c'est à ta mère à te guider dans tes affections.

— Parfaitement raisonné ! dit Renard. Je vais aller chez Vauxdoré, tâcher d'avoir des renseignements plus positifs sur leur locataire; et je viendrai demain vous en faire part.

— Volontiers... Cela nous amusera.

Tout en enfilant ses perles, Virginie n'a pas perdu un mot de ce qu'a dit M. Renard; elle trouve qu'Adrienne est bien heureuse d'avoir déjà une société qui remplace son cousin. Ce qu'on a dit du jeune locataire a piqué sa curiosité, aussi le lendemain lui est-elle toute oreille, lorsque M. Renard revient d'un air radieux et en se frottant les mains, comme quelqu'un qui a beaucoup de choses à dire.

— Je suis très-instruit aujourd'hui, dit le voisin en se jetant dans un fauteuil. Oh ! j'ai eu des renseignements sur le locataire de Vauxdoré. D'abord je sais son nom, il s'appelle Auguste.

— Auguste... quoi?

— Ma foi, Auguste... tout simplement, à ce qu'il paraît; on ne m'a dit que cela.

— Ce n'est là qu'un nom de baptême.

— On est libre de n'avoir que celui-là.

— C'est-à-dire que quelquefois on n'y est obligé; mais ensuite?

— Ensuite, M. Auguste est riche, ou du moins très à son aise, à ce qu'on présume, car il va à cheval souvent, et vous savez que cela revient cher de louer des chevaux.

— Et son état, sa profession, à ce monsieur?

— Pour cela, on n'en sait encore rien; le jeune homme a déclaré à Vauxdoré qu'il vivait de ses rentes, mais on soupçonne que c'était pour cacher sa profession...

— Du mystère ! je n'aimerais pas cela chez moi.

— M. Auguste s'enferme quelquefois dans sa chambre des journées entières, puis on l'entend parler tout haut, quoiqu'il soit seul.

— C'est peut-être un acteur?

— Oh ! non... il faudrait qu'il allât tous les soirs jouer... Celui-ci passe presque toutes ses soirées chez Vauxdoré, mais quand il lui vient du

monde de Paris, il défend qu'on vienne l'interrompre, et ne répond
plus si on l'appelle.

— C'est peut-être un mouchard !

— Ah, madame Troupeau ! quelle idée !

— C'est que tout cela me paraît fort louche !...

— Je vous assure que le jeune homme ne l'est pas, il a de fort
beaux yeux, de belles manières... il est musicien... il a fait venir un
superbe piano de Paris... un piano droit, en bois de citron ; madame
Vauxdoré assure en avoir vu de semblables à l'exposition.

— S'il a un piano droit, ce doit être un jeune homme comme il faut,
dit M. Troupeau.

— Si cela est, je m'étonne qu'il se plaise à passer ses soirées chez
les Vauxdoré, dit madame Troupeau, puis elle ajoute en baissant la
voix : A moins que déjà les œillades de mademoiselle Adrienne n'aient
subjugué ce monsieur !...

— C'est ce que je crois, dit Renard.

— Si du moins celui-là l'épousait !

— Hum !... ce n'est guère présumable.

Virginie soupire, et ne dit rien ; mais elle voudrait bien qu'Adrienne
ît encore dans sa chambre lui faire des confidences.

La famille Troupeau était fort curieuse de voir le monsieur qui
logeait chez Vauxdoré, surtout depuis que M. Renard était accouru un
matin dire qu'il y avait une voiture bourgeoise arrêtée devant la maison Vauxdoré, et qu'il en était descendu un monsieur décoré qui venait
voir le jeune locataire.

— Il connaît des voitures bourgeoises ! s'était écrié M. Troupeau.

— Et décoré, mon ami !... avait ajouté madame.

— Diable !... ce serait une connaissance qui nous conviendrait...
Moi, qui ai les moyens de bien les recevoir... j'aurais été flatté... mais
certainement je n'irai pas chez les Vauxdoré chercher ce monsieur.

Les choses en étaient là lorsque M. Tir, que nous avons laissé avec
son étoile, trouva, sans s'en douter, moyen de contenter tout le monde.

L'amateur d'artifice ne s'était pas tenu pour battu après l'échec qu'il
avait essuyé le jour de la fête de mademoiselle Troupeau. Il s'était promis au contraire de prendre une éclatante revanche, et de faire briller
son étoile de telle manière qu'elle effaçât toutes celles du firmament;
pour cela, il s'était remis à la besogne, il avait revu son travail, refait
des cartouches, des conducteurs ; Pétard et Poudrette n'avaient été
occupés qu'à ficeler et couper des mèches. Tout cela avait pris du
temps ; mais aussi M. Tir se flattait d'avoir fait un feu d'artifice digne
de Ruggieri, et qui devait se voir de fort loin.

Lorsque son travail est achevé, M. Tir s'occupe de ses invitations ;
car cette fois c'est lui qui donne la fête dans laquelle on ne doit voir
que du feu. Il n'a pas de jardin, mais dans la maison où il demeure il
y a une cour assez vaste, c'est là que M. Tir tirera son artifice et
qu'il placera son monde ; là du moins il sera maître, et personne ne
contre-carrera ses dispositions.

M. Tir invite non-seulement toutes ses connaissances, mais encore
il leur dit : Amenez vos amis... amenez toutes les personnes que vous
voudrez... Plus il y aura de monde, et plus je serai content... Ça fait
qu'on parlera de mon feu.

— Il aurait dû faire afficher qu'il invitait Belleville et ses environs,
dit M. Renard. Où diable mettra-t-il tant de monde !... On ne tiendra
jamais dans sa cour ! Ce sera un fouillis ! une cohue... C'est égal, j'irai
par curiosité.

Comme tout fait événement dans un petit endroit, et que les occasions de se divertir sont rares, chacun se dispose à se rendre à l'invitation de M. Tir.

La famille Troupeau a nécessairement été engagée. Virginie en est
enchantée, quoiqu'elle ne le fasse pas paraître, et M. Troupeau dit à
sa femme : Il est probable que les Vauxdoré y seront avec leur locataire... Nous verrons ce jeune homme qui a un piano droit.

Le jour ou plutôt le soir qui doit voir briller l'étoile de M. Tir est
enfin arrivé. Vous ne connaissez pas encore madame Tir, par la raison
que cette dame, ne sortant plus de chez elle depuis plusieurs années,
n'était point au déjeuner donné par M. Troupeau. Madame Tir est une
énorme boule, plus large que haute, espèce de cul-de-jatte, qui ne
veut plus mettre que des bonnets ronds, et ne va guère que de son lit
à sa cuisine et à son fauteuil. Des personnes, peu charitables sans
doute, assurent qu'autrefois elle était leste et ingambe, mais que son
mari l'a rendue presque imbécile à force de lui faire coller des bandes
de papier brouillard ; le fait est que la pauvre femme, qui du reste n'a
jamais été un génie, ne sait plus que dire à tout le monde : Et cette
santé ?... Tout doucement, n'est-ce pas ?... c'est comme moi.

Le logement de M. Tir se compose de cinq petites pièces qui pour-
raient passer pour des cabinets, et dans lesquelles trois personnes ne
savent jamais où se mettre, par la raison que les chaises et les meubles
sont ordinairement garnis de baguettes à fusée. Le maître du logis,
quoique n'ayant pas inventé la poudre, a compris que toutes les personnes qu'il a invitées ne tiendraient pas dans son appartement ; mais
comme il présume et avec raison qu'on ne vient chez lui que pour
voir son feu, il se propose de recevoir sa société dans sa cour. A cet
effet, il a disposé des bancs, des gradins, des estrades, le tout à l'instar
de ce que l'on voit sur les boulevards à Paris, lorsqu'un cortège doit y
passer ; il y a même jusqu'à des futailles avec des planches dessus, afin
que la ressemblance soit plus frappante. Tout cela n'est pas élégant,
tant s'en faut ; la cour de M. Tir ressemble à l'atelier d'un menuisier,
mais il en revient toujours à son but. — Le principal est qu'on soit
bien placé pour voir mon feu !... et sa femme lui répond — Tout
doucement, n'est-ce pas ? c'est comme moi.

Le soleil est couché, et les invités, qui n'attendaient que ce moment, se rendent en foule chez M. Tir. Celui-ci reçoit sa société dans
sa cour, tandis que sa femme, qui n'a pas voulu descendre, salue de
sa fenêtre, disant à chacun, même aux personnes qu'elle n'a jamais
vues : — Et cette santé ? Tout doucement, n'est-ce pas ?...

Quelques personnes, qui ne supposent pas que l'on doive rester
constamment dans la cour, sont montées près de madame Tir, mais
elles ne tardent pas à redescendre, n'ayant pas trouvé en haut une
place pour s'asseoir.

Au milieu de ce monde qui entre et tâche de se caser dans la cour,
la famille Troupeau se fait remarquer par sa grande tenue, qui jure un
peu avec le décor de l'endroit où se tient la réunion. Madame Troupeau a un chapeau tellement surchargé de plumes, qu'une mauvaise
langue a déjà prétendu qu'elle ressemblait à un cheval de Franconi.
M. Troupeau est tout en noir avec pantalon collant ; il a l'air de ne
pouvoir se baisser ; enfin, Virginie est en blanc, avec une fleur pa-
reille dans ses cheveux. Mais, pour elle, on ne la trouve pas ridicule,
au contraire. Toutes les femmes sont forcées de convenir, ou au
moins de penser, qu'elle est gentille. Quant aux hommes, c'est à qui
s'approchera d'elle pour tâcher d'en obtenir un regard ; mais dans
les grandes réunions, Virginie en est très-avare. Elle tient presque
toujours ses yeux baissés ; et l'on murmure autour d'elle : — Quelle
charmante petite vierge !

La famille Troupeau cherche les Vauxdoré. Ceux-ci ne sont pas
encore arrivés. Madame Troupeau monte avec sa fille sur des gradins
très-élevés, d'où l'on voit parfaitement le feu. Il faut que la société
s'occupe elle-même de se placer ; car M. Tir se contente de saluer,
en disant : Tâchez de vous asseoir ; puis il retourne à ses fusées.

A chaque instant la foule augmente. Les gradins, les estrades, les futailles sont envahis ; bientôt il ne restera plus un petit coin de libre.

— Tout cela est-il bien solide ?... demande M. Renard en grimpant
sur une vieille futaille.

— Oh ! ça tiendra toujours le temps du feu, répond Pétard.

— Diable ! alors tâche qu'on commence bientôt.

Un mouvement qui se fait du côté de la porte annonce qu'il arrive
encore du monde. C'est la famille Vauxdoré avec son jeune locataire.

Tous les yeux se portent sur ce dernier personnage, qui fait sensation
dans Belleville depuis que des gens à voiture viennent le voir. Cette
fois Virginie lève les yeux pour regarder aussi. M. Auguste lui paraît fort
bien, infiniment supérieur aux Doudoux et aux cuirassiers ; non qu'il
ait la belle taille de l'un et les jolies couleurs de l'autre ; mais sa figure
est expressive, distinguée ; ses grands yeux sont à la fois fiers et doux ;
il a une tournure élégante, sans affectation, et enfin quelque chose qui
plaît et entraîne vers lui : les hommes ont aussi cela quelquefois.

Si bien que Virginie le regarde toujours... le suit des yeux et le voit
avec regret sur un banc fort loin d'elle, encore est-ce avec beaucoup
de peine que le jeune homme a trouvé cette place ; il n'a pu rester
avec madame Vauxdoré et Adrienne, que l'on a fait grimper sur des
planches plus loin.

M. Auguste, en arrivant, donnait le bras à Adrienne, et il souriait
parfois en lui parlant. Depuis qu'il est placé loin d'elle, Adrienne se
donne presque un torticolis afin de le voir encore ; et lorsqu'elle rencontre ses regards, ce sont de nouveaux sourires que l'on échange.
Virginie voit tout et cela lui fait éprouver une sensation pénible. Cependant elle ne cesse pas de les regarder.

Madame Troupeau se penche vers M. Renard, qui est au-dessous
d'elle, et lui dit :

— Est-ce là le locataire ?

— C'est lui-même. N'est-ce pas qu'il est bien ?

— C'est vrai... aussi les Vauxdoré ont l'air de ses domestiques.

Adrienne a aperçu Virginie. Mais celle-ci baisse les yeux dès qu'elle
voit son ancienne amie la regarder. Les parents se sont salués ; Vauxdoré crie à M. Troupeau :

— As-tu une place près de toi ?... j'étouffe déjà, ici... Je veux être
assis, ou je m'en vais jouer aux dominos.

Vauxdoré pousse tout le monde pour parvenir jusqu'à M. Troupeau ;
il enjambe les bancs, escalade les tables, saute par-dessus les planches,
et parvient à s'asseoir. La foule augmente toujours ; on a envahi les appartements, on est monté près de madame Tir, qui s'est enrouée à
force de dire : « Tout doucement, n'est-ce pas ? c'est comme moi. »
M. Tir étant convaincu qu'il ne peut tenir une personne de plus dans
sa cour, se dit : « Je puis tirer mon feu. »

Une fusée donne le signal. On se tourne vers l'artifice. Les uns se
lèvent, les autres s'exhaussent en s'appuyant sur leurs voisins ; les planches tremblent et craquent ; les dames ont peur et crient ; les hommes
font les braves et rient ; M. Tir fait partir des soleils et se mire dans
son ouvrage. On applaudit après chaque pièce, et il dit :

— Vous en verrez bien d'autres !

— C'est très-joli pour Belleville, dit M. Renard, mais je connais
tout ça.

C'est pour son étoile que M. Tir a réservé ses grands effets : il a aussi un grand bouquet qui doit terminer le feu, et que Pétard est chargé d'allumer. Depuis longtemps le jeune Tir est à son poste, impatient de mettre le feu au bouquet, qu'à l'insu de son père il a augmenté d'un grand nombre de fusées. On ne lui a pas encore donné le signal, lorsqu'un monsieur de la société, qui est caché derrière deux énormes dames, et qui s'ennuie de ne voir que leurs jupons, se met à crier :

— A vous, Pétard, en avant le bouquet !

Le jeune Tir croit que l'ordre vient de son père ; il met le feu à ses pièces, au moment où M. Tir fait partir son étoile. Tout cela fait un tapage effroyable. On est d'abord dans l'admiration ; mais bientôt un autre sentiment s'empare de la société : les fusées et les gerbes prennent une mauvaise direction, et retombent dans la cour. Les dames s'effraient, et veulent se sauver ; dans ce mouvement subit, trop de personnes pèsent sur les échafaudages, les planches craquent, cassent, et plusieurs personnes roulent les unes sur les autres ; pour achever d'augmenter le désordre, des baguettes enflammées tombent sur la société ; des dames sont atteintes, l'une a son châle, l'autre son bonnet brûlés. enfin une grande lueur brille sur la tête de madame Troupeau : ce sont ses plumes qui sont en feu.

— Ma femme est allumée ! crie M. Troupeau en essayant de parvenir jusqu'à son épouse. Celle-ci a eu l'esprit de jeter son chapeau en l'air, et elle tombe échevelée dans les bras de son mari. Mais le tumulte augmente : le chapeau de madame Troupeau a mis le feu à une futaille qui soutenait des planches ; en voyant le tonneau fumer, quelqu'un s'écrie : — La maison est incendiée ! et on se bouscule pour sortir. Dans ce désordre, madame Troupeau s'est trouvée séparée de sa fille, qui est restée sur les gradins. La maman veut retourner chercher son enfant, la foule l'en empêche ; M. Troupeau n'est pas plus heureux : les deux époux se désolent, en appelant Virginie. Un jeune homme a vu leur anxiété. Il a percé la foule, enjambé les planches, il est arrivé près de Virginie, qui ne courait aucun danger : il lui a offert la main, celle-ci a trouvé plus agréable de s'évanouir dans ses bras ; et il la rapporte à ses parents, qui reconnaissent dans le libérateur de leur fille le jeune locataire des Vauxdoré.

— Ah ! monsieur, quelle reconnaissance ! s'écrie madame Troupeau, vous avez sauvé notre enfant !... Mais elle est évanouie !...

— Je pense que ce n'est que la frayeur, dit Auguste, et que ce n'est pas dangereux.

En effet, dans son évanouissement, Virginie avait conservé de fort jolies couleurs, ce qui n'empêche pas sa mère de l'inonder d'eau de Cologne, et son père de courir chercher du vinaigre.

On entoure la jeune fille, qu'on a déposée sur un banc de pierre.

— Qu'est-il donc arrivé ? demande Vauxdoré.

— C'est ma fille qui était incendiée sans le courage de monsieur.

Le jeune homme explique qu'il n'a fait qu'une chose bien simple ; mais madame Troupeau veut que cela soit une action héroïque. Adrienne ne dit rien : elle écoute et regarde Virginie, à qui elle vient de prendre la main, et qui s'obstine à tenir ses yeux fermés. M. Troupeau revient avec un litre de vinaigre : au moment où il veut en asperger le visage de sa fille, celle-ci reprend ses sens.

— Elle est sauvée ! s'écrie madame Troupeau.

— Et ce grand incendie est éteint, dit en riant le jeune homme. Voyez, il n'y a plus personne dans cette cour, et tous les feux ont cessé !

— Alors allons nous coucher, dit Vauxdoré.

— Ma fille, es-tu en état de revenir jusque chez nous ? dit madame Troupeau.

— Oh ! oui, maman, je me sens bien mieux...

— C'est monsieur qui t'a sauvée, ma fille .

— Ah ! monsieur....

— Mon Dieu ! mademoiselle, je n'ai fait qu'une chose fort simple et qui ne méritait pas tant de remerciments.

— Vous êtes trop modeste, dit M. Troupeau ; mais je vous prie de croire, monsieur, que nous savons apprécier.... et que... d'ailleurs.... voici ma carte, mon adresse... nous espérons avoir le plaisir de revoir le libérateur de notre enfant.

— C'est beaucoup d'honneur pour moi, monsieur.

Ces mots sont accompagnés de saluts réciproques ; puis on se sépare. M. Auguste offre son bras à Adrienne, qui le prend en étouffant un soupir. Mais tout le long du chemin elle ne dit rien ; cet événement vient de lui ôter toute sa gaieté, que la connaissance de M. Auguste lui avait rendue. La sensible Adrienne ne demandait qu'à s'attacher ; elle était gentille, aimable, rieuse. Le jeune locataire de son oncle avait paru prendre beaucoup de plaisir dans sa société ; il était devenu galant, assidu près d'elle, et plus d'une fois en causant sa main s'était emparée de celle de sa jeune hôtesse, qu'il avait serrée fort tendrement. Tout cela avait tourné la tête d'Adrienne ; elle cédait au penchant qui l'entraînait vers Auguste, en se disant : Oh ! celui-là m'aime véritablement, j'en suis sûre, et j'espère bien qu'il ne fera pas comme les autres...... Si cela arrivait, je n'aurais plus qu'à mourir, car je sens que je l'aime bien plus et bien autrement que les autres.

Chaque jour augmentait les espérances d'Adrienne ; car chaque jour M. Auguste restait plus longtemps près d'elle ; il ne s'était pas contenté de lui serrer la main ; il avait porté à ses lèvres cette main qu'elle lui abandonnait si volontiers, et le baiser qu'il avait imprimé dessus avait, en quelques secondes, été au cœur de la jeune fille, qui se flattait d'être enfin sincèrement aimée, lorsque M. Tir donna la soirée qui devait amener tant d'événements.

— Est-ce que le feu vous a aussi beaucoup effrayée, dit M. Auguste en s'en revenant avec Adrienne, vous ne dites rien, mademoiselle, êtes-vous indisposée ?

— Oh ! non, monsieur, je ne m'évanouis pas, moi, comme.... Virginie.

— Vous connaissez cette jeune personne ?

— Oui, depuis longtemps...

— Vous ne vous êtes pas parlé, cependant.

— Nous ne nous parlons plus, nous sommes brouillées... Je l'aimais beaucoup... mais elle ne m'aimait pas, elle !

— C'est surprenant ! cette jeune fille a un air de candeur... d'ingénuité !...

— Ah ! vous trouvez ?... et comptez-vous vous rendre à l'invitation de ses parents ?... irez-vous chez eux ?

— Pourquoi pas ?... Ils m'ont fait tant d'honnêtetés... Je croirais être impoli en n'allant pas les voir.

— Il ira !... se dit Adrienne en rentrant dans sa chambre, il ira...., il verra Virginie.... elle lui plaira !... Mon Dieu ! mais c'est donc mon mauvais génie que cette fille-là... elle m'enlèverait encore mon amoureux !... Les autres, je lui pardonne.... mais M. Auguste, que j'aime tant !... Oh ! non, non, je ne veux pas qu'il m'oublie, qu'il me délaisse. Mademoiselle Virginie aura beau faire... Je saurai bien le forcer à m'aimer toujours !

Et Adrienne se couche en cherchant comment on peut forcer un homme à être constant. Pauvre fille ! autant vaudrait chercher la pierre philosophale.

—

CHAPITRE XII. — Des Caquets et de l'Amour.

— Il viendra nous voir !.... se dit Virginie lorsqu'elle est seule dans sa chambre. Ah ! que je suis contente !... Comme c'est heureux que les fusées soient retombées sur la société !... Que j'ai bien fait de rester sur les gradins, au lieu de suivre maman ; puis de faire semblant de m'évanouir !... Il viendra... je le reverrai... il ne m'a pas beaucoup regardée.... Peut-être qu'une autre fois..... Mais Adrienne, il la regardait bien souvent !

Et Virginie pousse un gros soupir ; ce qui ne lui était pas encore arrivé, car jusque-là l'amour l'avait seulement fait rire ; mais ce qu'elle ressent pour le jeune étranger est tout différent de ce qu'elle avait éprouvé ; pour la première fois elle devient rêveuse, pensive, et son esprit est agité par un autre sentiment que la malice et le plaisir.

— Ma chère amie, dit M. Troupeau à sa femme, c'est bien heureux que notre fille ait été sauvée par ce monsieur de chez Vauxdoré... C'est un jeune homme qui a l'air distingué.... opulent... qui a de fort belles connaissances, d'après ce qu'on dit, et il est bien plus agréable de devoir un service à un homme comme il faut qu'à un malotru.

— Oui, sans doute, mon ami, d'autant plus que cela nous fera faire la connaissance de ce monsieur, car je ne doute pas qu'il ne se rende à ton invitation. Je pense qu'ensuite notre maison, notre société lui plairont bien plus que celle des Vauxdoré..... Cela fera enrager ceux-ci et je n'en serai pas fâchée.

Cependant deux jours s'écoulent après la soirée de M. Tir, et le locataire de Vauxdoré ne s'est pas présenté chez M. Troupeau. Le ci-devant marchand de crin et sa femme en sont très-mortifiés.

— C'est fort singulier que ce monsieur ne vienne pas, dit madame Troupeau. Lui as-tu bien donné ta carte avec ton adresse ?

— Oui, certainement, ma carte rose à filets d'or... D'ailleurs je suis assez connu dans cet endroit !

— Ces Vauxdoré se seront peut-être permis quelques propos sur nous.

— Oh ! quelle idée !... que pourrait-on dire ? J'ai gagné ma fortune loyalement... je n'ai pas fait banqueroute... personne ne peut me demander un sou ! Quant aux mœurs, j'espère que notre maison est connue ; et du côté de l'innocence, notre fille est une Jeanne d'Arc dans toute la force du terme ! Ce n'est pas comme mademoiselle Adrienne !

— Alors pourquoi ce monsieur ne vient-il pas ?

Virginie ne souffle pas mot, mais elle se dit : Parce qu'il aime mieux rester près d'Adrienne.

Dans la journée du troisième jour, la famille Troupeau était réunie dans son salon. Monsieur, en robe de chambre, lisait le journal et s'interrompait pour parler politique, parce que c'est la ressource des gens qui n'ont rien à dire. Madame, en négligé du matin, et n'ayant pas encore ôté ses papillotes, se regardait dans la glace ; elle avait l'air de comprendre ce que disait son mari ; mais dans le fait elle n'était occupée que d'une ride qui se prolongeait depuis le dessous de son œil, jusqu'à son oreille ; cette ride la contrariait infiniment, car elle ne voyait pas moyen de mettre un ruban ou des cheveux tout le long de sa joue. Virginie était assise près de son père, elle faisait du filet ; c'est un travail qui n'empêche pas de penser, les femmes aiment beaucoup ces ouvrages-là.

Tout-à-coup Babelle ouvre la porte en disant :

— M. Montreville demande s'il peut voir monsieur et madame.

— M. Montreville! dit Troupeau en se penchant dans son fauteuil, qu'est-ce que ce monsieur-là?... Le connaissez-vous, Babelle?...

— Non, c'est la première fois que je le vois.

— Est-ce un homme ou un monsieur? dit madame Troupeau.

— Oh! c'est un monsieur... et fort élégant.

— C'est peut-être ce monsieur qui m'a sauvée? s'écrie Virginie.

— Ah, mon Dieu!... tu as raison, ma fille!... c'est probablement ai... Faites entrer, Babelle...

— Mais je suis en robe de chambre, moi.

— N'importe, mon ami, nous ne pouvons faire attendre ce monsieur.

Il y a un siècle que mon mari, qui est sans ouvrage depuis l'anné, dernière, me promet des *fornications* aux environs de Paris... il faut bien se distraire un peu.

Babelle fait entrer M. Montreville, qui est en effet le locataire des Vauxdoré. Le jeune homme se présente avec aisance et politesse, M. et madame Troupeau lui font beaucoup d'accueil, Virginie a fait à l'étranger une modeste révérence, et elle a repris son ouvrage : cela lui sert de maintien.

— Pardon, mille pardons, de vous recevoir en robe de chambre, dit M. Troupeau; mais ne sachant pas...

— Chez soi, monsieur, on est toujours bien...

— Moi, monsieur, je vous demanderai la permission d'aller ôter mes papillotes.

— Non, madame, restez, de grâce, vous êtes trop bien ainsi.

— Ma fille, avez-vous salué monsieur... votre libérateur?...

— Oui, maman...

— Quittez donc votre ouvrage, ma fille...

— Non, mademoiselle, continuez, je vous prie... Je vais me retirer si ma présence trouble vos occupations...

— Alors, monsieur, c'est pour vous obéir.

Madame Troupeau veut encore parler de sa reconnaissance pour le service que le jeune homme leur a rendu; celui-ci la supplie de ne plus revenir sur ce sujet, et il change de conversation.

— Nous ne savions d'abord qui nous arrivait, dit Troupeau; car votre nom... de famille ne nous était pas connu...

— Oui, dit madame Troupeau, on nous avait assuré que vous ne vous appeliez que Auguste.

Le jeune homme sourit en disant : C'est assez comme cela que mes amis me nomment habituellement; mais, pour me présenter chez vous, madame, j'ai cru plus convenable de prendre mon nom de famille...

— Monsieur... assurément... Montreville!... mais il me semble que ce nom ne m'est pas inconnu...

— Vous avez pu le voir quelquefois dans les journaux...

— Dans les journaux! répète madame Troupeau en ouvrant de grands yeux; puis elle se retourne et arrache trois de ses papillotes.

— En effet! reprend Troupeau, j'ai lu dernièrement qu'un colonel... Oui, c'est bien un colonel Montreville qui vient d'être nommé général de division...

— C'est mon frère, répond le jeune homme en s'inclinant.

— Il a un frère général! murmure Troupeau en regardant sa femme. Je cours ôter ma robe de chambre!

Et Troupeau s'éclipse en disant : Je suis à vous.

— Je dérange peut-être monsieur votre mari, dit Auguste; je crains d'être venu dans un mauvais moment.

— Ah! monsieur... il ne peut jamais y avoir de mauvais moment pour vous. Nous espérons que vous voudrez bien nous honorer quelquefois de vos visites.

— Ce sera un plaisir pour moi, madame.

Troupeau revient avec un habit noir. — Quoi! monsieur, vous avez été changer... faire de la cérémonie! dit le jeune homme.

— Non... pas du tout, quoique mes moyens me permettent de faire tout ce que je veux... mais c'est que je suis bien plus à mon aise en habit qu'en robe de chambre.

— Si vous me connaissiez davantage, vous sauriez que je suis ennemi de toute cérémonie.

— Nous serons charmés, monsieur, de vous connaître davantage... Etes-vous fixé à Belleville?

— Oh! non...

— C'est ce que nous pensions... car alors vous ne resteriez pas chez Vauxdoré : ce logement serait trop petit pour vous qui avez un piano droit et qui recevez du monde... Car vous recevez, je crois, souvent des visites de Paris?

— Mais... quelquefois, répond le jeune homme en souriant.

— Cependant, monsieur, Belleville est un bien joli endroit.

— Je m'y plais beaucoup aussi; mais mon frère désirerait que j'allasse à sa terre en Bourgogne...

— Son frère a une terre! murmure Troupeau tandis que sa femme se retourne et, dans sa précipitation à ôter le reste de ses papillotes, arrache deux de ses boucles de cheveux.

M. Renard.

— Cependant j'aime mieux être à Belleville, reprend le jeune homme. Le voisinage de Paris m'est commode.

— Pour vos occupations peut-être, dit Troupeau.

A cette indiscrète question, le jeune homme ne répond rien et se tourne vers Virginie en disant : Mademoiselle est votre unique enfant?

— Unique de fille... mais nous n'avons pas de garçon.

— Elle ne s'est pas ressentie de sa frayeur?

— Aucunement. Vous l'avez si bien portée!...

— Mais je gage que mademoiselle n'aimera plus les feux d'artifice.

— Oh! pardonnez-moi, monsieur, je voudrais en voir un autre ce soir, dit Virginie, quand je devrais m'évanouir encore!

Ces mots sont accompagnés d'une vive rougeur qui vient colorer les joues de la jeune fille, car alors M. Auguste la regarde plus attentivement.

— Ma fille est l'innocence même... cela lui est égal de s'évanouir...

Ma chère enfant, je suis assez riche pour te donner souvent des feux d'artifice; mais je crains les accidents. On ne trouve pas toujours des gens qui se dévouent pour...

— Je fus témoin d'accidents plus graves... à une fête qu'on donnait chez mon oncle le préfet.

— Il a un oncle préfet! répète tout bas madame Troupeau, et son mari lui dit à l'oreille: Va mettre tes girandoles de diamant.

Madame Troupeau s'éclipse à son tour en disant: Je suis à vous, monsieur. Le jeune homme, qui ne comprend rien à cette manière de recevoir son monde, en disparaissant chacun son tour, craint d'être indiscret en prolongeant sa visite. Après avoir causé encore quelques minutes avec M. Troupeau, il se lève et prend congé au moment où madame revient avec ses girandoles.

— Vous nous quittez déjà, monsieur Montreville, dit M. Troupeau.

— Oui... j'attends aujourd'hui du monde de Paris...

— Ah! fort bien... Et pour affaire peut-être?...

Le jeune homme sourit et salue. La famille Troupeau le reconduit jusqu'à la porte en lui faisant promettre de revenir bientôt.

— Certainement, c'est un homme... du grand monde! dit madame Troupeau quand M. Auguste est parti.

— Oui, pardieu! il a un frère général et un oncle préfet.

— Il y a cependant un peu de mystère dans sa conduite... il n'a pas répondu quand nous lui parlions de ses occupations.

— Ma chère amie, c'est peut-être et même probablement un mystère qui tient à l'Etat... et qu'on ne doit pas percer... Je soupçonne ce monsieur d'être dans la diplomatie... dans le gouvernement.

— Tu crois?

— Ecoute donc, puisqu'il a un frère général et un oncle préfet, il n'y aurait rien d'étonnant à ce que lui-même fût grand dignitaire... incognito.

— C'est vrai!...

— Nous l'inviterons à dîner.

— Et j'aurai quatre entrées.

— Sans compter les cornichons et les anchois; car on ne sait pas... la connaissance de ce jeune homme pourrait devenir... fort intéressante...

En disant ces mots, M. Troupeau regarde sa fille et pousse le genou de sa femme.

Virginie a trouvé plus agréable de s'évanouir dans les bras de Montreville, qui la rapporte à ses parents.

— J'ai déjà eu de ces pressentiments-là... dit tout bas la maman de Virginie. Mais, chut! monsieur Troupeau, de grâce! rien qui donne l'éveil à l'innocence.

— Sois tranquille, nous la laisserons dormir!... Ce sont de ces pensées qui ne doivent pas sortir de notre tête. Ce qui me tourmente, c'est que notre tante ne nous répond pas.

— C'est vrai... et cependant votre lettre était si bien tournée!... Espérons encore.

— Espérons toujours.

Virginie est moins satisfaite de cette visite qu'elle avait si ardemment désirée, elle trouve que M. Montreville l'a peu regardée, et qu'il n'y avait que de la froideur, de l'indifférence dans ses yeux. — M. Doudoux et le cuirassier me regardaient autrement! se dit la jeune fille en froissant avec dépit son ouvrage. Pourquoi M. Auguste ne fait-il pas comme les autres?... Est-ce qu'il me trouve laide?... est-ce qu'il me croit sotte et bête?... Au fait je me sentais tout embarrassée devant lui... mais il reviendra, et je ne serai pas si gauche en sa présence... J'ai bien fait la conquête des autres, pourquoi ne ferais-je pas la sienne?... Les autres... c'était pour rire; mais celle-ci; ah! il me semble que ce serait différent.

Dans un petit endroit tout se sait bien vite, d'ailleurs M. Troupeau tenait à ce que l'on sût que le locataire des Vauxdoré était venu lui faire visite. Il s'empressa d'aller conter cela à son ami Renard, qui est la plus grande commère du pays, et il ajoute: J'en sais déjà bien plus que vous sur ce jeune homme, qui s'appelle Auguste Montreville, et non pas Auguste tout court; il m'a témoigné la plus grande confiance. Il a un frère général avec une terre en Bourgogne, et un oncle préfet, et j'ai presque la certitude que M. Montreville est dans la diplomatie.

M. Renard est vexé qu'un autre en sache plus que lui, il s'écrie: Je savais tout cela! je n'en disais rien, parce qu'on m'avait recommandé le secret; mais certainement j'étais instruit.

De peur que Troupeau n'aille encore apprendre ces nouvelles avant lui, M. Renard se met à courir dans tout Belleville; et, suivant l'usage des bavards qui amplifient sur toutes les histoires, il affirme que le locataire de Vauxdoré est secrétaire intime d'un ministre, et qu'il n'est venu loger à Belleville que pour y lever incognito un nouveau plan de fortifications qui doivent commencer à la Courtille.

En allant de bouche en bouche, ces nouvelles arrivent chez Vauxdoré, auquel on dit:

— Il paraît que vous logez un grand personnage.

— Bah! et qui donc cela? répond Vauxdoré.

— Parbleu! votre élégant locataire!...

— C'est un grand personnage?

— On assure qu'il tient au gouvernement.

— Mais il ne s'occupe que de musique.

— Il paraît que c'est pour cacher son jeu.

— Il ne le cache pas, car on l'entend du jardin.

— Enfin, ne reçoit-il pas des gens à voiture?

— Quelquefois.

— Quand il a du monde de Paris chez lui, ne défend-il pas qu'on vienne le déranger?

— C'est possible.

— Vous voyez bien, il y a des secrets d'Etat là-dedans. Tâchez toujours de savoir de lui si ma maison se trouve comprise dans le nouveau plan de fortifications, vous me rendrez bien service.

— Informez-vous pour la mienne aussi, vous m'obligerez...

— Mais de qui tenez-vous tout cela?

— De Renard et de Troupeau. Votre locataire a été faire visite à ce dernier, et il paraît que c'est là qu'il s'est déboutonné.

— Je ne sais pas si nous logeons un grand personnage, dit la tante d'Adrienne, en tout cas, il ne fait pas d'embarras, il est fort poli et il trouve toujours ma cuisine bonne.

— Qu'il soit ce qu'il voudra, dit Vauxdoré, ce sont ses affaires; du moment qu'il se conduit bien dans ma maison, je n'ai rien à lui dire!... D'ailleurs, je ne crois pas à tous ces propos... C'est Renard qui les aura inventés.

— Ce qu'il y a de certain, se dit Adrienne, c'est qu'il a été chez M. Troupeau. Que m'importe à moi qu'il soit dans les grandeurs?... Ce n'est pas pour cela que je l'aimais! mais il va chez le père de Virginie... il la verra... et elle va peut-être encore être cause qu'on oubliera la pauvre Adrienne!... Mon Dieu! comment empêcher cela?

La jeune fille pleurait en secret, car elle eût été bien fâchée qu'on la vît répandre des larmes; mais le chagrin ne se cache pas aussi facilement que le bonheur; il est rare qu'il ne laisse pas quelques traces. Celui d'Adrienne augmente chaque jour; elle apprend que M. Auguste est retourné chez les parents de Virginie, puis enfin qu'il doit y dîner. M. Montreville ayant accepté l'invitation de M. Troupeau, celui-ci s'est empressé de le dire partout.

— Il y va dîner! dit Adrienne. Ah! mon Dieu!... c'est peut-être le repas des fiançailles... il va sans doute épouser Virginie... et c'est pour cela que depuis quelques jours il me parle moins... il est moins aimable, et ne cherche pas à me rencontrer seule dans les chambres ou sur l'escalier pour me prendre la main, la taille, et me dérober un baiser.

Depuis quelques jours en effet le locataire de Vauxdoré semblait être très-occupé, il restait enfermé dans sa chambre, ou il se rendait à Paris et en revenait en tenant toujours des rouleaux de papier à la main. M. Renard, qui passe son temps à épier ce que fait Auguste, l'a rencontré plusieurs fois allant à Paris ; il court dire à Troupeau :

— Notre jeune diplomate est bien occupé dans ce moment-ci !... Il porte à Paris des rouleaux très-volumineux.

— Des rouleaux d'argent ?

— Non, des plans, des papiers... et il revient presque toujours en cabriolet avec d'autres rouleaux...

— Diable ! cela fait présumer de bien hautes affaires... Il vient dîner chez nous jeudi prochain.

— Vraiment ?

— Comme je vous le dis... voulez-vous en être ?

— C'est-à-dire que vous me faites le plus grand plaisir en m'invitant.

Et Renard serre la main de Troupeau avec un mouvement convulsif, tant il est enchanté de dîner avec M. Montreville.

Le matin du jour où M. Auguste doit dîner chez M. Troupeau, il a de bonne heure envoyé chercher les journaux, et le domestique de Vauxdoré rapporte à ses maîtres que le jeune homme a presque sauté de joie en les parcourant.

— Je commence à croire que Renard ne s'est pas trompé, dit Vauxdoré. Si ce jeune homme a sauté en lisant le journal, c'est qu'il est quelque chose dans l'Etat !

— Il est peut-être nommé ministre ? dit madame Vauxdoré, et alors il n'est pas probable qu'il reste à Belleville.

— J'en serais fâché... mais je lui demanderais sa protection ; car on ne sait pas ce qui peut arriver.

Adrienne écoute tout cela sans dire un mot, elle descend dans le petit jardin de leur maison, parce qu'elle a encore envie de pleurer, et que cela lui fait mal de ne pouvoir se désoler tout à son aise.

En arrivant dans le jardin, Adrienne y rencontre M. Auguste qui tenait les journaux, les regardait les uns après les autres et paraissait fort joyeux. Le jeune homme court à Adrienne.

— Ah !... c'est vous, mademoiselle...

— Oui, monsieur... c'est moi.

— Il y a bien longtemps que je n'ai pu causer avec vous !

— C'est que cela ne vous a pas plu apparemment, car j'étais toujours ici.

— C'est que depuis quelques jours j'ai eu beaucoup à faire à Paris.

— Oh ! oui... vous ne pouviez pas penser à moi.

Auguste regarde Adrienne plus attentivement et lui dit d'un ton affectueux :

— Qu'avez-vous donc... vous me semblez moins gaie qu'à votre ordinaire ?

— Pardonnez-moi, monsieur, je suis très-gaie.

Et la jeune fille s'efforce de sourire ; mais un gros soupir trahit l'état de son cœur.

— Vous me parlez aussi avec un air cérémonieux... Après m'avoir habitué à un si aimable abandon, d'où vient donc que vous me traitez ainsi ?

— Monsieur... c'est que... je ne savais pas... avant de connaître le rang... la position des personnes, on peut se croire le droit de... causer familièrement avec elles... mais quand on ne l'ose plus...

— Mon Dieu ! mademoiselle, que signifie tout cela ? que me parlez-vous de rang, de position ?... De grâce, expliquez-vous !

— Eh bien ! monsieur, on a dit à mon oncle, et l'on assure dans Belleville que vous êtes un grand personnage attaché à l'Etat, et que vous ne voulez pas le dire pour raison politique.

— Je suis un grand personnage... moi ? et qui diable a deviné cela ?

— M. Renard et M. Troupeau.

Le jeune homme rit aux éclats, puis il reprend :

— Je ne m'étonne plus des politesses, de l'air respectueux qu'on me témoigne depuis quelques jours, et votre oncle lui-même...

— Mon oncle... a fini par croire comme les autres, et la joie que vous avez témoignée ce matin en lisant les journaux a semblé une preuve de plus.

— En effet, les journaux de ce jour m'ont apporté une heureuse nouvelle... et je suis bien content aujourd'hui.

— Ah ! je le crois... avec cela que vous dînez chez M. Troupeau !...

— C'est vrai, et d'après ce que vous venez de me dire, je me propose de bien m'y amuser.

— Il paraît que vous vous amusez toujours, car vous y allez souvent !...

— On m'a fait tant d'accueil... d'instances...

— Et mademoiselle Virginie... la trouvez-vous... bien aimable ?...

— Mais elle est fort gentille... Les premières fois que je la vis elle ne soufflait pas mot et se tenait bien roide !... Depuis, je me suis aperçu qu'elle ne manque pas d'esprit... et...

— Adieu, monsieur...

— Eh quoi ! vous me quittez si vite ?...

— Je ne puis rester... D'ailleurs, je crains de vous retenir ! vous avez tant d'affaires maintenant...

— Ne savez-vous pas, charmante Adrienne, que mon plus grand bonheur est d'être près de vous ?

— Oh ! non ! je ne le sais plus, je ne le crois plus !... Ce mystère qui vous environne... ces conjectures que l'on fait sur vous... tout cela fait que je n'ose plus causer avec vous comme autrefois.

— Eh bien ! je vous dirai tout... je vous dévoilerai ce mystère ; et est bien peu de chose ! je ne veux avoir aucun secret pour vous.

Les yeux d'Adrienne deviennent brillants de plaisir, et elle s'écrie :

— Quand me direz-vous tout cela ?

Auguste se rapproche d'Adrienne et passant son bras autour d'elle, lui dit à demi-voix :

— Ici... ou là-haut, chez votre tante, nous ne pouvons pas causer librement... Plusieurs fois je vous ai suppliée de ne point fermer tout de suite votre porte quand vous rentrez vous coucher et de me permettre d'aller un instant jaser avec vous...

— Oh ! non, monsieur... vous recevoir dans ma chambre... cela ne se peut pas... cela ne se doit pas...

— Et qui le saura ?...

— Mais je le saurai, moi...

— Si vous aviez pour moi un peu... d'amitié, me refuseriez-vous ?... Ce soir... en revenant de chez M. Troupeau, je passerai devant votre porte pour rentrer chez moi... ne la fermez pas, et j'irai vous conter tout ce que vous désirez savoir.

— Non... je ne le veux pas...

— Adrienne !... je vous en supplie...

— C'est très-mal, ce que vous me demandez là...

— Est-ce aussi très-mal de vous aimer... de...

La voix de Vauxdoré interrompt le jeune homme ; on appelait Adrienne, elle est obligée de remonter près de son oncle.

— A ce soir, lui dit Auguste. Adrienne s'éloigne et ne répond pas.

Chez M. Troupeau on a pour habitude de dîner à quatre heures précises ; mais, pour recevoir M. Montreville, on a pensé qu'il serait plus convenable de dîner tard, et on a fait les invitations pour cinq heures et demie. Ne voulant point avoir beaucoup de monde afin que le jeune diplomate pût parler avec plus de confiance, et n'osant cependant pas le recevoir qu'en famille, Troupeau n'a invité que Renard, qui est adroit et a promis de faire jaser le jeune homme ; plus, un ancien épicier fort riche, qui mange et boit bien, mais ne sait pas dire quatre paroles : celui-là ne sera là que pour représenter un convive, et on est sûr qu'il ne se mêlera jamais à la conversation.

Depuis que Virginie a revu Auguste, elle a été moins embarrassée devant lui, et plus d'une fois ses regards ont cherché les siens. Pourtant elle éprouve encore une émotion dont elle n'est pas maîtresse ; pour attirer l'attention de M. Montreville, elle ne trouve pas les petits expédients qui lui venaient si facilement à l'esprit près de Doudoux et du cuirassier. Un mot d'Auguste lui fait oublier ce qu'elle voulait dire, un de ses regards la trouble ; elle se dépite contre elle-même et se dit :

— Que je suis sotte !... Et d'où vient que je ne puis surmonter cela ?

Il est cinq heures sonnées. M. Renard et l'ex-épicier, que l'on nomme M. Praline, sont à leur poste ; tous deux en noir et cirés dans la perfection. M. Renard se promène dans le salon en jouant avec les breloques de sa montre. M. Praline est allé s'asseoir dans un coin où il n'ouvrira pas la bouche jusqu'au dîner ; mais alors il ne la fermera qu'après le dessert.

Auguste ne se fait pas attendre ; les propos qu'on lui a rapportés lui ont semblé si plaisants qu'il compte s'amuser chez M. Troupeau. Sa physionomie, ordinairement assez sévère, a quelque chose de moqueur, qui semble à la société d'un augure très-favorable.

— M. Montreville semble fort en train de rire aujourd'hui, dit Troupeau à sa femme, cela prouve qu'il est bien aise de venir chez nous... Je n'ai pas besoin de te recommander à table de le servir toujours le premier et souvent.

— Sois tranquille, je ne le perdrai pas de vue.

On a placé le jeune convive entre la mère et la fille. L'une est pour lui pleine de prévenances, elle veut sans cesse couvrir son assiette et remplir son verre ; l'autre baisse les yeux et ne le regarde qu'à la dérobée, mais elle ne laisse pas deux minutes ses jambes en repos sous la table : dans ce mouvement perpétuel, son genou et son pied heurtent assez souvent le genou et le pied de son voisin. Alors celui-ci se recule, et Virginie murmure un : — Pardon, monsieur... je ne l'ai pas fait exprès ! mais elle recommence deux minutes après. Si bien que le jeune homme se dit : — Voilà une singulière famille : le père me traite en seigneur, la mère me bourre à m'étouffer, et la fille me donne des coups de pied.

On n'avait rien épargné pour bien recevoir M. Montreville, aussi M. Praline, qui voulait manger de tout, n'avait-il encore dit que : « Volontiers, j'en accepterai, j'en veux bien. » M. Renard lui-même bavardait moins pour faire honneur au repas ; mais Auguste qui était en train de rire soutenait la conversation sur le ton de la gaieté : on accueillait avec transport ses moindres plaisanteries, et madame Troupeau disait à demi-voix :

— Il est extrêmement aimable, ce monsieur.

— Il est pétri d'esprit ! répondait Troupeau.

— Il conte parfaitement ! répliquait Renard.

— Il est bien accommodé !... murmurait M. Praline qui pensait qu'on parlait d'un plat.

Virginie parlait très-peu, mais elle continuait d'avoir des inquiétudes dans les jambes.

Cependant on est arrivé au dessert, et Troupeau dit tout bas à Renard :

— Abordons la politique...

— Je vais le mettre au pied du mur, dit Renard, et l'amener à nous découvrir tous ses secrets.

Alors, après avoir avalé un verre de bordeaux, M. Renard s'adresse à Auguste :

— Ne pensez-vous pas comme moi, monsieur Montreville, que l'année ayant été bonne en blé, il serait dans la politique du gouvernement que nous eussions le pain bon marché ?

Le jeune homme réprime avec peine l'envie de rire que lui cause la naïveté de cette question ; il répond en prenant un air important et secouant la tête :

— Monsieur... le pain bon marché... hum !... c'est fort bien ! mais... hum !...

— Oui ! je vous comprends ! s'écrie Renard, cela tient encore à des circonstances... plus ou moins... suivant que... on ne peut pas répondre !...

— Messieurs, reprend Auguste en jouant avec son couteau, tandis que les convives semblent craindre de perdre une seule de ses paroles, messieurs !... dans ce moment-ci... nous ne pouvons pas nous dissimuler que... hum !... il y a bien des choses à dire...

— Il y en a immensément ! s'écrie Renard.

— Oh ! il y en a que cela fait peur, dit Troupeau. Puis il se penche vers Renard en lui disant :

— Ça va bien, nous sommes sur la voie !...

— Chut ! il va se lâcher.

Après avoir plusieurs fois fait résonner son verre avec son couteau, Auguste reprend :

— Vous me direz : les opinions sont libres, chacun peut penser comme il entend ! oui ! je respecte aussi une opinion !.. telle quelle...

— C'est ce qu'il y a de plus respectable au monde, dit Renard.

— Je respecte même ceux qui n'en ont pas ! dit Troupeau en se permettant de badiner aussi avec son couteau, pour ressembler à son jeune convive.

— Mais, messieurs ! qu'arrivera-t-il de cette fluctuation... de cette divergence... de ces oppositions, qui, bien que prises dans le sens convenable... ne laissent pas de... par la suite... ou plus tard ; devoir amener une péripétie ?...

— Comme il devient profond ! dit Troupeau en regardant sa femme, et celle-ci s'écrie :

— Ah ! Dieu ! que j'aime à entendre parler politique !

— Messieurs ! reprend Auguste, je ne suis pas de ces gens qui affirment... qui sont certains... et qui, en retombant dans des systèmes, reviennent sur des principes exceptionnels, telle ne fut jamais ma façon de penser !...

— Ni la mienne, dit Renard.

— Ni la nôtre, ajoute Troupeau en faisant tomber son couteau par terre.

— Ah ! messieurs ! reprend Auguste, si nous voulons ensuite envisager les divers cabinets de l'Europe, le cas peut devenir différent !

— Je le crois parbleu bien ! s'écrie Renard ; puis il ajoute tout bas à Troupeau : — Nous y voici... nous entrons dans le secret des cabinets.

— Et il a dit que les cas seraient différents... je ne suis plus qu'oreilles.

Virginie jette un petit coup d'œil à la dérobée sur Auguste, parce qu'elle croit deviner que le jeune homme se moque de ses auditeurs ; mais Auguste, conservant toujours son flegme, reprend en pesant sur toutes ses paroles :

— On parle de l'Espagne... c'est très-bien ; mais il y a aussi la Russie et la Turquie... qu'on doit envisager avec attention.. l'Angleterre est là qui nous guette... La Suède compte pour quelque chose... ensuite l'Italie... Ah ! diantre, messieurs, l'Italie !... hum ! cela mérite considération, et peut-être... hum !

M. Praline, qui jusque-là n'avait fait que manger et boire, et, pendant cette conversation, se bornait à rouler des yeux sur chaque personne, comme un enfant qui écoute une histoire qu'il ne comprend pas ; ennuyé pourtant de ce que l'on ne prenait plus rien, se permet de dire, pendant qu'Auguste s'arrêtait sur ses hum !

— Votre café sera-t-il bien chaud ?

Il faut voir alors l'indignation qui se peint sur le visage de Troupeau et de sa femme, et l'air de mépris avec lequel Renard le regarde.

— Ah ! monsieur Praline ! dit madame Troupeau, pouvez-vous bien interrompre M. Montreville dans une conversation si intéressante. Nous parler de café ! lorsqu'il est question des secrets de l'Europe !...

— Cet homme est une vraie brute ! dit tout bas Renard.

— Je me couperais en quatre de regret de l'avoir invité ! dit Troupeau.

Et le pauvre Praline, tout honteux de l'accueil fait à sa demande, se rentre dans sa chaise et a l'air d'avoir envie de pleurer ; mais Auguste a pitié de l'ancien épicier, il s'écrie :

— Ma foi, je suis fort de l'avis de M. Praline, j'aime le café bien chaud.

— En ce cas, allons le prendre ! dit madame Troupeau en se levant et présentant sa main à Auguste, et la société passe dans le salon.

On prend le café. Auguste s'occupe de Virginie et ne semble pas vouloir parler politique.

— C'est désolant ! dit Troupeau à Renard. Nous allions tout savoir, et il se tait maintenant !

— Attendez, dit Renard, j'ai un moyen ingénieux pour le faire parler.

Ce moyen, c'est le journal que M. Renard tire de sa poche et qu'il développe en disant :

— Il y a aujourd'hui des articles bien intéressants ! des nominations, des mutations... L'avez-vous lu, monsieur Montreville ?

— Oui, monsieur, répond Auguste ; et je ne vous cacherai même pas qu'aujourd'hui j'avais des raisons personnelles pour l'attendre avec impatience...

— Des raisons... personnelles ? dit Renard en souriant. Eh bien ! franchement, je m'en étais douté !

— Des raisons personnelles ! reprend Troupeau. Et serait-il indiscret de vous demander... si c'est dans les nominations ?

— Monsieur Troupeau, l'accueil obligeant que je reçois chez vous ne me permet plus de me taire,.. Je ne veux point avoir de secrets pour une famille et des personnes aussi respectables... Vous allez tout savoir.

Toutes les figures deviennent rayonnantes, excepté celle de M. Praline, qui a le nez enfoncé dans un petit verre d'anisette, et qui ne remarque pas que madame Troupeau se tourne vers lui et le regarde d'une façon qui signifie : —N'ayez plus le malheur d'interrompre monsieur.

On s'est rapproché d'Auguste, et on attend avec impatience qu'il parle. Virginie partage cette impatience, il lui tarde de savoir ce qu'est que M. Montreville. Celui-ci commence enfin.

— Je suis venu me loger à Belleville... et on a peut-être remarqué un peu de mystère dans ma conduite... On ignorait quelle était ma profession, mon état dans le monde... Je ne me faisais d'abord appeler que Auguste ; enfin on pouvait me prendre pour un intrigant...

— Ah ! fi donc !... je ne m'y suis pas trompé, moi ! s'écrie Renard.

— De grâce, Renard, n'interrompez pas monsieur, dit Troupeau.

— Je dois donc vous avouer qu'en effet je suis venu me loger ici pour me soustraire aux regards de ma famille et me livrer librement à ma vocation. Cette vocation, mes parents ont voulu la combattre ; mais elle a triomphé de leurs efforts. Je me sens né pour composer, pour faire de la musique ; enfin j'ai fait celle d'un petit opéra-comique ; hier il a été représenté à Paris... Je n'ai pas eu le courage d'assister à la représentation ; mais il a réussi complétement... Voyez plutôt, messieurs... ici... à l'article théâtres... Voilà le motif de ma joie et de l'impatience avec laquelle j'attendais le journal.

Auguste a fini de parler. Beaucoup de figures se sont allongées ; mais celle de Virginie est au contraire plus riante ; elle se dit :

— Il a du talent... c'est bien plus joli que de la politique !

— Comment, monsieur ! vous travaillez pour le théâtre ? dit Troupeau d'un air désappointé.

— Oui, monsieur, et je viens de faire la musique d'un opéra-comique qui a réussi... On n'a nommé qu'Auguste : j'espère cependant que ma famille me pardonnera, grâce à mon succès.

— Et vous n'êtes point... attaché au gouvernement ? dit Renard.

— Non, grâce au ciel !... car je ne connais d'autre bonheur que les arts et la liberté !

— Les arts... la liberté... tout cela ne vaut pas la fortune, monsieur.

— D'abord, monsieur, cela dépend du goût ; ensuite on peut s'en faire une par son talent...

— C'est juste... Et vous avez toujours un frère général et un oncle préfet ?...

— J'espère qu'ils ne sont pas morts, répond Auguste en souriant.

— Enfin il a des parents en place, dit Troupeau à sa femme.

— Oui, mon ami ; mais il travaille pour le théâtre ! . et si mademoiselle Bellavoine savait seulement qu'il a dîné ici !

— Ah ! Dieu !... c'est vrai... tu me fais frémir !

Les deux époux semblent consternés. Auguste ne prolonge pas leur embarras. Il était tard : depuis quelques instants ses regards s'étaient souvent dirigés vers la pendule ; il prend congé de la famille Troupeau. Virginie répond à son salut par un doux regard ; mais les parents remplacent par un froid cérémonial les transports de joie qu'ils avaient fait éclater à l'arrivée du jeune homme.

— Les sots ! se dit Auguste en retournant à sa demeure ; ils me font froide mine maintenant, parce que je n'ai que du talent au lieu d'emploi !... il n'y a que la jeune fille qui m'ait dit adieu fort gracieusement. Mais ne songeons plus à M. Troupeau... Voici l'heure... Adrienne aura-t-elle cédé à mes prières ? Adrienne !... aimable fille ! Je la crois franche, bonne, sensible. Oui, j'aurais confiance dans son amour... Oh ! les femmes ! elles sont bien trompeuses !... J'en sais quelque chose... et je m'étais promis en venant à Belleville de ne m'occuper que de musique !... Mais ayez donc des inspirations, du génie et un cœur froid !... Non, ce n'est pas possible...

Tout en faisant ces réflexions, le jeune homme est arrivé devant la maison de Vauxdoré. Il a une clef qui lui ouvre la porte d'en bas, et il peut rentrer sans réveiller personne. Il monte l'escalier sans faire de bruit ; cependant il monte vite, car il a hâte de savoir si la jeune fille a cédé à ses désirs. Enfin il est au second ; il entre dans le ap oir : des rayons de lumière partént d'une chambre dont la porte n'est qu'à demi poussée... et cette chambre est celle d'Adrienne.

CHAPITRE XIII. — Celle-ci ne l'est plus.

Convenez, chère lectrice, ou cher lecteur... (mais, par goût, je m'adresse plutôt à mes lectrices), convenez, dis-je, que ce doit être une chose bien difficile de résister au penchant de son cœur; moi qui n'ai jamais su, ni même cherché à résister aux miens, je crois qu'il doit être cruel de se dire : — J'aime telle personne, mais je ne lui accorderai pas un rendez-vous. Résister à ses sens est chose ordinaire : il ne faut pour cela que de la raison et de la prudence; mais ne pas céder à un sentiment bien doux, bien tendre, qui nous pousse sans cesse vers l'objet que nous voulons fuir... c'est de la vertu, de l'héroïsme... ou plutôt c'est de l'indifférence.

Adrienne était loin de posséder cette vertu qui se rit des séducteurs et des séductions. Ce n'était point une femme forte; et je lui en fais encore compliment : Dieu nous garde des *Judith*, des *Dalila*, des *Cléopâtre* et de toutes ces héroïnes de l'antiquité !... Adrienne avait le cœur et la faiblesse de son sexe; elle aimait comme on aime... je ne dirai pas la première fois, car on peut aimer beaucoup mieux la dixième fois que la première (ceci ne s'applique qu'aux hommes; il est convenu que les dames n'aiment jamais qu'une fois). Enfin Adrienne aimait Auguste, cet amour s'augmentait encore de la crainte qu'elle éprouvait d'être délaissée pour Virginie; et, en vérité, elle avait bien quelques raisons pour redouter les petites espiègleries de mademoiselle Troupeau.

Toute la journée Adrienne avait pensé à ce que M. Auguste lui avait demandé, et elle s'était dit :

— Oh non, certainement je ne laisserai pas ma porte ouverte!... Je ne le recevrai pas la nuit dans ma chambre.

Et au bout d'un moment elle se disait :

— Mais il va voir Virginie aujourd'hui... elle fera la coquette avec son petit air innocent... Mon Dieu! s'il allait m'oublier alors... Au moins.... en lui parlant ce soir, je détruirai peut-être l'impression produite par Virginie. Alors... je ne ferai pas mal de laisser ma porte ouverte.

Le résultat de ces réflexions, vous le savez déjà, c'est que sur les dix heures du soir Auguste entrait tout doucement dans la chambre d'Adrienne.

— Ah, mon Dieu!... c'est vous, monsieur!... mais j'allais me coucher... j'allais fermer ma porte...

— Adrienne! ne vous repentez pas de ce que vous avez fait!... Je suis si heureux !... si content d'être près de vous...

— Mais vous ne resterez pas longtemps, au moins.

— Ce que vous voudrez...

Et le jeune homme entrait, refermait la porte, puis s'asseyait tout près de la jeune fille.

— Pourquoi avez-vous refermé ma porte ?...

— Parce que nous pourrons parler plus tranquillement sans être entendus... Que vous êtes gentille, ce soir !... que ce petit bonnet vous va bien !...

— Vous venez de chez M. Troupeau ?

— Oui.

— Vous y êtes resté bien tard.

— C'est le dîner, qui n'en finissait plus !... Ah ! si vous saviez combien je me suis amusé !

— Je le vois, vous avez l'air si gai !... Ne me prenez pas la main, monsieur, je ne le veux plus...

— Et moi, Adrienne, je le veux... Qu'avez-vous encore contre moi ?

— 'Rien; mais... qu'avez-vous donc fait chez M. Troupeau qui vous ait tant amusé?

Auguste raconte à la jeune fille ce qui s'est passé au dîner, et ce récit amène naturellement la confidence de ce qu'il est, et de ce qui causait sa joie, le matin, en lisant le journal.

— Ainsi vous n'êtes pas un grand personnage ? dit Adrienne; ah! que je suis contente !

— Ma famille est riche; mais moi je ne veux être qu'un artiste, et c'est ce qui m'a brouillé avec elle; je suis venu à Belleville pour être plus libre de mes actions, moins importuné par des ennuyeux... pour m'y livrer plus commodément au travail, et puis... je vais vous l'avouer encore, Adrienne, pour fuir, pendant quelque temps, les salons, les bals, les réunions de Paris; car, dans ces bals, dans ces soirées, il y a des femmes charmantes, ravissantes!... il est bien difficile à un jeune homme de ne pas se laisser séduire; mais ensuite ces femmes si aimables, si séduisantes nous trompent, nous oublient, pour en charmer d'autres; et moi, j'ai un grand défaut!... un défaut impardonnable ! Je n'aime pas à être trompé.

— Est-ce que vous l'auriez été, monsieur Auguste ?

— Oh! oui, je l'ai été plus d'une fois !... il y a des gens qui trouvent cela tout naturel... sans doute il faut bien que ce soit naturel, puisque c'est si commun. Malgré cela, j'ai eu la faiblesse de m'en affliger... car, si j'ai l'air parfois étourdi, léger, cela ne m'empêche pas d'avoir un cœur aimant; je ne puis éprouver à demi aucun sentiment; je lui

dois, ou beaucoup de bonheur, ou beaucoup de peine. J'étais donc venu me réfugier à Belleville, pour fuir l'amour... En vérité, j'étais bien fou de penser que j'y serais à l'abri de ses atteintes! Est-ce qu'il n'y a pas de l'amour partout où il y a des femmes !... Mais si, du moins, je trouve en ces lieux quelqu'un qui m'aime sincèrement, qui me laisse lire au fond de son âme, qui n'ait aucun secret pour moi, aucune intrigue à me cacher... comme le faisaient ces dames de Paris, alors je ne regretterai pas d'être venu ici pour y engager mon cœur, au lieu d'y retrouver ma liberté.

Adrienne écoute Auguste avec un vif plaisir; mais comme le jeune homme la regarde alors bien tendrement, et de fort près, elle se sent toute troublée, tout émue, et elle balbutie de nouveau pour dire quelque chose :

— Comment! on vous a trompé... mais c'est bien vilain, cela!...

— N'est-ce pas, Adrienne, que c'est mal... Vous ne me tromperiez pas, vous; j'en suis bien sûr... vous ne diriez pas que votre cœur est libre, si vous en aimiez un autre?

— Fi donc!... est-ce qu'on peut dire cela?... est-ce qu'il est possible d'aimer plusieurs personnes à la fois?...

— Votre âme franche ne comprend pas cela !... Adrienne... que ce bonnet vous sied bien!... vous êtes toujours charmante; mais ce soir... sans doute le bonheur que j'éprouve à être seul avec vous fait que vous me semblez encore plus jolie.

Et le jeune homme entourait de son bras la taille d'Adrienne, et il cherchait à l'attirer si près de lui qu'elle eût été sur ses genoux. Adrienne le repousse doucement en murmurant :

— Finissez, monsieur Auguste; si vous n'êtes pas sage, je vais vous renvoyer tout de suite.

— C'est que je suis si bien tout contre vous !...

— On peut être près des gens... sans les tenir ainsi. Vous ne m'avez pas dit ce que l'on a paru penser de vous chez M. Troupeau... lorsqu'ils ont su que vous n'étiez pas un homme en place.

— Oh! ma confidence a fait un fort mauvais effet; surtout quand j'ai dit que je travaillais pour le théâtre.

— Oh ! je le crois...

— Cependant je dois rendre justice à mademoiselle Virginie ; en apprenant que je n'étais pas un grand personnage, loin de me témoigner moins de bienveillance, elle a semblé, au contraire, chercher par ses manières aimables à me faire oublier le changement de ses parents.

— Ah ! vous avez remarqué cela... De grâce, laissez-moi, monsieur, je ne veux pas qu'on me tienne ainsi !

Adrienne s'est dégagée des bras d'Auguste, et elle va s'asseoir à l'autre extrémité de la chambre. Le jeune homme la regarde avec étonnement pendant quelques minutes; mais bientôt il se rapproche d'elle.

— Qu'ai-je donc fait pour que vous me montriez tant d'aversion ?...

— Vous n'avez rien fait... Je n'ai point d'aversion pour vous... et d'ailleurs, qu'est-ce que cela peut vous faire?... vous êtes déjà tout occupé de mademoiselle Virginie et enchanté qu'elle ne partage pas le ridicule de ses parents.

— Tout occupé de mademoiselle Troupeau... moi!... je vous assure qu'il n'en est rien.

— Ah ! je sais que l'on ne peut résister à ses charmes... à son petit air doucereux... à ses coquetteries enfin.

— Quoi !... vraiment... elle est coquette ?...

— Vous ne vous en étiez pas aperçu ?

— Eh ! me suis-je occupé d'elle... puisque je ne pense qu'à vous !...

— Vous le dites... mais...

— Adrienne... c'est vous que j'aime...

— Ah ! les hommes disent cela si vite et si souvent !...

— Moi, je ne le dis que quand je l'éprouve, et si vous m'aimiez, je serais si heureux !

Auguste s'était si bien rapproché que sa tête était presque contre la joue brûlante de la jeune fille, qui sentait que le feu de son visage se communiquait à toutes les parties de son corps.

— Mon Dieu!... si je pouvais vous croire ! dit enfin Adrienne en détournant ses yeux, que ceux d'Auguste cherchaient toujours.

— Que faudrait-il faire pour dissiper vos doutes ?

— Mais il faudrait... ne plus aller chez M. Troupeau... ne plus revoir Virginie... jamais... jamais !... car je la crains... ah ! je la crains beaucoup.

— Vous avez tort de la craindre, et pour être aimé de vous je voudrais vous offrir de plus grands sacrifices... Eh bien ! je ne retournerai plus chez M. Troupeau... ce ne sera peut-être pas fort honnête... mais vous le désirez, ils penseront de moi ce qu'ils voudront, je n'irai plus!

— Bien vrai?

— Bien vrai!

La joie, le bonheur brillent dans les yeux d'Adrienne; elle est si contente qu'elle ne sait plus que répondre à Auguste quand il lui dit en l'étreignant dans ses bras :

— Et moi, qu'obtiendrai-je pour récompense? m'aimerez-vous alors?

Or quand une femme ne sait plus que répondre à un homme qui lui demande de l'amour, celui-ci se rappelle le vieux proverbe : *Qui ne dit mot consent.*

N'est-il pas vrai, mesdames, qu'il est peu de dictons qui aient reçu aussi souvent son application?

CHAPITRE XIV. — Comment on peut mettre le feu en éternuant.

Il est doux de tenir les serments que l'on a faits à une maîtresse adorée, car il est doux de lui être agréable, de lui plaire, et de voir que l'on possède tout son amour. Oui, vraiment, c'est un grand bonheur de s'aimer tendrement, et de s'être fidèle. Que de gens n'en chercheraient pas d'autre, s'ils avaient goûté ce bonheur-là!... Vous me direz :

— C'est aussi celui-là qu'ils cherchent, mais ils ne le trouvent pas.

Auguste, heureux de posséder l'amour d'Adrienne, de posséder son cœur, de posséder... tout ce qu'un amant désire, a tenu la promesse qu'il lui a faite ; il n'est pas retourné chez M. Troupeau ; il s'est contenté de lui envoyer sa carte. Le jeune homme aurait bien eu quelque envie de revoir mademoiselle Virginie ; il n'a pas oublié la manière singulière dont elle faisait aller ses pieds sous la table ; mais il résiste à son désir, afin de ne point tourmenter Adrienne ; celle-ci se trouve si heureuse d'être aimée, qu'elle ne se reproche pas sa faute, car elle pense que cette faute même lui attache son amant, et elle se livre au bonheur d'aimer, sans penser à l'avenir, ni aux suites que sa faiblesse peut amener ; cependant mille circonstances devraient déjà lui ouvrir les yeux ; mais, au milieu d'un beau jour, on n'est pas pressé d'apercevoir un orage.

Chez M. Troupeau, on se félicite de ne plus revoir M. Montreville.

— Il n'a mis que sa carte, et il a bien fait, dit madame Troupeau ; je ne me serais pas souciée de recevoir chez moi un jeune homme qui travaille dans les théâtres.

— Et il est probable que cela le brouillera entièrement avec sa famille, dit Troupeau ; alors, quels titres aurait-il pour venir chez nous !...

Virginie, qui ne partage pas les sentiments de ses parents, et qui est très-fâchée que le jeune artiste ne vienne plus, se permet un jour de dire :

— Cependant, maman, ce monsieur est mon libérateur... Je lui dois la vie, moi.

— Vous ne lui devez rien du tout, ma fille ; nous lui avons donné un dîner superbe... quatre entrées, onze plats de dessert, cela doit payer amplement le service qu'il nous a rendu. N'est-il pas vrai, Troupeau ?

— Oui, chère amie, c'est un mémoire entièrement acquitté.

— Eh bien ! moi, je trouve que je lui dois quelque chose, dit en elle-même Virginie, et certainement je m'acquitterai dès que je le pourrai.

Pour en guetter l'occasion, ou chercher quelque distraction, c'est presque toujours contre sa fenêtre que Virginie se tient, en ayant l'air de travailler. Et voilà qu'un jour elle accourt dans le salon où sont ses parents, en s'écriant :

— Il y a un beau cabriolet arrêté devant notre porte, un monsieur très-élégant est dedans, et je crois bien qu'il va venir ici, car son domestique vient d'entrer dans la maison.

— Un monsieur élégant... en cabriolet...

— Vois donc par la fenêtre, Troupeau.

M. Troupeau ne s'est pas plutôt mis à la fenêtre qu'il pousse un cri et manque de tomber dans la rue. Enfin il revient vers sa femme ; sa joie est telle qu'il peut à peine parler.

— Qu'est-ce donc, Troupeau?... tu es tout bouleversé...

— C'est le plaisir, la surprise... c'est lui, ma femme !... c'est lui !...

— Lui, qui?

— Lui ! le comte ! mon ami... de Senneville !...

— Monsieur de Senneville qui vient chez nous?...

— Chez nous... avec son domestique... Ah, mon Dieu ! je crois que je me trouve mal!...

Et M. Troupeau se laisse aller sur une chaise, tandis que madame court dans le salon comme une folle, en appelant Babelle, et que Virginie jette encore un coup d'œil par la croisée. Enfin M. Troupeau se donne lui-même une bonne claque sur le front, en s'écriant :

— Je suis trop poule ! il ne s'agit pas de se laisser aller à ses impressions... Allons, ma femme... vite... descendons tous au-devant du comte... nous ne saurions montrer trop d'empressement ! Celui-là, nous sommes sûrs que c'est un comte !...

Mais madame Troupeau s'est déjà sauvée pour aller mettre une guirlande de roses dans ses cheveux, et Virginie a suivi sa mère, pour donner aussi un coup d'œil à sa toilette. Troupeau, désolé de ne plus trouver personne pour l'aider à recevoir le comte, descend quatre à quatre son escalier, et se jette sur Babelle qui montait.

— Ah, mon Dieu ! monsieur, dit la domestique, vous m'avez écrasé le nez...

— C'est bien... c'est très-bien, Babelle... Quelqu'un est en bas, n'est-ce pas?

— Oui, monsieur... c'est le comte de Senneville, qui...

— Je sais... je sais, Babelle... Ah ! mon Dieu ! et ma femme qui n'a pas encore repris une femme de chambre... n'avoir qu'une personne à son service pour recevoir un comte !... Babelle, montez vite au salon... mettez quatre bûches au feu... il fait froid... allez...

Troupeau pousse sa bonne, et arrive à sa porte, où il se trouve devant M. de Senneville, qui vient de sauter à bas de son cabriolet.

— Eh ! bonjour, mon cher Troupeau, dit le petit-maître en tendant la main à l'habitant de Belleville. Celui-ci, au lieu de serrer la main du comte, s'incline comme s'il voulait la baiser, en murmurant :

— Ah, monsieur le comte!... Dieu ! que je suis content, et pourtant que je suis désolé!... ne pas être prévenu de votre visite, ne pas avoir su d'avance... J'aurais fait sabler ce devant de porte... j'aurais fait repeindre... j'aurais...

— Et moi, je n'entends pas qu'on fasse pour moi aucune cérémonie. Je me suis dit ce matin : Parbleu ! il fait une superbe journée d'hiver... Allons à Belleville voir notre ami Troupeau... et me voici.

— Ah ! que vous avez bien fait de vous dire cela!...

— Dites-moi, peut-on faire entrer le cabriolet... ou doit-on l'attacher là?

— Il peut entrer, monsieur le comte... Oh ! tout entre chez moi... on va ouvrir les deux battants de la grille... Eh ! Babelle!... c'est que dans ce moment je n'ai qu'une domestique, quoique mes moyens me permettent d'en avoir plusieurs... mais ma femme ne les garde jamais longtemps... à cause des mœurs... Il n'y a que Babelle, qui... Ah ! mon Dieu ! elle fait du feu dans ce moment...

— Calmez-vous, mon cher Troupeau ; Leblond saura fort bien ouvrir la grille et faire entrer le cabriolet dans la cour... ne vous occupez plus de cela... entrons ; il me tarde de faire connaissance avec votre famille.

— Monsieur le comte, vous lui faites un honneur qui n'a pas de nom !

Le comte se dirige vers l'escalier ; Troupeau s'obstine à vouloir marcher derrière ; mais le jeune homme s'arrête en disant :

— C'est à vous, mon cher, à me montrer le chemin.

— Monsieur le comte ! je vous jure que je n'en ferai rien ! répond Troupeau en s'inclinant.

— Alors, mon ami, vous serez cause que j'irai peut-être à la cuisine au lieu d'aller au salon.

— Vous à la cuisine... monsieur le comte, vous avez raison... Je suis une buse... je vais avoir l'honneur de vous précéder.

Et Troupeau se précipite sur l'escalier. Il monte en criant de toute sa force :

— Ma femme ! voici M. le comte de Senneville, qui veut faire ta connaissance... Viens donc à sa rencontre !

Mais personne ne paraît et on entre dans le salon, où il n'y a que Babelle, qui, pour satisfaire aux ordres de son maître, a mis quatre bûches de plus dans la cheminée et souffle avec une telle ardeur que tout est prêt à s'enflammer.

— Eh, mon... ! Ah ! quel feu chez vous ! dit le comte ; mais, mon cher ami, il ne fait... très-froid.

— Oh !... pardonnez-moi!... d'ailleurs, je fais toujours un grand feu... mes moyens me le permettent...

— Je n'en doute pas, mon cher ; mais vous avez là de quoi rôtir un bœuf.

— Babelle, allez donc chercher ma femme... ma fille... qu'on descende... qu'est-ce que ces dames font donc?...

— Ah, Troupeau ! ne dérangez personne... ou je me fâche!... Mademoiselle Babelle, ne montez pas chez ces dames ; elles viendront plus tard... ne les pressez pas.

— Puisque vous l'ordonnez, monsieur le comte... Babelle, obéisses à M. le comte et allez me chercher du bois... que j'entretienne ce feu... Asseyez-vous donc, monsieur de Senneville, mettez-vous à votre aise... vous allez déjeuner... dîner avec nous...

— Non, mon cher Troupeau ; c'est impossible pour aujourd'hui ! répond le comte en se jetant dans un fauteuil, je suis attendu chez un prince russe... mais une autre fois j'aurai ce plaisir.

— Du moins vous prendrez quelque chose?...

— Je sors de déjeuner.

— Vous me désespérez!... Babelle, du bois donc... et ces dames qui ne viennent pas... Ah ! je les entends enfin...

Madame Troupeau entrait dans le salon, et le comte, qui s'est levé pour la saluer, est obligé de se retourner pour cacher l'envie de rire qui vient s'emparer de lui, envie bien excusable lorsqu'on avait regardé madame Troupeau, qui, pour se faire plus belle, s'était mis sur la tête deux guirlandes, un paquet de follettes et de gros nœuds de rubans ; mais elle avait commis une bévue : une petite éponge était restée sur sa toilette ; dans sa précipitation à se coiffer, en cherchant ses fleurs, ses rubans, madame Troupeau a mis tout en désordre chez elle ; l'éponge se trouve bientôt mêlée avec les parures. Madame Troupeau se donne à peine le temps de se regarder à sa glace, car elle entend son mari qui l'appelle ; elle a mis ses couronnes, ses plumes en se mirant ; mais au moment de descendre elle se dit :

— Mettons encore cela dans nos cheveux, cela ne pourra que bien faire.

Puis elle empoigne un nœud de ruban et l'éponge, qui est dessous, et tout en courant recevoir le comte elle s'attache cela à grand renfort d'épingles : vous concevez qu'on pouvait avoir envie de rire à l'aspect de cet objet, qui ne se place pas ordinairement sur la tête.

Le comte, après avoir feint d'éternuer trois fois, se retourne et salue madame Troupeau en lui disant :

— Enchanté, madame, d'avoir le plaisir de faire connaissance avec l'épouse d'un homme que...

Et le comte est obligé de se retourner encore, car il n'y tenait p cette malheureuse éponge faisait un effet si plaisant, que Senneville est de nouveau forcé de faire semblant d'éternuer, et pendant que madame Troupeau répond au comte par toutes les phrases que son esprit peut lui suggérer, Troupeau s'écrie :

— Vous êtes bien enrhumé, monsieur de Senneville... venez donc vous chauffer... Des bûches, Babelle !

— Oui... c'est un rhume de cerveau qui m'aura pris en route ; mais ce ne sera rien ... daignez m'excuser madame.

— Ah, monsieur ! mon époux a du vous dire que notre maison est la vôtre... et... si vous voulez une tasse de tisane, monsieur le comte ?

— Mille remercîments... cela va se passer.

— Couvrez-vous au moins...

— Devant une dame ! Jamais... j'aimerais mieux éternuer toute ma vie ?

— On n'est pas plus galant !

M. Troupeau, qui n'est occupé que du comte et de son feu, ne regarde pas la coiffure de sa femme ; par conséquent, il ne peut apercevoir l'objet qu'elle a attaché sur ses cheveux. A chaque éternument du comte, il met une bûche de plus à sa cheminée ; et, comme le jeune homme ne peut conserver son sérieux toutes les fois qu'il aperçoit la tête de madame Troupeau il éternue si souvent, que bientôt la cheminée devient un bûcher enflammé.

L'arrivée de Virginie a cependant distrait le comte et mis fin aux éternuments. Elle paraît timidement à la porte et s'arrête comme ne sachant pas si elle doit entrer. Elle n'a mis ni guirlande, ni rubans dans ses cheveux ; elle a simplement retouché, replacé quelques boucles ; mais elle a su se coiffer à l'air de sa figure, et c'est là le grand secret de la coquetterie.

— Viens... viens, ma fille, tu peux entrer, dit madame Troupeau en apercevant Virginie ; M. le comte nous permettera de te présenter à lui.

Senneville s'attendait à trouver dans mademoiselle Troupeau une jeune fille ayant l'air commun et ridicule de ses parents, ou tout au moins de ces figures nulles dont on ne peut rien dire. Il reste tout surpris en apercevant Virginie, qui s'avançait modestement, mais avec grâce, vers sa mère, et qui lui fait une révérence où il n'y a rien de gauche.

— C'est là mademoiselle votre fille ? dit le comte d'un air étonné.

— Oui, monsieur le comte, notre fille propre.

— Mais, en vérité !... je n'en reviens pas... c'est qu'elle est fort bien !

— Monsieur le comte la gâte !...

— Non... Je vous jure que je n'aurais jamais cru ! De grâce, mademoiselle, approchez donc : on ne saurait vous voir de trop près.

En disant ces mots, le comte s'est levé, et il va au-devant de Virginie ; mais la jeune fille, tout en tenant les yeux baissés, a déjà vu que sa mère a sur sa tête quelque chose qui ne fait pas bien ; et, avant de donner sa main au comte, elle a enlevé lestement l'objet qui faisait éternuer le jeune seigneur et l'a jeté au feu. Tout cela s'est fait si promptement, que madame Troupeau a cru que sa fille lui avait simplement arrangé une boucle, et elle paye cette attention d'un sourire.

— Comment ! vous possédez une si jolie demoiselle !... dit le comte en s'asseyant près de Virginie. Mon cher Troupeau, vous êtes un trop heureux mortel !...

— Il est vrai, monsieur le comte, que je suis assez bien partagé de tous les côtés, reprend Troupeau en se caressant le menton. Mais approchez-vous donc du feu... vous êtes enrhumé du cerveau.

— Oh ! merci, votre feu me grille ; en voici un plus doux qui brûle sans faire de mal...

En disant cela, Senneville regarde Virginie et lui prend la main. Madame Troupeau est dans le ravissement ; elle jette un coup d'œil d'intelligence à son mari ; celui-ci en voyant le comte prendre la main de sa fille a sur-le-champ remis deux bûches dans le feu.

— Par exemple, madame Troupeau, je vous blâmerai presque de tenir un si aimable objet loin de la capitale... Mademoiselle est faite pour briller dans les salons de Paris.

— Monsieur le comte est bien bon ! mais Paris est un séjour si dangereux pour une jeune demoiselle ! Ici, nous sommes plus à même de perfectionner ses principes, d'écarter d'elle toutes ces jeunes personnes légères qui perdent quelquefois leurs amies.

— Oui, je conçois... Vous avez peut-être raison. D'ailleurs mademoiselle embellit tous les lieux qu'elle habite...

— Ma fille, réponds donc quelque chose à M. le comte.

— Monsieur parle trop bien... j'aime mieux l'écouter, répond Virginie en laissant paraître un sourire moitié modeste, moitié railleur.

— Peste ! de l'esprit par-dessus le marché ! s'écrie Senneville en considérant toujours la petite ; mais alors cela devient une Circé !

— Une Circé... murmure madame Troupeau en se penchant vers son mari. Entends-tu ?... M. le comte appelle notre fille une Circé !... Sais-tu ce que cela veut dire ?...

— Non, mais c'est égal, je suis ravi, enchanté ! et...

— Au feu !... au feu !... s'écrie Babelle en entrant tout effrayée dans le salon.

— Ah, mon Dieu ! Babelle, que signifient ces cris ?

— C'est le feu, madame ! il est dans la maison !... dans cette che-

minée !... la flamme sort sur le toit !... Pardi ! monsieur a tant mis de bûches !... C'est déjà effrayant !

— Le feu chez nous ! Eh, vite Babelle, les pompiers !... Du secours !... Ah, mon Dieu !... quel malheur !...

— Calmez-vous, madame, dit le comte ; un feu de cheminée, ce ne sera rien.

— Les pompiers ! vite ! s'écrie Troupeau ; et sauvons M. le comte !...

— Mon cher ami, je vous remercie, je me sauverai bien tout seul, mais je n'en vois nullement la nécessité. Mon domestique, qui est fort adroit et très-brave, saura, j'en suis certain éteindre le feu... Faites-le monter sur le toit... Moi, je vais avoir soin de ces dames... Cette jolie enfant est près de s'évanouir !...

En effet, Virginie, qui aime beaucoup à se trouver mal, a déjà laissé aller sa tête sur le dos de sa chaise, tandis que sa mère s'est laissée tomber dans une bergère. Troupeau et Babelle ont quitté le salon pour s'occuper du feu. Le comte, qui a promis de prendre soin des dames, laisse la maman s'évanouir tout à son aise ; c'est à Virginie seule qu'il donne ses soins : il soutient sa tête, passe son bras autour d'elle, lui fait respirer d'un flacon qu'il porte toujours sur lui ; tout en agissant ainsi il dit à demi-voix :

— Elle est fort bien, vraiment !... une taille fine... des formes charmantes, tout est séduisant dans cette jeune fille !

Le comte disait cela entre ses dents, mais comme il était penché sur Virginie, et que son visage touchait presque le sien, la petite, tout en fermant les yeux, ne perdait pas une parole du comte, et elle n'avait garde de revenir à elle, parce que cela lui était agréable d'entendre penser le jeune seigneur.

Des mares d'eau qui tombent de la cheminée et s'étendent dans le salon annoncent que l'on s'occupe d'éteindre le feu.

— L'incendie s'apaise-t-il ? dit madame Troupeau en entr'ouvrant un œil.

— Oui, madame, oui... et tout à l'heure je crois que nous serons noyés au lieu d'être brûlés.

Puis le comte se penche vers Virginie en murmurant :

— Adorable.. jolie à ravir... faite comme un ange !... Et une de ses mains se promène sur les genoux de la jeune fille, sans doute pour chercher à rétablir partout la circulation, et Virginie continue de fermer les yeux.

— Ah, monsieur le comte ! que vous êtes bon de veiller ainsi sur nous ! reprend madame Troupeau.

— Pardieu, madame, je ne fais que mon devoir... cela durerait toute la journée que je ne bougerais pas.

— Et ma fille ! monsieur le comte, quel est l'état de ma fille ?...

— Mieux, madame, beaucoup mieux... Je m'occupe d'elle ; ne vous en inquiétez pas... trouvez-vous mal à votre aise... restez tranquille.

Mais Troupeau vient déranger le comte dans ses occupations ; il rentre dans le salon en criant :

— C'est fini... c'est éteint, grâce au valet de M. de Senneville, qui marche sur les toits comme un chat ! Il n'y a plus de danger !

Alors Virginie ouvre les yeux et se lève en remerciant le comte d'un air bien innocent ; madame Troupeau se décide à quitter la bergère.

— Mon ami, dit-elle à son mari, si le domestique de M. le comte a éteint l'incendie, de son côté M. de Senneville n'a pas été moins courageux... il ne nous a pas quittées une minute...

— Ah ! madame, n'était-ce pas tout naturel ?... Mais il me semble que nous marchions dans l'eau en ce moment...

— Ah, mon Dieu ! c'est vrai... il y a de l'eau plein le salon... Et M. le comte qui est enrhumé ! je suis vraiment bien malheureux dans ce que je fais... Voulez-vous une chaufferette, monsieur le comte ?

— Je vous remercie ; je crois qu'il serait plus simple d'abandonner ce salon et de passer dans une autre pièce.

— C'est parfaitement pensé... Voulez-vous bien venir dans ma chambre, monsieur le comte ?

— Partout où vous voudrez ; si ces dames nous accompagnent, je m'y trouverai toujours bien.

Madame Troupeau répond à ce compliment par une superbe révérence ; et Virginie en levant les yeux rencontre ceux du comte, qui sont attachés sur elle. On conduit M. de Senneville dans la chambre de M. Troupeau ; et on ordonne à Babelle de venir y faire du feu, dont cette fois son maître promet de ne pas se mêler.

— Ma chère amie, dit Troupeau, ce qui me désespère, c'est que M. de Senneville ne veuille rien accepter chez moi... Il ne peut dîner ici...

— Ah ! monsieur le comte, nous aurions été si flattés...

— Une autre fois, madame, j'aurai ce plaisir, car je reviendrai... oh ! certainement je reviendrai vous voir !...

Et les yeux du jeune homme se sont encore tournés sur Virginie. Troupeau pousse le pied de sa femme, celle-ci met un doigt sur sa bouche, le comte reprend au bout d'un moment :

— Je suis venu aujourd'hui chez vous dans une autre intention ; d'abord je voulais avoir le plaisir de connaître la famille de mon ami Troupeau ; ensuite, mon cher, je vous dois de l'argent, et je veux vous payer.

— Oh! monsieur le comte, de quoi me parlez-vous là? est-ce que cela presse?... Mes moyens me permettent d'obliger mes amis, et...

— Mon Dieu! je sais tout cela, mon cher; mais il faut de temps à autre mettre de l'ordre dans ses affaires... et un garçon est si distrait!... Ah! je sens qu'il faudra bientôt me ranger... prendre une femme... car il n'y a que le mariage qui nous corrige, nous autres nobles... Une femme jolie... bien élevée... quelques écus de dot... parce que c'est l'usage... et qu'on doit respecter les anciens usages... et alors... oui... je me fixerai...

Le comte a dit tout cela en considérant Virginie. Madame Troupeau en est si émue que deux larmes coulent de ses yeux sur le bout de son nez; et M. Troupeau en se dandinant sur sa chaise pour cacher son émotion, se jette trop en arrière et tombe sur le dos.

— Ah, mon Dieu! mon cher ami, vous vous êtes blessé! dit Senneville en allant ramasser M. Troupeau.

— Non... jamais... rien du tout.

— Comment donc as-tu fait pour tomber, mon ami?

— Je ne sais pas, ma bonne... c'est que je regardais le plafond probablement... Ah! voilà qu'il fume ici à présent! Babelle, soufflez donc votre feu!...

— Enfin, reprend Senneville, je me suis dit: Emportons de l'argent et allons solder quelques comptes! J'avais justement un millier d'écus à payer près d'ici... A Ménilmontant... c'est dans le voisinage, je crois...

— Oui, monsieur le comte, c'est tout près.

— J'ai pensé à terminer tout cela en même temps, et j'ai fait mettre à cet effet dans mon cabriolet un sac rempli d'or et d'argent.

— Ce sera donc pour vous obéir, monsieur le comte; mais je suis mortifié que vous ayez pensé à...

— Mademoiselle Babelle, voulez-vous dire à mon valet de me monter le sac que j'ai moi-même placé dans mon cabriolet?

La servante quitte le soufflet pour aller exécuter l'ordre du comte; le feu était allumé; mais une épaisse fumée sortait de la cheminée; la chambre en était remplie, le comte tousse, et Troupeau se frappe le front avec désespoir en s'écriant:

— Il y a aujourd'hui un sort sur mes cheminées... voilà que celle-ci fume à présent, et lorsque je reçois monsieur le comte!

— Mon cher Troupeau, je vous demanderai à passer encore dans une autre pièce, dit le comte, car ici nous finirions par étrangler...

— C'est juste, monsieur le comte; nous allons passer dans la chambre de ma femme, si vous le permettez... mais, en vérité, je suis désolé de vous recevoir ainsi...

— Il n'y a aucun mal à cela, mon cher; c'est même une manière nouvelle de me faire connaître votre maison.

Le comte prend la main de Virginie, et la société passe dans la chambre à coucher de madame Troupeau, où il n'y a pas de feu et où l'on gèle, parce qu'elle est au nord.

— Je vais faire apporter du bois, dit Troupeau.

— Non... ne faites pas de feu pour moi, qui vais vous quitter, dit le comte. cela pourrait nous mener trop loin... Que fait donc ce coquin de Leblond?...

Le domestique du comte arrrive cependant, mais il ne porte point de sac.

— Eh bien, Leblond, dit Senneville en regardant son domestique, est-ce qu'on ne vous a pas dit que je voulais le sac que je vous ai fait placer dans mon cabriolet?

Leblond regarde son maître d'un air surpris, puis se tape sur les deux cuisses, puis sur le ventre, puis sur le front, et s'écrie enfin:

— Ah, mon Dieu!... le sac!... Ah, monsieur!... vous m'y faites penser... C'est vrai! nous avions un sac dans notre cabriolet... Ah! miséricorde.... pourvu que mes craintes ne soient pas réalisées!... Ah! notre pauvre sac!...

Leblond sort du salon en courant, et descend l'escalier quatre à quatre laissant la société fort en peine.

— Que diable a-t il donc? dit Senneville.

— Je ne sais, monsieur le comte, mais je crains quelque malheur arrivé à notre sac!

— Oh! ce n'est pas possible!... ce serait très-contrariant! Du reste, je suis sûr de sa fidélité! c'est un garçon qui mourrait sur un sou!

Leblond ne tarde pas à reparaître; il a composé sa figure de manière à faire pitié; il tient son mouchoir à la main.

— Eh bien, Leblond, qu'est-il arrivé?... parlez donc!...

Leblond pousse un gémissement qui ressemble au braiement d'un âne, il répond enfin:

— Monsieur, nous n'avons plus le sac... on nous l'a volé!... il n'est plus dans le cabriolet!

— Volé!... qu'osez-vous dire, Leblond? savez-vous bien que nous sommes chez mon respectable ami!

— Oh, monsieur! je sais très bien que ce n'est pas ici que l'on nous a pris notre sac... nous ne l'avions plus en montant à Belleville... je me le rappelle bien à présent... Tenez, monsieur... je devine maintenant vous allez bien m'en vouloir... hi hi hi?...

— Allons, explique-toi vite.

— Vous vous rappelez, monsieur, qu'en passant sur le boulevard du Temple vous êtes descendu pour lire un journal...

— C'est vrai... je suis descendu.

— Vous m'aviez dit: Reste là... et j'aurais dû rester dans le cabriolet... mais le malheur voulut qu'il y eût en face un cabinet de figures de cire; j'ai toujours beaucoup aimé les figures de cire, moi, monsieur; et l'homme de la porte criait qu'on voyait Ali-Pacha et une femme qui a trois ventres; j'avoue que j'étais bien curieux de voir tout cela!

— Mais achève donc, coquin!

— Eh bien, monsieur, oubliant que nous avions dans le cabriolet un sac d'une grande valeur, je descendis en priant un petit garçon de tenir le cheval. Alors j'allai voir les figures de cire, et c'est pendant ce temps qu'on nous aura pris ce sac!... hi hi hi!... et quand je suis remonté dans le cabriolet, je n'y ai pas pensé! parce que j'avais toujours devant les yeux les trois ventres de cette femme!...

— Ah, drôle.... misérable!... voilà comme tu fais ton devoir!... tu mériterais!...

Leblond s'est jeté à genoux; Senneville a l'air de chercher un meuble pour le lui briser sur le corps; les dames l'arrêtent, et Troupeau se place devant le domestique en disant:

— Monsieur le comte!... il est très-coupable sans doute; mais permettez-moi de vous demander sa grâce... il s'est conduit ici comme un véritable pompier... il a éteint le feu qui devenait très-conséquent. Je lui dois beaucoup.

— A cause de cela je lui pardonne! Après tout! pour quelques milliers d'écus de plus ou de moins j'étais bien fou de me mettre en colère!... mais dans le premier moment on n'est pas maître de soi... cela contrarie toujours un peu. Allez, Leblond, descendez... auparavant remerciez monsieur qui a intercédé pour vous.

Leblond s'incline respectueusement devant la famille Troupeau, et s'éloigne en portant encore son mouchoir sur ses yeux.

— Je vous assure, dit Senneville, que le pauvre garçon est plus affecté que moi de cette perte.

— Monsieur le comte, il faudra faire votre déposition et...

— Oh! oui, j'y songerai... Avec tout cela me voilà encore obligé de rester votre débiteur, mon cher Troupeau.

— Ah! monsieur de Senneville, toute ma maison est à votre service.

— Toute... diable! mon ami, savez-vous que vous vous avancez beaucoup... vous avez ici un trésor inestimable... et...

Senneville regarde Virginie, qui ne fait pas semblant de s'apercevoir qu'on s'occupe d'elle; quant à madame Troupeau, comme elle sent que l'on gèle dans sa chambre, depuis quelques minutes elle a allumé des allumettes, et elle les fourre successivement sous des bûches placées dans sa cheminée. Le comte profite de cet instant pour tirer Troupeau à l'écart.

— Mon cher... votre fille est vraiment bien...

— Vous me comblez, monsieur le comte!

— De la grâce, de la modestie...

— Oh! pour de la modestie! je vous ai dit, monsieur le comte, qu'elle portait des caleçons, et le reste est à l'avenant!

— Quel âge a-t-elle?

— Dix-sept ans et demi.

— Songez-vous à la marier?...

— Nous y songeons... sans y songer... Je voudrais un gendre... qui me fît quelque honneur... Quand on a de la fortune... on peut regarder en l'air...

— C'est très-bien pensé. Votre fille aura une riche dot?

— Notre tante, qui est très-vieille, doit lui laisser tout son bien... vingt-cinq mille livres de rente, dont elle aura la moitié en se mariant; moi, je lui donne tout de suite cent mille francs comptant; enfin elle est notre unique héritière, et...

Senneville prend le bras de Troupeau et le lui serre en disant d'un air expressif:

— C'est assez, mon ami, c'est assez! vous ne marierez pas votre fille avant de m'avoir revu... ne prenez aucun engagement... vous m'entendez?...

— Comment! monsieur le comte, il se pourrait... je puis espérer... vous daigneriez....

— Chut, silence!... ceci doit rester entre nous!...

— Ah! monsieur le comte, je suis tellement saisi, tellement flatté... je ne trouve plus de mots pour...

— Chut! il ne faut pas ébruiter cela!...

— C'est juste... un si grand projet! il faut du mystère.

— Gardez-moi votre fille, Troupeau... mais gardez-la bien... un pareil trésor doit faire envie à beaucoup de monde... et je vous avoue que je tiens à le posséder tout entier.

— Oh! monsieur le comte, quant à ma fille, je vous en réponds corps pour corps; d'ailleurs elle ne sait pas ce que c'est que de regarder un homme en face. Mais, pour que vous n'ayez pas un seul motif de crainte, il n'entrera aucun homme chez moi jusqu'à votre retour.

— Mon ami, je n'exige pas cela: je me fie à vous.

— Sans doute, monsieur le comte; mais c'est égal, du moment que vous me faites l'honneur d'avoir des vues sur ma fille, je ne veux plus qu'un jeune homme l'approche. Etes-vous tranquille ?

— Oui, mon ami, je suis tranquille... J'ai un petit voyage à faire... il faut que j'aille voir ma terre en Touraine ; à mon retour, vous me reverrez.

Le comte serre la main de Troupeau, et va saluer madame, qui bourrait le feu d'allumettes.

— Ma chère amie, M. de Senneville te salue, dit Troupeau.

— Est-ce que monsieur le comte s'en va déjà ? dit madame Troupeau en se hâtant de quitter la cheminée. — Mais ce feu allait s'allumer... vous vous seriez réchauffé, car il fait très-froid ici...

— J'avoue qu'il n'y fait pas chaud, mais je suis obligé de vous quitter sur-le-champ... Vous permettez, madame...

Senneville baise la main de madame Troupeau, qui est sur e point de s'évanouir de plaisir ; ensuite le comte s'approche de Virginie à laquelle il prend aussi la main, en disant à ses parents : — Vous permettez encore...

— Oui, monsieur le comte !... Tout ce qui vous sera agréable ;...

— Ma fille, je vous autorise à vous laisser baiser la main.

M. Praline, un des invités au dîner de la famille Troupeau.

Et pendant que le jeune seigneur presse et baise la main de Virginie, M. Troupeau regarde sa femme en roulant des yeux et faisant des signes comme un télégraphe.

Senneville a enfin quitté la main de Virginie, il salue de nouveau en suppliant les dames de ne point le reconduire.

— Mais moi, monsieur le comte, j'aurai l'honneur de vous mettre dans votre cabriolet, dit Troupeau.

— Volontiers, mon cher, à condition que ces dames ne bougeront pas.

Les dames saluent de nouveau, et Senneville descend suivi de Troupeau. Au moment de monter dans le cabriolet, Leblond dit à son maître : — Où allons-nous à présent, monsieur ?

— Eh parbleu ! à Ménilmontant... mon ami Troupeau va nous indiquer le chemin. Ah, mon Dieu ! qu'est-ce que je dis donc ?... J'oubliais que je ne puis plus aller à Ménilmontant, puisque tu as perdu ce sac, et que j'allais y porter de l'argent !...

Et le comte semble se disposer à monter en cabriolet ; Troupeau l'arrête par le pan de son habit, en lui disant :

— Comment, monsieur de Senneville, vous n'allez pas à Ménilmontant parce qu'il vous manque de l'argent, et vous ne me disiez pas cela !...

— Mais, mon cher, c'est que je ne veux pas toujours vous emprunter ; cela deviendrait ridicule !

— Ah ! monsieur le comte, vous me faites de la peine !... ne suis-je plus votre ami, et... permettez que je vous parle dans l'oreille... d'après ce que vous m'avez laissé entrevoir tout à l'heure de vos intentions, n'êtes-vous pas ici... chez vous ?

— C'est mon plus cher désir... je l'avoue...

— Combien vous faut-il ?... je grimpe à mon cabinet, et je redescends en deux sauts...

— Quoi ! vous voulez...

— Pas un mot de plus... Combien vous faut-il ?...

— Mais avec trois ou quatre mille francs...

— Je vais vous en apporter cinq... dans l'instant je suis à vous.

Troupeau disparaît comme un éclair. Senneville est monté dans son cabriolet, où il s'assied près de Leblond. Le maître et le valet ne se disent rien ; mais ils ont tous les deux une envie de rire qu'ils peuvent à peine comprimer. Troupeau reparaît bientôt ; il tient à la main un petit portefeuille, qu'il donne au comte en lui disant : — Votre affaire est là-dedans... Maintenant, suivez la rue... par là... et vous arriverez droit à Ménilmontant.

— Mon ami, je ne vous dis pas ce que je vous suis, répond Senneville en prenant le portefeuille et serrant la main de Troupeau.

— Je ne veux pas que vous me le disiez non plus... Adieu, mon cher ami... mon gen... mon...

Troupeau s'arrête en se mordant la langue, et le cabriolet du comte sort de la maison.

CHAPITRE XV. — Un Messager.

Quand le cabriolet du comte est éloigné, Troupeau remonte trouver sa femme et sa fille ; il chante, il rit, il danse dans la chambre.

— Comme tu es gai ! mon ami, dit madame Troupeau ; tu es resté long-temps en bas avec le comte... et puis ici... vous avez parlé à part... Que te disait-il donc ?

— Ce qu'il me disait ! ah, Dieu !... M. Troupeau emmène sa femme dans un coin de la chambre, et lui dit d'une voix tremblotante d'émotion :

— Ma chère... il s'est déclaré...

— Il s'est déclaré ?...

— A peu près ; comme le fait un homme de son rang ! il m'a dit : — Ne prenez aucun engagement sans m'avoir revu...

— Aucun engagement ! Ah ! c'est assez clair.

— Seulement il exige du mystère, beaucoup de mystère sur ce projet.

— Quel dommage !... c'est égal, il faut lui obéir... Notre fille sera comtesse !

— Oui, ma femme, comtesse ! comprends-tu la portée de ce titre ?... Je serais père d'une comtesse !... et d'un comte ; car le comte deviendrait notre fils !...

— Il me semble, mon ami, que cela nous anoblirait aussi !

— Il n'y a pas le moindre doute ! Je serais gentilhomme... peut-être chevalier !... certainement, je serais quelque chose !... Et notre gendre, qui est lancé dans la plus haute société, nous y lancerait avec lui... Nous ne verrions plus alors que des titres !... des de... des décorations... En vérité, ça me fait tant d'effet... Je ne sais plus où j'en suis. Donne-moi de l'eau de Cologne, ma femme... frotte-moi les tempes.

Madame Troupeau apporte le flacon à son mari ; elle en respire elle-même ; tous deux ont peine à supporter l'excès de leur joie. Virginie, qui a remarqué le trouble de ses parents, s'approche de son père :

— Qu'avez-vous donc, papa ? est-ce que vous êtes malade ?

— Non, ma fille, je ne suis pas malade... au contraire, je n'ai jamais été si bien... si hors de moi... c'est le bonheur qui me porte un peu à la tête... Virginie, comment trouves-tu M. le comte de Senneville ?

Virginie secoue la tête en disant : — Je ne l'ai pas beaucoup regardé.

— Mais assez sans doute pour voir qu'il a la figure... le ton... les manières délicieuses d'un seigneur ?

— Je ne lui ai rien vu d'extraordinaire... il n'est pas si bien que M. Montreville...

— Ah, Virginette ! que dis-tu là ?... comparer M. de Senneville à... cet artiste... il n'y a pas le moindre rapport entre eux...

— Mais, maman, je ne les compare pas, puisque je dis, au contraire, que...

— Chut ! écoute bien ceci, ma fille, reprend M. Troupeau en se donnant un air grave et prophétique, dès aujourd'hui tu peux concevoir les espérances les plus vastes... tu peux regarder extrêmement haut !... tu peux porter tes vues sur ce qu'il y a de mieux.

— Je ne vous comprends pas, papa....

— C'est bien... il ne faut pas que tu comprennes... j'ai promis à monsieur le comte que tu ne comprendrais rien jusqu'à son retour.

— A monsieur le comte ?...

Madame Troupeau prend le bras de son mari en disant :

— Mon ami, tu t'oublies...

— C'est juste ; je parle trop ; le sentiment m'emporte ; enfin, il faut bien que notre fille commence à prendre des manières... un ton... je ne veux plus qu'elle sente la bourgeoisie. Ce n'est pas tout, ma femme ; comme je tiens à ce que rien désormais ne porte ombrage à M. de Senneville, comme je ne veux que le plus léger soupçon... qu'un préserve puisse faire manquer... hum !... ce que tu sais bien, à dater de ce jour aucun homme n'entrera dans ma maison, excepté moi...

— Ce sera bien amusant ! se dit Virginie ; ce monsieur le comte aurait bien d. se dispenser de venir mettre sens dessus dessous la tête de papa.

— Mon ami, dit madame Troupeau, je conçois la prudence de cette mesure, cependant il me semble que tu peux y apporter quelques modifications ; je crois, par exemple, que des hommes comme M. Renard, M. Tir, et autres de cet âge, peuvent continuer de venir nous voir, sans que cela ait de danger, même pour les conjectures.

Le comte, qui a promis de prendre soin des dames, laisse la maman s'évanouir tout à son aise ; c'est à Virginie seule qu'il donne ses soins.

— A la bonne heure, passe pour ceux-là ; mais je ne veux plus qu'on laisse entrer aucun homme au-dessous de cinquante ans... cela évitera tout commentaire. Je vais prévenir Babelle de cette mesure... Il ne s'agit plus de plaisanter ici ! il y va du bonheur, de la gloire de ma famille !

M. Troupeau descend donner des ordres à sa domestique, et Virginie va demander à sa mère d'où vient que son père ne veut plus recevoir chez lui que des hommes au-dessus de cinquante ans.

Madame Troupeau prend la main de sa fille ; elle attire Virginie contre elle, l'embrasse sur le front, la considère quelques instants avec fierté, en murmurant : — Voilà ce que c'est que de bien élever sa fille !...

— Mais, maman, vous ne me dites pas...

— Ma chère enfant, il ne nous est pas encore permis de rien te dire... mais tu verras !... tu seras heureuse... tu seras... ah ! si tu savais ce que tu seras !... c'est magnifique, ma fille !...

Madame Troupeau embrasse encore Virginie, et s'éloigne de crainte de se trahir.

— Ah ! ce sera magnifique, se dit Virginie ; et ils croient que je ne devine pas... Mais ce comte, avec son air goguenard, n'a peut-être voulu que se moquer d'eux... pourtant il me faisait des yeux bien aimables... C'est égal, j'aime mieux monsieur Auguste, il est plus gentil... Et puis, si l'on va à cause de M. de Senneville me priver de toute société, me tenir seule ici, cela me le fera détester davantage !... Comment ! il ne viendra plus de jeunes gens... je m'ennuyais déjà de ne plus apercevoir M. Auguste ; Doudoux... et le grand cuirassier m'abandonnent aussi !... et papa qui ne veut plus recevoir que des vieux !... mais on a donc résolu de me faire mourir d'ennui !...

Et Virginie tape des pieds avec colère ; elle jette à terre sa broderie, sa tapisserie ; elle trépigne dessus, et va se cogner la tête contre la croisée ; mais comme elle s'est fait un peu mal, elle se calme, va se regarder dans une glace, se sourit et reprend :

— Que je suis bête de me cogner la tête... certainement ils auront beau dire et beau faire... je ne serai toujours que ce qui me conviendra... on ne me fera pas comtesse de force... Comtesse ! c'est cependant joli ce nom-là !... mais M. Auguste... ah ! je l'aime bien mieux que le comte ! et dire que je n'ai pas eu le talent de faire sa conquête... je suis bien malheureuse !...

Virginie va encore taper du pied... mais elle s'arrête de peur de se faire mal au talon.

La joie de M. et madame Troupeau a été très-vive ; la réflexion ne tarde pas à la troubler : on n'a pas reçu de réponse de mademoiselle Bellavoine ; le courroux de la tante n'est donc point apaisé ; alors qui sait ce qu'elle fera de sa belle fortune, et si Virginie n'a pas en se mariant ce que l'on a dit au comte, celui-ci voudra-t-il toujours l'épouser ?... Cela devient douteux. Malgré cela, les mesures sévères prises par M. Troupeau ont été exactement suivies, à tel point qu'un matin Babelle a refusé de laisser entrer le porteur d'eau, parce qu'elle a pensé qu'il n'avait pas cinquante ans ; et ce n'est qu'après y avoir été autorisée par son maître qu'elle l'a laissé emplir sa fontaine.

Virginie donnerait son petit doigt pour savoir ce que fait Auguste, et s'il est l'amoureux d'Adrienne ; depuis quelque temps Vauxdoré ne vient plus chez son ami Troupeau, qui ne lui proposait jamais une partie, et dont la femme lui faisait froide mine. Les hommes mûrs qui sont encore reçus chez les parents de Virginie ont été priés de n'plus parler des petites aventures de Belleville ; madame Troupeau pense que sa fille ne doit point entendre de tels discours, et M. Troupeau a arrêté que jusqu'au retour du comte on ne parlerait chez lui que politique ; aussi Virginie se meurt d'ennui, et donne au diable M. de Senneville.

Un soir pourtant, M. Renard, qui ne retient pas facilement sa langue, dit en se chauffant au foyer de M. Troupeau :

— Nous avons du nouveau dans Belleville !... les deux jeunes gens sont revenus.

— Quels jeunes gens ? demande madame Troupeau.

Leblond s'est jeté à genoux, Senneville a l'air de chercher un meuble pour le lui briser sur le corps, Troupeau se place devant le domestique et demande sa grâce.

— Vous savez bien... le fils de madame Ledoux, qui était allé faire un voyage en Angleterre...

— Ah ! oui... dit Troupeau, ce jeune homme que j'ai rencontré dans ma rue avec...

— Chut !... mon ami !... notre fille est là !

— C'est juste, et quel est l'autre jeune homme ?

— Le neveu de Vauxdoré, le grand cuirassier, qui n'est plus cuirassier ; il a quitté le service, il a son congé.

— Peu nous importe ! Ce dont je me flatte, c'est que ni l'un ni l'autre de ces messieurs ne se présentera chez moi !... on doit savoir que je n'y reçois plus que des hommes tout à fait... des hommes qui n'ont rien de séduisant... je veux dire qui ne songent plus à séduire.

— En effet, dit Renard en se caressant le menton d'un air malin, e remarqué que vous receviez beaucoup moins de société... cela a donné lieu à bien des conjectures !...

— Nous sommes au-dessus de tout cela, dit madame Troupeau.

— Oui... comme dit ma femme, nous nous moquons de ce que peuvent dire les petites gens... il viendra un temps où nous ne les regarderons plus, et...

Un coup de pied de sa femme arrête Troupeau. Renard prêtait l'oreille; voyant que l'on se tait, il reprend au bout d'un moment :

— C'est la nièce de Vaudoré qui doit être bien contente du retour de ces messieurs ?... Quand je dis contente... elle est peut-être embarrassée... maintenant que M. Montreville est là...

— Est-ce que ce jeune homme en conte aussi à Adrienne ? dit Troupeau à demi-voix.

— Pardieu !... ce n'est plus un mystère... c'est son amant. Oh ! tout le monde a vu cela... et l'on dit même que la jeune personne...

Renard finit sa phrase tout bas; mais ce qu'il vient de dire fait faire un bond à madame Troupeau, qui s'écrie :

— Quelle horreur !... quel scandale !... Au reste, on devait s'y attendre... Monsieur Renard, je vous en prie, ne nous parlez jamais de cette fille-là !

De tout ce qu'a dit Renard, Virginie a seulement entendu que le jeune musicien fait la cour à son ancienne amie, et que Doudoux et Godibert sont de retour à Belleville; elle ne comprend pas que ces deux derniers n'aient point passé devant sa fenêtre. Elle rentre dans sa chambre le cœur gros; elle trépigne encore des pieds; elle s'écrie :

— C'est donc fini ! tout le monde m'oublie.. m'abandonne !... Je ne verrai plus que des vieux... je n'entendrai plus parler que politique... mais on veut donc me marier à petit feu !... Ah ! si je voyais ce comte de Senneville, qui s'avise de penser à m'épouser !... je lui ferais tant de grimaces, que certainement il ne voudrait plus de moi !...

Le lendemain sur les deux heures de l'après-midi, une voiture s'arrête devant la maison de M. Troupeau. Virginie, qui était contre la fenêtre, croit que c'est encore le comte, et va le dire avec humeur à ses parents.

— Le comte !... déjà le comte ! s'écrie Troupeau. Il n'a donc fait que voler en Touraine !... Ah, mon Dieu !... et nous n'avons encore qu'une domestique !

Le mari et la femme ont couru aux fenêtres pour s'assurer de la vérité. L'un et l'autre poussent un cri de joie.

— Ce n'est pas le comte !...

— Non, vraiment !... mais cela vaut encore mieux !... c'est la voiture de ma tante !

— C'est elle-même peut-être... Dieu soit loué ! sa colère est apaisée... Descendons au-devant d'elle... Mesdames, vous avez vos caleçons ?...

— Eh ! mon ami, est-ce que cela nous quitte jamais !...

Madame Troupeau prend sa fille par la main, et l'emmène vers l'escalier. M. Troupeau suit les dames après avoir jeté un coup d'œil sur lui-même, pour s'assurer s'il n'y a rien dans sa tenue qui puisse choquer la sévère décence de la vieille tante. La famille arrive sous le vestibule de la maison; mais, au lieu de mademoiselle Bellavoine, elle voit sortir de la carriole un homme court et replet, qui paraît fort peu habile à descendre de cabriolet; car, après s'être retourné pour rencontrer le marchepied, en ayant soin de relever les pans de la redingote, de crainte de les salir, ce monsieur allonge en vain sa petite jambe pour trouver la terre, si bien qu'il reste sur le marchepied, exposant toujours à la famille Troupeau autre chose que son visage, et Virginie s'écrie : — Ce n'était pas la peine de tant nous presser pour voir cela !

— Attendez !... attendez !... je vais vous apporter un petit banc ! dit Troupeau en s'apercevant que la jambe du voyageur reste dans l'espace.

— Ça me fera bien plaisir ! répond une voix mielleuse, sans que la personne se retourne. M. Troupeau revient avec un banc; il guide lui-même la jambe du voyageur, et celui-ci parvient à mettre pied à terre : alors il se retourne, et l'on peut voir sa figure.

C'était un homme de cinquante ans au plus; petit, mais d'un embonpoint malheureux; sa tête, placée immédiatement après ses épaules, ne laissait pas deviner de cou; cette tête était surmontée d'une énorme chevelure qui frisait naturellement, et cachait entièrement un petit front, que masquaient encore deux énormes sourcils; puis venait un grand nez, des yeux vert-pâle, une énorme bouche; joignez à cela un teint brun, sale, et sous lequel on aperçoit des couleurs; absolument une pomme de renouillet : tel est le visage qui se présente humblement devant la famille Troupeau, si bien que Virginie murmure :

— Il était encore mieux de l'autre côté.

Ce monsieur a fait trois saluts, c'est-à-dire un à chaque personne qui est devant lui; puis, d'une voix insinuante et avec un air bénin qui paraît lui être habituel, il dit :

— C'est la respectable famille de M. Troupeau que j'ai l'avantage de saluer ?

— Oui monsieur; et, sans doute, vous...

— Je suis envoyé par mademoiselle Bellavoine, votre estimable tante...

— Ah ! monsieur... veuillez donc prendre la peine d'entrer... C'est toujours Grilloie qui est avec vous... le domestique de ma tante ?

— Oui, c'est l'honnête Grilloie qui m'a conduit ici. Mon bon Grilloie, vous allez dételer le cheval et lui donner vos soins, n'est-ce pas ?... car mademoiselle Bellavoine nous a bien recommandé ce pauvre animal.

— Et il m'semble que j'avons pas été trop vite, répond le vieux paysan qui sert de cocher, tandis que la famille Troupeau fait monter dans la maison le gros envoyé de la tante.

Arrivé dans le salon, le petit monsieur, qui souffle comme un asthmatique, sort de sa poche une lettre qu'il présente à Troupeau, en lui disant :

— Voici ce que je suis chargé de vous remettre.

— C'est de notre tante ?

— C'est de votre bien-aimée tante.

Troupeau prend la lettre avec respect; il présente une chaise à l'étranger, qui après beaucoup de cérémonies consent à s'asseoir.

Chacun en fait autant, et le chef de famille procède à la lecture de la lettre :

« *Mon neveu et ma nièce, j'ai reçu la lettre que vous m'avez adressée il y a quelque temps, j'en ai été assez satisfaite...* »

— Ah ! je suis bien charmée qu'elle en ait été satisfaite ! s'écrie madame Troupeau.

— Ma bonne, je t'en prie, ne m'interromps point dans cette intéressante lecture...

— Poursuis, mon ami.

« *J'en ai été assez satisfaite... Je veux bien oublier ce qui s'est passé. Qu'il n'en soit plus question désormais.* »

— Ah ! cette bonne tante !... elle n'est plus fâchée... Virginette entends-tu ? ta tante n'est plus fâchée !

Virginie ne répond à sa mère que par un petit mouvement de tête, tandis que M. Troupeau prend son mouchoir, et fait semblant de s'essuyer les yeux, en disant :

— Excusez-nous, monsieur... mais nous sommes si contents que notre tante nous ait rendu son amitié... que l'attendrissement.... Je continue : « *L'hiver est long, j'ai besoin de distractions; je désire que ma petite-nièce Virginie vienne passer quelques mois près de moi.* »

— Quelques mois ! s'écrie Virginie avec effroi.

— Chut ! ma fille, n'interromps point ton père... Pauvre petite ! elle ne peut contenir sa joie.

Il n'y avait eu rien de joyeux dans l'exclamation de la jeune fille; mais madame Troupeau a jugé plus convenable de dire cela; et le messager de la tante semble disposé à croire tout ce qu'on voudra. M. Troupeau reprend sa lecture.

« *Je ne doute pas que vous ne soyez prêts à satisfaire mon désir; mais je ne veux vous déranger ni l'un ni l'autre de chez vous : d'ailleurs, c'est ma petite-nièce seule que je demande...* »

— Cette bonne tante ! que d'attentions !

— Chut donc ! ma femme... « *Que je demande; à cet effet, je vous envoie M. Baisemon, c'est lui qui vous remettra cette lettre...* »

Ici le monsieur se lève et salue; M. et madame Troupeau lui rendent cette politesse, et on reprend la lecture.

« *M. Baisemon est mon régisseur, mon homme d'affaires; je ne le connais que depuis peu de temps, mais je lui ai déjà donné ma confiance tout entière, car il la mérite.* »

M. Baisemon se lève et salue de nouveau. Troupeau incline la tête.

« *Il la mérite... C'est un homme rare, un homme dans les bons principes, un homme sage comme Joseph, vertueux comme Ruth, et continent comme Job, un homme selon Dieu enfin...* »

Pendant cette longue énumération, M. Baisemon n'a pas cessé d'aller et de venir sur sa chaise; mais à la fin il prend le parti de rester debout, le corps incliné vers le parquet comme s'il allait se mettre à genoux.

« *Confiez donc en toute assurance votre fille Virginie au respectable M. Baisemon : c'est lui que je charge de l'amener près de moi, je vous l'envoie à cet effet avec ma voiture et Grilloie. Vous laisserez reposer mon cheval un jour, et m'enverrez ma petite-nièce le lendemain du reçu de ma lettre. Je n'ai pas besoin de vous dire que je ne perdrai pas ma nièce de vue pendant tout le temps qu'elle passera chez moi. Vous me connaissez, et devez être en repos. Adieu, ayez de l'ordre, et portez-vous bien.* » *Votre tante,* BELLAVOINE. »

— Cette chère tante !... elle désire voir notre fille... Certainement nous nous empresserons de la satisfaire... Et ma fille elle-même sera enchantée d'aller passer quelque temps près de sa tante... N'est-ce pas, Virginette ?

— Mais non, maman, ça ne m'amuse pas du tout, et je ne sais pas pourquoi vous voulez...

Madame Troupeau emmène sa fille dans un coin de la chambre en lui disant tout bas : — Ma fille, il faut que vous ayez l'air enchantée d'aller chez votre tante...

— Puisque ça me déplaît...

— C'est égal; il faudra surtout vous montrer empressée, complaisante près d'elle... Il s'agit d'un superbe héritage... et d'un mariage plus superbe encore...

— Mais, maman...

— Sois contente, ma fille. Je t'assure que tu t'en trouveras bien.

— Après tout ! se dit Virginie, il ne vient plus ici de jeunes gens, s'il ne me laisse plus sortir, je n'ai plus aucun amusement... Que sait-on ? ce sera peut-être plus drôle chez ma tante !... Et quand il n'y aurait que ce vilain petit gros dont je me moquerai, ce serait déjà quelque chose !...

Et Virginie, qui a repris son air riant, dit à sa mère :

— Je vais dans ma chambre commencer à faire mes apprêts pour aller chez ma bonne tante... N'est-ce pas, maman ?

— Oui, ma fille, va... je te rejoindrai.

Virginie fait une révérence gracieuse à M. Baisemon, et sort vivement, pendant que le gros homme tâche de se baisser pour saluer.

— Monsieur Baisemon, dit Troupeau, vous venez de voir notre fille... Qu'en pensez-vous ?

— Je lui trouve l'air aussi respectable que ses dignes parents ! répond Baisemon en s'inclinant.

— Vous êtes bien honnête, monsieur Baisemon, mais nous pouvons à juste titre nous glorifier de notre fille !... Cela ne pense à rien !... cela est doux et docile comme un agneau !... Voyez, elle court en riant se préparer à ce départ... Elle nous quittera sans verser une larme ! Aimable enfant ! c'est le résultat des bons principes. Quoique nous ne l'ayons jamais perdue de vue une minute, nous vous la confierons, monsieur ; car un homme en qui notre tante met toute sa confiance doit être un homme autrement fait que les autres.

— Monsieur, vous êtes trop honnête !... J'ose vous assurer que mademoiselle votre fille arrivera chez sa tante en bon état... et telle que vous me l'aurez remise... Mais je vous avouerai que je n'ai point encore déjeuné... et...

— Vous n'avez pas déjeuné, monsieur Baisemon ? et nous qui ne pensions pas à vous rien offrir !... C'est l'effet de la joie !... vous allez déjeuner... nous sommes si ravis d'avoir recouvré l'amitié de notre tante... cette estimable tante !... Comment se porte-t-elle ?

— Bien... très-bien... elle est un peu maigre, mais le médecin assure que c'est ce qui la soutient.

— Tant mieux ! A propos, ma femme... pendant que Virginie sera chez sa tante, si M. le comte allait revenir... Car, tenez, monsieur Baisemon, puisque vous avez la confiance de notre tante, nous vous devons aussi la nôtre... N'est-ce pas, ma femme ?

— Oui, mon ami, je pense que nous devons nous ouvrir à monsieur.

— Eh bien ! monsieur Baisemon, vous saurez qu'un homme du plus haut rang, un jeune et noble comte, aspire à la main de notre fille...

— Diable ! dit Baisemon en tournant ses regards vers la porte. C'est comme nous avons l'honneur de vous le dire... le comte de Senneville désire être notre gendre, et faire notre fille comtesse !... par conséquent, je serai grand-père d'un petit comte !... Je sais certain que notre tante sera enchantée de cette alliance... Notre tante a comme nous des sentiments élevés, n'est-il pas vrai, monsieur Baisemon ?

— Oh ! oui... je ne doute pas qu'elle n'approuve ceci... mais je...

— Mais il faut du mystère... le comte veut que ce soit un secret jusqu'au moment où il conduira ma fille à l'autel... vous comprenez ?...

— Je pense que ce pauvre Grilloie doit avoir faim aussi...

— Ah ! c'est juste... on va vous servir... Ma femme, va dire à Babelle de mettre le couvert de M. Baisemon, et d'avoir soin de Grilloie.

— Oui, mon ami, j'y vais.

Madame Troupeau sort ; M. Baisemon voudrait bien descendre avec elle dans la salle à manger, mais Troupeau le retient encore.

— Maintenant, monsieur Baisemon, vous sentez que depuis que j'ai en perspective un comte pour gendre, j'ai dû prendre des mesures pour que rien ne pût faire manquer ce mariage. Ma fille est l'innocence même, malgré cela je me suis dit : S'il vient encore des jeunes gens chez nous, on pourra supposer que c'est dans l'espoir de faire la cour à mademoiselle Troupeau et de l'épouser ; alors j'ai tranché dans le vif : point de jeunes gens chez moi, et ma fille ne va plus en société où elle pourrait en rencontrer !... Je crois que c'est agir en père prudent ?

— Je vous approuve... mais je désirerais...

— A présent, monsieur Baisemon, je vais perdre ma fille de vue ; mais je connais ma tante et la sévérité de ses principes... Elle ne reçoit pas de jeunes gens, n'est-ce pas ?...

— Aucun... Allons-nous...

— Malgré cela, monsieur Baisemon, je vous recommande particulièrement ma fille ; non que cette chère enfant ait la moindre idée de malfaire ! Quelquefois le hasard... vous savez... Quelle vie mène-t-on chez ma tante ?

— On déjeune habituellement à neuf heures ; mais aujourd'hui j'ai déjeuné plus tôt afin de partir de bonne heure, ce qui fait que je me sens besoin...

— Ah ! mille pardons, monsieur Baisemon, j'oubliais... Venez ; je causerai avec vous pendant que vous déjeunerez.

— Alors je serai tout oreilles.

Baisemon pousse un soupir de satisfaction, car on descend enfin à la salle à manger. Là, il se met à table, place qu'il affectionne, et où il agit comme quatre. Laissant Troupeau lui parler du superbe mariage qu'il espère pour sa fille, Baisemon ne répond que par de petits mou-

vements de tête ou des monosyllabes, le temps de reprendre sa respiration et de se verser à boire.

Lorsque enfin le gros envoyé a satisfait son appétit et qu'il lui est impossible de rien contenir de plus, il essuie en souriant son énorme bouche, et, se tournant vers Troupeau, semble disposé à mettre quelque chose de plus dans la conversation.

— Monsieur Baisemon, dit madame Troupeau, notre tante nous écrit qu'elle n'a le plaisir de vous connaître que depuis peu... serait-ce indiscret à nous de vous demander comment vous avez fait sa connaissance, et ce qui vous a sur-le-champ gagné son estime ? il faut pour cela qu'elle ait été à même de vous apprécier ; notre tante ne place pas légèrement ses affections.

— Madame, je vais avoir l'honneur de vous narrer la chose... et la pure vérité sortira de ma bouche, car je ne suis pas à deux faces. Je suis fils d'honnêtes bourgeois, qui avaient peu de fortune ; mes parents m'aimaient beaucoup ; mais ils trouvaient que je mangeais trop. J'avais à peine dix ans que mon père me mit à la porte, en me donnant quinze sous et sa bénédiction : les quinze sous me durèrent pas longtemps ; mais il est écrit là-haut : Aide-toi et le ciel t'aidera. Comme j'avais les plus belles dispositions, et que je possédais une figure assez heureuse, un digne homme qui dirigeait une école gratuite voulut bien me prendre avec lui, et me pousser dans l'enseignement. Je fis dans cette partie des progrès rapides : à douze ans je traduisais proprement l'Épitome, et je donnais le fouet aux élèves sans les faire crier. La réputation que j'avais acquise me valut de belles propositions ; un seigneur m'offrit d'être le professeur de son fils : j'acceptai. Je mettais tous mes soins à inculquer à ce jeune homme des principes de sagesse et les règles des participes !... Ce n'est pas ma faute si un beau soir il s'enfuit avec une femme de chambre, après avoir volé son père ! mais, comme les hommes sont souvent injustes, le père me renvoya brutalement sans me donner de gratification ?... La volonté du ciel soit faite en toutes choses ! Je me dis : Job en a vu bien d'autres ; car lorsqu'il m'arrive un malheur, j'ai toujours Job devant les yeux !... Je végétai longtemps, montrant l'écriture, le latin, les belles-lettres... Je montrais enfin tout ce que je possédais !... mais mes ressources s'épuisaient, et mes vêtements s'usaient !... si bien que je ne sais pas ce que j'aurais fini par montrer... Je me disais pour me consoler : Le prophète Isaïe a marché tout nu, mais cependant comme je n'étais pas prophète, je soupirais après une culotte. J'étais dans cette situation lorsque je vins à Senlis. Je me promenais assez tristement dans une rue où il y a une boutique de friperie ; je lorgnais en soupirant une belle et large culotte noire, et je m'assis sur un banc de bois, en face de la boutique, pour la regarder plus à mon aise ; nulle pensée illicite ne m'était venue à l'esprit ; je me contentais de me rappeler cette maxime : « Aide-toi, le ciel t'aidera ; » mais le ciel ne m'aidait pas du tout. Tout à coup voilà qu'en voulant me lever, un clou, que je n'avais pas vu, me retient par derrière ; hélas ! mon vêtement était trop mûr pour résister ! le meilleur morceau de ma culotte reste après le clou, et je ne pouvais plus marcher sans exposer aux regards des passants les indignités de mon individu ! Je me dis ! Ce clou est un avis de la Providence ; elle m'ordonne de prendre une culotte chez ce fripier, afin de ne point commettre d'attentats aux mœurs. Je m'avançai donc pendant qu'il ne passait personne ; je décrochai le vêtement nécessaire, et je courus dans une allée où je m'en revêtis.

En sortant de l'allée, j'étais bien résolu à me rendre chez le fripier, pour lui dire : J'ai été obligé de vous prendre une culotte ; je vous la payerai quand le ciel m'aidera ; mais je ne sais comment il se fit que je me trompai de chemin, et, au lieu de retrouver la boutique du fripier, j'étais à l'autre bout de la ville, et j'allais en sortir lorsqu'un homme me sauta brutalement au collet, et m'arrêta en me disant : « Voilà mon voleur ! » C'était le fripier. J'eus beau lui dire : J'allais chez vous ; cet imbécile ne voulut pas me croire : il m'emmena ; on me mit en prison. Mais ma défense était bien simple ; je dis aux juges :

Oui, messieurs, j'ai préféré me faire arrêter à montrer mon derrière... qui de vous n'en eût fait autant ? Je m'attendais à être acquitté. Hélas ! dans quel siècle vivons-nous !... La justice me punit de n'avoir pas laissé voir ma turpitude ! on me condamna à un mois de prison. Je supportai patiemment cette nouvelle épreuve, en me disant : On a bien mis Daniel dans la fosse aux lions !... et il n'y a que des araignées dans ma cellule. Cependant mon aventure avait fait du bruit ; des âmes charitables me plaignaient ; les femmes surtout, qui aiment tant à exercer la charité !... Enfin, lorsque je fus libre, on me remit une collecte qu'on avait faite en ma faveur, ainsi que le produit d'une poule jouée à mon bénéfice. J'étais dans un cabaret où je mangeais tranquillement la collecte et la poule, lorsqu'un vieux paysan vint me trouver en me disant que sa maîtresse désirait me parler. Ce paysan était Grilloie ; sa maîtresse, mademoiselle Bellavoine. Je me rendis sur-le-champ près d'elle. « C'est donc vous, me dit-elle, qui vous êtes fait mettre en prison plutôt que de laisser voir aux passants ce qui ne doit jamais être mis au jour ? » Je m'inclinai. Elle me tendit la main, et serra fortement la mienne, en disant : « Vous êtes un digne homme... voilà un trait qui vous élève à mes yeux... Tenez, monsieur, prenez cette douzaine de caleçons... ces dix écus, et venez dîner avec moi. » Le lendemain, je me rendis à cette flatteuse invitation ; j'avais mis quatre caleçons les uns sur les autres.

pour prouver à ma bienfaitrice le cas que je faisais de ses dons ; elle parut touchée de cette délicate attention. Bref, ma conversation, mes principes, eurent le bonheur de plaire à mademoiselle Bellavoine ; elle me proposa de rester près d'elle, d'être son régisseur, d'administrer ses affaires. J'acceptai avec reconnaissance : voilà deux mois que j'occupe ce poste... dans lequel j'ai repris un peu d'embonpoint, et j'ose croire que votre tante ne se repent pas de ce qu'elle a fait pour moi.

M. et madame Troupeau ont écouté ce récit avec une profonde attention, ils paraissent plutôt surpris qu'enchantés. Cependant Troupeau, qui a mûrement réfléchi, finit par tendre la main à M. Baisemon en lui disant .

— Monsieur, un homme qui préfère se faire emprisonner à montrer son derrière, et cela dans un temps où la liberté est poussée si loin, est en effet un homme rare. Vous avez mon estime, monsieur Baisemon, et je vous confie sans crainte notre fille, bien certain qu'avec vous elle ne verra rien d'incivil. Ma femme, monte près de notre fille, surveille ses préparatifs, vois surtout si elle a une provision suffisante de caleçons, de fichus, de guimpes, de pèlerines, afin que chez notre tante la tenue soit toujours aussi sévère que décente.

Madame Troupeau laisse son mari avec le gros Baisemon et se rend à la chambre de sa fille. Elle trouve la porte fermée, elle frappe en appelant Virginie, et celle-ci répond à sa mère :

— Excusez-moi... dans une minute je suis à vous... je suis en train de changer de caleçon... le mien était déchiré...

Or, vous vous doutez bien que ce n'est pas pour cela que la jeune fille s'était enfermée ; voyons ce qu'elle faisait dans sa chambre.

En remontant chez elle, Virginie a commencé par se mettre à sa croisée, et cette fois ce n'est pas en vain que ses regards plongent dans la rue de Calais ; un grand jeune homme est comme en faction devant la maison de M. Troupeau. Il n'a plus ni uniforme, ni moustaches, ce n'est plus le cuirassier Ventre-à-Terre, c'est le beau Godibert, redevenu simple bourgeois, mais toujours épris des charmes de Virginie ; son absence de Belleville avait été beaucoup plus longue qu'il n'aurait voulu. Le jeune militaire, forcé de faire tous les jours des démarches dans les bureaux de la guerre, n'avait pu retourner à Belleville, où d'ailleurs il ne voulait revenir qu'entièrement libre de ses actions. Enfin, ayant son congé bien et dûment légalisé, il s'était hâté de retourner dans le pays qui renfermait l'objet de ses pensées.

Il avait été voir son oncle, embrasser sa tante et sa cousine, il avait salué Auguste qu'il avait trouvé là ; puis les avait quittés pour ne s'occuper que de ses amours, et c'est pourquoi Virginie venait de l'apercevoir planté comme un piquet devant la maison de son père.

Après s'être assurée qu'il n'y a personne dans la rue, Virginie se penche en dehors de la fenêtre et crie à Godibert :

— Qu'est-ce que vous faites là, monsieur ?

— Ah, mademoiselle ! c'est vous !... je vous aperçois enfin ! il y a si longtemps que je guette pour...

— Chut !... taisez-vous ! Si vous aimez à m'apercevoir, ce n'est plus ici qu'il faudra venir ; demain matin je pars, je vais passer plusieurs mois chez ma tante, mademoiselle Bellavoine, qui demeure à Senlis...

— A Senlis !... ça m'est égal !... je vous adorerai partout... Mais chez cette tante, est-ce qu'on ne pourra pas...

— Je ne sais pas ce qu'on pourra, mais je sais que j'y mourrai d'ennui si personne ne vient m'y distraire un peu... Voilà du monde dans la rue... adieu, sauvez-vous !...

Virginie s'est retirée de la croisée, et Godibert s'éloigne en disant :

— C'était pas la peine que je louasse hier une chambre à Belleville, car certainement je vais suivre la petite !... Elle irait en Chine que je ne la perdrais pas de vue.

Au bout d'un moment Virginie va de nouveau à la fenêtre s'assurer si Godibert est parti et savoir quelle est la personne qui passait ; elle aperçoit un jeune homme arrêté à plus de cinquante pas de la maison de son père, et qui de là semble lui faire des signes.

C'était Doudoux, revenu de la veille, toujours amoureux mais toujours timide ; les voyages ne l'avaient point enhardi ; il n'avait pas cessé de penser à Virginie, et il s'était dit :

— Maintenant que je suis majeur, je vais me déclarer sans crainte.

Malgré cela, arrivé près de la maison de M. Troupeau il s'était arrêté, il avait toujours peur du père de Virginie. Il se tenait à une distance respectueuse, se contentant d'allonger le cou et de poser la main sur son cœur en regardant Virginie. Celle-ci reconnaît bientôt Doudoux, elle lui fait signe d'approcher ; mais Doudoux ne bouge pas.

— Est-ce qu'il est devenu imbécile ? se dit Virginie ; il me fait des bras comme un télégraphe... Ah ! je comprends... il n'ose pas approcher... il a peur de papa... mais moi ; je veux qu'il sache que je pars demain et où je vais.

Virginie entend sa mère frapper à sa porte ; au lieu de lui ouvrir, elle écrit avec un crayon ce qu'elle avait déjà dit à Godibert. Il s'agit de renvoyer ce billet à Doudoux, qui s'obstine à rester loin. Virginie n'a pas de pierres dans sa chambre, mais elle a une carafe avec un bouton de cristal ; elle prend le bouton, l'enveloppe de son papier, et lance cela si adroitement à son timide amoureux, que le bouton de cristal casse presque le nez de Doudoux ; mais le jeune homme lit le billet et saute de joie, en disant :

— Elle m'aime !... puisqu'elle me fait savoir où elle va... je la suivrai car je suis majeur !

M. Doudoux baise le billet et s'éloigne en faisant mille folies et en saignant du nez.

Virginie a bien vite ôté son caleçon, elle lui fait une longue déchirure, en met un autre, et va ouvrir à sa mère, en lui disant :

— Je vous demande bien pardon, maman, vous arriviez comme mon caleçon était déchiré... je ne pouvais pas le garder... ça me faisait froid et puis ça me semblait inconvenant.

Madame Troupeau baise sa fille sur le front :

— Tu es digne de moi, digne de ton père, digne de ta haute destinée qui t'attend... car tu dois arriver au plus haut échelon de l'échelle sociale... Conserve bien ta candeur, ton innocence ; n'oublie jamais les principes sévères dont une femme ne doit point s'écarter, sous peine de faire des sottises comme cette Adrienne, que, grâce au ciel ! tu ne vois et ne verras plus, j'espère.

— Qu'a-t-elle donc fait, Adrienne, maman ?...

— De grâce, Virginie, ne parlons jamais de cette fille... je ne veux plus même que tu prononces son nom. Sois soumise et respectueuse avec ta tante, ne la contrarie en rien, porte deux caleçons si elle te le conseille ; M. Baisemon a gagné son affection en en mettant quatre ; enfin, ma fille, n'oublie pas que tu dois être son héritière, et qu'un grand personnage a jeté les yeux sur toi, pendant que le feu était dans notre cheminée ; je ne t'en dis pas plus ; mais cela doit suffire pour te faire regarder avec mépris tout autre homme qui serait assez impertinent pour vouloir te faire la cour, ce qui d'ailleurs n'arrivera pas chez ta tante, où tu ne verras que M. Baisemon et Grilloie.

Après ce court sermon, madame Troupeau aide sa fille à faire les apprêts de son voyage. Toute la journée n'est employée qu'à cela et à donner à Virginie des conseils sur la manière dont elle doit se conduire chez sa tante, et Virginie écoute les yeux baissés, ne répondant que : — Oui, maman.

Le lendemain, de bonne heure, le cheval est mis à la carriole de mademoiselle Bellavoine. On a porté dans la voiture les paquets de Virginie, plus un pâté, un saucisson, du pain et plusieurs bouteilles de vin, dont M. Baisemon a dit qu'il était prudent de se charger ; de cette manière, mademoiselle Troupeau n'aura pas besoin de descendre de voiture et d'entrer dans une auberge, ce qui a été expressément défendu par ses parents.

Virginie embrasse son père et sa mère, et monte lestement dans la voiture. Monsieur et madame Troupeau ont l'œil humide en se séparant de leur fille, mais ils se disent :

— Il s'agit de sa fortune et de son avenir.

Baisemon a demandé un tabouret, afin de pouvoir se hisser dans la carriole ; mais auparavant il a humblement salué M. et madame Troupeau.

— Nous vous confions notre trésor, dit Troupeau en serrant la main du gros régisseur.

— Vous le retrouverez entier !

— Surtout, monsieur Baisemon, ne la quittez pas une minute pendant ce voyage.

— Je serai constamment sur son dos.

— Nos respectueuses amitiés à notre tante ; nous attendrons ses ordres pour aller rechercher notre fille.

Baisemon est parvenu à grimper dans la voiture, Grilloie est sur sa banquette.

— Adieu, papa, adieu, maman ! dit Virginie ; et la jeune fille perd de vue la maison paternelle.

CHAPITRE XVI. — Voyage de Virginie.

Pour une jeune fille qui n'a encore été que de Belleville au bois de Romainville, c'est un voyage que de faire onze lieues, et il y a à peu près cela de Belleville à Senlis. Virginie s'attend à voir des choses fort curieuses, des sites pittoresques, jusqu'à des costumes nouveaux, et elle tient presque sans cesse sa tête à la portière ; car le cabriolet de la tante a deux petits carreaux pour voir de côté ; je crois vous avoir déjà dit qu'il ressemblait parfaitement à ce qu'on nommait jadis un coucou. M. Baisemon est assis près de la jeune fille ; le cabriolet n'a que deux banquettes, et celle du devant est occupée par Grilloie. Quoique la voiture soit large, l'énorme corpulence du compagnon de Virginie remplit les deux tiers de la place. La jeune fille, en s'avançant, en regardant au carreau ou en se penchant à l'entrée du cabriolet, rencontre souvent le ventre, les bras ou les jambes de son voisin, auquel elle donne incessamment des coups de coude, en s'écriant :

— Mon Dieu, monsieur, que vous êtes gros !...

Baisemon répond d'un air d'humilité, et en souriant à chaque coup de coude qu'il reçoit :

— Il est vrai, mademoiselle, que la Providence me traite grassement, et me comble de ses faveurs !

— Est-ce que vous ne pourriez pas vous reculer un peu, monsieur ?

— Mademoiselle, mes superficies sont accolées contre les parois de la voiture, je ne puis les accoler davantage.

— C'est que j'aime à pouvoir remuer, moi.

— Remuez tant que cela vous sera agréable, mademoiselle, et, comme

point de me frôler avec vos hanches et votre coude, je recevrai
tout cela comme pain bénit !

Virginie ne dit plus rien, mais elle continue de se pencher, de s'avancer
et d'envoyer son bras dans le nez de son voisin. Cependant la
campagne ne change pas comme le supposait la jeune voyageuse; les
champs, les arbres sont presque partout de même, les paysans aussi
hâlés, les rouliers aussi insolents, les villages aussi malpropres, et Virginie,
ennuyée de se pencher pour ne voir que cela, se tourne vers
son compagnon en disant :

— Ça n'est pas aussi amusant que je croyais de voyager; est-ce que
chez ma tante nous ne verrons pas autre chose que cela, monsieur?

— Nous verrons le village de Vauderland, qui est très-laid ; celui
de Louvres, où l'on fait de fort bon ratafia.

— Mais des torrents, des précipices, des rochers, des cascades...
j'aimerais mieux voir cela que du ratafia.

— Nous n'en trouverons pas d'ici à Senlis; la campagne est plate et
il n'y a point d'accident de terrain, ce qui est beaucoup plus commode,
pour aller en voiture, que les pays pittoresques et montagneux.

— Où donc faut-il aller pour voir toutes ces choses curieuses que je
brûle de connaître?

— Ah ! mademoiselle, il y a bien des pays où tout vous surprendrait !...
En Russie, vous verriez de la glace, des traîneaux, des paysans qui
sont serfs et qui font de très-bons maris; des Cosaques qui ne portent
pas de chemises et encore moins de caleçons, et des domestiques femelles
qui se couchent où elles se trouvent, au milieu d'une chambre,
sur un escalier, pour ne point avoir la peine d'aller chercher leur lit.
Si vous pouviez pousser jusqu'en Chine, et si vous parveniez à escalader
la muraille de plus de quatre cents lieues qui sépare ce pays de la
Tartarie, vous verriez les habitants de Pékin, de Nankin, de Fokien,
le Canton et tant d'autres provinces, très-sévères sur le chapitre des
saluts et des révérences, et tenant leur index en l'air pour danser. Si
vous tourniez vos pas vers la Guyane, pour visiter le pays des Omaguas,
vous verriez le naturel du pays faire usage de seringues qui ont la forme
d'une figue, qui sont sans piston, mais faites avec une résine élastique.
Pour en faire usage, il suffit de les presser, ce qui me ferait croire que
ce sont les Omaguas qui nous ont donné l'idée des clysoirs. Si vous
aviez envie d'aller en Bohême, vous y trouveriez des gens qui vendent
du baume, guérissent la gale dont ils sont couverts, disent la bonne
aventure et volent des poules.

— Oh ! je ne veux voir ni des seringues en résine, ni des voleurs de
poules !... Est-ce que vous avez été dans tous ces pays-là, vous, monsieur
Baisemon ?

— Non, mademoiselle, ce que je vous dis, je l'ai lu, et ce serait
une raison pour ne pas me croire, car les livres mentent souvent.
Moi, je n'ai pas le goût des voyages, je préfère le coin du feu et une
bonne table, chose que l'on trouve difficilement en courant le monde.
Mademoiselle, vous serait-il agréable que nous dissions un mot au pâté
et au saucisson ?

— Mangez si vous voulez, je n'ai pas faim; d'ailleurs, est-ce que
l'on peut manger dans une voiture?

— Cela n'est pas aussi commode que devant une table, malgré cela
on le peut, et on y trouve même du plaisir...

— Pourquoi, en traversant un village, ne descendrions-nous pas
dans une auberge? nous y ferions notre repas plus à notre aise.

— Mademoiselle, je suis désolé de ne point obtempérer à vos désirs;
mais j'ai des ordres, et je dois me renfermer dans mes instructions.

— Qu'est-ce que cela veut dire?

— Que nous ne nous arrêterons pas, si ce n'est par moments, pour
laisser souffler le cheval, mais que vous ne descendrez pas de voiture
avant d'arriver chez votre tante.

— Comment ! je ne descendrai pas de voiture?... mais si j'ai besoin
d'en descendre, moi ?

— Vous n'aurez pas besoin, puisque nous avons de quoi boire et
manger.

— Mais, monsieur, on peut avoir besoin d'autre chose...

— Quand vous serez chez votre respectable tante...

— Ah ! par exemple ! c'est trop fort s'il faut que j'attende jusque-là !

Et Virginie se rejette avec colère dans le fond de la voiture au risque
d'étouffer son voisin; mais celui-ci supporte avec une extrême patience
les petites vivacités de la jeune fille. Il se contente de se dire : Elle
n'est pas aussi douce qu'on me l'avait annoncé !

M. Baisemon a tiré les provisions d'un panier, il se coupe une large
tranche de pâté qu'il savoure avec délices, l'humectant de temps à
autre avec un verre de vin. Virginie recommence à regarder aux
carreaux et à se pencher pour apercevoir sur la route s'il ne lui vient
pas des compagnons de voyage ; mais elle ne voit pas venir ceux
qu'elle désirait, et cela lui donne de l'humeur; elle se rejette à sa
place au moment où Baisemon porte son verre à ses lèvres, ce qui lui
fait renverser le vin sur son gilet; mais le gros homme se contente de
s'incliner et de sourire en murmurant : C'est un léger malheur; nous
avons plusieurs bouteilles.

Tout à coup Virginie s'écrie : Monsieur Baisemon, il me paraît que
pourvu que vous ayez ce qu'il vous faut le reste vous est égal ?

— Comment! mademoiselle, n'ai-je pas eu l'honneur de vous offrir...

— Oui, à moi, mais ce pauvre Grilloie qui n'ose rien demander et
se contente de tourner la tête d'un air piteur. est-ce qu'il ne faut pas
qu'il mange, lui ?

— Mademoiselle, c'est que Grilloie tient les guides; il conduit, et
je ne vois pas comment il ferait pour manger en même temps.

— Et à cause de cela, il faudrait qu'il jeûnât tout le long de la route?
Grilloie, avez-vous faim ?

— Oh ! oui, mamzelle, répond le vieux paysan en se tournant d'un
air malheureux vers Virginie.

— Eh bien, arrêtez un moment, et mangez.

Grilloie ne se fait pas répéter cet ordre. Il arrête... On est alors sur
la grande route, entre le Bourget et Vauderland. Baisemon murmure :
On nous avait défendu d'arrêter... Mais enfin, comme mademoiselle
ne descend pas... *Il est avec le Ciel des accommodements !...* Et puis
le cheval mangera aussi pendant ce temps-là, et je ne crois pas qu'il
fasse ses repas en trottant.

Grilloie descend donner de l'avoine à son cheval, ensuite il se met
à dévorer du pâté et du saucisson. Baisemon ne semble pas prêt à cesser
de jouer de la mâchoire. Virginie se décide à faire comme eux en se
disant : Après tout, si ces messieurs ne me suivent pas, ce n'est point
une raison pour en perdre l'appétit.

— Mademoiselle, vous serez contente de ce pâté, dit Baisemon en
servant la jeune fille.

— Il me paraît au moins que vous le trouvez bon.

— Oh ! moi, ce ne serait pas une raison... je ne suis pas difficile...
j'aime les bonnes choses. Mais, lorsque je ne pouvais manger que du
pain sec, je me disais pour me consoler : Le prophète Ezéchiel a fait de
plus mauvais repas... Vous savez, mademoiselle, ce que le Seigneur
lui ordonna de manger sur son pain en guise de raisiné ?

— Mon Dieu, cela m'est bien égal !... Qu'est-ce qui vient donc là-bas?...
n'est-ce pas un homme à cheval ?

— Non, mademoiselle, dit Grilloie, c'est une vache conduite par
une paysanne.

— Allons, Grilloie, dépêchez-vous de manger, mon brave garçon;
car il ne faut pas nous arrêter longtemps... Votre cheval n'a plus faim.

— Mais, monsieur Baisemon, pourquoi donc pressez-vous ainsi ce
pauvre Grilloie ? il me semble que vous ne vous hâtez guère de finir,
vous.

— Mademoiselle, c'est bien différent ! Moi, je n'ai pas autre chose
à faire; mais il faut que Grilloie conduise. Il est déjà près de midi; les
jours sont fort courts; nous avons encore beaucoup de chemin à faire,
et il ne serait pas agréable d'être surpris par la nuit.

Grilloie repasse le mors à son cheval, remonte sur sa banquette, se
fourre dans la bouche un énorme morceau de croûte de pâté, puis
fouette l'animal, et la voiture part. M. Baisemon a enfin terminé son
repas; il semble très-disposé à s'endormir. Virginie ne cherche pas à
l'en empêcher. Elle remet sa tête à la portière et regarde si Doudoux
ou Godibert se dessinent à l'horizon.

Il y a une demi-heure qu'on roule de nouveau. Baisemon s'est endormi,
et lorsque par hasard Virginie le pousse, il se contente de
balbutier : Ne vous gênez pas, mademoiselle, faites comme chez vous.

Virginie croit enfin apercevoir dans l'éloignement un piéton qui fait
tous ses efforts pour rattraper leur voiture. Aussitôt elle frappe sur
l'épaule de Grilloie en lui disant: Arrêtez, Grilloie, je veux descendre.

— Mais, mademoiselle, c'est que...

— Je vous dis d'arrêter; j'ai besoin de descendre.

Grilloie arrête ; ce mouvement réveille Baisemon, qui s'écrie :
Qu'est-ce donc ? qu'y a-t-il ? pourquoi ne roulons-nous plus ?

— Parce que je veux descendre pour quelques minutes, monsieur
Baisemon.

— Mademoiselle, c'est impossible... cela m'est expressément défendu !

— Monsieur, je vous répète qu'il faut que je descende : vous devez
bien deviner pourquoi, et il est ridicule de me retenir plus longtemps.

Sans en écouter davantage, Virginie ouvre le devant du cabriolet
et saute en bas. Alors Baisemon enjambe avec effort par-dessus les
banquettes, et se laisse glisser à terre en disant : Ce n'est pas un voyage
d'agrément dont on m'a chargé là !...

Virginie s'est dirigée vers un petit bois qui est près de la route. Au
moment de se baisser contre un buisson, elle aperçoit Baisemon qui est
derrière elle.

— Comment ! monsieur, vous êtes là ?... vous m'avez donc suivie !

— Certainement, mademoiselle.

— Mais vous voyez bien que cela me gêne...

— Mademoiselle, il m'est ordonné de ne pas vous perdre de vue
jusqu'à ce que je vous aie remise aux mains de votre digne tante.

— Monsieur, ce n'est pas une raison pour être sans cesse sur mes
dos... et m'épier dans toutes mes actions.

— Mademoiselle, faites comme si je n'étais pas là... *Oculos habent,
et non videbunt.* Je vous regarderai et je ne verrai rien.

— Mais c'est une tyrannie que cela !

Virginie retourne vers la voiture en se disant : Ah ! monsieur le
comte ! c'est vous qui êtes cause que l'on m'espionne ainsi !... vous me
payerez tout cela !

Pendant ce temps, le piéton a rejoint la voiture; il s'est arrêté contre
un arbre. C'est Godibert en costume de voyage, une canne sur l'épaule
et un petit paquet au bout. Virginie le voit, la reconnaît, lui

adresse un léger sourire, et remonte vivement dans la voiture. Baisemon en fait autant avec l'aide de Grilloie qui lui sert de marchepied.
On se remet en route.

Virginie a repris sa gaieté depuis qu'elle a vu Godibert. Elle désire
savoir s'il suit la voiture; mais, au moment de mettre la tête en dehors
du carreau, elle aperçoit une main qui vient s'y présenter. Godibert
était monté derrière le cabriolet, et il voulait faire connaître à Virginie
qu'il était près d'elle. Celle-ci se penche, le grand jeune homme en
fait autant; ils peuvent se regarder, se parler même. Prenez bien garde
de tomber, dit Virginie à demi-voix.

— N'ayez pas peur!...

— Vous êtes bien mal, là!

— Un ancien soldat n'est pas difficile : ça secoue un peu, mais on
y fait le mouvement.

Et Godibert se penche encore plus pour mieux voir Virginie, au
risque de tomber sous la roue sur laquelle il balance son corps; mais
dites donc à un amant d'être prudent!... quand il le sera, c'est qu'il
aura cessé d'être amoureux.

Baisemon entr'ouvre un œil en disant : Il me semblait que mademoiselle me faisait l'honneur de me parler?

— Il vous a mal semblé, monsieur...

— J'ai entendu pourtant...

— Si je veux parler toute seule, est-ce que cela m'est défendu aussi?

— Non, sans doute, mademoiselle; mais quand vous désirerez causer
je me ferai un devoir de vous répondre.

— J'aime mieux parler toute seule et vous voir dormir.

— Alors c'est donc pour vous obéir.

Baisemon referme les yeux, Virginie remet sa tête à la portière.
Godibert s'avance de nouveau de son côté :

— On vous emmène chez votre tante, mademoiselle?

— Oui.

— Est-ce une bonne femme?

— C'est une vieille fille, méchante comme la gale.

— Diable!... vous laissera-t-elle un peu de liberté?

— Pas du tout.

— Croyez-vous qu'elle voudra bien me recevoir?

— Non, certainement, ni vous, ni aucun homme au-dessous de
cinquante ans.

— Jolie consigne! Je veux vous voir cependant; je ne vous ai pas
suivie seulement pour regarder la maison de votre tante.

— On cherche, on invente, on imagine...

— Mais hue donc! Cocotte, hue donc!... quoi qu'elle a donc à
c't'heure cette bête... elle n'avance qu'au petit pas... comme si j'étions
pus lourds que tout à l'heure!...

Et Grilloie allonge des coups de fouet au cheval qui n'en va pas plus
vite. Baisemon ouvre les yeux en s'écriant :

— Qu'est-ce que c'est?...Comment, Grilloie, vous arrêtez encore!...

— Non, monsieur, c'est Cocotte qui rechigne... à peine si elle
rotte... je la fouette, ça n'y fait rien...

— Vous lui aurez trop donné à manger!...

— Oh! que nenni!... Hue donc, paresseuse!

Grilloie ne se doute pas que quelqu'un est monté derrière la voiture; de sa banquette il ne voit pas au-dessus du cabriolet, et comme
il n'y a pas de carreau dans le fond, le nouveau voyageur peut impu-
nément se faire rouler; malheureusement, en passant à côté de la
carriole, un roulier dit à Grilloie :

— Tapez derrière, tapez, mon vieux!

— Ah! oui-da!... il paraît que quelqu'un est monté sur not'derrière,
dit Grilloie; je ne m'étonne pas si Cocotte trotte sous elle et sue tant...
Il faut inviter l'individu à descendre, dit Baisemon.

— J' vas l'y inviter à coups de fouet!...

— Mauvais moyen! mieux vaut douceur que violence.

Grilloie tâche d'attraper avec son fouet le derrière de la voiture,
mais il n'y peut parvenir.

— Voulez-vous finir, Grilloie! dit Virginie; c'est un pauvre enfant,
un petit savoyard qui est monté là pour se reposer un peu; je vous
défends de le battre, ce pauvre petit.

— Mais, mamzelle... Cocotte...

— Votre Cocotte n'en mourra pas, elle est bien de force à nous
conduire tous... fouettez-la ferme... mais si vous refouettez derrière
vous n'aurez plus de pâté!

Cette menace ferme la bouche à Grilloie et c'est Cocotte qui est
fouettée parce qu'elle a quelqu'un de plus à traîner.

La voiture avance, mais lentement; Baisemon murmura de temps
à autre :

— Il paraît que le petit Savoyard s'obstine à faire route avec nous..
Grilloie hausse les épaules, mais il n'ose plus rien dire.

Au bout d'un certain temps, M. Baisemon, qui en voiture ne sait
que manger ou dormir, ouvre les yeux en disant :

— Il me semble que nous ne ferions pas mal de dire un second
mot au pâté... Est-ce votre avis, mademoiselle?

Virginie se mord les lèvres en riant, puis répond :

— Je ne vous ai jamais empêché de manger, monsieur; je ne suis
pas comme vous, qui me défendez tout.

— Mademoiselle, je ne suis ici que l'instrument de la volonté des
autres; je n'agis plus de mon chef depuis bien longtemps!... Fustigez-
moi si je vous mécontente; mais permettez que j'obéisse à vos parents.

— Oh! je n'ai pas envie de vous fustiger!

— Alors voyons le pâté.

Et M. Baisemon prend le panier qui est sous leur banquette; il en
tire les provisions; mais il reste tout ébahi, en développant la serviette
qui cache le pâté, de ne plus trouver que des morceaux de croûte; un
perdreau et trois mauviettes, qu'il avait laissés dans l'intérieur, ont
disparu avec tout ce qui les entourait.

M. Baisemon devient presque pâle; il balbutie d'un air consterné :

— Qu'est-ce que cela signifie? mademoiselle a donc fait un autre
repas pendant mon sommeil?

— Moi, monsieur Baisemon, je n'y ai pas songé!

— Certainement; mademoiselle en était bien la maîtresse, mais elle
n'aurait pas mangé tout l'intérieur qui restait... C'est donc vous, Grilloie, qui vous êtes permis de manger sans moi?...

Grilloie tourne la tête d'un air hébété en disant :

— Moi! j'ai mangé?.... moi! j'ai touché à vot' panier?.... Par
mamzelle sait bien que non!...

— Je ne sais rien, dit Virginie, car j'ai dormi un petit peu aussi.

— Ah! mamzelle, par exemple... vous savez bien que...

— Chut!... c'est assez, Grilloie, reprend Baisemon; prenez donc
garde à votre cheval... Vous nous menez sur un tas de pierres...C'est
singulier, le saucisson a aussi diminué... et je ne trouve plus qu'une
bouteille pleine; j'en avais laissé deux...

— Vous vous serez trompé, monsieur Baisemon.

— Oh! non, mademoiselle... Si je pouvais regarder à mes pieds
sous la banquette, mais cela m'est impossible.

— Ce serait inutile, je vous assure qu'il n'y a rien

— Je vo's ce que c'est!... mademoiselle est si bonne! elle aura
voulu réconforter le petit Savoyard qui est derrière nous...

— Je n'y ai pas seulement pensé!...

— Enfin, mademoiselle!.., *Deus dederat, Deus abstulit*... Nous allons
manger les reste, et nous ne laisserons plus rien, de crainte que cela
ne disparaisse encore.

Baisemon pousse un gros soupir, mais il avale la croûte de pâté, et
Virginie jette un petit coup d'œil du côté du carreau en se disant :

— Vous verrez que j'aurais laissé jeûner ce pauvre innocent pour ce
gros butor-là... S'il avait pu manger toute la croûte aussi, je la lui
aurais donnée.

Grilloie entend que l'on mange et que l'on ne pense pas à lui. Il
tourne la tête à chaque minute; il tousse, mais on ne lui dit rien;
alors, au lieu de stimuler Cocotte, il l'a laisse n'avancer qu'à sa volonté.
et bientôt la volonté de la jument est de s'arrêter.

— Eh bien! Grilloie, pourquoi donc ce cheval ne va-t-il plus? demande M. Baisemon en se versant le reste du vin.

— Parei! i' n' va plus parce qu'il à faim... et quand les animaux ont
le ventre vide, c'est ni plus ni moins aussi mou que les hommes... Faut
que je lui donne du foin à c'te bête.. Et puis je vois là-bas un petit
cabaret!... J' vas tâcher d'y trouver queuque chose pour moi.. puisque
vous ne me laissez rien :

— Toujours des retards? mon brave Grilloie, je suis fâché de voir
que vous ne songez qu'à satisfaire votre intempérance... Mademoiselle Bellavoine vous reproche d'aimer un peu la bouteille, je crains
qu'elle n'ait pas tort! Enfin, puisqu'il le faut, arrêtons un moment,
mais le moins possible, je vous en prie, car il se fait tard, et je ne
voudrais pas, à cause de mademoiselle Troupeau, que nous fussions
encore en route la nuit.

— Oh! cela m'est égal, monsieur Baisemon, je n'ai pas peur, moi!

— Alors, mademoiselle, je serais obligé d'avoir peur pour vous, et
cela reviendrait au même.

La voiture s'arrête au milieu d'un petit village. Grilloie descend,
son premier soin est de passer derrière la carriole. Godibert est déjà
descendu, et assis contre un arbre, la tête sur son paquet, il feint de
dormir.

— C'est bien singulier! dit Grilloie en faisant plusieurs fois le
tour de la voiture, je ne vois pas le petit Savoyard!...

— C'est qu'il nous a quittés, dit Virginie en s'efforçant de ne pas
rire.

— Comme dit mademoiselle, reprend Baisemon, c'est qu'il nous
aura quitté... Je ne vois rien d'étonnant à cela.

— Oui!... mais v'là là-bas, contre un arbre... un grand gaillard
qui dort.. et il n'était pas là quand j'avons passé dans l'instant.

— C'est que vous ne l'aurez pas remarqué, dit Virginie; il fallait.
qu'il y fût, puisqu'il est endormi.

— Mademoiselle résonne comme Minerve, puisque cet homme
dort, c'est qu'il est là depuis longtemps... Allons, Grilloie, donnez
l'avoine au cheval et dépêchez-vous.

Grilloie ne dit plus rien; il se contente de bougonner entre ses
dents, et après avoir donné ce qu'il faut à Cocotte, il se dirige vers
une petite maison de village, d'où il revient bientôt avec une bouteille, une énorme miche de pain et un morceau de fromage, il mange
cela sur le bord de la route, ayant toujours les yeux attachés sur Godibert, qui ne bouge pas.

— Allons, Grilloise, *macte puer, mastre, animo*, dit M. Baisemon qui a terminé tout ce que contenait le panier, j'espère que cette halte est la dernière... combien avons-nous encore de lieues à faire ?

— Quatre bonnes, au moins...

— Et l'on dirait que le jour baisse déjà... il fait nuit à cinq heures à présent!... mais votre cheval a bien mangé ; je me flatte que nous irons bien plus vite.

— Oh! oui, si nous n'avons plus de petit Savoyard derrière nous.

En ce moment on entend le galop d'un cheval. Virginie met sa tête en dehors; un cavalier s'avance : c'est un jeune homme, il approche, elle le reconnaît : c'est Doudoux qui arrive à franc étrier sur un joli cheval anglais.

— Bon! voilà l'autre! se dit la jeune fille ; oh! cela va être encore plus amusant!

En approchant de la carriole, Doudoux a ralenti l'allure de son coursier, il ne va plus qu'au pas, lorsqu'il est contre les voyageurs; mais il dépasse la voiture, afin de s'assurer si elle renferme celle qu'il cherche; ses yeux n'ont pas besoin de plonger sous le cabriolet, Virginie était penchée vers l'entrée, et tandis que M. Baisemon retourne et replace un grand rond de cuir sur lequel il assied son énorme rotondité, et que Grilloie remet le mors à Cocotte, Virginie fait un gracieux salut à Doudoux, qui manque de tomber en voulant par sa pantomime exprimer tout ce qu'il ressent.

— Voilà qui est fait, dit Grilloie en remontant sur la banquette; Cocotte trottera ferme ou nous aurons du malheur!

On se remet en route. Cocotte va bien quelques portées de fusil; mais elle ralentit bientôt son pas, Doudoux trottait en se tenant presque toujours près de la voiture, et de temps à autre il regardait dans le cabriolet.

— Voilà un voyageur qui ne va pas mieux que nous, dit Grilloie, et cependant il a un joli cheval!... C'est étonnant, il galopait si bien pour nous rattraper!...

— Allons, Grilloie, au lieu de vous occuper de tout ce qui se passe sur la route, tâchez de nous mener mieux que cela!...

Après avoir dit ces mots, M. Baisemon laisse aller sa tête en arrière et ferme les yeux; alors Virginie regarde par son carreau, Godibert a repris sa place derrière, il se penche vers elle et lui dit :

— Qu'est-ce que c'est donc que ce petit monsieur qui trotte constamment à côté de nous ? il ne fait que regarder dans le cabriolet... Est-ce qu'il vous connaît, mademoiselle ?

— Oui, c'est un jeune homme de Belleville...

— Ah! ah! est-ce pour vous suivre qu'il trotte là ?...

— Je n'en sais rien; est-ce que la route n'est pas libre ?...

— Oui, mais je ne veux pas qu'il vous regarde si souvent. Si le cavalier ne finit pas, j'irai tirer la queue à son cheval...

— Est-ce que vous êtes méchant, monsieur Godibert ?

— Non, mademoiselle, je suis doux comme miel. Mais ce jeune homme se tient très-mal à cheval, et j'ai envie de lui donner une leçon d'équitation.

Pendant que les jeunes gens se parlent, ils ne se sont pas aperçus que la voiture s'arrêtait; le vieux Grilloie, qui a toujours des soupçons, vient de faire faire halte à Cocotte, ensuite il est monté sur sa banquette, il a aperçu Godibert, et il se met à crier de toutes ses forces :

— J'en étais sûr!... C'est ce grand dormeur qui est derrière notre cabriolet!... C'est pas du tout un petit Savoyard! Je ne m'étonne plus que Cocotte tire si mal!...

Baisemon, réveillé en sursaut par les cris de Grilloie, se frotte les yeux en balbutiant :

— Est-ce que nous versons, Grilloie ?

— Non, monsieur; mais c'est un grand gaillard qui est monté derrière... Dites donc, là-bas!... voulez-vous bien descendre?... Est-ce que vous avez payé pour être là ?...

Ces mots s'adressaient à Godibert; il se contente de rire au nez de Grilloie.

— Voyez-vous cet insolent! il me rit au nez, et il ne bouge pas!... Dites donc de descendre, monsieur!

Baisemon essaie de passer sa tête à travers un carreau, mais il n'en peut venir à bout. Virginie dit à Grilloie :

— Voilà bien du bruit pour peu de chose!... que nous importe qu'il y ait quelqu'un derrière nous ? ça ne nous gêne pas...

— Et Cocotte, mademoiselle!

— Eh! mon Dieu, fouettez-la...

— Mademoiselle Troupeau a raison, Grilloie; vous nous arrêtez sans cesse... et le jour baisse... Priez encore ce voyageur de descendre, et s'il n'en fait rien... ma foi, allez toujours.

— Monsieur, voulez-vous descendre, s'il vous plaît? dit Grilloie en remontant debout sur sa banquette.

— Non, mon petit vieux, je ne descendrai pas... Allez votre train, et ne vous arrêtez plus pour moi.

Grilloie se rassied de fort mauvaise humeur, et il fouette Cocotte à tour de bras en disant :

— C'est commode de voyager comme ça!

Doudoux s'est aperçu que Virginie parlait à la personne qui est derrière la voiture; mais il croit que Godibert est un domestique, et il continue de se tenir près du cabriolet : si Cocotte, stimulée par le fouet, prend un trot plus précipité, il pousse son cheval; si la jument

se ralentit, il retient sa monture : enfin il est toujours là regardant fréquemment dans le cabriolet.

Le jour baisse, on est alors sur une grande route, où l'on ne rencontre aucune habitation. Grilloie tourne la tête du côté de Baisemon en disant à voix basse : — Monsieur, savez-vous bien que tout ceci n'est pas clair?

— Quoi! Grilloie, qu'est-ce qui n'est pas clair? répond Baisemon en se frottant les yeux.

— Comment! monsieur, vous ne remarquez pas que v'là un homme à cheval qui s'obstine à rester à côté de nous... ni plus ni moins que si nous étions des prisonniers qu'il escorte ?...

— Vraiment... C'est donc toujours le même homme à cheval qui trotte près de nous ?

— Oui, monsieur; si Cocotte prend un élan... crac! il se lance aussi, si c'te bête s'endort, le v'là qui retient son cheval... et puis, à tout instant, il tourne la tête; on dirait qu'il veut plonger dans le fond de not' voiture.

— En effet... c'est assez singulier...

— Et puis c't'autre qui est derrière, pensez-vous que ce ne soit pas aussi pour queuque chose qu'il se soit campé là ?... Et tenez, je gagerais qu'il s'entend avec celui qui est à cheval... ils se regardent tous deux, ils se font des signes... Ces deux hommes-là ont de mauvaises intentions, monsieur!...

— Ah! mon Dieu! Grilloie, vous me donnez des inquiétudes... Mademoiselle, connaîtriez-vous par hasard ces messieurs qui veulent nous escorter malgré nous ?

— Moi!... monsieur Baisemon, je ne les ai jamais vus.

— Diable!... tant pis... et voilà qu'il fait presque nuit. Sommes-nous encore loin de Senlis, mon bon Grilloie ?

— A peu près deux lieues...

— Fouettez votre cheval, mon ami, fouettez ferme!... et cette route est fort déserte... Ah! mon Dieu!... je n'ai plus envie de dormir... Fouettez donc, Grilloie!

— Eh! morgué! pus je la bats, moins elle avance... et tenez, voyez-vous, v'là l'autre qui ralentit son cheval, parce que nous allons doucement!

— C'est vrai... il revient près de nous...

— J' vous dis que ces deux hommes-là sont des voleurs : ils attendent qu'il fasse plus nuit, et alors... dame! gare à nous!...

— Vous me faites frémir, Grilloie; mademoiselle, que pensez-vous que nous devions faire ?

— Il me semble qu'il faut toujours avancer.

— Et si ces deux hommes nous attaquent tout à l'heure ?

— Vous me défendrez, j'espère... vous êtes deux aussi!...

— Mais nous n'avons pas d'armes... et ces gens-là en ont sans doute plein leur poche...

— Oh! oui, le cavalier a de gros pistolets aux arçons de sa selle...

— De gros pistolets!... Grilloie, avez-vous une arme, mon ami!

— Je n'ai que mon couteau.

— N'avoir pas une paire de pistolets!... C'est impardonnable de voyager sans armes! nous n'avons presque point d'argent sur nous, nous le leur abandonnerons.

— Et mes effets, monsieur, est-ce que vous croyez que je veux qu'on me les vole, moi!... Non certainement; on m'a confiée à vous, et vous devez me défendre, moi et tout ce qui m'appartient.

— Ah! quel voyage!... Je doute que Job se soit jamais trouvé dans une situation plus cruelle... et voilà qu'il est tout à fait nuit!... Fouettez donc, Grilloie!

— Et s'il y a des ornières ?...

— C'est égal, il faut éviter le danger le plus grand.

Il n'y avait pas de lune ce jour-là, et pas une seule lanterne au cabriolet de mademoiselle Bellavoine, parce qu'elle n'avait jamais voyagé la nuit. Cependant Grilloie pousse tant qu'il peut la jument; car l'obscurité augmente sa terreur et celle de Baisemon; le trot mesuré du cheval de Doudoux retentit continuellement à leurs oreilles, et pour achever de leur tourner les sens, Godibert se met à siffler un pas redoublé.

— Monsieur, entendez-vous le sifflet? dit Grilloie d'une voix tremblotante.

— Oui... oui... j'entends... Fouettez donc, Grilloie... Tâchez que Cocotte prenne le mors aux dents... c'est notre seule ressource...

— Je n'ai plus de force, monsieur, je n' sais pas où j'en suis.

Et le vieux bonhomme laisse échapper les guides de sa main, et il fouette toujours Cocotte, et la jument s'abat, et le cabriolet tombe en avant, Grilloie le nez sous la queue de Cocotte, et M. Baisemon sur le dos de Grilloie. Virginie seule ne sort pas du cabriolet.

Baisemon et Grilloie crient comme s'ils étaient broyés; Godibert et Doudoux ont déjà mis pied à terre; ils s'informent d'abord si Virginie est blessée; rassurés par elle-même, ils vont relever ses deux compagnons, les mettent sur leurs pieds, puis tâchent d'en faire autant du cheval. Après quelques efforts, ils y parviennent, et, l'accident étant réparé, les deux jeunes gens commencent alors à se questionner l'un et l'autre.

— Pourquoi restez-vous près de cette voiture et regardez-vous sans cesse la demoiselle qui est dedans? demande Godibert d'un ton impératif.

— Je fais ce qui me plaît, je n'ai pas de comptes à vous rendre; je suis majeur!...

— Je ne veux pas que vous suiviez ce cabriolet.

— Et de quel droit voudriez-vous m'en empêcher?...

— De quel droit?... de celui-ci d'abord.

Et Godibert donne un croc en jambes à Doudoux; celui-ci se relève furieux et saute sur Godibert. Pendant que les deux jeunes gens s'escriment au pugilat, Baisemon et Grilloie sont enfin revenus de l'étourdissement que leur a causé leur chute, et ils aperçoivent à quelques pas d'eux le combat acharné que se livrent les deux voyageurs.

— Monsieur, v'là nos voleurs qui se battent entre eux, dit Grilloie; c'est sans doute à qui aura tous nos effets.

— Monsieur, dit Troupeau, un homme qui préfère se faire emprisonner à montrer son derrière doit mériter toute notre confiance.

— Grilloie, profitons de ce moment... le cheval est sur pied, vite, mon ami, vite en route!...

Baisemon fait un tour de force, il remonte dans le cabriolet sans le secours de personne, tant la peur le rend agile; il se jette dans le fond au risque d'écraser Virginie. Grilloie est bientôt sur son siége, il tient les guides, fouette le cheval et l'on part, laissant les deux jeunes gens se battre sur la route.

CHAPITRE XVII. — On est chez la tante.

Soit que l'accident arrivé à Cocotte lui eût donné du cœur au ventre, soit qu'elle fût satisfaite de ne plus tirer la charge de Godibert, elle semble avoir pris le mors aux dents et répond par une noble ardeur aux stimulants que lui administre Grilloie; elle avance au grand trot et sans reprendre haleine vers Senlis, et bientôt la voiture s'arrête devant la demeure de mademoiselle Bellavoine.

— Nous sommes sauvés! s'écrie M. Baisemon, qui pendant tout ce trajet n'avait pas dit autre chose que : *Hue!... hue donc, Cocotte!* Ah! mademoiselle, nous pouvons nous vanter d'avoir échappé à un grand péril!...

— C'est ben vrai, dit Grilloie, et Cocotte est tout de même une bonne bête qui va bien quand on ne la charge pas plus qu'elle ne veut.

La maison de mademoiselle Bellavoine n'était pas située au centre de la petite ville, elle se trouvait au contraire à l'extrémité, formant l'angle au bout d'un mur très-long qui servait de clôture à des jardins; elle était sur une espèce de petite place où aboutissaient quelques ruelles désertes. Point d'habitation à côté ni en face, c'était une maison de ville qui pouvait passer pour une maison de campagne. La vieille tante l'avait achetée à cause de sa position isolée. Les fenêtres du rez-de-chaussée étaient garnies de forts barreaux de fer; à celles du premier

il y avait doubles volets; les murs du jardin avaient onze pieds de haut et étaient encore surmontés de tessons de bouteille. Quant à l'intérieur de la maison, il répondait à l'extérieur. C'étaient de grandes pièces avec d'antiques tapisseries, de longs corridors comme ceux d'un couvent, une cour où l'on ne voyait que du linge étendu et la niche d'un chien, enfin un jardin très-grand, mais où il n'y avait ni petit sentier, ni bois, ni bosquets.

Grilloie a sonné à une porte cochère énorme dans laquelle on a pratiqué une espèce de petit guichet grillé. Une voix aigre y vient crier :

— Qui est-ce qui est là?

— C'est nous, mademoiselle Perpétue, c'est nous qui arrivons avec la nièce de mamzelle.

— Oui, c'est nous, bonne et honnête Perpétue, dit Baisemon en se laissant couler en bas du cabriolet, nous qui bénissons le Ciel de toucher enfin le seuil de cette porte! comme Jacob bénit le Seigneur en revoyant le pays de Chanaan.

— Attendez, je vais ouvrir les deux battants.

Jusqu'à ce que le cabriolet soit dans la cour et la porte refermée sur eux, Baisemon et Grilloie ne sont pas tranquilles; ils croyaient toujours avoir des voleurs sur les talons. Enfin la voiture est entrée, la porte est refermée, et Virginie saute en bas du cabriolet en disant :

— La maison de ma tante me fait l'effet d'une prison!...

Un énorme chien vient se jeter sur la robe de Virginie au moment où elle met pied à terre.

— A bas! à bas donc, Gueulard! dit Grilloie en repoussant le chien, tandis que Virginie se cache derrière Baisemon.

— N'ayez pas peur, mademoiselle, dit Perpétue, c'est que Gueulard ne vous connaît pas encore...

— Que je n'aie pas peur?... Mais il a manqué de m'emporter une jambe et il m'a déchiré toute ma robe...

— Oh! c'est un animal qui vaut deux hommes. Allez donc coucher, Gueulard... mademoiselle est la nièce de votre maîtresse, vous ferez connaissance.

Gueulard ne s'éloigne qu'en grognant, et Perpétue reprend :

M. Baisemon.

— Mais pourquoi donc arrivez-vous si tard? savez-vous qu'il est nuit depuis longtemps; sept heures ont sonné!

— Ah! ma bonne Perpétue, ce n'est pas notre faute!... il nous est arrivé en route tant d'événements!... nous avons bien cru ne jamais vous revoir!

— En vérité?... Ah! mon Dieu! ce pauvre M. Baisemon!... il aurait couru des dangers!...

— Est-ce que mademoiselle Bellavoine est couchée?...

— Non, pas encore... Elle vous attend dans la grande salle... Je vais vous éclairer.

Mademoiselle Perpétue est une petite femme de cinquante-cinq ans, mais encore verte et active, c'est la seule domestique femelle que mademoiselle Bellavoine ait conservée près d'elle; les autres n'ont pu supporter longtemps le despotisme, la sévérité et les manies de la vieille fille; mais comme Perpétue est elle-même acariâtre, revêche et méchante, elle est restée chez mademoiselle Bellavoine: les loups s'arrangent entre eux.

La domestique tient une lampe et marche devant. On pénètre sous un large vestibule; on monte un escalier à rampe de pierre; on traverse, au premier, une vaste antichambre, et l'on entre dans un immense salon que deux bougies éclairent fort mal. Là, mademoiselle Bellavoine est assise dans une bergère devant une de ces antiques cheminées où un homme pouvait entrer sans se baisser. La vieille fille tient un livre qu'elle dépose, ainsi que ses lunettes, à l'arrivée de sa nièce.

En se présentant devant sa tante, Virginie a repris cet air innocent et modeste qu'elle avait chez ses parents, mais dont elle s'était défaite pendant la route. Elle donne sa main à M. Baisemon et se laisse conduire près de sa tante, à laquelle elle fait une profonde révérence sans lever les yeux.

— Ah! vous voilà, ma nièce, je vous attendais... Approchez... approchez encore... Avez-vous toujours été bien sage, bien douce, bien modeste depuis que je ne vous ai vue?

— Oui, ma tante.

— Etes-vous contente de venir passer quelque temps près de moi?

— Oui, ma tante.

— C'est bien; venez m'embrasser... Maintenant asseyez-vous là... près du feu... Et vous, monsieur Baisemon, dites-moi ce qui est cause que vous arrivez si tard...

Baisemon, qui jusque-là s'est tenu incliné, comme s'il voulait faire la roue, se permet de relever la tête et s'avance en disant:

— Mademoiselle, notre voyage ne s'est pas effectué sans obstacles!... et sans la protection du ciel, qui veille sur ses élus, je pense qu'en ce moment nous serions encore étendus sur la route, mademoiselle votre nièce, Grilloie et moi.

— Ah, mon Dieu! vous me faites frémir... Vous auriez versé?

— Je vais, mademoiselle, vous relater tout cela par ordre. *Incipio:* Nous partîmes ce matin vers huit heures et demie, chargés des compliments des respectables parents de mademoiselle, ainsi que d'un pâté et d'un saucisson; car il ne faut pas oublier la maxime: Aide-toi, le ciel t'aidera! C'est pourquoi en voyage on doit toujours emporter des provisions. D'ailleurs il n'eût pas été décent de faire entrer mademoiselle votre nièce dans une auberge, ni même de la laisser quitter la voiture... C'était votre désir et celui de l'honorable M. Troupeau.

— Très-bien; poursuivez.

— Or donc, mademoiselle, le voyage commençait assez bien, si ce n'est qu'un petit Savoyard était monté derrière notre voiture; cela donnait de l'humeur à Cocotte, qui trottait mal. Mais bientôt à la place de cet enfant vint se mettre un grand homme de fort mauvaise mine que nous prîmes enfin le parti de déguerpir.

— Un grand homme?

— Oui, mademoiselle, un grand brigand, comme nous l'avons vu après. J'aurais bien été me battre avec lui; mais je me dis: Si je suis vaincu, que deviendra mademoiselle Troupeau, que j'ai ordre de ne pas quitter!... Le vieux Grilloie tremblait de tous ses membres! Je pensai qu'il valait mieux laisser cet homme derrière et continuer notre chemin.

— C'était sagement raisonné, monsieur Baisemon.

— Mais malheureusement Cocotte trottait encore plus mal. Ce n'est pas tout: voilà qu'un autre brigand arrive à cheval et se met à nos

Voyage de Virginie chez sa tante Bellavoine.

côtés qu'il ne quitte plus. Celui-là était armé jusqu'aux dents! N'est-ce pas, mademoiselle?

— Je n'ai pas osé le regarder, monsieur.

— Enfin ces deux hommes se faisaient des signes et la nuit venait; et, à une lieue d'ici, vous savez comme la route est déserte!...

— Ah! que cela est effrayant!

— Je dis à Grilloie: il faut se montrer, mon ami, fouettez Cocotte et galopons!... Mais au lieu de galoper, Cocotte manque des jambes, et nous tombons tous hors de la voiture.

— Tous!... ah, mon Dieu!... ma nièce, vous aviez votre caleçon, j'espère?

— Oui, ma tante!

— Oh! soyez persuadée, mademoiselle, que nous en avons tous plutôt deux qu'un. Les mœurs n'ont point souffert; mais en revanche mon menton et mon front ont souffert beaucoup. Vous dire comment je parvins à me remettre sur mes pieds, c'est ce que je ne sais pas, ni Grilloie non plus, tant nous étions étourdis de notre chute. Quand je repris mes sens, le cheval s'était relevé et mademoiselle était à sa place dans le cabriolet.

— Mais, monsieur Baisemon, je ne l'avais pas quitté, moi; car je ne suis pas tombée.

— Vous n'êtes pas tombée, mademoiselle? j'en rends grâce au ciel. J'avais cru vous voir lancée à dix pas de là. Quand je revins à moi, savez-vous, mademoiselle, ce que faisaient nos deux brigands? ils se battaient sur la route comme des forcenés; un combat à outrance; ils se roulaient dans la poussière: cette circonstance nous sauva! Je dis à Grilloie: La discorde est dans le camp des Grecs, profitons-en. Nous remontâmes, nous pressâmes Cocotte, et nous arrivâmes enfin ici, où j'ai l'honneur de remettre entre vos mains votre candide nièce, aussi pure que ses parents me l'ont confiée.

— Monsieur Baisemon, votre récit m'a vivement inquiétée!... J'ai craint un moment que les voleurs ne vinssent jusqu'ici..... Ma nièce, vous avez dû avoir bien peur?

— Oh! oui, ma tante! j'ai frissonné tout le long de la route!...

— Chauffez-vous, mon enfant. Prendriez-vous bien quelques aliments?

— Volontiers, ma tante.

— Moi aussi, mademoiselle, je collationnerais avec plaisir; car j'ai oublié de vous dire qu'en route on nous a aussi volé la moitié de notre pâté...

— Ce pauvre M. Baisemon! Perpétue, servez une collation. Montez du vin vieux... de celui qu'affectionne M. Baisemon.

— Ah! mademoiselle... que votre volonté soit faite en toutes choses!

Pendant que Perpétue se hâte de disposer la collation, mademoiselle Bellavoine adresse différentes questions à sa nièce; celle-ci y répond avec une niaiserie qui satisfait complétement la vieille fille. Elle donne un petit coup sur la joue de Virginie, en disant:

— Allons... cette petite a été mieux tenue que je ne l'espérais... quelques mois ici avec moi et je me flatte qu'elle sera accomplie.

Virginie se met à table à côté de Baisemon, qui mange comme s'il n'avait rien pris de la journée; Perpétue semble être en admiration en voyant la manière dont le gros régisseur fait jouer sa mâchoire.

Le repas terminé, mademoiselle Bellavoine se lève en disant:

— Vous devez avoir besoin de repos, ma nièce? venez, votre chambre est prête... Bonsoir, monsieur Baisemon, demain vous me donnerez d'autres détails sur votre voyage.

— Oui, mademoiselle, et j'aurai l'honneur de vous toucher deux mots sur certaine affaire que M. Troupeau m'a narrée en me priant de la renarrer devant vous.

— C'est bien; à demain! Vous veillerez, s'il vous plaît, à ce que Grilloie lâche Gueulard dans la cour.

— Il est déjà lâché, mademoiselle; nous avons eu le plaisir de voir Gueulard en arrivant; et ce fidèle animal a donné une nouvelle preuve de son dévouement en voulant se jeter sur mademoiselle votre nièce qu'il ne connaissait pas. Mademoiselle, je prie la Providence de vous parfumer de ses pavots.

Mademoiselle Bellavoine s'appuie sur sa grande canne. Perpétue prend des bougies, on sort du salon, et l'on entre dans un grand corridor qui est de l'autre côté de l'escalier. Plusieurs portes donnent dedans, la domestique en ouvre une, et mademoiselle Bellavoine fait entrer Virginie dans une grande chambre où est un lit à baldaquin avec les rideaux de damas jonquille, et une grande croisée qui donne sur la cour.

— Voici votre chambre, ma nièce, dit la vieille fille; vous avez de quoi vous retourner, rien ne vous y manquera : voici une commode, un miroir. Comme je sais que vous aimez la lecture, j'ai fait mettre quelques livres sur ce rayon; le *Parfait jardinier*, la *Cuisinière bourgeoise*, les *Contes de Perrault* et un *Traité sur les champignons*, qui apprend à distinguer parfaitement les bons des mauvais. Bonsoir, ma nièce; ici vous pourrez dormir tranquille, vous êtes entre moi et Perpétue; ma chambre est à votre droite, la sienne à gauche. M. Baisemon couche au-dessus de nous, et Grilloie couche au-dessous. Ajoutez cela Gueulard qui passe la nuit à veiller dans la cour, et vous n'aurez pas peur ici, j'espère. De plus voici une sonnette qui répond dans la chambre de Perpétue, afin que l'on vienne si la nuit vous étiez indisposée. Vous voyez, mon enfant, que j'ai pensé à tout. Couchez-vous maintenant, et dormez; demain je vous mettrai au fait de la règle de conduite que j'ai établie dans ma maison.

Mademoiselle Bellavoine embrasse sa nièce, et on laisse Virginie seule dans sa nouvelle demeure, dans laquelle on l'enferme à double tour.

— Ah! mon Dieu, que c'est triste ici!... dit Virginie en examinant sa chambre. J'ai presque peur!... Dieu! comme je vais m'ennuyer chez ma tante. S'il me faut y rester plusieurs mois... j'y mourrai!... Et ces deux imbéciles qui, au lieu de me suivre, se sont mis à se battre sur la route! Mais que vais-je faire ici?... et encore c'est que je suis renfermée.

Virginie s'assied sur le pied de son lit, elle pousse un gros soupir, elle est prête à pleurer, mais elle ne cède pas à ce mouvement de faiblesse, et renfonçant ses larmes, elle se remet à parcourir sa chambre en disant :

— C'est des bêtises de pleurer... ça n'avance à rien du tout qu'à rendre les yeux rouges... on veut me garder ici... eh bien! je tâcherai de leur donner de l'occupation; ça me distraira. Si mes deux amoureux ne se sont pas tués, ils chercheront à s'introduire ici, et certainement je les y aiderai.

Après avoir pris son parti, Virginie procède à sa toilette de nuit, elle se débarrasse de tous les vêtements incommodes qu'on la force de porter, elle se mire, se coiffe, se regarde avec complaisance en se disant :

— Mais il me semble que je suis bien gentille... Et dire que M. Auguste ne s'en est pas aperçu!... C'est qu'il ne m'aura pas bien regardée... Et puis il était tout occupé de son Adrienne... Ah! elle est bien heureuse Adrienne!...

La toilette ou plutôt le déshabillé a été long, une jeune fille s'arrête souvent dans ces sortes d'occupations, il lui semble toujours qu'elle se voit quelque chose de nouveau. Elle est dans l'âge heureux où la curiosité n'est jamais punie, plus tard on se repent quelquefois d'y avoir cédé.

Virginie a terminé ses apprêts de nuit, elle se met au lit, mais elle n'a pas envie de dormir. Elle se relève et va regarder les livres; elle les rejette bientôt en disant :

— Je me moque pas mal de me connaître aux champignons! Je ne les aime pas... Ah! quelle idée... ils sont tous couchés maintenant, il faut que je commence à les amuser.

Elle court au cordon de la sonnette, le tire plusieurs fois avec force, puis souffle sa chandelle et va se coucher. Bientôt elle entend Perpétue qui se lève et accourt, tandis que de sa chambre la vieille tante crie :

— Ma nièce sonne... Perpétue... ma nièce sonne; allez voir ce qu'elle veut, vous avez la clef.

— Oui, oui, mademoiselle, j'y vais.

Perpétue entre, en camisole, en jupon court et une lumière à la main.

— Qu'y a-t-il, mademoiselle, vous avez sonné?

— Oui, mademoiselle Perpétue... j'ai sonné...

— Seriez-vous indisposée?

— Non, ce n'est pas cela... Mais j'ai sonné parce que j'ai eu peur, et j'ai eu peur parce que j'ai entendu comme un bruit sourd qui partait de dessous mon lit...

— Du bruit sous votre lit!... Ah! mon Dieu!...

Et Perpétue, au lieu d'avancer, fait quelques pas en arrière.

— Je n'ai pas pu y regarder parce que j'avais éteint ma chandelle, mais si vous veniez avec la vôtre voir s'il y a quelqu'un sous mon lit... ça me rassurerait.

— Moi! que je regarde là... oh! je n'oserais jamais, mademoiselle... j'ai déjà le frisson... attendez... je vais appeler...

Perpétue retourne dans le corridor, où elle se met à crier :

— Monsieur Baisemon!... descendez vite, s'il vous plaît... on a besoin de vous.

— Qu'est-ce qu'il y a donc, Perpétue? crie la vieille tante du fond de son alcôve; mais Perpétue ne répond pas, et continue d'appeler à tue-tête M. Baisemon.

Le gros bonhomme arrive, le chef couvert d'un ample bonnet de coton, et le corps enveloppé dans une vieille blouse qui lui sert de robe de chambre; mais qui n'est pas assez longue pour cacher le caleçon de rigueur. A l'aspect de M. Baisemon en costume de nuit, Virginie fourre sa tête sous sa couverture pour satisfaire son envie de rire.

— Me voici, bonne Perpétue, dit Baisemon en se présentant avec son binet à la main, quel événement est donc survenu, qui trouble le repos de notre nuit?... Je faisais déjà un petit somme, précurseur d'un plus intense.

— Il y a quelqu'un de caché sous le lit de mademoiselle.

— Quelqu'un de caché!...

— C'est-à-dire nous ne l'avons pas vu; mais mademoiselle a entendu remuer...

— Je vais appeler Grilloie...

— Si vous regardiez d'abord un brin vous-même.

— Vous savez bien que je ne peux pas me baisser.

Baisemon est déjà dans le corridor, où il appelle Grilloie, tandis que la vieille tante se démène dans son lit, et demande si le feu est à la maison.

— Non, mademoiselle, dit Perpétue, ce n'est pas le feu, mais c'est peut-être un voleur.

— Un voleur!...

— Ah! voici Grilloie!

Le vieux paysan a passé un pantalon; il arrive, à moitié endormi, coiffé d'un bonnet grec qui laisse à peine voir son nez.

— Grilloie, allez donc regarder sous le lit de mademoiselle... Tenez, prenez mon binet... regardez avec soin, mon garçon... nous serons derrière vous.

Et Baisemon pousse Grilloie devant lui; le vieux paysan se frotte les yeux en disant :

— Comment que vous dites?... mamzelle est tombée sous son lit?

— Non, mon bon ami, mais on craint qu'il n'y ait là quelque malfaiteur!... quelque larron!

— Ah! oui-da, et vous croyez que je vais allez me fourrer là-dessous... j'vas chercher Gueulard, ça vaudra ben mieux, s'il y a là queuqu'un, il l'étranglera tout d'suite.

— Non, non! je ne veux pas que vous alliez chercher votre chien! crie Virginie, il sauterait encore sur moi... Comment, vous avez de la lumière, et à vous trois, vous n'osez pas regarder sous mon lit!...

Ces mots piquent Grilloie, il prend le binet, et se jette à genoux devant le lit, tandis que Baisemon et Perpétue ont gagné la porte.

— Il n'y a rien du tout! dit Grilloie en se relevant.

— Mademoiselle, rassurez-vous, crie Perpétue à sa maîtresse, il n'y a pas de voleur; mademoiselle votre nièce s'était trompée.

— Ah! c'est bien singulier! dit Virginie.

— Cela se conçoit, dit Baisemon, nos aventures en route ont dû laisser dans votre esprit une vive impression; moi-même, tout à l'heure, dans ma chambre, je pensais voir encore ces deux hommes de tantôt. Bonsoir, mademoiselle! calmez vos sens... vous êtes au port.

— Faut espérer que je dormirons enfin, dit Grilloie.

— Oui, mon garçon, nous allons reposer nos membres endoloris par notre chute de tantôt; et demain je prévois que nous aurons un grand appétit. Bonne nuit, vertueuse Perpétue.

— A vous de même, monsieur Baisemon.

On sort de la chambre de Virginie, et celle-ci, après avoir ri de la frayeur qu'elle a causée à toute la maison, s'endort en cherchant une autre espièglerie pour le lendemain.

La nuit avait été laborieuse; la petite scène jouée par Virginie avait causé un cauchemar à mademoiselle Bellavoine; Perpétue avait rêvé qu'elle couchait avec un voleur, et Baisemon qu'on l'assassinait; aussi le lendemain tout le monde est pâle et fatigué, excepté Virginie qui a dormi très-paisiblement.

Après le déjeuner, M. Baisemon prend mademoiselle Bellavoine en particulier pour lui faire part de la brillante alliance que l'on espère pour sa nièce. La vieille fille avait autant de vanité que les Troupeau; elle se redresse, regarde Baisemon, et sa bouche a presque une expression agréable en répondant :

— Ce que vous m'annoncez là me fait grand plaisir!... ma petite nièce serait comtesse de Senneville!... à la bonne heure!... pour être comtesse on peut avoir envie de se marier; nous ferons en sorte que M. de Senneville retrouve Virginie digne de lui. Ma nièce ignore tout ceci, j'espère?

— Oui, mademoiselle. M. Troupeau m'a dit que c'était un mystère, excepté pour vous!

— Très-bien; vous vous tairez, monsieur Baisemon?

— Comme si on m'avait coupé la langue, mademoiselle.

— C'est qu'il ne faut pas qu'une jeune fille sache que l'on s'occupe de la marier... cela lui fait faire des rêves... et une jeune fille ne doit pas rêver!

—J'aurais bien voulu être jeune fille cette nuit, mademoiselle, car pendant mon sommeil je me suis vu entre deux brigands qui me lardaient de leurs poignards!

—Et moi, monsieur Baisemon, j'ai eu continuellement un singe vert sur l'estomac.

—Et il paraît que cette pauvre Perpétue a été aussi fort tourmen-

—C'est cette alerte de cette nuit qui nous a bouleversé les sens.

—Pour nous refaire, monsieur Baisemon, nous nous coucherons tous ce soir à sept heures.

—Voilà une idée tout à fait philanthropique, mademoiselle, et qui est digne de vous.

Virginie a passé la journée à parcourir la maison, et le jardin dans lequel on lui permet de se promener seule, grâce à la hauteur excessive des murs. Elle cherche par où il y aurait moyen de sortir ou de se glisser dans la maison; elle voit avec peine que la propriété de sa tante est bien close; toutes les portes donnant au dehors sont verrouillées, cadenassées, et, à moins d'intelligence dans la place, il semble fort difficile d'y pénétrer.

Virginie est revenue assez tristement près de sa tante qui, pour l'amuser, lui fait faire jusqu'au dîner une lecture dans l'*Art de bien faire les confitures*. Le repas n'est pas plus gai que les autres moments de la journée. Mademoiselle Bellavoine y est presque constamment de mauvaise humeur, parce qu'elle n'a plus d'appétit, et que tout ce qu'elle aime lui fait mal; elle se répand en plaintes contre son médecin qui ne sait pas lui donner un bon estomac.

Baisemon laisse parler la vieille fille; il se contente d'approuver de la tête tout ce qu'elle dit, mangeant d'une façon effrayante, et murmurant parfois:

—C'est bien triste de n'avoir pas faim!

Après le dîner, mademoiselle Bellavoine apprend à sa nièce qu'on aura l'avantage de se coucher à sept heures pour réparer les fatigues de la nuit précédente. Virginie semble fort touchée de cette petite partie de plaisir, et la vieille tante, satisfaite de la docilité, de la soumission que lui montre sa nièce, lui offre d'emporter dans sa chambre le traité sur les confitures; mais Virginie remercie en disant qu'elle préfère dormir.

Chacun est rentré chez soi: Virginie est seule, assise sur son lit (c'est son siége favori), elle médite ce qu'elle fera pour empêcher tout le monde de dormir. Elle repose son menton dans une de ses mains, tandis que son coude est appuyé sur sa cuisse, et ses deux jambes croisées comme celles d'un tailleur. Un sourire vient effleurer ses lèvres, ses yeux s'animent et brillent quand une malice nouvelle se présente à sa pensée, et quiconque eût alors vu la jeune fille aurait subi le pouvoir de ses charmes singulièrement rehaussés par sa position bizarre et l'expression de sa physionomie. Cette méditation dure longtemps, mais Virginie ne veut agir que lorsque tous les habitants de la maison seront plongés dans le sommeil.

Ayant enfin arrêté ce qu'elle veut faire, Virginie se déshabille, se couche, et souffle sa lumière, elle attend que neuf heures aient sonné à la vieille horloge qui est dans la chambre de sa tante. Ce moment arrivé, Virginie commence par pousser de grands cris, et jeter sa table de nuit par terre, ensuite elle se lève et fait danser les chaises au milieu de la chambre, sautant elle-même sur ses talons, et donnant de grands coups de pied dans la muraille de droite et de gauche.

Ce manège ne tarde pas à faire son effet: mademoiselle Bellavoine est éveillée la première; elle s'écrie:

—Qu'avez-vous donc, ma nièce? que se passe-t-il encore dans votre chambre?

Virginie ne souffle pas mot, mais au bout de deux minutes elle lance sa carafe au milieu de sa chambre, et le bruit que cela produit fait de nouveau jeter les hauts cris à la vieille tante; elle éveille en sursaut Perpétue, qui demande à son tour ce qu'il y a.

Virginie se tait encore quelques instants, puis elle fait tomber quatre chaises à la fois. Alors la vieille tante carillonne, Perpétue se lève et vient avec sa lumière ouvrir doucement la porte de chez Virginie, elle aperçoit celle-ci se promenant en chemise entre les meubles renversés, et l'œil fixe, le cou tendu, parlant toute seule, mais ne lui répondant pas.

—Ah! mon Dieu! cette jeune fille a quelque chose de dérangé!.... s'écrie Perpétue en courant chez mademoiselle Bellavoine qu'elle trouve assise sur son séant.

—Eh bien! Perpétue, que se passe-t-il chez ma nièce? c'est un bruit affreux dans sa chambre.

—Ce qui se passe?... ah! mademoiselle... votre pauvre nièce... je ne sais pas ce qui lui a pris, elle marche toute seule sans chandelle... en chemise... elle me regarde et ne me répond pas... c'est tout à fait effrayant!...

—Jésus Maria!... elle marche en chemise!... et a-t-elle un caleçon, au moins?

—J'avais trop peur pour y regarder, mademoiselle.

—Appelez M. Baisemon, Grilloie, tout le monde; que l'on vienne, que l'on sache ce qu'il faut faire à cette petite.

Perpétue recommence son appel de la veille; mais cette fois il faut qu'elle s'égosille avant de parvenir à réveiller Baisemon, qui savoure le repas comme la bonne chère. Les deux hommes arrivent enfin dans

leur costume nocturne et de fort mauvaise humeur. Perpétue leur fait signe de la suivre; elle les conduit dans la chambre de Virginie, qui est alors montée sur sa commode, où elle a l'air de déclamer.

—La voyez-vous? dit Perpétue en montrant du doigt la jeune fille. Grilloie reste tout ébahi, tandis que Baisemon se frotte le ventre et les yeux.

—Que pensez-vous donc qui la rende comme cela? reprend la domestique impatientée de la tranquillité du régisseur.

—Ce que je pense, douce Perpétue, vraiment c'est la moindre des choses. Quand j'étais sous-maître d'école j'avais plusieurs élèves qui, toutes les nuits, en faisaient autant que mademoiselle Virginie..... ils étaient somnambules comme elle.

—Somnambules!... Vous croyez que cette jeune fille est somnambule?

—Certainement! dans ce moment elle a les yeux ouverts, mais elle dort pourtant.

—Elle dort... là, en l'air sur cette commode?

—Justement! si elle ne dormait pas, elle ne serait pas montée là.

—Eveillez-la donc, en ce cas!

—Que je l'éveille!... c'est qu'il faut prendre garde! il est dangereux d'éveiller les somnambules quand ils sont dans une position périlleuse... Attendons qu'elle descende de sa commode.

Mais Virginie semble faire la statue, elle ne descend ni ne bouge.

—Est-ce que nous allons passer la nuit à la regarder? dit Perpétue, tandis que Grilloie ronfle contre la porte sur laquelle il s'est adossé; de grâce, mon cher monsieur Baisemon, réveillez mademoiselle, puisque vous vous connaissez en somnambules.

Baisemon s'approche doucement de la commode; au moment où il va toucher la jambe de Virginie, celle-ci fait un jeté battu, et du bout de son pied envoie en l'air le bonnet de coton du gros régisseur; ensuite elle saute à terre et va se refourrer dans son lit.

—C'est absolument comme un chat! dit Perpétue en ramassant le bonnet de coton de M. Baisemon, la voilà recouchée à présent!...

—Alors je puis l'éveiller.

Baisemon va contre le lit et appelle Virginie en la poussant un peu. La jeune fille se frotte les yeux, bâille et regarde autour d'elle d'un air étonné et:

—Pourquoi donc m'éveille-t-on?... est-ce que ma tante est malade?...

—Voyez-vous qu'elle dormait? s'écrie Baisemon en regardant Perpétue.

—C'est vrai, je n'en reviens pas!... Comment, mademoiselle, est-ce que vous ne vous souvenez pas que vous venez de renverser les chaises, de casser votre carafe, votre vase de nuit, de danser sur votre commode?...

—Moi, Perpétue?... Oh! c'est pour rire que vous dites cela!

—En voilà les preuves autour de vous; demain il y aura de quoi ranger ici.

—Comment! j'ai fait tout cela en dormant?... est-ce bien possible?

—Oui, mamselle, vous êtes somnambule, et d'une fameuse force... n'est-ce pas, monsieur Baisemon?

—Mademoiselle l'est, mais l'accès est passé, nous pouvons nous recoucher...

—Ah! mon Dieu! que je suis donc fâchée d'être somnambule!

—Consolez-vous, mademoiselle, cela se passe avec l'âge; la vivacité du sang s'amortit, et dans une dizaine d'années, il est probable que vous ne vous lèverez plus la nuit.

—Si ça dure encore ça, nous allons avoir de l'agrément ici! murmure Perpétue en suivant Baisemon.

On laisse Virginie se rendormir. On va apprendre à mademoiselle Bellavoine que sa nièce est somnambule, ce qui afflige beaucoup la vieille tante, qui s'étonne que son neveu ne l'ait pas prévenue de cette infirmité de sa fille. Enfin chacun retourne à son lit en maudissant le somnambulisme, et la fatalité qui s'attache à chasser le repos de la maison.

Le lendemain, Virginie passe la journée aussi tristement que la veille; elle s'en venge la nuit en mettant le feu au *Traité sur les champignons*, elle le laisse se consumer entièrement au milieu de sa chambre afin de l'emplir de fumée; alors seulement elle pousse de grands cris: on arrive: la fumée suffoque et aveugle chacun: on croit la maison en flammes, on court, on crie et on appelle; Baisemon emporte mademoiselle Bellavoine dans ses bras et va la déposer dans le jardin pour la soustraire au péril; enfin, après avoir jeté des seaux d'eau de manière à ce qu'on puisse aller en bateau chez Virginie, on ne trouve rien de brûlé, on ne comprend pas par où est venue la fumée, on reporte la vieille tante dans son lit, et on retourne se coucher en se creusant la tête pour deviner comment il y a eu de la fumée sans feu.

La nuit suivante Virginie est somnambule; le lendemain elle crie au voleur; pendant huit jours elle trouve moyen de répandre chaque nuit l'alarme dans la maison. Cependant elle ne voudrait pas éveiller les soupçons de sa tante: il devient difficile de trouver encore des prétextes plausibles pour faire du bruit; le somnambulisme ne peut plus être employé sans danger, car la vieille tante a parlé de faire venir un docteur, et Virginie ne se soucie pas d'être traitée pour un mal qu'elle n'a point. D'un autre côté, elle serait désolée de laisser dormir en paix des gens dont elle voudrait lasser la patience. Mais que faire? quelle nouvelle espiéglerie imaginer?... Voilà ce que se dit Virginie pendant la neuvième nuit qu'elle passe sous le toit de mademoiselle Bellavoine; toutes les autres ont été troublées par elle. Il est dix heures, il y en a deux que chacun est retiré, la jeune fille se dépite et se retourne dans son lit en disant:

— Est-ce que je vais les laisser dormir comme cela? mon Dieu!... que faire?... qu'imaginer?... Je ne veux pas qu'ils dorment, pourtant?

En ce moment un grognement sourd se fait entendre; Virginie prête l'oreille; son cœur bondit de joie, c'est un auxiliaire qui vient à son secours. Les grognements deviennent plus forts, de violents aboiements leur succèdent; c'est Gueulard qui fait du vacarme dans la cour, c'est lui qui s'est chargé de réveiller les habitants de la maison.

Mademoiselle Bellavoine sonne, Perpétue se lève:

— Entendez-vous Gueulard dit la vieille fille.

— Oui, vraiment, il fait assez de train...

— J'en ai peur!

— Il ne se tait pas!... il faut que nous soyons menacés de quelques dangers... des malfaiteurs se sont peut-être introduits chez moi.... Réveillez M. Baisemon, réveillez Grilloie... qu'ils aillent faire une ronde, qu'ils sachent ce qui fait aboyer Gueulard! Ah! mon Dieu! je crois qu'il y a un sort de jeté sur ma maison.

— Je le crois aussi, mademoiselle!

— Perpétue, vous irez acheter demain des cierges, et nous les brûlerons dans la cour en l'honneur de saint Michel qui terrassa le démon.

— Oui, mademoiselle...

— Mais Gueulard ne cesse pas! courez donc, Perpétue!

La domestique va faire ses cris de tous les soirs dans les corridors. Baisemon avait le sommeil dur; cependant, habitué à être appelé toutes les nuits, il avait pris le parti de se coucher avec sa blouse et son caleçon, et Grilloie ne se déshabillait plus du tout. Les deux hommes entendent le vacarme que fait Gueulard, ils ne se soucient pas de faire une ronde; il faut que Perpétue leur répète que c'est l'ordre de sa maîtresse; mais ils ne veulent descendre qu'avec des armes; Perpétue les conduit dans une pièce des mansardes où l'on a relégué deux vieilles pennardières, parce que mademoiselle Bellavoine a peur des armes à feu, celles-ci ne sont pas chargées, mais Baisemon espère que leur vue seule mettra en fuite les voleurs. La ronde se met en marche, elle trouve Gueulard qui parcourait la cour en sautant de temps à autre contre les murs, comme s'il voulait les escalader. Baisemon pousse Grilloie devant lui, le paysan a attaché une lanterne au bout du vieux canon de fusil, et il le tient toujours comme s'il couchait quelqu'un en joue. Cependant Gueulard se calme et rentre dans sa niche, la ronde ne trouve personne, et il en est de cette alerte comme des autres; on retourne se coucher en se disant: — Cette maison a quelque chose d'extraordinaire.

La nuit d'après et les suivantes, malgré les cierges que l'on a brûlés dans la cour et dans les appartements, Gueulard fait le même vacarme. Virginie rit dans son lit, tandis que les habitants de la maison se donnent au diable sans pouvoir deviner ce qui fait aboyer Gueulard; car il n'était pas présumable que des voleurs se bornassent à venir toutes les nuits camper autour de la maison. Virginie seule se doutait de la vérité; pour la connaître, retournons près de Doudoux et de Godibert, que nous avons laissés en train de se battre sur la route.

Après s'être distribué un assez bon nombre de coups de poing, dont Doudoux avait eu la meilleure part, les deux jeunes gens s'arrêtent pour reprendre haleine; ils s'aperçoivent seulement alors que la voiture qui renferme Virginie n'est plus là; dans le feu du combat, il ne l'avaient pas entendue s'éloigner.

— Tiens!... la voiture est partie! s'écrie Godibert.

— Ah! mon Dieu!... et mademoiselle Virginie avec!... et nous n'avons pas vu cela pendant que nous nous battions!...

— Ah! ça, au fait nous ferions peut-être mieux de nous entendre... Vous suivez Mademoiselle Troupeau à cheval, n'est-ce pas, monsieur?

— Oui, monsieur.

— Moi, je le suis à pied; mais enfin je la suis aussi parce que j'en suis amoureux.

— J'en suis également amoureux!... O amour, tu perdis Troie!.. Mais je veux retrouver l'adorable Virginie.

— Je veux aussi la retrouver, ce qui me sera facile, car elle m'a dit où elle allait.

— Elle me l'a dit de même.

— A vous?

— Oui, à moi!

— C'est singulier! Est-ce qu'elle nous aime tous deux?

Les jeunes gens restent quelques moments à réfléchir; Godibert reprend:

— Tenez, monsieur, tâchons d'abord d'être d'accord et de nous aider mutuellement pour parvenir près de la jolie petite fille; quand nous saurons si c'est vous ou moi qu'elle préfère, celui qu'elle n'aimera pas cédera la place à l'autre; ça vous va-t-il?

— Ca me va beaucoup.

— Touchez là. Avez-vous de l'argent?

— Je n'en manque pas depuis que je suis majeur.

— Tant mieux, car moi j'en ai fort peu; mais, en revanche, j'ai beaucoup d'imagination!

— Et moi beaucoup d'érudition.

— Avec tout cela, ce sera bien le diable si nous ne réussissons pas dans notre entreprise. Vous avez un cheval qui est bon?

— Excellent.

— Mais vous vous tenez mal. Je vais monter devant; je suis solide, moi; je vous prendrai en croupe et nous arriverons plus vite; ça vous va-t-il encore?

— Ca me va toujours.

Les deux jeunes gens montent sur le cheval; Godibert le mène au grand galop; Doudoux se serre contre celui qui lui a donné de si bons coups de poing, et ils arrivent bientôt à Senlis.

Il était alors trop tard pour songer à chercher la demeure de mademoiselle Bellavoine; ils ne s'occupent que de trouver une auberge et de bien souper. Le lendemain on leur indique la maison de la vieille fille; les deux rivaux vont l'examiner, rôder autour et regarder aux fenêtres où ils ne voient personne; la journée se passe ainsi et les suivantes de même, l'imagination de Godibert et l'argent de Doudoux n'ayant rien pu enfanter pour parvenir jusqu'à Virginie.

Au bout de huit jours, Godibert se frappe le front comme s'il lui venait une idée lumineuse, il s'écrie:

— C'est la nuit qu'il faut tâcher de nous introduire dans la maison, parce que la nuit on risque moins d'être vu...

— C'est une idée très-rationnelle!... Nous irons cette nuit.

Et, la nuit venue, les deux jeunes gens vont se promener autour des murs de la cour et du jardin; mais tout cela se bornait à se faire la courte échelle sans arriver assez haut, et à faire aboyer Gueulard, après quoi ces messieurs retournaient se coucher en se disant: Nous trouverons peut-être un expédient demain.

CHAPITRE XVIII. — Un Résultat.

Vous souvenez-vous encore d'Adrienne et de M. Auguste Montreville? de ces deux amants qui s'aimaient si tendrement et se le prouvaient si bien un certain soir qu'après avoir dîné chez M. Troupeau, Auguste était allé finir sa soirée dans la chambre de sa douce amie? Nous avons oubliés longtemps ces deux jeunes gens. Il est vrai que nous les avions laissés dans une coupable occupation; mais depuis que nous les avons perdus de vue, ils ont dû faire autre chose que l'amour, car ne nous sommes pas ici-bas que pour être heureux! et serais embarrassé de vous dire pourquoi nous y sommes.

Adrienne était bien heureuse, car Auguste l'aimait toujours autant; il le lui disait tous les jours, peut-être aussi toutes les nuits...(quand le premier pas est fait, les autres vont si vite!). Auguste avait tenu sa promesse; il n'était pas retourné chez M. Troupeau et n'avait pas cherché à revoir Virginie. Rien ne manquait donc au bonheur d'Adrienne qui s'abandonnait entièrement au plaisir d'aimer et d'être aimée, et pour une femme c'est toute l'existence: ce qui précède n'est qu'en espérances, ce qui suit, en souvenirs!

Tant d'amour eut une suite toute naturelle et que pourtant on n'attendait pas; Adrienne s'aperçut qu'elle devenait mère. Elle en éprouva en même temps de la peine et du plaisir; mais ce dernier sentiment l'emporte toujours dans un cœur bien épris, et d'ailleurs Auguste lui avait juré qu'il ne la quitterait jamais. Ce qui arrivait pouvait-il l'éloigner de son amie? elle ne le supposait même pas, elle avait raison. pourquoi prévoir le mal? il est assez temps d'y croire quand il arrive.

Et un certain soir qu'Auguste était près d'Adrienne, celle-ci, tout en rougissant, en balbutiant et en se faisant embrasser pour se donner du courage, apprit à son amant qu'elle portait dans son sein un gage de leurs amours. Le front du jeune homme se rembrunit: cependant il ne s'éloigna pas de sa maîtresse, il la regarda quelque temps d'un air attendri, il la prit et la serra tendrement contre son cœur. C'était bon signe, et en effet Auguste avait déjà pris son parti et senti ce qu'il devait faire, il s'était dit: Cette jeune fille m'aime sincèrement, j'ai eu son premier amour, elle n'est ni coquette ni trompeuse; je l'aime, elle me rend heureux; pourquoi irais-je chercher ailleurs le bonheur qu'elle me fait goûter? Je l'ai rendue mère; je l'épouserai.

Et pourtant jusqu'à ce moment Auguste n'avait pas songé à se marier, ce lien sérieux l'effrayait; près d'Adrienne il jouissait du présent sans penser à l'avenir, comme la plupart des jeunes gens auprès de leurs maîtresses, et il fallait un pareil événement pour lui faire prendre cette détermination.

Mais Auguste avait quelque fortune, des parents riches, des espérances, il était d'une famille distinguée, il avait des talens, un physique agréable, il pouvait donc prétendre à un parti avantageux, tandis qu'Adrienne n'avait rien; elle devait tout à son oncle Vauxdoré, mais celui-ci n'ayant que de quoi vivre à son aise, ne voulait point donner de dot à Adrienne. Auguste savait tout cela, et néanmoins il s'était dit: Je l'épouserai. C'était fort beau de sa part; vous trouverez peut-être qu'il ne faisait que son devoir, mais il y a tant de gens qui ne le font pas, qu'il faut maintenant placer au rang des vertus ce qui jadis n'était que de la bonne conduite.

Comme il en coûte toujours un peu à un jeune homme pour prendre un tel parti, Auguste s'était d'abord contenté de répondre à Adrienne:

— ... Montreville... Tu sais bien que je ne t'abandonnerai jamais... [illegible] pas de l'avenir.

Il voulait bien ne pas s'inquiéter ; mais quelque chose sug-
... pouvait mettre tout le monde dans la confidence de sa situation. Alors Auguste dit à sa maîtresse :

— Je t'épouserai dès que j'aurai pris divers arrangements de famille;
... d'obtenir le contentement d'un oncle qui me veut beaucoup
de bien ; mais alors même que tous mes parents blâmeraient mon
amour pour toi, je suis d'âge à faire mes volontés, et, je te le répète,
tu seras ma femme.

Adrienne est si heureuse, si fière de penser qu'elle épousera Auguste, qu'elle ne cherche plus à cacher son état, et lorsqu'on la regarde en souriant, lorsque l'on chuchote près d'elle, la jeune fille est
tentée de s'écrier :

— Oui, je suis enceinte, mais aussi Auguste m'épousera, je serai sa
femme ; ainsi j'ai donc bien fait de croire à son amour et de lui donner
le mien.

Tout en faisant de petites gourmandises pour se régaler, la maman
Vauxdoré s'était aperçue de l'état de sa nièce ; elle n'avait pas eu le
courage de la gronder, et d'ailleurs Adrienne avait fermé la bouche à
sa tante en lui disant :

— Il m'épousera, il me l'a promis ! Et comme un matin l'oncle
Vauxdoré, qui n'était pas aussi indulgent, voulut se fâcher en décou-
vrant la vérité, sa femme lui ferma également la bouche par ces
mots : — Monsieur Auguste Montreville a promis d'épouser Adrienne ;
puisque le mal sera réparé ce n'est plus la peine de gronder.

— A la bonne heure, dit Vauxdoré ; mais qu'il l'épouse donc bien
vite, sans quoi tout Belleville va faire des propos sur notre nièce, et
j'en ai déjà trop entendu.

Auguste s'occupait des arrangements nécessaires à son mariage,
lorsqu'un matin la bonne tante Vauxdoré tomba malade. Son mari pré-
tendit qu'elle avait trop fêté la veille une oie farcie de marrons ; le
médecin assura que c'était le sang qui l'incommodait, et la malade ju-
rait que c'était la bile. On la soigna donc pour le sang, la bile et une
indigestion ; au bout de six jours la pauvre femme mourut. On n'avait
peut-être pas deviné la véritable cause de son mal.

Cet événement devait nécessairement reculer de quelque temps le
mariage d'Adrienne, mais comme il y avait quelque chose dans sa personne qui, loin de reculer, avançait toujours, Vauxdoré avait soin de
dire partout que son locataire allait épouser sa nièce, afin que l'on
connût la réparation en même temps que la faute.

Un soir Auguste était entré au café de M. Bart, il y lisait ses journaux, lorsque M. Renard vint tourner autour de lui et finit par lui
demander des nouvelles de sa santé. Auguste regarde ce monsieur qu'il
ne remet pas, mais Renard lui rappelle qu'ils ont dîné ensemble chez
M. Troupeau, et comme il se met vite à son aise, il s'assied près
d'Auguste, entame la conversation et commence à bavarder comme
s'il était avec une ancienne connaissance.

Auguste écoutait Renard dont le bavardage le faisait sourire quelquefois. Tout à coup le vieux garçon s'arrête, fixe le jeune homme,
puis s'écrie d'un air goguenard :

— A propos, monsieur Montreville, j'ai un compliment à vous faire,
car j'ai appris que vous alliez vous marier.

— Me marier !... Qui vous a dit cela ?

— Parbleu ! c'est Vauxdoré qui dit à qui veut l'entendre que vous
allez épouser sa nièce... Oh ! il ne fait pas mystère de cela... il l'a dit
dans tout Belleville... Il est si content de marier sa nièce !...

— Eh bien ! monsieur, il n'a dit que la vérité ; je dois épouser mademoiselle Adrienne ; ce mariage serait même déjà fait sans la mort de
sa tante.

— C'est très-bien, monsieur Montreville, c'est fort bien de votre
part de venir vous marier dans notre endroit ! Moi, cela me fait grand
plaisir pour cette pauvre Adrienne... qui a déjà manqué plusieurs fois
de se marier... et qui aurait bien pu... sans vous, rester pour coiffer
sainte Catherine. Mais après tout c'est une bonne fille !... Excellent caractère ! je suis sûr qu'elle fera une ménagère accomplie, et s'il fallait
toujours s'inquiéter du passé !... Ah ! mon Dieu ! on ne se marierait
jamais.

Auguste est devenu très-attentif aux dernières paroles de Renard ;
il se rapproche de lui, le regarde avec surprise et lui dit :

— Je ne vous comprends pas, monsieur, veuillez vous expliquer
plus clairement : de quoi voulez-vous parler dont je ne dois pas
m'inquiéter ?...

— Eh ! mon Dieu, vous savez bien !... c'est au sujet de ses petites
aventures avec le cuirassier, avec le fils de madame Ledoux... mais
vous vous moquez de tout cela, et vous avez bien raison !... cela n'empêchera pas Adrienne de faire une bonne femme de ménage.

— Des aventures avec un cuirassier ! avec un autre jeune homme !
monsieur, est-ce bien d'Adrienne que vous voulez parler ?... songez
qu'il faudra me prouver ce que vous venez d'avancer !

Auguste ayant pris le bras de Renard, il le serrait avec un mouvement convulsif ; il y mettait tant de force que Renard en devient tout
pâle et cherche à dégager son bras en s'écriant :

— Monsieur Montreville, je vous serais obligé si vous me lâchiez...
vous me faites [...]

— Mais rendez[?], monsieur, quels bruits circulent sur le compte
d'Adrienne ? sa réputation n'est-elle pas intacte, sa vertu à l'abri de
la médisance ?...

— Monsieur Montreville, je suis vraiment désolé !... Je ne pensais
pas que vous ignoriez... mais comment diable deviner que vous ne savez
pas des choses que tout Belleville sait ?

— Mais quelles choses, monsieur, de grâce, expliquez-vous !

— Eh bien ! les amours de la nièce de Vauxdoré avec le fils de madame Ledoux... On appelait le jeune homme Doudoux... Il est fort
gentil, ce jeune homme. C'était l'été dernier qu'il donnait des rendez-
vous à la jeune personne... Ces rendez-vous étaient peut-être en tout
bien tout honneur ! c'est possible ! il ne faut jamais croire le mal légèrement ! Cependant un soir Troupeau surprit les jeunes gens dans la
rue, devant sa maison, il cria, il avertit l'oncle... Oh ! cela fit alors
beaucoup de bruit !... mais ensuite le jeune homme quitta Belleville
pour voyager, et on ne s'en occupa plus !

— Et c'est avec Adrienne que M. Troupeau le surprit un soir ?...

— Oui, dans la rue... rue de Calais... elle est fort déserte, la rue de
Calais, surtout le soir ; c'est commode pour causer. Quant à l'autre
aventure avec le grand cuirassier, neveu de Vauxdoré, je puis vous en
parler savamment ; j'y étais, je fus un des témoins du fait. Troupeau
avait donné une fête, un grand déjeuner ; pour terminer, nous allâmes
promener dans le bois de Romainville, les uns à pied, les autres à
ânes. Adrienne était sur un âne, son grand cousin galopait à cheval.
Mais bientôt on se perdit : on se perd toujours quand on va promener
dans les bois. Nous cherchions la fille de mon ami Troupeau, la candide Virginie, bref, nous battions le bois, Troupeau, Vauxdoré et moi.
Je guidais ces messieurs, parce que je connais le bois de Romainville
comme ma poche... J'y ai fait des miennes jadis !... Enfin que décou-
vrons-nous sous un épais buisson, dans un endroit très-écarté ?...
Adrienne et le cuirassier !

— Quelle horreur !...

— Ah ! nous ne vîmes rien de positif... Adrienne avait les yeux très-
rouges, voilà tout ; ce qu'elle avait fait avant... je n'en sais rien...
mais je n'aime pas à croire le mal... Malgré cela, vous jugez si Vauxdoré fut vexé... et c'est depuis ce jour que madame Troupeau ne voulut
pas que sa fille revît jamais mademoiselle Adrienne.

— Et... sur l'honneur, monsieur, vous êtes certain de ce que vous
dites ?

— Je l'ai vu de mes propres yeux... j'y étais ; mais je n'en veux tirer
aucune supposition contre votre prétendue !... je m'en garderais bien.
Je vous ai dit cela... parce que je croyais d'abord que vous le saviez...
et comme M. Doudoux et le grand neveu sont revenus à Belleville il
y a quelques jours, j'avais cru qu'on vous avait dit quelques mots à
leur sujet.

— Oui... je me rappelle... un grand jeune homme se disant neveu
de Vauxdoré, est venu le voir peu de jours avant la mort de la tante
d'Adrienne... mais il n'est venu qu'une fois.

— Il a quitté Belleville le lendemain ainsi que M. Doudoux... cela
a même encore fait jaser. On a dit : Ces messieurs repartent bien vite
parce que M. Auguste Montreville est maintenant près de mademoiselle Adrienne, et qu'ils sont en colère de trouver la place prise... Oh !
si vous saviez comme on est mauvaise langue dans le pays ! Je n'aime
pas cela, moi, j'exècre la médisance. J'aperçois un ami qui m'appelle
pour faire un quatrième au domino... pardon si je vous quitte, monsieur Montreville ; et bien charmé d'avoir passé quelques moments
agréables auprès de vous.

M. Renard s'est éloigné ; Auguste est atterré par tout ce qu'il vient
d'entendre ; il sort du café et marche au hasard dans Belleville ; il ne
veut qu'être seul pour se livrer à sa douleur ; cela fait tant de mal
d'apprendre que l'on est trompé par celle que l'on aime, de ne
plus trouver que fausseté et perfidie dans des yeux où l'on cherchait,
où l'on croyait voir de l'amour. Ce qui faisait notre bonheur, notre
avenir, s'évanouit à cette seule pensée : Elle me trompait.

— Cette Adrienne que je croyais la franchise même !... se dit Auguste,
avoir eu des amants, des intrigues !... encore si elle me l'avait avoué !
Mais non, jamais les femmes n'avouent ces choses-là !... il faut toujours qu'elles trompent ! Ah ! si elles savaient le mal que cela nous fait
quand nous apprenons par d'autres ce qu'elles auraient dû nous con-
fier !... Perfide Adrienne !... me laisser croire que j'ai son premier
amour ; alors même qu'elle m'aimerait maintenant, puis-je compter
sur un cœur qui s'est déjà donné si souvent !... Ce neveu de Vauxdoré...
je me rappelle qu'elle s'est troublée lorsqu'il vint voir son
oncle pendant que j'étais là... L'autre, je ne le connais pas. Et cette
crainte qu'elle manifestait de me voir aller chez M. Troupeau... cette
promesse qu'elle m'avait demandée de ne plus y mettre les pieds...
Ah ! je comprends son motif maintenant... ce n'était pas par jalousie...
non... mais elle redoutait que chez son ancienne amie je n'entendisse
parler d'elle... que l'on ne m'apprît pourquoi on avait cessé de la voir...
Madame Troupeau m'aurait dit plus tôt ce que je sais aujourd'hui...
Oh ! oui, c'est pour cela qu'elle m'avait supplié de n'y pas retourner...
hélas !... je vois que M. Renard ne l'a point calomniée... Il dit que tout
Belleville sait cela... Eh bien ! je veux interroger d'autres personnes...
je veux être certain qu'il m'a dit vrai... et alors je la fuirai pour la

mais ! je ne serai pas assez sot pour devenir le mari d'une demoiselle qui a eu des amants.

Auguste connaît quelques personnes dans Belleville, il va les voir, il s'informe, il interroge, amène la conversation sur Godibert et le fils de madame Ledoux. Il est toujours facile de faire répéter les méchancetés, parce que généralement les méchancetés font rire et que nous aimons à nous moquer de nos semblables : chacun lui en dit autant que Renard, les uns en ayant l'air de douter du fait, les autres en lui jurant qu'ils avaient intention de l'avertir.

Auguste ne peut plus conserver le moindre doute ; il a bientôt pris son parti : en amour on n'hésite pas lorsqu'on est profondément blessé. Il est rentré chez lui sans aller dire bonsoir à Adrienne ; il s'enferme dans sa chambre, fait ses apprêts de départ, laisse sur une table l'argent qu'il croit devoir à Vauxdoré ; ensuite il écrit deux lettres : une bien courte, bien brève à l'oncle d'Adrienne ; une autre à celle qu'il allait épouser.

Tout cela terminé, Auguste n'essaie pas de se livrer au sommeil, il sait bien qu'il n'en goûtera pas ; il attend le jour en pensant à Adrienne, en maudissant les femmes et en se promettant de nouveau qu'il n'en aimera plus aucune.

Dès que le jour paraît, il sort de sa chambre ; il marche bien doucement ; son cœur est serré en passant devant la porte de chez Adrienne ; il s'arrête un moment... il est sur le point d'entrer pour l'accabler de reproches... et lui pardonner peut-être ; mais il pense qu'il est plus sage de ne point la voir. Il descend, ouvre la porte de la rue sans éveiller personne, et sort de chez Vauxdoré en jurant de n'y revenir jamais.

Au bout de quelque temps, les habitants de Belleville sont levés. Vauxdoré attend son déjeuner, Adrienne est descendue au jardin ; surprise de n'avoir pas vu M. Auguste la veille, elle le cherche pour savoir ce qui l'a empêché d'aller lui dire bonsoir. Mais le jardin est désert, et Adrienne monte près de son oncle en disant :

— C'est singulier... serait-il déjà sorti ?... mais sortir sans me voir, et hier au soir non plus... oh ! ce n'est pas possible ! il dort encore sans doute.

Le déjeuner est servi, et Auguste ne paraît pas.

— Il est peut-être indisposé, dit Vauxdoré.

L'oncle n'a point achevé sa pensée, que déjà Adrienne a quitté la salle, elle gravit lestement l'escalier, elle est devant la chambre d'Auguste, qu'elle appelle en frappant à sa porte. Ne recevant point de réponse, elle entre... Le lit n'a point été défait... il n'est donc pas rentré de la nuit... une pâleur mortelle couvre le visage d'Adrienne ; mille pensées funestes s'offrent à son esprit... Tout à coup les deux lettres frappent sa vue... elle les prend, en voit une pour elle. La pauvre fille devine déjà son malheur, car avant de la lire elle tremble, elle est obligée de s'asseoir, elle ne respire plus ; enfin ses yeux dévorent les caractères tracés par son amant.

« Vous m'avez trompé, Adrienne, d'autres que moi ont été aimés de vous. Je connais maintenant vos intrigues avec M. Ledoux et votre cousin Godibert. Si vous m'aviez dit avec franchise qu'avant de me connaître d'autres avaient eu votre amour, j'aurais pu peut-être vous pardonner et vous aimer encore ; mais me jurer que seul j'ai possédé votre cœur, se donner pour ce que l'on n'est plus, c'est de la perfidie, et je ne puis prendre pour épouse celle qui m'a joué à ce point. Adieu : il vous sera facile de m'oublier, je tâcherai d'en faire autant ; mais, que j'y parvienne ou non, vous ne me reverrez jamais.

» AUGUSTE MONTREVILLE. »

Adrienne est quelques instants sans trouver même des larmes pour soulager sa douleur. Elle regarde toujours cette lettre, elle ne peut que murmurer :

— Parti... pour jamais... et il croit que j'en ai aimé d'autres que lui... que je l'ai trompé... ô mon Dieu ! vous savez qu'il n'en est rien !... que je suis innocente ! et il me croit coupable... et je ne le verrai plus !

La pauvre fille laisse tomber sa tête sur sa poitrine, deux ruisseaux de larmes se font un passage et couvrent son visage, sur lequel on lit un morne désespoir. En ce moment Vauxdoré, impatient de ne revoir ni Auguste ni sa nièce, monte aussi chez son jeune locataire ; il trouve sa nièce tout en larmes.

— Eh bien ! qu'est-il donc arrivé ?... Tu pleures, Adrienne ? Qu'est-ce encore !... où est M. Montreville ?

— Parti... parti pour toujours ! murmura la jeune fille en sanglotant.

— Parti !... quand il devait t'épouser... Ah, morbleu ! ce n'est pas possible... Qu'est-ce que cela ?... une lettre pour moi... Voyons.

L'oncle ouvre précipitamment le billet à son adresse et lit :

« Monsieur, je ne puis plus épouser mademoiselle votre nièce, vous en devinerez facilement les motifs. Je vous laisse l'argent que je vous dois pour mon loyer ; quant au piano qui est dans ma chambre, vous en disposerez à votre gré. Recevez mes regrets et mes adieux. »

— Voilà qui est par trop impertinent ! s'écrie Vauxdoré en froissant avec colère le billet dans ses mains ; que veut-il dire avec ces motifs que je devinerai !... Eh bien Adrienne, vous devez le comprendre, vous... Quelle est cette lettre que vous tenez ? C'est de lui sans doute ? Voyons ce qu'il vous écrit.

Vauxdoré s'empare de la lettre que sa nièce tient encore, et qu'elle

ne cherche même pas à retenir ; car, dans son accablement, elle semble ne plus voir ni entendre ce qui se passe autour d'elle. Vauxdoré lit ce qu'Auguste lui a écrit, la colère se peint dans ses yeux ; il revient vers Adrienne en s'écriant :

— Ainsi, mademoiselle, ce sont encore vos intrigues, c'est votre mauvaise conduite qui est cause que vous manquez ce mariage... On aura parlé à M. Montreville de ce que vous avez fait avec votre cousin, avec le jeune Ledoux... Vous voyez ce qui en arrive !... On est toujours puni de ses sottises !

— Mais, mon oncle, je vous jure que j'étais innocente ; je n'ai jamais eu les intrigues qu'on me suppose !...

— Grands mots que tout cela !... ce n'est pas à moi qu'il faut faire de tels contes !... Si je vous écoutais, vous me diriez peut-être aussi que vous n'avez eu aucune liaison avec M. Auguste, tandis qu'il suffit de vous regarder pour se convaincre de votre honte !

— Ah ! mon oncle, cette faute est bien grande sans doute, mais elle est la seule que j'aie à me reprocher !...

— Et moi, qui avais annoncé dans tout Belleville que ce jeune homme allait vous épouser !... Comme ils vont rire ! comme ils vont encore se moquer de moi !... Mais non, je ne veux plus sous mes yeux souffrir un tel scandale !... c'est ma femme qui par sa faiblesse autorisait vos sottises. Je ne veux plus de tout cela chez moi... Je vivrai seul, en garçon, au moins on ne me montrera plus au doigt, et je n'aurai pas une fille-mère chez moi. Vous m'avez entendu, mademoiselle ; faites votre paquet, partez ! débarrassez-moi de votre présence et du spectacle de votre honte !

Après avoir dit ces mots, Vauxdoré quitte brusquement la chambre ; il court prendre sa canne, son chapeau, et se hâte de sortir de sa demeure.

Adrienne n'a point essayé de calmer la colère de son oncle ; tout occupée de la pensée qu'Auguste l'abandonne, il lui semble qu'elle ne saurait être plus malheureuse, et elle supporte presque avec indifférence toutes les autres peines qui viennent l'accabler. Cependant, de l'excès de la souffrance naît souvent un courage qui rend de l'énergie à notre âme. Adrienne l'éprouve en ce moment ; elle essuie ses yeux, retient ses pleurs, se hâte de faire un paquet de ses effets, et, tout en se disposant à quitter la maison de son oncle, se dit :

— Il a voulu que je sois malheureuse... qu'importe où je serai maintenant, pourvu que je puisse pleurer en liberté !... Je sais travailler... eh bien ! je gagnerai pour moi, pour mon enfant ! Oh ! oui, je passerai, s'il le faut, toutes les nuits, afin qu'il ne manque de rien... Mon pauvre enfant ! ah ! je ne l'abandonnerai jamais, moi ! et quand je l'embrasserai, je croirai encore embrasser son père.

Vauxdoré était sorti fort en colère, il était allé promener son humeur dans les prés Saint-Gervais ; mais l'oncle d'Adrienne n'était pas méchant, et s'il se laissait emporter par un mouvement de vivacité, bien tôt son bon naturel reprenait le dessus. Après deux heures de promenade, son sang est rafraîchi, sa tête est calmée, et il se dit :

— Cette pauvre fille, je lui ai parlé bien durement !... elle était déjà désolée de l'abandon de son amant... et, au lieu de tâcher de calmer son chagrin, je lui ai ordonné de sortir de chez moi... Où irait-elle, sans argent et dans la position où elle est ?... Elle a fait une faute... est-ce une raison pour la réduire au désespoir, pour lui retirer mon amitié, la seule qui lui reste ?... Est-ce que je n'ai jamais fait de sottises, moi ?... Et qui, diable ! n'en fait pas dans ce monde ? et pour ne pas entendre quelques bavards, quelques faiseurs de propos, je chasserais ma nièce !... je l'exposerais au besoin, à la misère !... Oh ! c'est alors que je serais bien plus coupable qu'elle... Je n'avais pas le sens commun quand j'ai dit cela... Pauvre Adrienne !... retournons chez moi, allons l'embrasser... et qu'il ne soit plus question de départ !... c'est bien assez qu'elle pleure celui de son amant !

Vauxdoré se hâte de retourner vers sa demeure. Il arrive : il cherche, il appelle Adrienne ; mais il était trop tard, la pauvre fille venait de quitter la maison de son oncle, sans qu'aucun indice pût faire connaître de quel côté elle avait porté ses pas.

CHAPITRE XIX. — Amour et Folies.

— Mais enfin, monsieur Baisemon, concevez-vous pourquoi Gueulard ne me laisse plus dormir en paix une seule nuit ?... Vous avez fait des rondes avec Grilloie ?

— Oui, mademoiselle, j'en ai fait encore une la nuit dernière, ainsi que j'ai eu l'honneur de vous le dire tout à l'heure.

— Et vous n'avez rien aperçu, rien découvert ?

— Pas l'ombre d'un individu, mademoiselle.

— Pourquoi donc Gueulard s'acharne-t-il à crier toutes les nuits ?

— Mademoiselle, qui vous dit que ce chien n'est point atteint d'un catarrhe, dont les crises se renouvellent toujours vers la même période de temps ?

— Bah !... vraiment... vous penseriez... Au fait, j'ai eu longtemps une chatte qui toussait comme une poitrinaire ! ce chien peut bien être enrhumé, alors il faudrait lui faire prendre quelque chose d'adoucissant.

— Oui, mademoiselle, par exemple, au lieu d'os à ronger, on lui donnait des boulettes de gomme ?

— C'est parfaitement trouvé ! vous direz à Grilloie d'en acheter pour Geulard.

Le moyen proposé par M. Baisemon ne produit pas l'effet qu'on espérait : Geulard refuse d'avaler de la gomme, et il fait encore plus de train, parce qu'on lui supprime ses os. Les habitants de la maison ont mal aux dents; toutes les nuits ils sont réveillés, et quand par hasard le chien se tait, Virginie ne manque pas d'avoir un accès de somnambulisme. Il n'y a plus moyen de reposer sous le toit de mademoiselle Bellavoine : Perpétue maigrit et jaunit, Grilloie se casse chaque jour davantage, M. Baisemon lui-même a perdu quelque chose de sa rotondité. Quant à Virginie, elle s'impatiente de ce que ses amoureux se bornent à faire aboyer le chien, et se dit :

— Si c'est pour cela qu'ils m'ont suivie jusqu'à Senlis, ce n'était pas la peine de se battre sur la route.

M. Baisemon, fatigué de faire des rondes de nuit et voulant peut-être essayer de dormir le jour, venait de se dire atteint de maux de reins qui l'empêchaient de bouger. Depuis trois jours il gardait le lit, où Perpétue lui portait régulièrement le matin et le soir une rôtie au sucre; puis elle le frottait avec zèle, afin de redonner de la souplesse à ses reins, et sans exiger qu'il gardât son caleçon. Perpétue était une fille sage; mais les plus sages sont souvent les plus dévouées et savent immoler leurs scrupules pour secourir ceux qui souffrent. Pour les bonnes sœurs attachées au service des hospices, il n'y a plus de sexes, et Perpétue en disait autant en frottant le gros Baisemon.

Mais voilà que Grilloie s'avise aussi d'être malade, d'avoir des douleurs, de ne plus pouvoir faire son service. Pour celui-là, on se contentera de le laisser couché; on ne lui portera pas de rôtie et on n'ira pas le frotter; pourtant le vieux jardinier avait vingt ans de plus que Baisemon, et il travaillait à la terre, ce qui est plus fatigant que de se chauffer devant une cheminée; mais c'est ainsi que beaucoup de gens pratiquent l'humanité. Ils sont serviables, complaisants pour ceux qu'ils aiment, durs et insensibles pour les autres, et ils croient avoir de grandes qualités !

Lorsque Grilloie a déclaré d'un ton lamentable qu'il est hors d'état de se lever, Perpétue va trouver sa maîtresse. Mademoiselle Bellavoine était alors dans son salon avec sa nièce, à laquelle elle faisait confectionner un sirop dont elle voulait faire prendre à M. Baisemon, sirop composé d'absinthe, d'anis, de cannelle et de sucre, et qui était souverain pour les maux de reins; mais dans lequel Virginie glissait de temps à autre quelques pincées de sel et de poivre pour la plus grande jouissance de Baisemon.

— Ah, mademoiselle! voilà bien une autre affaire; s'écrie Perpétue en entrant dans le salon.

— Qu'est-ce donc, Perpétue? est-ce que ce pauvre Baisemon se sent plus mal?

— Non, mademoiselle; grâce au ciel cet excellent homme ne souffre pas plus... il a pris sa rôtie ce matin, et il m'a dit même qu'il commençait à se tourner un peu... ça revient tout doucement. Mais ne voilà-t-il pas que ce vieux Grilloie s'avise d'être malade aussi?

— Comment! Grilloie, mon jardinier?

— Oui, mademoiselle; quand je suis allée m'informer ce matin pourquoi il ne venait pas, ce vieux pleurard m'a dit : Je ne veux pas me lever, j'ai mal partout !... et puis c'est qu'il tousse, il crache! que c'en est dégoûtant!... il aura trop bu, l'ivrogne !

— Ah, mon Dieu! Grilloie au lit... mais c'est fort désagréable.

— C'est ce que je lui ai dit : Notre maîtresse ne vous paye pas pour que vous restiez dans votre lit, vieille brute! Mais, bah! ça n'est plus bon à rien.

— Et ce pauvre Geulard, comment va-t-il?

— Oh! Geulard se porte bien le jour; vous savez, mademoiselle, qu'il ne crie que la nuit. Avec tout ça, me voilà seule pour trotter dans la maison et au dehors... je suis sur les dents aussi moi!... je maigris que c'est effrayant! je danse dans mon caleçon!... on a plus de repos ici... et s'il arrivait quelque chose la nuit, qu'est-ce qui nous défendrait à présent que nos deux hommes sont sur le dos?

— C'est vrai, Perpétue, nous serions exposées à tout.

— Ma tante, dit Virginie, si vous le voulez, j'irai faire les courses, acheter les provisions ...

— Non, ma nièce, non, cela ne serait pas convenable ni décent; vous ne devez point aller au marché ni sortir seule .. vous êtes appelée à un rang trop élevé pour vous occuper de ces menus détails...

— Mais vous me faites bien faire du sirop, ma tante.

— C'est différent, ma nièce, ce sirop est pour administrer à un malade. On a vu des chanoinesses, des abbesses, des princesses, panser elles-mêmes des blessés! c'est le but qui sanctifie tout. Mais voyons, Perpétue, comment allons-nous faire? c'est très-embarrassant.

— Mon Dieu! il n'y a qu'à prendre du monde de plus : aussi bien, c'était déjà indispensable, ce vieux Grilloie n'est plus propre à rien!

— Connaissez-vous quelque servante honnête, de mœurs irréprochables?

— Oh! il ne faut pas prendre de femmes!... je n'en veux pas d'autre pour servir ici que moi!... Ah ben oui!... une servante!... qu'il faudrait former, ou qui me laisserait tout à faire!.. D'ailleurs je n'en veux pas ici avec moi si vous en prenez une, donnez-moi mon compte, je m'en vais!...

— Allons, allons, Perpétue, calmez-vous... c'est pour vous aider que je vous offre eux.

— M'aider!... je n'ai pas besoin qu'on m'aide dans ce qui me regarde! je crois que je fais assez bien mon service; mais nous avons besoin d'hommes pour nous défendre et veiller sur nous; car le tintamarre de nos nuits me rend toute peureuse!... Ce n'est pas une femme qui nous protégera, elle crierait aussi, voilà tout; et puis, est-ce que je m'accorderais avec une autre servante?

— Mais enfin, où trouver un serviteur fidèle, honnête, probe?

— J'vais vous dire ce que m'a déjà proposé la fruitière, madame Beuré; c'est deux frères, deux jeunes gens bien honnêtes, qui arrivent de leur pays... de la Lorraine, je crois, et qui cherchent à se placer et se contenteront des gages qu'on leur donnera. Madame Beuré en répond, et il paraît qu'elle connaît leur famille.

— Mais, Perpétue, deux serviteurs de plus, c'est beaucoup.

— Ah! nous trouverons bien à les occuper : l'un sera pour le jardin, l'autre pour l'écurie, la basse-cour, la maison!... et par la suite, s'ils ne vous conviennent pas, vous les renverrez.

— Eh bien! dites à cette fruitière de m'envoyer ces deux garçons... si je leur trouve de la décence, de la tenue... s'ils me plaisent enfin, nous verrons.

— J'vais tout de suite aller chez madame Beuré.

Perpétue qui tient beaucoup à avoir des hommes pour veiller sur elle, parce qu'elle se flatte d'avoir encore quelque chose à conserver, va sur-le-champ chez la fruitière, et celle-ci lui dit : « Avant une heure les deux Lorrains seront chez vous. » Et dès que la servante a tourné les talons, madame Beuré fait avertir Godibert et Doudoux. Ces messieurs, moyennant quelques écus, avaient mis la fruitière dans leurs intérêts; et la bonne femme, qui n'avait pas toujours vendu que des pommes, leur avait dit : « Je vous introduirai dans la maison. » En effet, une heure ne s'était pas écoulée que les deux amoureux, revêtus de longues blouses bleues, la tête couverte d'une perruque rousse et d'un chapeau à grands bords, frappent chez mademoiselle Bellavoine.

Perpétue sourit en les voyant entrer. Godibert et Doudoux, qui savent comment il faut se conduire pour être admis chez la vieille tante, commencent par saluer avec respect la servante.

— Vous êtes les deux Lorrains, les deux frères qui voulez entrer en service, n'est-ce pas?

— Oui, mademoiselle, si vous voulez bien le permettre.

— Oh! madame Beuré vous a bien recommandés! venez, je vais vous présenter à ma maîtresse.

Les deux jeunes gens sont introduits devant mademoiselle Bellavoine; ils restent à la porte, debout, les yeux baissés, ayant l'air de ne point oser faire un pas. Virginie, qui les a reconnus du premier coup d'œil, est obligée de porter un mouchoir à sa bouche pour ne pas rire de leur tournure. Mademoiselle Bellavoine se tourne vers sa nièce et lui dit :

— Allez à votre chambre, mon enfant, il n'est pas nécessaire que vous soyez présente à l'interrogatoire que je vais faire subir à ces deux hommes.

Virginie s'incline et se lève; mais en passant près des jeunes gens elle trouve moyen de leur dire :

— Ah ! que vous êtes laids comme ça !

— Approchez... approchez, dit mademoiselle Bellavoine en faisant signe aux soi-disant Lorrains d'avancer, tandis que Perpétue se penche vers l'oreille de sa maîtresse pour lui dire :

— Ils ont l'air timides comme des nonnes !... c'est une trouvaille, mademoiselle!

— Taisez-vous, Perpétue .. Eh bien! avancez donc... jeunes gens, je vous le permets.

— Ah, madame !...

— Je ne suis point madame, je suis demoiselle.

— Faites excuse, mamzelle, je sommes si peu avancés pour notre âge !...

— Il n'y a point de mal. Vous désirez donc vous placer?

— Oui, mamzelle.

— Que savez-vous faire?

— Nous ferons tout ce que vous voudrez, mamzelle.

— Ils ont du zèle, dit tout bas Perpétue, moi, je les dresserai au service.

— Silence donc, Perpétue ! Vous êtes Lorrains?

— Oui, mamzelle, de Nancy.

— Vous êtes frères?

— Oui, mamzelle, de père et de mère.

— Que font vos parents?

— Rien, mamzelle.

— Comment, rien?

— Ils sont morts.

— C'est différent. Et comment vous nommez-vous?

Les deux jeunes gens se regardent, ils n'avaient pas pensé à se pourvoir d'un nom; c'est à qui ne répondra pas, et Perpétue, marmotte encore : — Ils n'osent pas parler !... voilà des jeunes gens bien élevés au moins.

Enfin Godibert s'écrie : — Notre père s'appelait Thomas, je me nomme Jean, et mon frère Pierre.

— C'est bien ; dites-moi, vous n'avez pas la prétention de gagner beaucoup ?

— Ce qui vous fera plaisir, mamzelle, et quant à ce qui est de la probité, oh ! vous pouvez être en repos !

— Oui, madame Beuré a répondu de la vôtre ; mais cela ne suffit pas. Je dois vous prévenir d'une chose : Jean et Pierre, pour rester à mon service il faut mener une vie exemplaire, ne jamais jurer, ne jamais prononcer de ces vilains mots... qu'une femme ne doit pas entendre ; et surtout n'avoir aucune connaissance, aucune amourette !

— Ah, mamzelle ! est-ce que j'avons jamais pensé à ça !

— A la bonne heure ! si vous ne pensez jamais à ça vous resterez chez moi ; mais du moment que vous penserez à ça, je vous mettrai à la porte.

— Ça suffit, mamzelle.

— Vous, Jean, vous travaillerez au jardin, et Pierre sera employé dans la maison et à la cuisine.. Avez vous vos effets ?

Mademoiselle Perpétue, servante de la tante Bellavoine.

— Oui, mamzelle, j'avons chacun not' petit paquet.

— En ce cas, vous pouvez rester chez moi ; Perpétue va vous installer et vous montrer où vous coucherez.

Godibert et Doudoux saluent de nouveau jusqu'à terre, et suivent Perpétue qui va trottillant devant eux en disant : — Venez avec moi, Jean et Pierre... je vais vous mettre sur-le-champ à la besogne... Oh ! c'est que nous en avons par-dessus la tête ici... Mais j'aurai soin que vous soyez bien nourris... c'est moi que cela regarde ; si vous êtes dociles, exacts à vos devoirs, vous ne vous repentirez pas d'être entrés chez nous. Tenez, Jean, vous coucherez là... dans cette petite chambre au rez-de-chaussée ; elle donne sur le jardin, cela vous sera commode pour votre besogne... Pierre aura sa chambre en haut, dans les mansardes, au-dessus de notre régisseur M. Baisemon, digne homme, qui est indisposé pour le moment ainsi que notre vieux concierge. Jean, voici le jardin, il y a beaucoup à faire là ! Vous connaissez-vous à tailler les arbres, à planter, à soigner les légumes ?

— Oh oui, mamzelle.

— C'est bien ; vous me cueillerez du persil et de la ciboule, j'en ai besoin pour le dîner. Pierre, voici deux pigeons que vous allez plumer, car j'ai beaucoup à faire ; ensuite vous balaierez et frotterez avec soin le grand escalier. Moi, je vais aller frotter ce pauvre M. Baisemon, notre régisseur, et savoir s'il remue un peu plus qu'hier.

Perpétue est éloignée ; les deux jeunes gens se regardent en riant.

— Nous voici dans la place, dit Godibert.

— Oui, et nous avons eu déjà l'ineffable bonheur de voir Virginie !... O fille incomparable ! ô Armide ! ô Circé !...

— Elle nous a dit que nous étions vilains comme ça. Le principal c'est que le gros régisseur et le vieux Grilloie ne nous reconnaîtront pas pour ceux qu'ils ont vus sur la route.

— Ces gens-là n'ont pas des yeux de lynx !

— Ils sont tous les deux malades en ce moment, cela nous donnera le temps de nous reconnaître... Ça ne m'amuse pas beaucoup d'aller cueillir du persil et de la ciboule pour cette vieille bavarde !

— Ni moi de plumer des pigeons et frotter l'escalier !

— Mais nous sommes près de la petite, c'est l'essentiel.

— O Virginie !... ô quatrième Grâce ! ô dixième Muse ! ô...

— Monsieur Doudoux, il n'est pas question de tout cela. Rappelez-vous nos conventions, mademoiselle Troupeau nous dira quel est celui qu'elle préfère de nous deux... alors l'autre s'en ira ; mais jusqu'à ce que nous trouvions l'occasion de forcer la petite à se déclarer, point de tentatives pour la voir seule et lui dire des douceurs au détriment de son rival.

— C'est convenu,... C'est entendu.

Les deux jeunes gens renouvellent une promesse que chacun d'eux a l'intention de ne pas tenir ; car ils pensent déjà à se procurer en secret une entrevue avec Virginie ; mais c'est presque toujours ainsi que cela se pratique. On promet, on jure même : cela n'engage à rien.

Quoique habitant sous le même toit que Virginie, il n'était pas facile de se trouver seul avec elle ; sa tante la gardait presque constamment à ses côtés, et le temps était trop froid pour aller se promener au jardin. Il faut, pendant plusieurs jours, se contenter de se lancer de tendres regards lorsque l'on n'est pas observé ; mais Perpétue ne laisse pas un moment de repos aux nouveaux serviteurs, elle est sans cesse sur leurs pas : il faut que l'un lui épluche des légumes, que l'autre lui fende du bois ou lui allume son feu ; et cela commence à ennuyer beaucoup les jeunes gens qui sont obligés d'obéir.

Le sirop que mademoiselle Bellavoine a fait prendre à Baisemon cause à celui-ci des coliques qui le forcent à garder le lit huit jours de plus ; mais Gueulard avait cessé d'aboyer depuis que Jean et Pierre étaient à la maison, et Perpétue ne cessait de dire à sa maîtresse :

— Voyez-vous, mademoiselle, c'est parce que nous avons à présent deux défenseurs vigoureux que les tapages nocturnes ont cessé. Ah ! j'ai eu là une bien heureuse idée de vous faire prendre pour domestiques ces deux Lorrain ! ils ne sont pas très-habiles pour plumer les volailles et éplucher les légumes ; mais ils sont doux et respectueux, que c'en est édifiant.

— Oui, j'en suis assez satisfaite, répond la vieille fille. Je ne les entends ni jurer, ni dire de vilains mots, et ils sont remplis de zèle ; car je ne puis pas me retourner que je n'aperçoive l'un des deux frères derrière moi ; mais je ne sais pas s'ils portent des caleçons : le leur avez-vous demandé, Perpétue ?

— Pas encore, mademoiselle.

— Vous aurez soin d'en placer un sur chacune de leurs couchettes, en leur disant que cela entre dans ma livrée.

— Oui, mademoiselle.

— J'espère que ces Lorrains plairont aussi à l'estimable Baisemon.

— Cela vaut bien mieux que ce vieux Grilloie qui gémit toujours dans son lit, l'ivrogne ! Mademoiselle, quand il sera guéri, il faudra le mettre à la porte ; il y a même bien des maîtres qui ne l'auraient pas gardé malade ; mais vous êtes si bienfaisante, mademoiselle, vous poussez quelquefois cela trop loin !

— C'est vrai, Perpétue, je consulterai Baisemon à cet égard.

Un matin, Virginie trouve l'occasion de s'échapper et de courir au jardin ; elle y est à peine que Godibert est près d'elle, et prend sa petite main qu'il baise avec ardeur en s'écriant :

— Ah ! mademoiselle, il faut beaucoup vous aimer pour se décider à rester ici, à racler un jardin et à éplucher des ognons pour une maudite servante qui est sans cesse sur mon dos !

— Comment, monsieur Godibert, vous pensez encore à moi ?

— Vous êtes mon chef de file, mademoiselle, je ne veux obéir qu'à votre commandement ; mais il y a ici un autre jeune homme qui prétend que vous l'aimez aussi ?

— Il ment.

— Que vous lui avez donné des espérances ?

— Ça n'est pas vrai.

— Que vous lui avez permis de vous suivre ?

— Qu'est-ce que cela prouve ?

— Alors, puisque vous ne l'aimez pas, je vais le mettre à la porte.

— Non, je ne veux pas que vous mettiez M. Doudoux à la porte ; je veux que vous restiez ici tous les deux, parce que cela m'amuse.

— Cependant, mademoiselle...

— Voilà Perpétue... sauvez-vous !

Godibert s'éloigne ; Virginie rentre à la maison, laissant Perpétue au jardin. Dans l'escalier, la jeune fille trouve Doudoux qui était obligé de frotter ; il se précipite à ses genoux en s'écriant :

— Ah, mademoiselle ! je puis donc enfin vous parler je brûle, je meurs, je me dessèche !

— Ah ! mon Dieu ! monsieur Doudoux, pourquoi vous desséchez-vous ?

— Parce que j'aurais besoin d'appuyer mon cœur contre le vôtre, de mêler mes battements à vos pulsations... de trouver la vie dans vos regards...

— Vous parlez toujours de manière à ce que je ne vous comprenne
pas, est-ce exprès?

— Ah! mademoiselle, depuis que je vous ai vue à Belleville je n'ai
pas eu un iota de plaisir! pas un béta de bonheur! et ce grand
M. Godibert prétend être aimé de vous?

— C'est faux!

— Il dit que vous le préférez à moi?

— Il n'en sait rien.

— Que c'est par vos ordres qu'il est ici?

— Ça ne fait rien du tout.

— Alors je vais lui d're qu'il peut s'en aller.

A l'aspect de M. Baisemon et de Perpétue en costume de nuit, Virginie
fourre sa tête sous la couverture pour satisfaire son envie de rire.

— Non, je vous défends de rien lui dire...

— Mais, mademoiselle...

— Ma tante m'appelle. Adieu.

La jeune fille s'éloigne : les jeunes gens ne sont pas plus avancés ;
mais ils se promettent, à la première occasion, de forcer Virginie à
se déclarer positivement. Cette occasion se présente le lendemain :
Virginie saisit un instant où sa tante tourne le dos, elle s'échappe et
court au jardin ; elle est bientôt abordée par Godibert. Malheureusement le joli mois de mai n'était pas encore revenu, il n'y avait ni
feuillage, ni ombrage ; mais les amoureux s'accommodent de tout :
lorsqu'on est sans témoins, tous les endroits sont propices pour donner
et recevoir des baisers ; et je ne sais pas où l'on ne ferait point l'amour
lorsqu'on est vivement possédé du désir de le faire !

Au lieu de perdre son temps à parler de son rival, et à chercher à
savoir quel est celui que Virginie préfère, Godibert entourait de ses
bras la taille mignonne de la petite, il embrassait tout ce qui était à
sa portée ; et, comme on se défendait mal, il trouvait toujours quelques larcins à faire. Il se disait : — A quoi bon la questionner ?
si je triomphe, c'est moi qu'elle aime ! Mais tout à coup un cri de
fureur se fait entendre. C'est Doudoux qui, voyant son rival étreindre
Virginie dans ses bras, se jette sur lui, le tire par sa blouse, et lui
glisse entre les jambes le manche de son balai.

Virginie s'est dégagée et sauvée. Les deux amoureux se livrent un
nouveau combat, se servant l'un du balai, l'autre du râteau. Perpétue
arrive dans le jardin, elle se précipite entre les combattants en s'é-
criant :

— Miséricorde!... est-ce bien possible!... deux frères se battre!...
O mes enfants! à quoi pensez-vous!... qui a pu allumer votre colère!...
se battre ici!... c'est fort mal!... je veux qu'on se raccommode...
mais d'abord, apprenez-moi pourquoi vous vous battiez.

On ne pouvait pas avouer à Perpétue le motif de la querelle. Godibert et Doudoux baissent les yeux et restent muets.

— Eh bien, Jean... eh bien, Pierre, vous vous taisez... vous êtes
tout honteux sans doute de vous être livrés à d'tels excès?

— C'est vous mamzelle.

— A la bonne heure ; mais enfin, pourquoi vous battiez-vous?

— Mamzelle... c'est que... ce matin, je n'avais que du fromage
pour déjeuner... et il prétend, lui, que vous lui avez donné du
raisiné.

— Comment! c'est pour une telle bagatelle que vous vous aban-
donnez à la colère! Bonne sainte Vierge!... se battre pour du raisiné!... Allons, calmez-vous, demain vous en aurez tous les deux ;
mais que l'on ne se querelle plus, sinon je le dis à mademoiselle, qui
vous renverrait bien vite.

Les jeunes gens promettent d'être désormais d'accord, et Perpétue
reprend :

— Maintenant, mes enfants, il faut que vous sachiez pourquoi je
venais vous chercher. Notre digne régisseur, M. Baisemon, a toujours
des douleurs intestinales, le pharmacien m'a donné pour lui un lavement composé ; ce pauvre M. Baisemon ne peut pas le prendre lui-
même : je me serais bien sacrifiée, s'il n'y avait eu personne pour le
lui donner... parce qu'il y a des cas où il faut fermer les yeux ; mais,
comme vous êtes ici, c'est vous qui administrerez le purgatif en question... Allons, qui est-ce qui monte là-haut?... le remède est prêt,
M. Baisemon l'attend.

Godibert et Doudoux font chacun une grimace épouvantable, et
l'ex-cuirassier s'écrie :

— Ah! sacré mille bombes, ce ne sera pas moi qui donnerai le
lavement, toujours!...

— Ah, mon Dieu!... qu'ai-je entendu là! s'écrie Perpétue. Quel
jurement ! quels mots !... ah ! Jean, où avez-vous appris à dire de ces
vilaines choses ?

— Pardon, mademoiselle, mais c'est que je ne veux pas... je ne
puis pas faire ce que vous désirez!... d'abord, je n'ai jamais su tenir
une seringue.

— Vous ne voulez pas ! rappelez-vous, mon garçon, que vous êtes
ici pour tout faire.

Ronde exécutée par Grilloie, Baisemon et Gueulard.

— Tout faire... c'est une façon de parler ; je ne pensais pas que
cela irait jusque-là.

— Et vous, Pierre, êtes-vous aussi peu complaisant que votre
frère ?

— Mamzelle, je ne me soucie pas d'étudier la nature de M. Baisemon, je suis, comme mon frère, peu familier avec l'instrument que
vous m'offrez...

— Ah ! j'en suis bien fâchée, mais il faut obéir ou partir d'ici !...
je sais bonne avec vous ; mais je veux qu'on exécute mes ordres...
Allons, messieurs, montez tous les deux chez ce digne Baisemon, qui
s'impatiente sans doute de ne pas vous voir venir... vous vous aiderez
mutuellement : venez, je vais vous conduire.

Les jeunes gens suivent Perpétue tout en se promettant de ne pas faire ce qu'elle exige. La servante va s'armer de l'instrument ordonné, et marche, en le tenant, devant Godibert et Doudoux, qu'elle conduit jusqu'à la chambre de Baisemon. Le gros bonhomme était dans son lit. Perpétue entre et pose ce qu'elle tenait sur un siége, en disant :

— Monsieur Baisemon, je vous amène nos deux Lorrains, qui vont vous donner ce que vous savez bien.

Baisemon entr'ouvre son rideau et regarde dans la chambre; les deux jeunes gens venaient d'entrer, ils se tenaient debout en faisant une moue horrible. Perpétue s'approche de Baisemon et lui dit à l'oreille :

— Comment trouvez-vous nos Lorrains?

— Hem!... mais... je leur trouve l'air bien sérieux.

— C'est le respect qui les rend ainsi.

— C'est dommage qu'ils aient tous les deux les cheveux rouges.

— Est-ce que vous croyez que cela empêche de donner un lavement?

— Non, mais... je n'aime pas les hommes rouges... ça me rappelle les Cosaques.

— Ces sont de bons garçons qui seront trop heureux de vous être agréables; au revoir, monsieur Baisemon... tout est prêt, je vous laisse... Allons, mes enfants, tâchez d'être bien adroits et de satisfaire notre excellent régisseur.

Perpétue sort et pousse la porte; M. Baisemon referme son rideau en disant :

— Mes amis, je vais me disposer.

Godibert et Doudoux sont au milieu de la chambre, se regardant, regardant la seringue et ne bougeant pas. Le rideau s'ouvre de nouveau, et quelque chose d'énorme se présente à nu sur le bord du lit; les deux jeunes gens reculent au fond de la chambre, tandis que Baisemon, dont on ne voit pas la tête, crie :

— J'attends la lotion qui doit édulcifier mes lombes et purifier mes voies; allons, mes bons Lorrains... *admovete et promovete.*

Mais Godibert croise ses bras, en disant : — Le plus souvent! et Doudoux, en regardant vers le lit, murmure : — Cela a la figure d'un oméga.

— Allons donc, mes bons amis, je vais m'enrhumer! reprend Baisemon en s'agitant sur le bord du lit. Finissons-en, *ad rem.*

— Il a raison, il faut en finir, dit Godibert en allant prendre la seringue; puis se plaçant à l'autre bout de la chambre et visant Baisemon comme s'il tenait un fusil, il lui crie : — Y êtes-vous?

— Vous le voyez bien, mon fils!

— Alors, attention : je fais feu.

Et, poussant de toute sa force, il asperge la nudité de Baisemon, qui crie à tue-tête :

— Mais ce n'est pas cela... vous vous trompez, mes amis, vous n'y êtes pas du tout.

Malgré ses cris le gros malade reçoit tout le contenu de l'instrument, après quoi les deux jeunes gens sortent en riant de la chambre, et, pour bien achever leur journée, ils vont dans la cour détacher Gueulard, qu'ils chassent à grands coups de fouet hors de la maison.

CHAPITRE XX. — La nuit tous les chats sont gris.

Après l'exploit des deux jeunes gens, Perpétue est montée chez M. Baisemon pour savoir s'il est satisfait du service des deux Lorrains; la servante avait entr'ouvert doucement la porte; mais entendant comme des gémissements sourds, elle se décide à entrer dans l'appartement, et elle voit Baisemon nageant sur son lit et se perdant sous sa couverture, parce que sa chemise mouillée s'est collée sur sa tête.

Perpétue s'arme de résolution, et elle va bravement dépêtrer Baisemon de ses draps et de ses couvertures; frappée de la désolation peinte sur ses traits, elle lui dit :

— Qu'est-il arrivé? mon Dieu!... que signifie ce désordre?...

— Ah! ma chère Perpétue, j'avais bien raison de me défier de ces deux garçons qui ont les cheveux rouges!...

— Qu'ont-ils donc fait?... est-ce qu'ils n'ont pas su vous administrer le purgatif?

— Oui, ils me l'ont donné, mais *extra* et non pas *intra.* Ils m'ont aspergé... noyé... ils ont fait un bassin de mon lit; j'avais beau leur crier : ça ne se donne pas comme ça! ils allaient toujours.

— Ah! les imbéciles!... les butors!... arroser ce digne M. Baisemon!...

— J'ai pris un bain complet!

— Voilà ce que c'est que d'écouter de sots scrupules!... si je vous l'avais donné moi-même cela aurait été si bien.

— Ah! vous m'auriez fait tant de plaisir, bonne Perpétue!... vous avez la main si légère!...

— Mais je gronderai nos Lorrains!... je suis très-mécontente... Je vais vous faire chauffer une chemise... Vous allez tâcher d'avoir chaud et puis ensuite je parlerai à Jean et à Pierre. Levez-vous un instant, que je refasse votre lit, que je change vos draps.

— Mais, digne Perpétue, c'est que je n'ai pas de caleçon pour l'instant...

— Eh, mon Dieu! je l'ai bien vu!... mais que me font ces bagatelles quand il y va de votre santé?

— Ah! fille céleste... comme vos soins me dédommagent de la chaleur!...

— Ah! Baisemon!... Baisemon!...

— Tout ce que vous voudrez, divine Perpétue!

Lorsque la servante a fini de réchauffer le régisseur, elle descend pour donner une semonce aux jeunes gens; ceux-ci reçoivent avec assez d'indifférence les réprimandes de la domestique; ils commençaient à s'ennuyer du rôle qu'il leur fallait jouer; chacun d'eux voulait forcer Virginie à s'expliquer, et était décidé à tout tenter pour obtenir d'elle un entretien secret.

Comme si le bain eût été salutaire à Baisemon, le lendemain de cet événement il se sent assez bien pour descendre près de mademoiselle Bellavoine. Il la trouve de fort mauvaise humeur; on venait de lui servir une petite volaille que Pierre n'avait pas vidée, malgré les ordres de Perpétue, et un potage aux herbes dans lequel Jean avait mis de la bourrache et du pourpier au lieu de cerfeuil et d'oseille.

— Ah! respectable Baisemon, il est temps que vous repreniez la direction de cette maison! dit la vieille fille en voyant entrer son régisseur. J'ai deux valets qui ne font plus que des sottises!... Dans le commencement de leur séjour ici cela s'annonçait bien!... Mais je ne sais ce qui leur passe par la tête... ils font tout à rebours à présent!

— Je m'en suis aperçu, mademoiselle!...

— N'ont-ils pas laissé échapper Gueulard, mon fidèle gardien!

— Quoi! Gueulard n'est plus ici?

— Depuis hier on ne sait ce qu'il est devenu! Jean et Pierre affirment que le chien a sauté par-dessus le mur!...

— Il faudrait admonester un peu ces deux valets...

— Voilà un dîner détestable... je ne puis manger de cela... Ma nièce, appelez donc Perpétue, que je sache ce qu'il y a dans ce potage.

Virginie se pince les lèvres pour dissimuler un sourire, et va sonner la servante, qui accourt et baisse modestement les yeux en apercevant le gros Baisemon.

— Perpétue, est-ce vous qui avez confectionné mon dîner? demande mademoiselle Bellavoine.

— Mademoiselle, je me suis fait assister un peu par Jean et Pierre.

— Tout cela est détestable... Ces garçons n'entendent rien à la cuisine. Ils m'empoisonneront quelque jour... jugez-en, honnête Baisemon.

Baisemon approche de ses lèvres une cuillerée de potage et la repousse bien vite, en s'écriant :

— Cela est horriblement sauvage! et cette volaille est d'une amertume extrême!

— C'est singulier, mademoiselle, ces deux frères ne sont plus reconnaissables... ils m'écoutent à peine... ils sifflent ou ils chantent quand je leur parle.

— Ils sifflent!... fi donc!... je ne veux ni qu'on siffle ni qu'on chante chez moi... Allez leur intimer d'avoir d'autres manières, sinon je les renvoie.

— J'y vais, mademoiselle. Ah! à propos... Grilloie va mieux... il est levé aujourd'hui... Ah! il faut lui rendre justice, il n'a jamais chanté ici, Grilloie!... Je vais tancer les deux Lorrains.

Perpétue n'avait pas pardonné aux jeunes gens la manière dont ils avaient arrosé Baisemon; elle ne les voyait plus d'un bon œil, et c'est presque avec joie qu'elle va leur transmettre les ordres de sa maîtresse. Cependant mademoiselle Bellavoine a fait placer Baisemon près du feu; elle s'informait avec sollicitude de l'état de sa santé; elle voulait encore lui faire prendre du sirop, ce dont le gros régisseur se défendait, lorsque Perpétue revient pâle, effarée, les yeux presque hagards, en s'écriant :

— Ah, mon Dieu! sainte Vierge!... Je ne sais plus où j'en suis... Qui s'y serait attendu!...

Chacun regarde Perpétue, Virginie riant d'avance, parce qu'elle présume qu'il s'agit d'un nouveau tour d'un de ses amoureux; Baisemon déjà inquiet, et mademoiselle Bellavoine toute prête à se mettre en colère.

— Qu'avez-vous encore, Perpétue? s'écrie la vieille fille.

— Ah! mademoiselle, je vais vous le dire... Mais cela est si affreux... Je ne puis parler devant mademoiselle votre nièce!...

— Virginie, allez à votre chambre.

— Pourquoi donc, ma tante?

— Allez toujours, petite; une fille bien élevée obéit et ne réplique pas.

Virginie s'éloigne, mais en se promettant bien d'apprendre par Godibert ou Doudoux ce qui a bouleversé Perpétue.

La nièce éloignée, mademoiselle Bellavoine fait approcher sa servante et lui dit :

— Parlez maintenant.

— M'y voici, mademoiselle. J'étais allée trouver ces deux garçons, Jean et Pierre, pour leur laver un peu la tête, comme vous me l'aviez recommandé; je rencontre d'abord le plus petit dans la cour; je lui annonce que votre intention est de le renvoyer s'il ne se conduit pas mieux. Et en effet les escaliers ne sont ni frottés ni balayés, cela devient un véritable désordre... Eh bien! mademoiselle, croiriez-vous qu'au lieu de s'excuser, M. Pierre me répond fort malhonnêtement...

— Laissez-moi tranquille, vous m'ennuyez.

— Cela est impertinent, dit mademoiselle Bellavoine.

— Cela est même inconvenant, ajoute Baisemon, car en ce moment l'honnête Perpétue vous représentait... Poursuivez, fidèle servante.

— Hélas! je ne sais si j'oserai vous dire le reste... c'est bien pis, ma foi!... Ce Pierre m'avait quittée; je vais chercher Jean, que je trouve dans le jardin; je le menace également d'être renvoyé, s'il ne fait pas mieux son service... ce grand vaurien me répond aussitôt... ah! je n'oserai jamais dire cela!...

— Osez, Perpétue, je vous y autorise... osez, bonne fille... songez que vous n'êtes ici qu'un écho.

— Eh bien!... ce Jean m'a répondu : On me renverra si on veut... je m'en f...

— Ah! quelle horreur!... quelle abomination!... dans ma demeure... dire : je m'en... Prononcer de ces mots-là!... Ah! le misérable garçon!... cela est révoltant, n'est-ce pas, monsieur Baisemon?

— Cela est hideux, mademoiselle!

— Et qu'avez-vous répondu à cela, Perpétue?

— Eh, mon Dieu! je suis restée suffoquée, saisie, je n'ai rien trouvé à répondre!

— Pauvre fille! c'est bien fait pour cela!... Il faut que ces deux grossiers personnages sortent de chez moi... à l'instant même... qu'ils fassent leur paquet, qu'ils ne souillent plus ma demeure... Allez les chasser, Perpétue.

— Ah! mademoiselle, je n'oserai jamais... après ce qu'ils m'ont dit déjà, je crains d'en entendre bien d'autres!

— C'est juste, ce ne serait pas prudent. Eh bien! monsieur Baisemon, chargez-vous de ce soin, allez trouver ces deux garnements, réglez leurs comptes, et qu'ils s'en aillent.

Baisemon n'est pas trop satisfait d'être chargé de cette commission; mais accoutumé à obéir aux moindres désirs de mademoiselle Bellavoine, il s'incline respectueusement et s'en va trouver les Lorrains. La vieille fille et sa servante attendent avec inquiétude le résultat de la démarche de Baisemon, elles redoutent une scène, du bruit; mais le gros régisseur reparaît bientôt l'air calme et le front serein :

— Tout est arrangé, dit-il, j'ai trouvé ces deux valets beaucoup plus doux que je ne l'espérais; ils partiront : seulement, comme il se fait déjà tard, ils m'ont demandé la permission de passer encore la nuit ici; demain de grand matin ils s'éloigneront. Je n'ai pas cru devoir leur refuser cette demande, cependant j'en réfère à vos ordres, mademoiselle.

— A la bonne heure, qu'ils couchent encore une nuit; mais qu'ils partent demain... car je ne puis pardonner à des domestiques qui disent... Ah!... fi!... fi... oublions ces vilaines paroles et qu'il ne soit plus question de tout ceci...

On fait revenir Virginie, qui, au lieu de rentrer dans sa chambre, avait trouvé l'instant de rencontrer Godibert et Doudoux, et donné pour la nuit un rendez-vous à chacun de ses amoureux.

La petite nièce est revenue, les yeux baissés, prendre sa place habituelle près de sa tante; celle-ci lui donne une légère tape sur la joue et regarde Baisemon en disant :

— Quand on a chez soi la fleur de l'innocence, on ne doit pas l'exposer à entendre de grossiers valets... n'est-il pas vrai, respectable Baisemon?

— Je suis de votre avis, mademoiselle, je me fais un devoir de l'être toujours.

Grilloie, qui est rétabli, vient présenter ses respects à sa maîtresse. La conduite incivile des protégés de madame Beuré venait de rendre au vieux paysan les bonnes grâces de sa maîtresse et de Perpétue. On lui pardonne d'avoir été malade, et on lui enjoint de reprendre ses occupations.

— Mais je croyais que mademoiselle avait pris deux nouveaux serviteurs, dit Grilloie.

— Ce n'était qu'en attendant votre guérison, mon pauvre Grilloie; vous voilà sur pied, les deux Lorrains partiront demain.

— Ah! c'est deux Lorrains qu'étions entrés ici... ma fine, je ne les avions pas encore aperçus!...

— Allez, vieux Grilloie, continuez à me bien servir, j'aurai toujours pour vous les mêmes bontés.

Le vieux paysan aurait pu demander quelles étaient ces bontés, puisqu'on l'avait laissé au pain et à l'eau tout le temps qu'il avait été malade; mais il aime mieux croire que c'est par ordonnance du médecin qu'on l'a traité ainsi. Il faut toujours voir les choses du bon côté.

Il était huit heures et demie du soir; mademoiselle Bellavoine, qui avait fort mal dîné, soupait, ainsi que sa nièce et Baisemon. Perpétue servait avec son zèle ordinaire, attentive à passer la bouteille au convalescent régisseur, qui en usait comme s'il n'avait pas été malade. Grilloie était aussi là, il venait prendre les ordres de sa maîtresse relativement à des changements qu'elle voulait faire exécuter dans son potager, et la vieille fille avait poussé la bonté jusqu'à dire à Perpétue de verser à Grilloie un demi-verre de vin, pour activer son zèle à son service.

Des pas qui se font entendre dans le corridor attirent l'attention de mademoiselle Bellavoine.

— Qui vient ici? dit-elle : ces deux Lorrains se permettraient-ils de se présenter devant moi?... Renvoyez-les, Perpétue, je ne veux plus les

voir... Ils viennent sans doute me demander excuse pour que je les garde, mais c'est inutile!... je ne pardonnerai pas.

Mademoiselle Bellavoine n'avait pas achevé ces mots, que Godibert et Doudoux ouvraient la porte et entraient dans la salle à manger; mais leur tête haute, leur physionomie assurée et presque moqueuse, n'annonçaient pas des gens qui viennent solliciter un pardon.

— Que voulez-vous?... que venez-vous faire ici? s'écrie la vieille fille d'un ton aigre et impérieux.

— Mademoiselle, dit Godibert, comme nous devons vous quitter demain, nous venons vous rendre votre livrée, que nous ne jugeons pas devoir emporter avec nous.

En disant cela il tire un caleçon qu'il tenait roulé sous son bras et le met sur la table, Doudoux en fait autant.

— Ils sont plus honnêtes que je n'aurais cru, dit mademoiselle Bellavoine à Baisemon, j'ai presque envie de leur faire cadeau de ces caleçons.

— Nous sentons que nous n'étions pas en état de bien servir, mademoiselle, aussi sommes-nous décidés à nous faire soldats, mon frère et moi!

— Oui... c'est, je crois, ce que vous pouvez faire de mieux... Allons, voilà Grilloie qui casse un verre à présent!... on ne fait donc que des sottises à mon service!... Est-ce que vous retombez malade, Grilloie?

— Non, mamzelle, non, c'est pas ça!

Le vieux paysan était devenu tout tremblant depuis quelques minutes, et son verre s'était échappé de ses mains; il se glisse derrière Baisemon, et lui dit à l'oreille :

— Est-ce que vous n'avez pas reconnu ces deux hommes?...

— Non, Grilloie, que voulez-vous dire?...

— Que je les reconnais, moi!... malgré leurs perruques rouges! ce sont nos deux brigands de dessus la route, v'là le grand et le petit!

— Ah! mon Dieu!...

Mademoiselle Bellavoine hésitait pour faire présent des deux caleçons, lorsqu'elle voit Baisemon changer de couleur, et laisser tomber la salière qu'il venait de prendre.

— Eh bien!... qu'y a-t-il donc?... voilà M. Baisemon qui fait aussi des malheurs... la salière renversée... c'est de bien mauvais présage... Vous avez quelque chose, monsieur Baisemon?

— Moi... non... rien, mademoiselle... un mal de gorge qui m'a pris!...

Le régisseur se penche vers la vieille fille, et lui dit tout bas :

— Grilloie a reconnu ces deux hommes... je les reconnais aussi maintenant... ce sont les deux voleurs qui nous ont poursuivis sur la route!...

— Juste ciel! se pourrait-il!...

— C'est un complot formé de longue main!...

— Ah, mon Dieu!... et hier ils ont fait disparaître Gueulard...

— Il est probable qu'ils veulent nous assassiner cette nuit...

— Je me sens défaillir, mon pauvre Baisemon...

— Mon Dieu, v'là mademoiselle qui se pâme aussi! s'écrie Perpétue en courant à sa maîtresse. Celle-ci dit à l'oreille de sa servante ce qu'elle vient d'apprendre, et Perpétue balbutie :

— J'aurais dû le deviner ce matin à leurs propos...

— Prenez garde, dit Baisemon, n'ayons pas l'air de les avoir reconnus... ils tomberaient sur nous tout de suite... je vais aller chercher main-forte...

— Non, je ne veux pas que vous nous quittiez... votre présence leur impose... si vous n'étiez plus là, qui sait à quels excès ces brigands se porteraient envers trois pauvres femmes?...

— Envoyez Grilloie, alors.

— Je ne veux pas qu'il nous quitte non plus.

— En ce cas, moi, je ne quitte pas la table, et je mangerai toute la nuit. J'aime mieux mourir d'une indigestion que par le poignard.

Pendant que l'on parlait bas, Godibert et Doudoux étaient allés se chauffer contre le poêle, d'où ils lorgnaient Virginie, et celle-ci riait sous cape, parce qu'elle devinait le motif de la terreur qui se peignait sur tous les visages.

Mademoiselle Bellavoine pense aussi que le parti le plus sage est de dissimuler jusqu'au lendemain matin; elle s'efforce de cacher sa terreur, et adresse la parole aux deux jeunes gens, mais d'un ton aussi mielleux cette fois qu'il était aigre auparavant.

— Vous êtes donc bien décidés à vous faire soldats, messieurs?

— Oui, mademoiselle.

— Voulez-vous vous rafraîchir... prendre quelque chose avec nous?...

— Nous boirons avec plaisir à la santé de mademoiselle.

— Perpétue, donnez des verres, du vin à ces braves garçons... et moi, demain matin, je leur compterai une gratification... une bonne somme d'argent, tout ce qu'ils voudront... Je veux qu'ils aient longtemps de quoi boire à ma santé...

— Mademoiselle est trop bonne, mais nous n'accepterons rien.

— Oh, que si! il le faudra bien... Je suis bien maîtresse de vous donner de l'argent, moi!

— Ce que vous faites là est prodigieusement adroit! dit tout bas Baisemon à la vieille fille, en leur offrant tout ce qu'ils désirent, cela leur ôtera peut-être l'envie de vous voler. Dites-leur aussi que vous les garderez autant de jours qu'ils voudront.

Mademoiselle Bellavoine se hâte d'engager les jeunes gens à ne point partir le lendemain ; mais ceux-ci persistent, et, après avoir bu et salué la société, ils prennent congé, en annonçant qu'ils vont se coucher, et partiront de bon matin.

Les jeunes gens partis, on tient conciliabule devant Virginie, à qui l'on apprend que les prétendus valets sont deux brigands.

— Est-ce que mamzelle ne les a pas reconnus pour nos deux voleurs de la route ? dit Grilloie.

— Eux... les voleurs de la route !... Mais vous êtes fou, Grilloie ; ils ne leur ressemblent pas.

— Oh ! parce qu'ils ont des perruques ; mais...

— Mais je vous dis que les autres étaient bien plus âgés... N'est-ce pas, monsieur Baisemon ?

Baisemon ne sait plus auquel croire. L'air persuadé de Virginie ébranle sa conviction ; il doute de ce qu'il affirmait un instant auparavant ; et mademoiselle Bellavoine s'écrie :

— Grilloie, si ces deux hommes ne sont pas des voleurs, je vous retiens six mois de vos gages pour vous apprendre à me faire donner de mon vin à deux manants qui ont fait les insolents chez moi.

Grilloie reste tout saisi de cette menace, et commence à craindre de s'être trompé. Cependant Perpétue dit à son tour :

— Mademoiselle, il est très-possible que Grilloie ne soit qu'un imbécile : ce ne serait pas la première fois qu'il verrait de travers, d'autant plus que madame Beuré la truitière m'avait répondu de ces deux hommes ; mais enfin, dans le doute, il me semble qu'il faut toujours prendre ses précautions.

— C'est juste, Perpétue, c'est raisonnablement pensé.

— C'est parler comme Pallas elle-même, dit Baisemon : prenons toutes nos précautions pour n'être pas tués cette nuit.

— Si nous couchions tous ensemble !... s'écrie Perpétue avec inspiration.

Mais mademoiselle Bellavoine regarde sa servante et fronce le sourcil.

— Y pensez-vous, Perpétue ? Quelle idée vous vient là ! La décence avant tout.

— Mademoiselle, quand je disais coucher ensemble, je voulais dire dans la même pièce... A Dieu ne plaise que j'aie d'autres pensées !...

— Non, non, Perpétue, cela serait intolérable. Mais ce qu'il est, je crois, prudent de faire, c'est de ne point coucher dans nos appartements accoutumés... Cela dépistera les voleurs : M. Baisemon et Grilloie coucheront cette nuit dans une des pièces près de nous. Allons, Grilloie, et vous, Perpétue, vous coucherez dans la même chambre que moi... Je prendrai le grand salon jaune, et nous mettrons ma nièce dans le petit cabinet qui donne dedans.

— Comment, ma tante, vous voulez que je change de chambre ?

— Oui, mon enfant.

— Mais puisque je n'ai pas peur, ma tante...

— C'est égal, ma nièce : je réponds de votre personne, et je dois veiller sur vous, même pendant que vous dormez. Quant à M. Baisemon et à Grilloie, ils coucheront dans la bibliothèque, à côté de nous.

Cet arrangement ne plaît nullement à la jeune fille, qui avait d'autres projets pour la nuit ; mais la vieille tante a décidé que cela serait ainsi. Cependant, malgré son humeur, Virginie ne peut s'empêcher de sourire ; car, dans les dispositions que sa tante vient de prendre, il y a quelque chose qui doit, dans sa pensée, amener de singuliers événements. Perpétue et Grilloie vont opérer la translation des lits ; et pendant ce temps Baisemon continue de boire, afin de maintenir son courage ou de noyer sa frayeur.

Les deux valets viennent annoncer que tout est prêt. On s'arme de flambeaux. Mademoiselle Bellavoine prend le bras de sa nièce ; Perpétue se tient tout contre Baisemon, et Grilloie ferme la marche. Au moindre bruit causé par le vent, qui souffle ce soir-là avec force dans les longs corridors de la vieille maison, chacun s'arrête en tremblant, et croit voir les Lorrains armés de poignards, ou tout au moins de couteaux. Cependant le chemin se fait sans que l'on rencontre personne. On arrive devant la porte du salon jaune : c'est une immense pièce, dont on pourrait facilement faire une infirmerie : aussi aperçoit-on à peine les deux lits qu'on y a dressés pour mademoiselle Bellavoine et sa suivante. Au fond est la porte d'un vaste cabinet, qui n'a qu'une petite fenêtre grillée. C'est là qu'on a fait un lit pour Virginie. Les dames entrent dans le salon jaune ; les deux hommes doivent coucher dans la bibliothèque qui est à côté.

— Nous allons nous enfermer, dit mademoiselle Bellavoine ; mais au premier bruit, venez vite à notre aide... Nous frapperons au mur pour que vous entendiez mieux.

— Il suffit, mademoiselle ; reposez sans terreur ; nous sommes là prêts à voler vers vous.

— Nous y comptons, monsieur Baisemon : demain il fera jour ; et si ces deux hommes sont encore ici, nous aviserons alors au moyen de prévenir l'autorité.

— *Fiat voluntas tua.* Bonsoir derechef.

Perpétue ferme la porte, mademoiselle Bellavoine envoie sa nièce se coucher dans le cabinet, et pousse la précaution jusqu'à fermer à double tour la porte de son réduit. Puis la vieille tante se met au lit, en invoquant tous les saints du paradis pour que les voleurs ne découvrent point son asile, et Perpétue va en faire autant sur un lit de

sangle qu'elle a dressé à l'autre bout du salon, afin de ne pas entendre de trop près mademoiselle Bellavoine qui en dormant ronfle comme un portefaix.

Virginie s'est couchée avec humeur, en envoyant au diable sa tante et Perpétue ; elle est indignée d'être enfermée dans le cabinet, elle est furieuse de n'avoir pas couché comme à l'ordinaire dans sa chambre, car il faut que vous sachiez qu'à force de regarder sa serrure, elle était parvenue à ôter les vis et à les replacer sans qu'on s'aperçût de rien ; elle pouvait donc, dans la nuit, jouir de sa liberté malgré le double tour donné à sa porte. Elle n'attendait que l'occasion d'en profiter, et ce jour-là même cette occasion s'était présentée. Virginie avait rencontré séparément Godibert et Doudoux ; chacun de ces messieurs l'avait suppliée de lui accorder un moment de tête-à-tête, et à chacun Virginie avait répondu :

— Je vous attendrai cette nuit, et pour que vous ne vous trompiez pas, je mettrai un bouchon de paille à la porte de ma chambre.

L'intention de Virginie n'était pas de rester dans sa chambre, qui se trouvait entre sa tante et Perpétue ; afin de jaser sans crainte d'être entendue, elle avait songé à se rendre dans la bibliothèque qui était située à l'autre bout du corridor ; c'est là qu'elle avait été attacher un bouchon de paille pour servir d'indication aux deux jeunes gens auxquels elle comptait avouer que ce n'était ni l'un ni l'autre qui avait touché son cœur. Mais les nouvelles dispositions prises par la vieille tante ont rendu inutiles toutes les combinaisons de la jeune fille ; il n'y a pas moyen de sortir du cabinet dans lequel on l'a enfermée ; il faut donc y rester en enrageant, Virginie prend le parti d'y dormir, c'est ce que l'on peut faire de mieux pour oublier ses ennuis.

Baisemon et Grilloie sont entrés dans la bibliothèque où leur lit est dressé. Le régisseur, qui a beaucoup bu pour se donner du courage, n'a gagné à cela qu'une grande envie de dormir ; il se dépêche de se fourrer entre ses draps en murmurant : Grilloie, vous ferez en sorte de ne pas me réveiller... la petite nièce nous a juré que ces deux garçons n'étaient pas des voleurs... Par conséquent vous êtes une bête, mon brave Grilloie, dormons tranquillement.

— Et moi, je vous dis que ce sont les deux hommes de la route... Oh ! je les ai reconnus !... on a beau dire... vous êtes bien heureux d'avoir tant de courage... Allons, le v'là qui dort déjà comme un sabot !

Baisemon était endormi ; Grilloie, qui est loin d'être rassuré, promène des regards craintifs autour de lui, et envie la tranquillité du régisseur ; il cherche comment il pourrait se donner du courage, ou tout au moins un sommeil aussi prompt, et il se rappelle que dans la précipitation que l'on a mise à faire transporter les lits, on n'a pas songé à ôter le couvert du souper. — Il doit y avoir encore du vin, se dit Grilloie, il n'y a rien de tel que le vin pour chasser la peur ; allons chercher la bouteille, je la finirai ici.

Grilloie sort, tenant sa lumière en avant, tremblant toujours, mais capable de s'exposer à tout pour avoir une bouteille de vin. Il arrive à la salle où l'on a soupé ; il trouve ce qu'il voulait, il met la bouteille sous son bras, et se hâte de regagner la bibliothèque. Au moment d'entrer, le vieux jardinier aperçoit un gros bouchon de paille attaché au bouton de la porte, et que Baisemon n'avait pas remarqué en entrant dans cette pièce, parce qu'il était déjà à moitié endormi.

Grilloie avance sa lumière, examine ce bouchon de paille, et se dit : — C'est drôle ça... est-ce que c'te chambre est à vendre ?... ou ben est-ce qu'on a mis ça là... comme un signal... pour se reconnaître ?

Le vieux paysan commence par ôter le bouchon de paille, parce qu'il ne se soucie pas qu'on vienne les trouver, puis il va l'attacher à la porte du salon jaune, en se disant : Si on va gratter là, mamzelle Perpétue entendra, elle appellera, et nous aurons le temps de nous reconnaître.

Enchanté de son idée, Grilloie rentre dans la bibliothèque, il s'enferme, il avale d'un trait le contenu de la bouteille, et se jette sur le lit, où il ne tarde pas à s'endormir aussi profondément que Baisemon.

Les jeunes gens étaient rentrés chacun dans leur chambre, n'ayant garde de se rien dire l'un à l'autre du bonheur qu'ils espéraient pour la nuit. Ils attendaient que tout fût calme dans la maison. Godibert quitte le premier sa chambre ; il ne prend pas de lumière, cela pourrait le trahir ; d'ailleurs les amoureux aiment assez l'obscurité. Le ci-devant cuirassier traverse la cour, n'ayant plus à redouter les aboiements de Gueulard, il monte l'escalier, entre dans le corridor où il sait qu'est le logement de Virginie, et tâtonne à chaque porte, jusqu'à ce que sa main rencontre le bouchon de paille.

— C'est là se dit Godibert, et il veut entrer ; mais la porte est fermée en dedans.

— Qu'est-ce que cela signifie ? la petite aurait-elle changé d'idée, et ne voudrait-elle plus me recevoir ?... oh ! je ne serai pas si près d'elle pour rien ! j'entrerai, dussé-je briser la porte... Cependant tâchons de trouver un moyen qui fasse moins de bruit.

Godibert tâtonne de nouveau, il s'aperçoit que cette porte est à deux battants, et comme on a oublié de mettre ce qui assujettit l'un des côtés au plancher, en poussant avec un peu de persévérance les tours s'échappent du pêne, et les deux battants s'ouvrent.

Godibert est entré, son cœur bondit de joie, il se donne à peine le temps de repousser la porte, il ne pense qu'au bonheur qu'il va goûter près de Virginie. Il marche, les mains en avant, il ne va pas loin sans rencontrer un lit, et ce lit est occupé, une respiration assez forte l'atteste.

— Elle dort ! se dit Godibert ; parbleu, je serais bien sot si je ne profitais pas de l'occasion ! ce n'est pas sans peine d'ailleurs !... et je l'ai bien gagné !

En un instant le jeune homme s'est débarrassé de ce qui le gêne, il se fourre dans le lit, près de Perpétue qui rêvait à Baisemon, et se sent réveillée par de tendres baisers. Elle crie d'abord : mais bientôt elle s'apaise, en balbutiant d'une voix étouffée :

— Vous n'êtes donc pas un voleur ?

— Un voleur ! dit Godibert ; mais je suis ton amant !... je suis celui qui t'adore !... qui ne s'est introduit ici que pour te voir !...

Perpétue ne trouve plus rien à répondre ; elle se soumet de fort bonne grâce en regrettant que le jeune homme ne se soit pas déclaré plus tôt, et Godibert se dit : ce n'est pas tout à fait ce que j'espérais !.. c'est singulier pour une jeunesse ; mais il faut prendre les choses comme elles sont.

Doudoux, toujours timide et prudent, n'est sorti de sa chambre qu'une heure après Godibert, tant il craint de compromettre celle qui veut bien le recevoir la nuit. Enfin, il se met en route à tatons, comme Godibert, et comme celui-ci s'arrête au bouchon de paille ; il n'a pas la peine d'enfoncer la porte qui n'était que poussée. Il entre dans le salon jaune. Après une heure donnée à l'amour, Godibert s'était endormi : c'était peu pour un cuirassier, c'était beaucoup pour le compagnon de Perpétue. Le hasard veut que Doudoux porte ses pas d'un autre côté, il arrive au lit de sa tante qui ronflait, suivant sa vieille habitude.

— Elle jouit d'un heureux sommeil ! se dit Doudoux. O fille de Paphos, je vais donc connaître près de toi les joies réservées aux bienheureux ! je vais atteindre au troisième ciel... Dieu de Gnide et de Cythère, je te remercie !

En disant cela, le jeune homme était tout ce qui aurait pu l'embarrasser pour arriver au troisième ciel. Bientôt il est près de la dormeuse ; elle se réveille et veut crier ; comme Godibert, il étouffe ses cris par des baisers ; on le bat, on le pince, on le repousse, mais en vain. — C'est un Cosaque, murmure la vieille tante ; que les décrets de la Providence s'accomplissent !...

Vous pensez sans doute qu'il fallait que Doudoux fût bien novice pour s'abuser ainsi, il l'était beaucoup en effet ; il est un âge où l'on a tant d'illusions ! un autre où l'on a tant d'imagination !... et un autre où l'on n'a plus rien du tout !

Le jour succéda à la nuit ; c'est dans l'ordre. Il faut qu'il y ait éclipse de soleil pour que cela n'arrive pas ainsi ; mais comme il n'y avait point d'éclipse le lendemain de cette nuit mémorable, nos deux amoureux en s'éveillant se virent couchés, l'un près d'une vieille mégère, l'autre contre une vilaine cuisinière. Tous deux se frottent les yeux, doutant encore de ce qu'ils voient ; ils sautent en bas du lit, en jurant comme des damnés. Pour augmenter leur colère, les deux femmes s'éveillent et se permettent de les regarder tendrement.

— Il y a de quoi se pendre ! dit Godibert.

— Je n'en relèverai pas ! dit Doudoux. Cependant la colère des jeunes gens ne peut pas tenir contre la surprise qu'ils éprouvent en regardant dans le lit l'un de l'autre ; un rire fou s'empare d'eux ; mais s'apercevant que leurs dames font un mouvement pour se lever, et ne voulant pas s'exposer à voir au grand jour ce qu'ils ont adoré la nuit, ils s'emparent à la hâte de leurs vêtements, et se sauvent comme si des Furies les poursuivaient.

Alors mademoiselle Bellavoine et Perpétue s'aperçoivent, chacune assise sur son séant : elles poussent de profonds soupirs ; la vieille tante s'écrie : — Ah ! Perpétue !.... quelle nuit !....

— Ah ! quelle nuit, mademoiselle !

— Ces deux scélérats sont entrés ici pendant notre sommeil !...

— Oui, mademoiselle... Oh ! ils avaient des rossignols ! et de fameux !...

— Le respectable Baisemon avait raison... ce sont des Cosaques déguisés !...

— Oui, mademoiselle... Oh ! ils se sont conduits en vrais pandours... Le ciel m'est témoin que je me suis défendue tant que j'ai pu !... mais contre la force, que voulez-vous faire, mademoiselle ?...

— Moi, j'ai combattu le démon des ongles et des pieds... mais il m'a vaincue... Ah ! Perpétue... c'était bien la peine de porter des caleçons jusqu'à soixante-cinq ans pour finir...

— Par être cosaquée, n'est-ce pas, mademoiselle ?...

— Mais, du moins, Perpétue, que jamais votre bouche ne divulgue les événements de cette nuit !

— Oh ! je n'ai garde ; il y va de notre honneur !... personne que nous ne sera ce secret !

— Excepté moi ! se dit Virginie, qui, l'oreille collée contre la porte du cabinet, écoutait la conversation de sa tante et de Perpétue.

CHAPITRE XXI. — Les Hannetons.

Les jeunes gens étaient sortis de la maison sans regarder derrière eux, ils couraient de toutes leurs forces, tenant une partie de leurs

vêtements sous leurs bras et oubliant qu'ils n'étaient qu'à demi habillés ; mais l'un avait entrevu le genou de Perpétue, l'autre le sein de mademoiselle Bellavoine, et il y avait bien de quoi faire sauver les plus intrépides.

Ils s'arrêtent pourtant, parce qu'ils sont obligés de reprendre haleine. Ils sont dans la campagne ; heureusement il est de grand matin et personne ne les a rencontrés dans leur toilette de nuit. Ils s'habillent vivement tout en se disant : C'est une infamie !... c'est une horreur !...

— Cette hargneuse Perpétue !... n'a eu garde de me détromper... Oh !... l'infame cuisinière. Je me disais aussi... il y a un goût d'ognon dans ces baisers-là !...

— Moi, j'avoue que je n'ai pas eu le moindre soupçon... d'autant plus qu'on avait la petite culotte de finette... et je sais, à n'en pas douter, que mademoiselle Virginie en porte... Il paraît que la tante en met aussi !... Qui diable aurait deviné cela ?... Qui aurait cru cette petite Virginie capable de nous jouer un tour pareil ?... car c'est elle qui m'avait donné rendez-vous dans cette chambre... il y avait un bouchon de paille à la porte, c'était convenu.

— C'est absolument comme pour moi... un bouchon de paille... et il y était bien, ce maudit bouchon !

— Vous voyez qu'elle se moquait de nous deux !...

— C'était bien la peine de nous battre pour elle...

— Je la déteste autant que je l'aimais !

— Je ne puis plus la souffrir :

— Je retourne à Belleville.

— Et moi à Paris.

— Adieu, monsieur Godibert... sans rancune.

— Oh ! nullement, monsieur Doudoux !... nous n'avons pas été plus heureux l'un que l'autre...

— Vous ne lui reparlerez plus, n'est-ce pas ?

— Jamais !

— Et vous ne chercherez plus à la revoir ?

— Je m'en garderai bien.

— Adieu donc !

— Bon voyage !

Les deux rivaux se donnent la main et se séparent. Ils étaient sincères alors et avaient bien l'intention de tenir la promesse qu'ils venaient de se faire mutuellement ; mais les serments d'amour ne valent pas mieux que les autres ! Trouvez-m'en donc que l'on ait respecté.

Baisemon et Grilloie ne s'éveillent que fort tard ; ils se regardent avec cette satisfaction que l'on éprouve assez ordinairement après avoir bien reposé : Ma foi, Grilloie, la nuit a été fort bonne !... dit Baisemon en se levant. J'ai dormi tout d'un somme !

— Moi de même... je n'ai pas entendu le moindre bruit !

— Ni moi.

— Vous vous étiez trompé, Grilloie, ces hommes n'étaient pas des voleurs !...

— Dame ! faudra voir s'ils n'ont rien emporté.

— Allons nous informer si ces dames ont bien reposé.

Baisemon va heurter à la porte du salon jaune, que Perpétue avait refermée après la fuite des deux jeunes gens.

— C'est nous, mademoiselle, dit Baisemon ; peut-on vous présenter ses devoirs ?

Perpétue était levée, elle vient ouvrir, sans lever les yeux sur Baisemon. Mademoiselle Bellavoine était encore au lit, où elle toussait beaucoup plus que d'ordinaire.

— Votre nuit a-t-elle été paisible, mademoiselle ? dit Baisemon en s'inclinant devant le lit.

— Ah !... comme cela, mon cher Baisemon, comme cela !... Est-ce que vous n'avez entendu aucun bruit cette nuit ?

— Aucun, mademoiselle.

— Allons, tant mieux !... Moi... j'ai eu un terrible cauchemar !... je m'en ressens encore !...

— C'est cela que mademoiselle tousse beaucoup ce matin ; et vous, bonne Perpétue ?

— Moi, j'ai fait des rêves qui m'ont bien agitée !

— Vous voyez cependant que nous nous inquiétions à tort !... Ces deux Lorrains sont probablement partis...

— Allez vous en assurer, mon cher Baisemon ; s'ils ne l'étaient pas, dites-leur que décidément je leur pardonne et les garde à mon service...

— Quoi ! mademoiselle.

— Oui, j'ai réfléchi... ces jeunes gens peuvent s'amender... se corriger... Il ne faut pas fermer aux pécheurs les voies du salut... dites-leur qu'ils auront tous les jours du vin à discrétion...

— Du vin ? mademoiselle.

— Oui, monsieur Baisemon.

— Je vais vous obéir, mademoiselle. Baisemon salue et sort du salon jaune en se disant : Le roi François Ier avait raison : *Souvent femme varie !* Mais voilà une vieille fille qui s'y prend bien tard pour varier !

Baisemon revient bientôt annoncer que les deux domestiques sont partis, mais qu'ils n'ont rien volé.

— Ah ! ils ont fait bien pis ! murmure mademoiselle Bellavoine en levant les yeux au ciel. Virginie était sortie de son cabinet, elle avait l'air plus moqueur que d'ordinaire, et il lui échappait des éclats de rire toutes les fois qu'elle regardait sa tante ou Perpétue ; mais ces deux lames étaient trop préoccupées des souvenirs de la nuit pour remarquer la gaieté de la jeune fille.

— Coucherez-vous encore cette nuit dans le salon jaune, ma tante ? demande Virginie d'un air malin.

— Non, ma nièce, je pense que c'est inutile ; nous reprendrons tous nos locaux respectifs.

On reprend la vie uniforme et monotone que l'on menait chez mademoiselle Bellavoine avant que les deux jeunes gens n'y entrassent ; mais leur absence est vivement sentie. La vieille tante se permet de pousser de temps à autre de longs soupirs ; Perpétue se plaint de n'avoir plus personne pour l'aider ; Virginie se dépite de ne plus trouver l'occasion de s'amuser ; Grilloie dit qu'il a trop d'ouvrage, et Baisemon a remarqué que Perpétue n'est plus en extase devant lui. La maison semble triste ; on recommence à trembler la nuit, et on frémit en songeant que l'on n'a plus Gueulard pour faire le guet.

Cependant le printemps ramenait les feuilles et les doux ombrages ; la campagne redevenait riante, mais le soleil semblait craindre de pénétrer dans la vieille maison où l'on gardait Virginie.

M. Troupeau avait écrit plusieurs fois à sa tante, et dans chacune de ses lettres il lui mettait : Monsieur le comte n'est pas encore revenu de son voyage ; mais il m'a écrit qu'il était toujours dans les mêmes intentions : veillez donc sur Virginie, comme sur la lampe merveilleuse des *Mille et une Nuits*, j'irai la rechercher dès que vous me l'ordonnerez, et je me flatte que vous reviendrez avec elle près de nous.

— Nous avons le temps, disait la tante ; puisque ce seigneur est toujours en voyage, je puis bien encore garder ma nièce près de moi. Tu ne t'ennuies pas chez ta tante, n'est-ce pas, Virginie ?

— Oh ! non, ma tante ! répondait la jeune fille en bâillant de manière à se déchirer les oreilles.

Un matin, le vent, la pluie ou le temps, font tomber tout un pan de mur de la maison de mademoiselle Bellavoine, et fléchir le plancher de la salle à manger. Aussitôt la terreur s'empare de Baisemon ; il prétend que le plafond de sa chambre menace ruine, qu'il est imprudent de rester dans une maison qui peut s'écrouler sur ses habitants. Pour preuve, il fait remarquer qu'il ne peut y faire un pas, sans que le plancher crie sous ses pieds, ce qui n'avait rien de surprenant, vu la grosseur du personnage ; mais Virginie se joint à Baisemon, Perpétue déclare qu'elle ne descendra plus à la cave, dont les voûtes sont criblées de lézardes ; on persuade la vieille tante, qui consent à quitter sa demeure jusqu'à ce qu'on y ait fait les réparations nécessaires.

Mademoiselle Bellavoine possédait une autre maison dans le centre de la ville ; elle ne l'habitait pas, parce qu'on y entendait le bruit de la rue ; c'est pourtant là qu'elle se résout à se loger, jusqu'au moment où elle ramènera sa nièce à Belleville.

Cette nouvelle demeure n'a point de jardin, mais elle est située dans la rue la plus fréquentée de la ville. Virginie saute de joie en se trouvant dans une maison d'où l'on aperçoit les passants, et quoiqu'on lui donne une chambre sur le derrière, elle se promet de s'en dédommager toutes les fois que sa tante aura le dos tourné.

Les beaux jours sont revenus. Un matin, étant allée se placer à une fenêtre pendant que mademoiselle Bellavoine faisait les cartes avec Perpétue, pour savoir s'il reviendrait des Cosaques dans le pays, Virginie aperçoit un jeune homme qui s'avance d'un air pensif. Son cœur a battu avec violence, ses joues se colorent d'un vif incarnat.

— C'est lui ! se dit-elle, oh ! c'est bien lui !... M. Auguste Montreville... Mais il ne me voit pas... il ne lève pas la tête... que je suis malheureuse !... Mon Dieu ! est-ce qu'il va passer comme cela ?...

Virginie regarde autour d'elle, elle n'aperçoit que ses ciseaux ; elle les jette bien vite par la fenêtre : c'était un vieux moyen de comédie ; les vieux moyens réussissent toujours. Dans sa précipitation, Virginie avait lancé ses ciseaux sur la tête d'Auguste ; elle pouvait le blesser, ce qui eût été une manière peu agréable de se faire remarquer : heureusement les ciseaux glissent sur le chapeau et tombent aux pieds du jeune homme.

Auguste s'arrête, ramasse les ciseaux et regarde en l'air ; la jeune fille crie qu'elle va descendre les chercher. Elle descend en effet ; mais la porte de la rue est toujours fermée, et c'est Grilloie qui en garde la clef sur lui. Virginie ne se rebute pas, elle va trouver le vieux domestique et lui dit : Grilloie, j'ai laissé tomber quelque chose par la fenêtre, ouvrez-moi vite la porte.

— Mademoiselle, je vais aller chercher ce que vous avez laissé tomber, il m'est défendu de vous ouvrir sans l'ordre de votre tante.

— Mais je veux moi-même chercher mes ciseaux... on va les ramasser... les prendre... Dépêchez-vous donc de m'ouvrir.

— Je vais demander à votre tante si...

— Grilloie... mon bon Grilloie... comment, vous me refusez ?... la tante n'en saura rien... elle fait les cartes avec Perpétue...

La jeune fille a passé sa main sous le menton du vieillard ; elle le cajole, lui fait de petites mines ; il y avait dans les yeux, dans les manières de Virginie, quelque chose à quoi l'on ne pouvait résister, alors même qu'on n'était plus en âge d'en profiter. Le vieux Grilloie se laisse aller au charme, et il va ouvrir la porte de la rue en disant :

— Eh bien !... allez chercher vos ciseaux, puisque vous en avez si envie !...

Virginie est déjà dans la rue. Auguste attendait avec les ciseaux à la main : il n'avait pas eu le temps de reconnaître la personne qui lui par-

lait de la fenêtre, il est bien surpris en voyant devant lui la fille de M. Troupeau. Virginie feint aussi l'étonnement.

— Quoi !... c'est vous, mademoiselle !...

— C'est vous, monsieur !... Ah ! que c'est singulier de nous trouver ici !...

— Vous n'habitez donc plus Belleville, mademoiselle ?

— Monsieur, je suis chez ma tante. Il y a déjà plusieurs mois q... mes parents m'ont envoyée ici pour faire plaisir à ma tante... mais moi, ça m'ennuie beaucoup de lui faire plaisir... et je voudrais bien retourner à Belleville. Encore n'avons-nous pas toujours demeuré dans une maison aussi agréable !... Nous avons passé l'hiver dans une espèce de prison située au bout du pays... on ne voyait, on n'entendait personne... Ah ! je suis sûre que j'y ai maigri... Vous devez me trouver changée, n'est-ce pas, monsieur ?

Virginie a débité tout cela avec la précipitation de quelqu'un qui se dédommage d'une longue privation. Auguste sourit ; et, comme il ne répond pas assez vite au gré de la jeune fille, elle reprend en baissant les yeux :

— Pardon, monsieur ; tout ce que je vous dis là vous intéresse peu, et cela doit vous être bien égal que je me sois amusée ou non !...

— Mademoiselle, excusez-moi si je ne vous ai pas répondu sur-le-champ ; c'est que votre présence inattendue m'a rappelé... tant de choses.... que je voulais oublier !...

— Cela vous contrarie de me voir !...

— Non, mademoiselle, non.... ce n'est pas cela... mais je me reporte à Belleville, au temps que j'y ai passé,... et mille circonstances... dont je voudrais perdre le souvenir !...

— Vous n'habitez donc plus chez M. Vauxdoré ?...

— Non, mademoiselle... j'ai quitté Belleville... il y a déjà longtemps... je suis retourné à Paris... mais j'ai un parent qui possède ici une assez jolie maison... Ayant été un peu malade cet hiver, on m'a conseillé de venir passer le printemps à la campagne... c'est pour cela que je suis ici.

— En effet... vous êtes pâli... changé même... Ah ! vous avez quitté Belleville... et... et Adrienne, y a-t-il longtemps que vous ne l'avez vue ?...

La figure d'Auguste se rembrunit ; cependant il affecte un air d'indifférence en répondant :

— Je n'ai pas rencontré mademoiselle Adrienne depuis que j'ai quitté la maison de son oncle, et je ne pense pas avoir désormais aucune occasion pour la revoir.

Virginie a peine à cacher le plaisir que lui cause ce qu'elle vient d'entendre. Elle lève les yeux sur Auguste en murmurant :

— Quoi !... vous ne désirez plus la voir ?...

— Mamzelle !... mamzelle !... vot' tante vous appelle, dit Grilloie en paraissant sur le seuil de la porte.

— Ah ! mon Dieu !... ma tante me demande... déjà rentrer !... que je suis malheureuse !... Oh ! si vous saviez combien je m'ennuie... et personne n'a la complaisance de venir me distraire... j'aurais eu encore tant de choses à vous demander...

— Mademoiselle, je serai charmé de vous rencontrer, et si...

— V'là vot' tante qui vient ! en disant ces mots Grilloie tire Virginie par sa robe et la force à rentrer avant d'avoir pu répondre à Auguste.

La tante ne venait pas, Grilloie avait eu une fausse peur ; mais il a fermé la porte, et Virginie est obligée de remonter au salon.

Dès ce moment la jeune fille ne peut plus rester en place ; elle n'a qu'une pensée, qu'un désir : c'est de revoir Auguste, c'est à lui qu'elle songe continuellement. Ce n'est plus un sentiment de coquetterie qui fait travailler cette jeune tête si vive et si folle, Virginie ne se reconnaît plus, elle se surprend à rêver, à soupirer, et elle s'écrie avec effroi :

— Mon Dieu ! qu'ai-je donc ?... est-ce que je vais devenir triste... ou bête comme M. Doudoux ?... Pourquoi penser toujours à M. Auguste... qui sans doute ne pense pas à moi ?... Mais s'il y pensait cependant... Comment le savoir ?... il faudrait le revoir... le rencontrer... je ne sors jamais... je suis comme dans une prison... Je veux sortir, moi... ou je tomberai malade ! c'est indigne de garder une pauvre fille comme une serine !

Virginie s'est remise bien souvent contre la fenêtre, mais elle n'a pas revu passer le jeune musicien. Elle emploie une nouvelle tactique pour en venir à ses fins : elle se rapproche de Baisemon, tourne et passe à chaque instant près de lui, le regarde, lui sourit, lui fait de ces petites mines enjôleuses dont la rusée sait déjà que les hommes ne savent point se garder. Et en effet le gros Baisemon, qui n'avait jamais vu la jolie petite nièce le regarder d'un air si aimable et montrer tant de déférence pour ce qu'il dit, devient tout gauche, tout embarrassé, tout hébété chaque fois que Virginie est près de lui ; mais Baisemon ayant fort peu de chose à faire pour prendre un air stupide, on ne remarque point le changement qui s'opère en sa lourde personne, excepté celle qui le fait naître et qui avait intérêt à le remarquer.

Un jour que le doux soleil du printemps invitait à la promenade, Virginie dit à sa tante :

— Je voudrais bien aller un peu dans la campagne... il n'y a pas de bois pour se promener ici... et je suis bien sûre de ne plus avoir d'appétit si je ne sors pas. Vous savez, ma tante, que depuis quelques jours je ne mange presque pas !... c'est parce que je ne prends plus d'exercice; et si ça continue, je ne mangerai plus du tout.

— C'est vrai, mon enfant, répond mademoiselle Bellavoine, tu manges moins qu'autrefois... tu es moins gaie... tu as moins de couleurs. C'est comme moi... depuis !... depuis mon cauchemar !...

— Moi, c'est parce que je ne me promène pas, ma tante.

— C'est bien embarrassant... je ne puis pas te promener... la marche me fatigue... j'ai envie de te renvoyer à Belleville...

— Oh ! non, ma tante, je ne veux pas y retourner sans vous... et rien ne nous presse... D'ailleurs papa doit venir nous chercher.

— Mais si tu tombes malade ?...

— Laissez-moi me promener un peu, ça me rendra mes couleurs et mon appétit.

— Tu ne peux pas sortir seule, mon enfant; avec Perpétue même cela ne serait pas décent. Deux femmes sont souvent insultées !... rs-qu'elles se croient à l'abri de toute attaque !

Et la vieille tante accompagne ces mots d'un long soupir.

— Mais, ma tante, est-ce que M. Baisemon ne pourrait pas me donner le bras ? Certainement il ne me laissera pas insulter, lui.

Baisemon, qui est présent à cette conversation, s'empresse de s'écrier en frappant sur son gros ventre :

— Je répondrais de vous sur moi-même, mademoiselle, dans le cas où votre respectable tante me jugerait digne de vous servir de mentor.

— Alors, honnête Baisemon, allez promener cette petite; je la laisse sans crainte sortir avec vous, bien persuadée que vous veillerez sur son innocence !...

— Comme si c'était la mienne, mademoiselle.

Virginie est allée mettre un petit chapeau de paille qui lui sert trop rarement, et elle revient prendre Baisemon, qui se sent tout ému en sortant avec la jeune fille.

— Allons par là ! dit Virginie en indiquant une rue qui donne sur la campagne, parce qu'elle a vu Auguste se diriger de ce côté.

— Nous irons où vous voudrez, mademoiselle, répond Baisemon en souriant et en passant le bout de sa langue sur ses lèvres afin de leur donner plus de vermillon. Virginie a mis son bras sous celui de son gros cavalier, et elle le force à marcher vite; Baisemon souffle et balbutie de temps à autre :

— Est-ce que mademoiselle ne serait pas d'avis de se reposer un moment?

— Mais non, je ne suis pas lasse !

Virginie fait promener Baisemon pendant deux heures; elle ne rencontre pas Auguste, il faut rentrer sans l'avoir vu. Baisemon est sur les dents, la sueur lui coule du front sur le nez et du nez sur le menton; il se retourne pour s'essuyer le visage, et Virginie lui dit avec malice :

— Qu'avez-vous donc, monsieur Baisemon? votre figure est toute luisante.

— Ce n'est rien, mademoiselle !...

— Est-ce que vous pleurez?

— Bien au contraire, mademoiselle !.

— Est-ce que vous mettez de la pommade sur vos joues?

— Jamais je n'ai falsifié ma peau, mademoiselle.

— C'est singulier, vous avez l'air d'un homme de cire!

— Vous êtes trop bonne, mademoiselle.

On rentre; Virginie mange avec appétit, Baisemon boit comme quatre, et mademoiselle Bellavoine pense qu'en effet la promenade est une chose salutaire.

Le lendemain Virginie emmène Baisemon et le fait promener encore plus longtemps; elle ne rencontre pas Auguste, et le gros régisseur est obligé de changer de chemise en rentrant; mais la jeune fille lui a dit qu'elle aimait beaucoup se promener avec lui, qu'elle lui trouvait l'air d'un grotesque, et Baisemon pense qu'on peut bien suer un peu pour s'entendre dire de ces choses-là.

Pour la troisième promenade, Virginie a dirigé ses pas vers un petit bois qui domine une riante prairie; Baisemon a commencé un discours sur les beautés de la nature et les plaisirs de la campagne, lorsque sa jeune compagne lui dit vivement :

— Chut !... Taisez-vous !... et asseyons-nous là...

— Comment, mademoiselle ?...

— Je vous dis que je veux m'asseoir là.

Cette proposition est loin de déplaire à Baisemon, il est seulement surpris que Virginie désire se reposer; il n'a pas aperçu une jeune homme qui est assis au pied d'un arbre à trente pas plus loin; Virginie a vu et reconnu Auguste, qui est plongé dans ses réflexions et ne semble pas remarquer qu'il y a du monde près de lui; Virginie se laisse aller au pied d'un bouquet de chênes; Baisemon en fait autant, il s'adosse à un arbre, et se trouve placé de manière à ne point voir Auguste, tandis que Virginie ne le perd pas de vue.

— Qu'on est bien ici! dit la jeune fille en se couchant à demi sur l'herbe.

— Mais, oui, mademoiselle, ce n'est pas trop mal... Cependant je me suis un peu luxé le genou en m'asseyant.

— Que c'est gentil de s'étendre sur le gazon !...

— Non-seulement c'est gentil, mais encore c'est... ça... Est-

ce que cela ne vous donne pas... mille jolies idées, mademoiselle?

— Ça me donne envie de dormir !...

— Si cela vous est agréable, je ne vois pas pourquoi vous vous refuseriez ce plaisir.

— Mais vous me tiendrez compagnie, monsieur Baisemon ?

— Je m'en ferai un devoir, mademoiselle.

Aussitôt Virginie ferme les yeux et feint de se laisser aller au sommeil; Baisemon ferme les yeux aussi, mais il n'a pas besoin de feindre, ses lourds esprits sont bientôt engourdis. Lorsque Virginie est certaine que son compagnon est endormi, elle se lève et va s'asseoir un peu plus loin : Auguste est toujours livré à ses pensées, il n'a pas tourné la tête du côté de la jeune fille, qui s'impatiente et n'ose faire du bruit de crainte d'éveiller Baisemon.

— Ce n'est pourtant pas à moi à l'aller trouver, se dit Virginie. Mais s'il ne me voit pas... Nous resterons donc ainsi sans nous parler!... Ah ! tant pis!... M. Baisemon a le sommeil dur... il ne s'éveillera pas.

Et Virginie pousse un petit cri comme si elle venait d'apercevoir une bête venimeuse. Ce cri est entendu d'Auguste; il se lève, s'approche et sourit en reconnaissant mademoiselle Troupeau, qui rougit de plaisir d'avoir réussi à faire venir le jeune homme près d'elle.

— Que vous est-il arrivé, mademoiselle ?... J'ai entendu comme un cri de frayeur... et je ne savais pas être si près de vous...

— Ah, monsieur! j'ai eu bien peur !... je suis encore toute tremblante...

— Qu'avez-vous donc vu?... est-ce une couleuvre?...

— Oh! non, grâce au ciel... mais c'est une chenille... une énorme chenille qui était sur moi!... et j'ai une peur terrible des chenilles!

— Ah! ah!... ce n'est que cela !... me voilà plus tranquille !...

— Cela vous fait rire, parce que j'ai de l'aversion pour les chenilles !... mais au moins ne riez pas si haut... vous pourriez réveiller mon gardien...

— Comment! vous avez un gardien?...

— Sans doute... ma tante ne m'aurait pas laissée sortir seule... c'est son régisseur qui m'accompagne partout... et tenez, le voyez-vous au pied de cet arbre?

— Ce gros homme qui ronfle là-bas?...

— C'est M. Baisemon, l'homme en qui ma tante a le plus de confiance.

— Je vois, mademoiselle, que votre gardien en a aussi beaucoup en vous, car il dort bien paisiblement. Me permettez-vous de vous tenir un moment compagnie?...

Virginie ne répond pas; elle se contente de sourire et de faire signe à Auguste de s'asseoir près d'elle sur le gazon.

On est très-bien sur l'herbe pour causer; d'ailleurs on est bien partout avec une jolie femme; mais l'ombrage, la verdure et la solitude ajoutent au charme que l'on goûte près d'elle. Le petit bois était déjà couvert, l'herbe était épaisse, et comme Baisemon n'était là que pour ronfler, on pouvait se croire sans témoins.

Cependant la conversation est languissante entre Virginie et Auguste; celui-ci est rêveur et distrait, la jeune fille est toute surprise du trouble de son âme et presque attristée de ses nouvelles sensations. Elle lève parfois les yeux sur son voisin, mais rarement ses regards rencontrent ceux du jeune homme, qui contemple des fleurs qu'il éparpille dans ses doigts. Ils échangent seulement quelques mots de loin à loin.

— Vous pouvez donc sortir à présent, mademoiselle?

— Oui, monsieur; on me permet d'aller me promener avec M. Baisemon; j'en profite... je sors tous les matins. Et vous aussi, monsieur?

— Moi?... oui, je me promène souvent... C'est ce qu'on a de mieux à faire à la campagne... Et jusqu'à ce que je retourne à Paris...

— Est-ce que vous pensez déjà à retourner à Paris?

— Mais... peut-être... je ne sais... Rien ne me presse, au fait !

Un long silence succède. Les traits de Virginie ont pris une expression de tristesse qui ne leur est pas habituelle. Auguste est retombé dans sa rêverie; il semble avoir oublié que quelqu'un est près de lui. C'est Virginie qui rompt la première le silence :

— Vous étiez bien pensif tout à l'heure, monsieur, car vous n'aviez pas remarqué qu'il venait du monde près de vous.

— En effet, mademoiselle; quelquefois nos souvenirs nous reportent si bien au passé que le présent a cessé d'être pour nous!

— Il faut que ces souvenirs-là soient bien agréables pour qu'on s'y abandonne si entièrement !

— Agréables !... pas toujours... Mais les plus tristes sont ordinairement ceux que nous conservons le plus longtemps.

— Ah!... et... vous ne voulez pas me dire à quoi vous pensiez?...

— Je ne le puis pas, mademoiselle...

— Pourquoi cela?... Est-ce que vous seriez fâché si je... Mon Dieu! je ne sais pas comment dire... Mais enfin... si votre tristesse diminuait en me contant vos chagrins... Est-ce que cela ne s'est pas vu quelquefois?...

Auguste sourit et regarde Virginie :

— Vous êtes bien faite pour consoler... et faire oublier !... Mais peut être n'y gagnerais-je qu'un chagrin de plus !...

— Que voulez-vous dire?...

Le jeune homme soupire et se tait. Le temps s'écoule, et Virginie
lt en soupirant aussi :

— Je crois qu'il faut que nous rentrions... sans quoi ma tante ne
nous laisserait plus sortir.

— En ce cas, je vous laisse, mademoiselle; car je pense que l'on
doit m'attendre aussi.

Auguste se lève, salue Virginie et s'éloigne.

— Il ne m'a pas seulement demandé si je viendrais ici demain! se
dit la jeune fille en suivant Auguste des yeux. Quel singulier jeune
homme!... Il ne parle pas... ne regarde pas... n'est pas enfin comme
tous les autres!... C'est peut-être pour cela qu'il me plaît davantage.

Godibert et Doudoux, déguisés en paysans lorrains, entrent chez
mademoiselle Bellavoine en qualité de domestiques.

Virginie va pousser Baisemon, qui ouvre les yeux en balbutiant :
— Mon Dieu! où sommes-nous donc, mademoiselle?
— Mais tout simplement dans le petit bois où nous nous sommes
assis après notre promenade.
— Ah! c'est vrai... Est-ce que vous avez dormi aussi, made-
moiselle?
— Certainement... Je m'éveille à l'instant... Ah! c'est bien amu-
sant de dormir ainsi sur l'herbe...
— Mais oui... ça fait du bien.
— Vous avez des couleurs superbes, monsieur Baisemon... vous
ressemblez à une pivoine.
— Ah! mademoiselle... j'aurais beau dormir, je ne serais jamais
aussi joli que vous!...
— Nous reviendrons encore demain nous reposer ici, n'est-ce pas?
— Je n'y vois aucun inconvénient...
— Mais nous ne dirons pas à ma tante que nous dormons; elle au-
rait peur que je me fusse piquée par quelque bête!...
— Il me semble qu'avec votre caleçon vous pouvez braver les in-
sectes décrits par M. de Buffon, et tout le règne animal.
— C'est ce que je fais aussi, monsieur Baisemon, je brave tout ab-
solument! Mais levez-vous, donnez-moi le bras et retournons chez
ma tante.

Les promeneurs sont retournés chez mademoiselle Bellavoine, l'un
enchanté d'arriver frais et dispos, au lieu d'être en nage comme aux
précédentes promenades; l'autre désirant déjà être au lendemain pour
retourner dans le petit bois.

Ce lendemain est venu, et Virginie presse Baisemon de sortir, et
elle le conduit à l'endroit où ils se sont reposés la veille; ses yeux regardent au loin, mais ils n'aperçoivent pas Auguste.

— Asseyons-nous et dormons, dit Virginie du ton d'une personne
qui veut être obéie.

Baisemon s'incline et s'assied en se disant :
— Il me paraît que la petite nièce devient comme les marmottes;

mais dormir est un plaisir bien innocent, et j'aime beaucoup mieux
cela que d'aller courir par monts et par vaux.

Baisemon a fermé les yeux; Virginie a rouvert les siens; elle les
porte à chaque instant vers la campagne en se disant :

— Viendra-t-il?... Mon Dieu!... s'il allait ne pas venir!... il m'a
quittée si froidement hier!... Il ne pense pas à moi... il ne m'aime
pas!... et moi!... J'étouffe... j'ai envie de pleurer... Il me semble que
je suis trop serrée dans mon corset... Ah!

Mais celui qu'elle désire paraît enfin; la jeune fille respire plus
librement; l'expression du plaisir ranime sa piquante physionomie.
Auguste vient s'asseoir près de Virginie, qui est à dix pas de Baisemon.

— Votre compagnon dort donc toujours? dit Auguste en souriant.
— Mais oui... c'est ce qui fait le charme de sa société. Cependant, si
vous avez envie de causer avec lui, je vais l'éveiller...
— Oh! n'en faites rien, de grâce! je suis trop heureux que cela me
procure le plaisir de vous tenir compagnie...
— Vraiment! Est-ce que cela vous fait plaisir de me retrouver ici?
— C'est cet espoir qui m'y a ramené.

Virginie n'a jamais éprouvé autant de plaisir qu'en cet instant.
Quelques mots d'Auguste viennent de faire plus que tous les compliments et les déclarations qu'elle a reçus jusqu'alors. Elle n'ose cependant se livrer à sa joie, car Auguste est presque aussi réservé que la
veille; mais Virginie le trouve un peu moins rêveur; leur conversation est plus animée, plus suivie; et cette fois, en se quittant, ils se disent : — à demain.

Le lendemain, Virginie ne manque pas de conduire Baisemon au
petit bois et de lui dire :
— Asseyons-nous et dormons.

Le gros régisseur veut essayer de faire un peu de conversation; mais
la jeune fille lui ferme la bouche sur-le-champ en s'écriant :

— Nous avons le temps de causer chez ma tante; je viens ici pour
dormir. Aimez-vous mieux que je vous fasse courir deux heures au milieu dans la campagne?

— Oh! non, mademoiselle!
— En ce cas, monsieur Baisemon, faites comme moi, fermez les
yeux.

Auguste ne manque pas de venir s'asseoir près de Virginie. Ce qui
n'était d'abord qu'une distraction agréable acquiert bientôt un charme
puissant. Qui pourrait n'en pas trouver dans la compagnie d'une jeune
et jolie fille qui ne cherche pas à cacher la joie que lui cause votre
présence? Quoique Auguste veuille se tenir sur ses gardes, quoiqu'il
se soit promis de ne plus aimer, parce qu'il a toujours été malheureux
en amour, il ne peut s'empêcher de trouver Virginie séduisante, aimable, et surtout d'une originalité piquante, dont il fait honneur à la
candeur de son âme.

Auguste perd de sa froideur. Virginie de son côté encourage la jeune fille à son... Lorsque Baisemon ordonne de quitter sa place, et chaque jour elle en choisit une pour dormir. D'abord Auguste se tenait assis à quelque distance de Virginie; peu à peu il s'est rapproché; il a pris et serré un moment la main de la jeune fille; puis cette main est restée dans la sienne pendant tout le temps que dure leur entretien.

Pourtant il n'a pas encore fait cet aveu qu'une femme brûle d'entendre lorsqu'elle brûle d'y répondre. Auguste regarde Virginie tendrement, parfois il serre avec passion la main qui est dans la sienne; mais d'autres fois ses yeux distraits se reportent ailleurs. Il soupire et semble éprouver quelque chagrin.

— Je veux qu'il se déclare; je veux qu'il me dise qu'il m'aime, car je veux qu'il m'épouse!

Voilà ce que se dit Virginie en se rendant un matin dans le bois avec Baisemon, qui devient encore plus gros depuis qu'on le fait dormir dans la journée.

Lorsque Auguste est venu s'asseoir près d'elle, Virginie amène la conversation sur les projets de ses parents, enfin elle lui fait part des intentions du comte de Senneville et du désir qu'on a de la voir devenir comtesse.

Auguste a écouté tout cela beaucoup trop tranquillement au gré de la jeune fille, qui aurait voulu le voir entrer en fureur aux premiers mots de ce mariage. Il s'est contenté de retirer sa main, qui tenait celle de Virginie, et de porter ses regards vers la terre. Pas un mot, pas une exclamation ne lui échappe; Virginie a cessé de parler depuis longtemps, et rien n'interrompt le silence qu'ils gardent tous deux.

Trompée dans son espérance, Virginie laisse retomber sa tête sur sa poitrine; deux grosses larmes brillent dans les yeux de cette jeune fille, qui jusqu'alors avait ri de celles que l'amour fait répandre. Auguste en se retournant aperçoit ces pleurs qu'elle ne cherche pas à retenir. Vivement ému à ce spectacle, il entoure Virginie de son bras et la presse doucement contre lui en s'écriant :

Le sommeil de M. Baisemon, proposé à la garde de mademoiselle Virginie.

— Pourquoi pleurez-vous?

— Parce que cela vous est égal qu'on veuille me marier au comte de Senneville.

— Vous voudriez donc que cela ne me fût pas égal?...

— Oui... je croyais que cela vous aurait fait du chagrin...

— Vous désirez donc que je vous aime?...

— Sans doute... je vous aime bien, moi!

— Vous m'aimez!... chère petite!... ah! vous le croyez!... mais ce n'est qu'un sentiment passager... une illusion de votre cœur... A votre âge on croit si vite que l'on aime!... mais ce n'est pas encore une passion profonde, et l'on en guérit facilement!

— Et moi, monsieur, je sais bien que je vous aime... que cela ne se passera pas... Ne me croyez point si cela vous déplaît; cela n'empêchera pas que ce ne soit.

— Il se pourrait!... être aimé par un cœur si naïf, si neuf! je serais trop heureux... Mais quand même je vous aimerais, à quoi cela me servirait-il; puisque vous épouserez le comte de Senneville?

— Ah! si vous m'aimiez, ce n'est pas lui que j'épouserais!

— Mais vos parents ont résolu ce mariage.

— Et si je ne veux pas, moi... il me semble que cela me regarde d'abord.

— Mais ils ne voudraient pas de moi, simple artiste, pour leur gendre... Oubliez-vous la mine qu'ils ont faite en apprenant ce que j'étais?

— Je vous dis que l'on me donnera celui que je voudrai; que mes parents ne feront que ma volonté... ah! ce n'est pas cela qui m'inquiète; mais puisque vous ne m'aimez pas...

— Eh! qui pourrait ne pas vous aimer?...

— Mais vous, apparemment!...

— Ah, Virginie! vous ne le croyez pas!...

— Si, je le crois... Vous êtes encore distrait... rêveur!... vous pensez à d'autres!...

— Non! désormais je ne penserai plus qu'à vous...

Auguste serrait Virginie contre son cœur; la jeune fille semblait toujours douter de son amour, et, pour le lui prouver, qui sait jusqu'où il serait allé!...

Mais on était dans la saison des hannetons; il y en avait en quantité sur l'arbre au pied duquel dormait Baisemon. Je ne sais si les hannetons faisaient aussi l'amour; ce qu'il y a de certain, c'est que deux des plus gros, qui s'étaient attachés ensemble d'une façon singulière, culbutèrent de l'arbre et tombèrent positivement sur le nez du dormeur.

Baisemon s'éveille en se frottant le nez, il se frotte ensuite les yeux; puis il cherche la jeune fille dont on lui a confié la garde et qu'il croit endormie près de lui; il ne la trouve pas à la place où elle s'était d'abord assise. Il s'inquiète... se lève, fait quelques pas, et pousse un cri en apercevant Virginie dans les bras d'un jeune homme qui paraît très-entreprenant!... Il était temps que les hannetons tombassent sur le nez de Baisemon!...

— O Jéhovah! s'écrie Baisemon en considérant le groupe qui est devant lui, suis-je éveillé!... ou tout ceci n'est-il que chimère et déception?...

Auguste s'est bien vite reculé de quelques pas; Virginie, sans paraître troublée, regarde Baisemon et lui rit au nez en disant :

— Ah! monsieur Baisemon, que vous avez l'air drôle! vous me faites des yeux qui n'ont pas le sens commun!

— Mademoiselle..... c'est que je suis si surpris... si suffoqué...

— Remettez-vous et approchez... Cela vous surprend donc de me voir causer avec monsieur?...

— Si votre tante savait!... je serais perdu, mademoiselle.

— Non, monsieur Baisemon, vous ne seriez pas perdu; car savez-vous qui est monsieur?

— Je n'ai pas cet honneur.

— C'est M. le comte de Senneville.

— Le comte de Senneville!

La figure de Baisemon s'épanouit tandis qu'il murmure :

— Oh! alors c'est bien différent!

Auguste regarde Virginie avec étonnement; elle lui dit à l'oreille :

— Laissez-moi faire, ne me démentez pas...

— Mais pourquoi me faire passer pour le comte? on finira tôt ou tard par savoir que je ne le suis pas...

— En attendant, nous pourrons nous voir tant que nous voudrons...

— Mais après?...

— Après nous verrons... Taisez-vous.

Auguste se dit :

— L'amour donne de la ruse aux femmes les plus simples; une coquette n'aurait rien imaginé de mieux que cela.

Baisemon s'avance vers Auguste, le dos courbé, la tête basse, et avec l'air de la plus profonde humilité.

— Monsieur le comte veut-il me permettre de déposer mes respects à ses pieds?...

— C'est M. Baisemon, dit Virginie, le régisseur de ma tante. Il est rempli de complaisance pour moi; aussi, monsieur le comte, je vous le recommande.

Auguste salue Baisemon, qui a l'air d'avoir envie de lui baiser la main. Le gros régisseur reprend :

— Nous allons nous rendre chez mademoiselle Ballonnois, qui sera enchantée de voir M. de Senneville.

— Non, dit Virginie, M. le comte ne veut pas encore aller chez ma tante : il est ici... incognito, il désirait me voir, causer avec moi ; mais il a des raisons pour ne point se rendre maintenant chez mes parents... il leur ménage une surprise. Ainsi, monsieur Baisemon, nous espérons que vous serez discret, nous y comptons même ; vous ne direz pas un mot de monsieur.

— Ah! c'est différent, mademoiselle, du moment que cela oblige M. le comte...

— Oui, monsieur Baisemon, dit Auguste, vous me ferez beaucoup de plaisir en ne parlant pas de moi.

— Cependant vous ne devez pas douter du bonheur que fera naître votre arrivée.

— Cela se peut, mais je ne suis pas pressé d'en être témoin.

— Nous ne sommes pas pressés, reprend Virginie ; ainsi, monsieur Baisemon, vous vous tairez, c'est chose convenue ; nous continuerons nos promenades comme à l'ordinaire, et M. le comte viendra nous rejoindre ici pour causer avec moi ; car nous avons beaucoup de choses à nous dire : quand on doit se marier ensemble, il est bien naturel de désirer d'abord de faire connaissance. Adieu, monsieur le comte, adieu... à demain, n'est-ce pas ?...

— Ah! vous devez être certaine de mon exactitude!...

— Monsieur le comte, je vous prie d'agréer derechef l'expression de mes très-humbles respects.

Baisemon salue de nouveau Auguste, qui s'éloigne en regardant tendrement Virginie ; et celle-ci passant son bras sous celui de son cavalier, l'entraîne chez sa tante en lui disant :

— Quand je serai mariée, je vous bourrerai de confitures et de bonbons.

CHAPITRE XXII. — La volonté d'une jeune fille.

Les promenades au bois continuaient ; on y rencontrait toujours Auguste, qui venait s'asseoir et causer avec Virginie ; mais Baisemon ne dormait plus ; il aurait cru manquer de respect au comte en s'endormant près de lui. D'ailleurs il se rappelait avec quelle chaleur les jeunes gens causaient lorsque les hannetons l'avaient éveillé ; et, quoique les deux amants fussent à ses yeux comme fiancés, il jugeait prudent de leur faire société.

La compagnie de Baisemon gênait les jeunes gens ; on ne pouvait plus lui dire : Retournez-vous et dormez. On trouvait bien moyen de s'adresser mille choses qu'il n'entendait pas, mais on ne décidait rien, et il aurait fallu prendre un parti pour parvenir à se marier.

— Pourquoi donc M. le comte ne se présente-t-il pas chez mademoiselle votre tante? disait Baisemon toutes les fois qu'il rentrait avec Virginie. — Il a ses raisons apparemment... il attend... des papiers... des titres... Que sais-je, moi?

— Est-ce qu'il voudrait faire avoir une décoration à M. Troupeau?

— Je crois que oui !

— Ah ! quelle joie cela lui ferait ! c'est là sans doute la surprise qu'il lui ménage?

— Je puis vous assurer que mon père sera très-surpris.

Il y avait déjà quelque temps que les promenades avaient lieu et que les amants se voyaient tous les jours, lorsqu'une après-midi, un cheval s'arrête devant la demeure de mademoiselle Bellavoine ; un cavalier en descend, attache sa monture, prend son porte-manteau et frappe fortement à la porte. Grilloie ouvre, et M. Troupeau entre tout à coup dans le salon où la société est réunie.

— Papa! s'écrie Virginie en restant toute saisie.

— Mon neveu! dit mademoiselle Bellavoine.

— Bon! se dit Baisemon, voici le papa ; le gendre l'attendait sans doute ; nous aurons bientôt la surprise.

— Oui, ma chère tante ; oui, ma fille, c'est moi-même! vous ne m'attendiez pas... hein?... Permettez d'abord, ma tante...

M. Troupeau va embrasser mademoiselle Bellavoine ; il en fait autant, mais avec beaucoup plus de plaisir, à sa fille ; ensuite il tend la main à Baisemon et la lui serre longtemps ; il n'est pas jusqu'à Perpétue à laquelle il ne fasse un sourire gracieux.

— Je vous dirai donc, ma tante, que, voyant le temps s'écouler, je me suis décidé à venir vous chercher. Ma femme s'ennuie horriblement depuis que nous ne sommes plus que nous deux. C'est assez naturel, elle n'a jamais été si longtemps séparée de sa fille. Vous nous avez promis de revenir à Belleville avec Virginette ; je viens réclamer l'exécution de cette promesse : si M. Baisemon peut vous accompagner, cela doublera notre satisfaction ; et vous serez toute portée à Belleville pour assister à certaine cérémonie qui, je l'espère, ne tardera pas indéfiniment.

M. Troupeau se frotte les mains en finissant de parler. Virginie change de couleur et Baisemon sourit.

— Vous avez fort bien fait de venir nous chercher, mon neveu, répond mademoiselle Bellavoine. Il y a déjà longtemps que je voulais vous ramener votre fille ; mais elle se plaît beaucoup dans ce pays... elle me priait chaque jour d'attendre encore...

— Ma tante, c'est que je me trouve très heureuse d'être chez vous.

— Bien, ma fille, très bien, dit Troupeau en prenant la main de sa fille ; je suis flatté de vos sentiments pour notre respectable tante, et

j'ose croire que pendant votre séjour chez elle vous ne lui avez donné aucun sujet de mécontentement.

— Non, mon neveu, je suis satisfaite de la docilité de cette petite ; de votre côté, vous verrez tout ce qu'elle a gagné dans ma société.

— J'en suis plus que persuadé, ma tante, et maintenant je vous demanderai la permission d'aller ôter mes bottes, vu que le cheval m'a un peu froissé les mollets.

Perpétue s'empresse de conduire M. Troupeau à la chambre que lui indique sa maîtresse. Le père de Virginie ôte ses bottes, son habit de voyage, se met à son aise enfin ; mais toujours avec la plus grande décence, pour paraître devant sa tante, qui fait hâter le repas du soir, afin que son neveu soit plus tôt libre d'aller se reposer. Pendant ce temps Virginie est bien préoccupée ; l'arrivée de son père la contrarie, et cependant elle sent qu'il faut que ses amours aient un dénoûment ; mais elle craint de ne plus pouvoir aller promener avec Baisemon ; alors où verra-t-elle Auguste, et comment pourra-t-elle s'entendre avec lui ?

M. Troupeau fait honneur au souper de sa tante ; on y décide que l'on partira pour Belleville le surlendemain, et que Baisemon sera du voyage. Ce prompt départ n'arrange pas la jeune fille ; mais ne pouvant s'y opposer, elle feint d'en être enchantée. Vers la fin du repas, M. Troupeau engage sa fille à rentrer, ayant, dit-il, à parler d'affaires de famille avec mademoiselle Bellavoine. Virginie se doute bien qu'il va être question de son mariage avec le comte ; mais elle obéit, prend sa chandelle, souhaite le bonsoir, et va se coucher en se disant :

— Arrangez mon mariage avec le comte si cela vous amuse ; moi, j'en ai arrangé un autre qui m'amusera beaucoup plus.

Lorsque Virginie n'est plus là, M. Troupeau se rapproche de sa tante et de Baisemon en disant :

— Nous pouvons maintenant causer de la grande affaire... du futur mariage de ma fille. J'ai pensé, ma chère tante, qu'il était plus convenable d'éloigner Virginie.

— Oui, mon neveu, cela est plus décent. Eh bien ! le comte de Senneville est-il encore de retour ?

— Ma tante, M. de Senneville n'est point encore de retour ; mais j'ai reçu il y a peu de jours une lettre de lui. Il est plus que jamais dans les mêmes sentiments. J'ai sa lettre sur moi, me permettez-vous de vous en faire la lecture ?...

— Je vous y autorise, mon neveu.

M. Troupeau tire son portefeuille, il en sort une lettre qui est enveloppée avec soin dans du papier joseph ; il la passe sous le nez de sa tante et de Baisemon en leur disant :

— Comme on sent que cela vient d'un grand seigneur !

— Elle embaume !...

— Elle est aux quatre fruits ! dit Baisemon.

— Je lis :

« *Mon digne ami...* » C'est moi que le comte appelle son digne ami... « *mon digne ami ! je voudrais déjà être aux pieds de votre charmante fille, dont je raffole plus que jamais...* » Il en raffole... vous le voyez... « *plus que jamais ; mais un diable d'homme à qui j'ai gagné quelque cent napoléons est parti pour Londres sans s'acquitter ; je cours après lui, et je reviens ensuite former la douce chaîne de l'hymen avec cette jolie Virginie, qui sera la plus charmante petite comtesse que l'on ait encore vue...* » Ma fille sera une charmante petite comtesse... Quel joli style !... « *Adieu, cher beau-père, permettez-moi ce nom !...* » Si je lui permets !... Dites donc, ma tante, il me demande la permission !... ces gens de cour sont d'un poli outré ! « *permettez-moi ce nom !* Tout à vous, DE SENNEVILLE. » Et puis, par post-scriptum : « *Je tâcherai de vous rapporter quelque chose d'Angleterre.* » Voilà la lettre, ma chère tante, vous voyez que ce mariage peut être regardé comme fait.

— Dieu merci, mon neveu.

— Mais que peut-il vouloir me rapporter d'Angleterre ?

— Peut-être des poires ! dit Baisemon d'un air malin.

— Oh ! mieux que cela... c'est quelque surprise qu'il me ménage !... Ah !... je voudrais qu'il fût déjà de retour !... il me tarde tant de le voir conduire ma fille à l'autel !...

— Il va peut-être rester encore longtemps en Angleterre, dit mademoiselle Bellavoine en secouant la tête ; s'il poursuit un débiteur cela peut le mener loin... ce serait contrariant !

— Oui, car je ne vous cache pas, ma tante, que mon épouse et moi nous ne vivrons que du jour où le comte sera notre gendre.

Baisemon ne disait rien ; mais il souriait, se retournait sur sa chaise, pinçait sa bouche et semblait brûler d'envie de parler ; n'y tenant plus enfin, il laissa échapper ces mots :

— Vous n'attendrez peut-être pas si longtemps que vous le croyez.

— Comment? que voulez-vous dire, monsieur Baisemon ?

— Moi... mais, hum!... rien.

— Pardonnez-moi, mon cher Baisemon, vous avez un air qui dénote quelque chose...

— Mon neveu a raison, honnête Baisemon, je crois que vous avez quelque chose à nous apprendre.

— Mais, mademoiselle, en vérité... Après tout... pourquoi ne parlerais-je point, puisque je vais faire des heureux !... Eh bien! mademoiselle et monsieur, je vais tout vous dire... Je m'expose à vos reproches

— ... dit fort bien ou sage ... je besoin plus le ...
... il faut considérer la fin ... C'est ce que j'ai pensé,
... vous dire ... à vos yeux.
— Oh! mon Dieu! est-ce qu'il a encore volé une culotte! se dit
... après du long préambule de Baisemon.
— Mais voyons, écoutons, monsieur Baisemon, dit mademoiselle Bel-
... se rasseyent sur sa chaise, et le gros régisseur reprend son

— Depuis quelque temps je donnais le bras à mademoiselle Virginie, qui avait des inquiétudes dans les jambes et éprouvait le besoin de la promenade. D'abord nous marchâmes au hasard; puis nous dirigeâmes notre course vagabonde vers un joli petit bois qui est à peu de distance de la ville. Nous nous y reposâmes; ensuite, inspirés par l'ombrage, la verdure et le silence, nous y fîmes plus encore.

— Qu'y fîtes-vous donc? s'écrie M. Troupeau avec impatience.

— Nous y dormîmes. Mademoiselle votre fille semblait enchantée de dormir sur l'herbe, je ne crus pas devoir m'opposer à cet innocent désir. Mais un jour en m'éveillant... qu'aperçus-je auprès de la jeune vierge... un homme, un fort joli homme qui causait avec elle...

— Un homme avec ma nièce!... Ah! monsieur Baisemon...

— Un joli homme près de ma fille!...

— Calmez-vous, de grâce!... Stupéfait d'abord, j'allais faire une scène... je ne sais pas ce que j'aurais fait... mais cet homme se nomma... et je n'eus plus la force de gronder... Vous ne devinez pas qui c'était...

— Eh bien! achevez donc...

— Le comte de Senneville!

— Le comte de Senneville!... il se pourrait? En effet, c'est un joli homme! Et il était ici?...

— Et il y est toujours, depuis un mois nous le rencontrons tous les matins. Je voulais le présenter sur-le-champ à mademoiselle Belleroine; il a désiré différer... il veut vous faire une surprise et m'a supplié de garder le silence, c'est pourquoi je n'avais rien dit.

— Mais j'espère, monsieur Baisemon, que vous n'avez pas redormi depuis?

— Oh! je n'ai eu garde, mademoiselle! du reste le comte se conduit avec une grande décence près de sa future. Il voulait seulement causer avec elle avant l'hymen pour connaître la portée de son esprit, et je crois qu'il en est satisfait.

— Quoi! ma petite-nièce voyait M. de Senneville, et ne m'en a rien dit? Qui eût cru cela de cette enfant?

— Il faut lui pardonner, ma tante! le plaisir de causer avec un comte!... Quant à moi, je suis enchanté que M. de Senneville soit ici... depuis un mois, dites-vous?... mais ne voilà que quatre jours qu'il m'écrit qu'il part pour l'Angleterre.

— Il n'y aura pas été!... c'était une ruse!...

— N'importe, dès demain je le surprendrai. Vous irez comme à l'ordinaire promener avec ma fille, je vous suivrai de loin et je rirai bien en me montrant au comte.

— C'est ce que je pensais.

— Oui, mon neveu, il faut forcer M. de Senneville à cesser ce mystère qui pourrait compromettre la réputation de ma nièce.

— Calmez-vous, ma tante, c'était une fantaisie!... une bizarrerie de grand seigneur; mais demain nous le prenons au gîte! Jusque-là, silence! monsieur Baisemon, pas un mot à ma fille.

— Comptez sur ma discrétion, monsieur Troupeau. Ainsi vous ne m'en voulez pas d'avoir servi les désirs du comte?

— Nullement! vous avez très-bien fait, mais demain!... Oh! demain nous allons rire!...

— C'est mon opinion.

On va se coucher, impatient d'être au lendemain. Mademoiselle Belleroine n'est pas fort contente de la dissimulation de sa petite-nièce; mais comme Baisemon ne cesse de répéter:

— En toute chose il faut considérer la fin, la tante se calme en songeant que la fin sera le mariage.

— Me laissera-t-on aller promener ce matin? Telle est la première question que Virginie s'adresse en s'éveillant le lendemain de l'arrivée de son père. Si on me le défend, où reverrai-je Auguste?.. nous devons retourner demain à Belleville. J'espère bien qu'il m'y suivra... mais pourtant je voudrais le voir, lui parler auparavant.

La jeune fille est agréablement surprise lorsqu'à l'heure habituelle de ses promenades elle voit Baisemon prendre son chapeau en lui disant:

— Je suis à vos ordres, mademoiselle.

— Est-ce que nous pouvons aller promener, monsieur Baisemon?

— Certainement, mademoiselle.

— Mais mon père?

— Il ne le trouve pas mauvais; je lui ai demandé pour vous la permission ce matin.

— Ah! monsieur Baisemon, vous êtes un gros amour!...

— Toujours prêt à vous servir, mademoiselle.

Virginie a passé son bras sous celui du régisseur. On se rend au petit bois. Chemin faisant, Baisemon dit à la jeune fille:

— Puisque voilà monsieur votre père ici, il me semble que monsieur le comte devrait renoncer à son incognito.

— Oui, il faudra bien qu'il y renonce... Nous allons parler de cela ce matin.

Auguste n'était pas encore au bois; mais il ne tarde pas à arriver. Il est frappé du trouble de Virginie, qui lui dit:

— J'ai bien des choses à vous apprendre... Monsieur Baisemon, pendant que je vais causer avec monsieur le comte, ayez donc la bonté de veiller à ce qu'on ne vienne pas nous interrompre.

— Avec infiniment de plaisir, mademoiselle.

Les jeunes gens s'asseyent sur un tertre de gazon; et Baisemon, les laissant causer, s'éloigne en se frottant les mains avec satisfaction, puis va guetter l'arrivée de M. Troupeau, auquel il a indiqué le petit bois.

Le père de Virginie ne tarde pas à se montrer, Baisemon va au-devant de lui.

— Est-il arrivé? dit Troupeau.

— Oui, il vient de venir... il cause avec mademoiselle votre fille.. avançons, nous allons les surprendre...

— Oh! oh! ce pauvre comte!... je ris d'avance de ce qu'il va dire!... mais puisqu'il sera mon gendre cela ne peut pas le fâcher!... il est fort aimable, il va rire avec nous.

— C'est mon opinion.

Baisemon conduit tout doucement Troupeau près des jeunes gens. Auguste pour consoler Virginie l'embrassait tendrement, au moment où le gros régisseur dit:

— Les voilà!....

M. Troupeau a regardé et il pousse un cri de fureur, et il jette des regards enflammés de colère sur les deux amants et sur Baisemon en s'écriant:

— Quelle horreur!... quelle indignité!... Ah! monsieur Baisemon! il faut que vous soyez bien bête!

Baisemon ouvre ses yeux tant qu'il peut et ne comprend rien à la colère de Troupeau. Son étonnement cesse lorsque celui-ci lui serre fortement le bras en disant:

— Où avez-vous pris que c'était là le comte de Senneville?... c'est un artiste!... un musicien!... qui se permet d'embrasser ma fille!...

— Ah! mon Dieu!... je tombe en ruines!...

— Et vous, monsieur!... comment pouvez-vous avoir l'audace!... oser aimer ma fille... la fiancée... la future... la promise du comte de Senneville!... Et quand même elle ne serait pas tout cela, vous ai-je permis, autorisé à faire la cour à ma fille?... Et vous, Virginie!... vous ne pouviez pas croire que monsieur était le comte, puisque vous connaissiez M. de Senneville... Ah! Virginie!... vous me navrez le cœur... Mais j'aime à croire que c'est par excès d'innocence que vous avez été fautive... Je puis encore vous pardonner; quant à vous, qui n'êtes qu'un séducteur... qu'un audacieux!... je vous trouve bien hardi, bien impertinent... bien...

— Monsieur, dit Auguste avec calme en interrompant Troupeau, mettez fin, je vous prie, à ces injurieuses épithètes; je puis avoir eu quelque tort en voyant à votre insu mademoiselle votre fille; mais elle-même vous dira que je voulais la fuir, si elle ne m'avait fait espérer que vous approuveriez nos sentiments et que vous consentiriez à m'accorder sa main.

— Comment! Virginie, vous auriez dit de ces choses-là?

La jeune fille, qui jusqu'alors n'avait pas soufflé mot, se lève et répond à son père d'un air fort résolu:

— Oui, mon cher papa; tenez, il est temps que vous sachiez ce que je pense; et je vais vous le dire en peu de mots. Je n'aime pas votre comte de Senneville, je n'en veux pas pour mari. Mais j'aime M. Auguste Montreville, je veux être sa femme, et vous y consentirez; car vous n'avez qu'une fille et vous ne voudriez pas qu'elle fût malheureuse.

M. Troupeau laisse tomber ses bras, il est prêt à se laisser tomber lui-même; il regarde Baisemon, qui a presque caché sa figure dans sa cravate; il regarde sa fille et murmure:

— Ai-je bien entendu?... c'est ma fille unique qui parle ainsi!

— Oui, mon cher papa, et je vous préviens que ma résolution est bien prise et qu'on aura beau faire, je n'en changerai pas.

— Alors c'est épouvantable! s'écrie Troupeau en beuglant comme un taureau. Ma fille me dire cela!... Marchez devant moi, mademoiselle... marchez... nous verrons qui obéira... Et vous, suborneur... si je ne me retenais...

Troupeau se baisse, et ne trouvant pas autre chose sous sa main qu'une tige de genêt, il veut l'arracher pour la jeter à la tête d'Auguste; mais sous les feuilles sa main rencontre des orties, et il fait une grimace horrible, ne sachant ce qu'il venait d'empoigner. Auguste ne peut s'empêcher de sourire de la figure que M. Troupeau a fait en se piquant: cela redouble la colère de celui-ci, il pousse sa fille devant lui, il pousse Baisemon, il pousserait les arbres s'il le pouvait Avant de s'éloigner. Virginie se tourne vers Auguste et lui crie:

— Aimez-moi toujours... je n'en veux pas d'autre que vous. La colère de mon père passera, et il consentira à nous unir...

— Jamais! jamais! s'écrie Troupeau. Marchez, mademoiselle; marchez, monsieur Baisemon, ou je vous écrase les talons.

Virginie reprend le bras de Baisemon, qui se laisse conduire comme une machine et ne regarde qu'à ses pieds. M. Troupeau marche derrière, toujours fulminant, toujours exaspéré, et se retournant de temps à autre pour menacer Auguste, qui est resté dans le bois et ne peut plus les voir.

On arrive chez la tante, qui termine les apprêts pour son départ.

— Eh bien! où est monsieur le comte? dit mademoiselle Bellavoine en voyant revenir tout le monde.

M. Troupeau au lieu de répondre fait signe à sa fille de monter sa chambre; celle-ci obéit, et s'éloigne en saluant la compagnie aussi tranquillement que s'il ne fût rien arrivé.

Lorsque sa fille est partie, M. Troupeau se jette dans un fauteuil, et Baisemon se met sur une chaise. M. Troupeau fait le récit de ce qui s'est passé, et Baisemon pleure comme un veau tant que dure cette narration. Mademoiselle Bellavoine lève les yeux au ciel et ne peut que s'écrier de temps à autre:

— Ah, mon Dieu!... il y a donc un mauvais génie qui en veut à l'innocence de notre famille!

— Oui, ma tante; voilà ce qui s'est passé!... voilà ce que j'ai vu!... Mais, monsieur Baisemon, qui diable a pu vous dire que ce jeune homme était le comte de Senneville?

— C'est mademoiselle votre fille! répond Baisemon en sanglotant, je ne pouvais pas me permettre de suspecter sa bonne foi!

— Non, vous ne le pouviez pas, dit mademoiselle Bellavoine, calmez-vous, mon pauvre Baisemon, essuyez vos larmes. Dans tout ceci, c'est ma petite-nièce qui a les plus grands torts!...

— Je ne reconnais vraiment plus ma fille, dit Troupeau; elle m'a parlé avec un petit air décidé... Où peut-elle avoir pris cet air-là?...

— N'importe, mon neveu, nous ne ferons pas moins une comtesse de Virginie; il ferait beau voir qu'une morveuse tînt tête à ses parents! Demain matin nous partirons pour Belleville, et une fois le comte arrivé...

— Oh! alors nous sommes sauvés!... Mais si le comte apprenait... s'il venait à savoir... Ah! mon Dieu! il ne voudrait peut-être plus de ma fille.

— Qui voulez-vous qui lui dise que cette petite folle a causé avec cet Auguste? A coup sûr ce ne sera pas monsieur Baisemon!

— Moi!... j'aimerais mieux être mis en hachis que de parler.

— Mais en attendant je veux tancer ma petite-nièce! je veux qu'elle demande pardon pour ce qu'elle a dit et fait. Perpétue! Perpétue!

La servante arrive, et mademoiselle Bellavoine lui intime l'ordre de faire descendre sa nièce. Virginie ne tarde pas à se présenter d'un air gai et dégagé, tandis que son père se tient gravement près de sa tante et que Baisemon reste dans un coin faisant des pigeons avec ses doigts.

— Vous m'avez demandée, ma tante? dit Virginie en souriant.

— Oui, ma nièce, répond la vieille fille en mettant ses lunettes sur son nez et levant d'un air sévère les yeux sur Virginie, oui, j'ai voulu vous voir... vous parler! Je viens d'en apprendre de belles sur votre compte!... et ce que je ne conçois pas, c'est que vous osiez encore vous présenter devant moi avec cet air leste... me répondre sans trembler!... Courbez-vous, mademoiselle, courbez-vous vite! demandez pardon pour vos impertinences... promettez, jurez d'obéir désormais à vos parents...

— Non, ma tante, non, je ne me courberai pas, et je ne demanderai pas pardon!

— Qu'est-ce à dire? sainte Vierge! est-ce bien ma petite-nièce qui me répond ainsi!

— Oui, ma tante; car je me suis promis d'être désormais très-franche, de ne plus dissimuler.

— Insolente!... je vous ferai bien baisser le ton...

— Non, ma tante.

— Et quant à vos amours, perdez tout espoir, mademoiselle: un comte a demandé votre main, on la lui a promise, et vous devez vous estimer trop heureuse d'être comtesse!...

— Non, ma tante, je n'y tiens pas du tout, je préfère épouser M. Montreville.

— Petite sotte! vous avez donc le cœur bien bas! Préférer un artiste, un musicien à un comte!...

— Après tout, ma tante, un artiste, un musicien vaut mieux qu'un Cosaque!...

Mademoiselle Bellavoine pâlit, la parole expire sur ses lèvres, ses lunettes tombent de son nez, elle se laisse aller sur le dos de son fauteuil.

— Ah, mon Dieu! voilà ma tante qui se pâme! s'écrie Troupeau; du secours, monsieur Baisemon, du vinaigre... des sels... Ah! Virginie, c'est pourtant vous qui causez tout cela!

— N'ayez pas peur, papa, ce n'est pas dangereux!... Je remonte à ma chambre, car je crois que ma tante n'aura plus rien à me dire.

En effet, mademoiselle Bellavoine en revenant à elle semble fort contente de ne plus apercevoir sa petite-nièce; et elle dit à M. Troupeau:

— Je ne veux pas me mêler de tout cela!... Vous êtes le père de Virginie, c'est à vous de savoir vous faire obéir; moi, cela m'irrite, et me fait mal... je ne veux plus me rendre malade pour les beaux yeux de ma nièce... En voilà bien assez! qu'on ne me parle plus de ses... me casse la tête....

— A ma chère tante, votre autorité...

— Taisez-vous, mon neveu, si vous dites un mot de plus, je ne vous accompagne pas à Belleville, et vous ne me reverrez jamais.

Troupeau se tait, mais il ne comprend rien à sa tante. On se hâte de faire les apprêts du départ, la carriole de mademoiselle Bellavoine est de nouveau tirée de la remise, et le lendemain matin on y attelle Cocotte en lui donnant pour auxiliaire le cheval de M. Troupeau.

Mademoiselle Bellavoine recommande sa maison à Perpétue, à laquelle elle serre la main d'un air qui signifie bien des choses. On monte dans la voiture; les deux dames et M. Troupeau occupent la banquette du fond; Baisemon est le devant avec Grilloie, qui a repris de nouveau l'emploi de cocher.

Le voyage se fait assez tristement. Mademoiselle Bellavoine n'ouvre pas la bouche, M. Troupeau imite sa tante; Baisemon craindrait de rompre le silence, et Grilloie se contente de jurer après les chevaux. De temps à autre Virginie fredonne un petit air; mais elle cesse bientôt, et s'amuse à regarder au carreau. Chacun trouve la route longue; cependant, grâce au cheval attelé avec Cocotte, on arrive à Belleville avant la nuit.

Babelle ouvre la porte et se met à crier:

— Madame, c'est monsieur avec mademoiselle! c'est tout le monde!

Madame Troupeau accourt, suivie d'une grande fille qui ressemble à un manche à balai, et que Troupeau montre à sa tante en lui disant:

— Mon épouse a pris une femme de chambre... Mes moyens me permettent de lui en donner une.

On descend de voiture: Virginie court embrasser sa mère, madame Troupeau est enchantée de voir sa fille; elle la presse tendrement dans ses bras, quoique M. Troupeau la tire par le bas de sa robe, en lui disant à l'oreille:

— Assez... pas tant... je te dirai pourquoi. Mais la maman embrasse toujours sa fille sans écouter son mari.

Tout le monde est monté au salon, et madame Troupeau remarque alors l'embarras, l'air contraint de la compagnie:

— Qu'avez-vous donc tous? s'écrie-t-elle. Vous ne dites rien, ma chère tante?... Toi, Troupeau, tu as l'air bouleversé... M. Baisemon se tait aussi... Il n'y a que ma fille qui ait au moins l'air content de me revoir... Qu'est-il donc arrivé?

— Vous le saurez assez tôt, ma femme, répond M. Troupeau d'un air morne. Virginie, qui devine ce que son père veut dire, se hâte de se rendre à sa chambre, afin de le laisser parler en toute liberté.

A peine sa fille est-elle sortie du salon, que M. Troupeau va en fermer la porte avec force. Il revient d'un air mystérieux près de sa femme, qui ne sait que penser de tout ce qu'elle voit.

— Ma chère amie, dit M. Troupeau en montrant un siége à sa femme, assieds-toi, et arme-toi de courage!... Je vais t'apprendre des choses bien terribles!

— Des choses terribles!... Cela m'effraie déjà... Voyons, parlez, monsieur Troupeau... je vous écoute.

Le ci-devant marchand de crin fait à sa femme le même récit qu'il a fait à sa tante; mais cette fois Baisemon s'abstient de pleurer en l'écoutant, et mademoiselle Bellavoine ne sourcille pas.

Madame Troupeau a peine à croire ce qu'on lui raconte de sa fille:

— J'ose me flatter, dit-elle, que le mal est moins grand que vous ne le pensez. Ma fille était un ange de douceur, d'innocence et de timidité; vous l'aurez irritée, mon ami, et cela lui aura tourné le caractère. Mais je la prendrai par les sentiments; Virginie a le cœur sensible, elle écoutera sa mère, et elle redeviendra disposée à faire tout ce que nous voudrons.

— C'est mon opinion, dit Baisemon.

— Ainsi soit-il! dit Troupeau.

— Moi, je me méfie d'elle, dit mademoiselle Bellavoine; cependant, ma nièce, tâchez de réussir.

— Je ne veux point entamer ce grave sujet aujourd'hui; je lui parlerai demain et je l'aurai bientôt fait rougir de sa préférence pour ce jeune homme, que je ne veux même pas nommer.

La tante va s'installer à sa chambre, Baisemon va renouveler connaissance avec la salle à manger, et Virginie se remet à sa fenêtre, qui devrait lui rappeler Godibert et Doudoux; mais Auguste l'occupe seul, elle le désire, le cherche, l'appelle, et se dit:

— M'a-t-il suivie à Belleville? songe-t-il à moi comme je songe à lui!

Le lendemain matin, madame Troupeau entre dans la chambre de sa fille: celle-ci devine à la physionomie de sa mère de quoi il va être question.

Madame Troupeau s'était préparée: pendant une partie de la nuit, elle avait mûri le sermon qu'elle voulait faire à sa fille, et avec lequel elle espérait la ramener à la soumission et au respect. Mais l'orateur le plus éloquent perd de sa verve lorsqu'il s'aperçoit qu'on ne l'écoute pas. Au beau milieu du discours de sa mère, Virginie l'interrompt en s'écriant:

— Ma chère maman, tout ce que vous me dites est inutile; je ne veux pas de votre comte, parce que j'aime M. Auguste Montreville; je vous aime beaucoup certainement, mais je veux me marier à ma fantaisie! Je suis assez riche pour prendre la personne qui me convient. Ne m'amenez pas le comte, car je lui ferais la grimace et lui tournerais le dos!

— Ma fille! dit madame Troupeau en devenant rouge de colère, la me flatlant que votre père m'avait trompée ; je vois qu'il a raison... Vous êtes une impertinente !... mais on domptera votre petit caractère. Pour commencer, je vous ordonne de garder la chambre, de ne point vous présenter au salon sans notre permission.

— Comme il vous plaira, maman.

— Si vous ne changez pas, je vous mettrai au pain et à l'eau.

— Comme il vous fera plaisir...

— Et peut-être encore autre chose... avec une poignée de verges !...

— Tout cela ne m'empêchera pas d'aimer Auguste et de refuser le comte.

Madame Troupeau descend au salon, où son mari, sa tante et Baisemon attendaient avec impatience le résultat de son entrevue avec sa fille. Madame Troupeau poussait tout à l'extrême, ce qui est assez l'usage des femmes, qui ne savent pas faire les choses à demi et qui ont sur nous l'avantage de ne pas y être souvent obligées. En écoutant sa fille, la mère de Virginie n'avait retenu qu'avec peine l'éclat de son courroux ; mais au moment d'entrer dans le salon, où elle est pressée de se retrouver sans témoin au milieu de ceux qui l'y attendaient, elle aperçoit sa nouvelle femme de chambre qui frottait un petit meuble.

— Sortez, Lisette ! s'écrie madame Troupeau d'une voix altérée par la colère ; et comme Lisette ne répond pas et reste à la même place, madame Troupeau lui donne un soufflet en s'écriant : Ah ! vous ne voulez pas m'obéir non plus ?... Ça devient trop fort aussi !

Tout le monde reste saisi de l'action de madame Troupeau. Baisemon, qui craint que cela n'ait des suites, met ses mains sur ses deux joues. La grande Lisette se met à pleurer en disant : Mon Dieu ! madame, qu'avais-je donc fait pour être traitée ainsi ?...

— Il est certain, dit M. Troupeau, que je ne comprends pas trop pourquoi ma femme...

— C'est possible, monsieur... J'ai peut-être eu tort ; mais je suis si en colère... Allez-vous-en, Lisette, je vous donnerai un beau foulard ; sortez, laissez-nous.

Lisette s'en va moitié contente, moitié fâchée ; madame Troupeau raconte sa conversation avec sa fille et termine en s'écriant : Il me semble que j'avais bien sujet d'être hors de moi !...

— Je m'attendais à ce résultat, dit mademoiselle Bellavoine.

— Cela devient désespérant, s'écrie Troupeau, car enfin, si le comte revenait... que lui dire ? que faire ?... Ah ! c'est bien heureux qu'il soit allé faire un voyage en Angleterre... Monsieur Baisemon, quel est votre avis sur tout ceci ?... Que pensez-vous que nous devions faire ?

Baisemon se pince le nez à plusieurs reprises, comme pour en tirer des idées : cela n'aboutit qu'à le faire se moucher, et il répond : Je pense... je crois qu'il faudrait chercher un calmant pour tout cela... Mademoiselle Virginie a la tête montée !...

— Oh ! c'en est surnaturel ! Une jeune fille jusqu'alors douce comme un agneau, réservée, timide, craintive... il faut que cet Auguste lui ait donné quelque drogue pour lui tourner la tête !...

— Si vous faisiez demander à l'apothicaire une potion amortissante ?

— Eh ! monsieur Baisemon, croyez-vous donc que les apothicaires aient des remèdes contre l'amour ?

— Dame... ils en ont bien pour le mal de dents, et on dit que c'est la même chose.

— Ma nièce, je crois qu'il faut tout espérer du temps : laissez votre fille garder sa chambre, ne lui procurez aucun agrément, empêchez qu'elle ne se mette à la fenêtre, ou plutôt donnez-lui une chambre qui n'ait point vue sur la rue. Elle s'ennuiera bientôt de ce régime, et elle vous demandera elle-même pardon.

— Je crois que vous avez raison, ma tante.

— C'est-à-dire, reprend Troupeau, que notre tante vient de parler comme un oracle. Notre fille a une crise, ça se passera... Grâce au ciel, le comte est absent. Attendons tout du temps... Mais de la fermeté dans nos résolutions.

— Faut-il la mettre au pain et à l'eau ?

— Pas encore : il faut espérer même que nous ne serons pas obligés d'en venir là. Quant à cet Auguste, à ce séducteur ! s'il a le malheur de venir rôder dans notre rue, je vous autorise tous à lui jeter sur la tête ce qui vous fera plaisir.

Après avoir arrêté ce plan de conduite, on commence à loger Virginie dans une petite pièce sur la cour, d'où il est impossible qu'elle voie autre chose que Babelle ou Lisette se rendant à la cuisine. Virginie est vivement contrariée de quitter sa chambre, mais elle ne veut pas le laisser paraître et se contente de dire en prenant possession de son nouveau logement : On me fera tout ce qu'on voudra, cela ne changera rien à mes sentiments.

Quinze jours s'écoulent sans ramener la paix dans la famille Troupeau. Virginie s'ennuie beaucoup dans sa chambre, mais elle ne se plaint pas ; elle ne dit rien à Babelle qui lui apporte sa nourriture, quoique la servante, touchée de la réclusion de la jeune fille, ait quelquefois essayé de lui donner des consolations.

Au bout de ces quinze jours, madame Troupeau se présenta chez sa fille et lui dit : Etes-vous devenue plus raisonnable ? ferez-vous notre volonté maintenant ?

— Maman, je suis toujours la même ; je ne crois pas avoir tort en ayant envie d'être heureuse ; et c'est pour l'être que je veux épouser Auguste.

— Vous êtes une petite entêtée : c'est avec un comte qu'on est heureuse... Nous ne consentirons jamais à vous marier avec ce... musicien

— Ce musicien est de très-bonne famille, il m'a sauvé la vie, et il vaut bien votre comte !

— Non, mademoiselle ; car vous ne serez pas appelée comtesse avec lui.

— Ça m'est égal.

— Taisez-vous !... vous me faites honte !...

Madame Troupeau quitte sa fille et va, d'un air désespéré, rendre compte de son entrevue avec elle. M. Troupeau se frappe le front en disant : Et si le comte arrivait !

Baisemon fait une mine piteuse et ne dit rien ; mademoiselle Bellavoine branle la tête en répétant : Il faut attendre !

On attend encore huit jours, encore quinze ; mais la jeune fille fait toujours la même réponse aux sollicitations de ses parents. Baisemon propose alors de la mettre au pain et à l'eau ; mais madame Troupeau, dont la colère a fait place au chagrin, dit qu'elle ne veut pas rendre sa fille malade, et M. Troupeau est de l'avis de sa femme ; il craint que Virginie ne maigrisse et ne plaise plus au comte.

On est fort triste dans la maison. M. et madame Troupeau commencent à craindre que leur fille ne s'obstine à refuser le comte, et qu'une trop longue réclusion n'altère sa santé. Virginie est leur unique enfant, et déjà leur fermeté faiblit, quoiqu'ils affectent toujours la même sévérité. Ils ne reçoivent plus personne, parce qu'ils craignent qu'on ne vienne à savoir dans Belleville le fâcheux amour de leur fille ; M. Renard est éconduit sous divers prétextes lorsqu'il se présente chez eux ; mais leurs précautions mêmes font jaser : on se dit qu'il se passe dans leur maison quelque chose d'extraordinaire, et qu'il n'est pas naturel que leur fille n'ait pas mis le pied dehors depuis son retour à Belleville ; enfin les propos, les cancans vont leur train ; Babelle les entend et ne manque pas de les rapporter à sa maîtresse, qui les redit à son mari, et cela ajoute aux tourments de la famille Troupeau, dont la plus grande crainte est que le comte ne vienne à savoir toute cette histoire.

Six semaines se sont écoulées depuis que Virginie est revenue à Belleville ; on lui a permis d'aller se promener dans le jardin : elle n'a pas voulu profiter de cette permission. M. et madame Troupeau ne savent plus que résoudre ; la tendresse qu'ils ressentent pour leur enfant combat leur ambition et leur colère. Babelle ne cesse de dire : Mademoiselle change, mademoiselle maigrit !...

— Ah ! mon Dieu !... que faire ? Mais que c'est heureux que le comte soit toujours en Angleterre ! dit M. Troupeau. Enfin, c'est notre fille, et nous n'avons qu'elle ! dit la maman en portant son mouchoir à ses yeux : Je ne veux pas la laisser mourir pour la faire comtesse.

— Il est certain, dit Baisemon, que cela ne serait pas judicieux.

— Ma tante, conseillez-nous, ou plutôt allez parler à cette petite ; elle vous écoutera plus que nous.

— Non, vraiment, je n'irai pas lui parler... Je ne veux plus me mêler de cela.

— Eh bien ! je vais aller lui dire que si elle n'épouse pas le comte, vous la déshériterez.

— Ma foi !... c'est bien aussi ce que je ferai.

Madame Troupeau va trouver Virginie. Ce n'est plus d'un air menaçant qu'elle lui parle, c'est presque du ton de la prière :

— Ma fille, lui dit-elle, votre tante vient de nous déclarer qu'elle vous déshériterait si vous n'épousiez pas le comte de Senneville ; songez-y bien : c'est vingt-cinq mille livres de rente que vous perdriez... et nous ne pouvons vous donner que le tiers de cette somme.

— Ma chère maman, je me passerai bien de l'héritage de ma tante ; mais dites-lui pourtant que si elle me déshérite, je sais une petite histoire de Cosaques que je conterai partout.

— Que voulez-vous dire avec vos Cosaques, ma fille ?

— Répétez simplement cela à ma tante, et je vous assure qu'elle me comprendra et ne me déshéritera pas.

Madame Troupeau retourne au salon ; et quoiqu'elle ne comprenne rien à ce que lui a dit sa fille, elle le répète mot pour mot à sa tante : alors mademoiselle Bellavoine se laisse encore aller sur le dos de son fauteuil ; elle semble près de s'évanouir ; puis tout à coup elle se redresse, et s'écrie :

— Mariez-la ; qu'elle épouse son Auguste... j'y consens... Je ne la déshériterai pas !... Mais qu'on me laisse en repos, qu'on ne me parle plus de Cosaques, au nom du ciel !... que ce soit fini !...

Troupeau et sa femme se regardent d'un air surpris. Le mari s'écrie :

— Il paraît que ma tante a eu à se plaindre de ces hommes du Nord, car leur nom seul produit sur elle une bien triste impression.

— C'est probablement, dit Baisemon, parce qu'elle sait que ces gens-là ne portent ni chemise ni caleçon.

Le consentement de la vieille tante a presque déterminé les Troupeau à céder aux désirs de leur fille : cependant le souvenir du comte les fait hésiter encore, lorsque Babelle accourt d'un air tout effaré leur dire :

— Mademoiselle votre fille a prié en secret Lisette de lui procurer de la mort aux rats !...

— Ah, mon Dieu! la malheureuse! elle veut se détruire, s'empoisonner, il n'y a pas de doute; car nous n'avons jamais eu de rats dans la maison... Allons, monsieur Troupeau, plus d'ambition, plus de grandeurs! notre enfant avant tout!

— C'est juste, ma femme, c'est un sacrifice à faire... Mais je le fais... Allons embrasser Virginie.

Aussitôt M. et madame Troupeau montent à la chambre de leur fille; ils courent à Virginie, la pressent dans leurs bras, la couvrent de caresses, et lui disent :

— C'est fini, mon enfant, tu l'emportes, épouse celui que tu aimes... nous y donnons notre consentement.

Alors Virginie embrasse et remercie mille fois ses parents; et la petite rusée, qui n'avait fait demander de la mort aux rats que pour les effrayer, se dit en elle-même : Je savais bien qu'on ferait ma volonté.

CHAPITRE XXIII. — Une Couturière.

Lorsque les premiers transports de joie sont calmés, et que l'on recommence à s'entendre, M. Troupeau dit à sa fille :

— Mais, à propos, où est-il ce M. Montreville pour que tu l'épouses? car je dois lui rendre la justice de dire que depuis ton retour à Belleville, on ne l'a pas aperçu dans le pays.

— Oh! c'est qu'Auguste n'est pas de ces gens qui veulent forcer des parents à les recevoir! il est trop fier pour cela! Mais je sais son adresse à Paris; je la lui avais demandée : il faut lui écrire, mon père, lui dire que vous n'êtes plus fâché, et l'attendez pour le nommer votre gendre... Alors il viendra tout de suite.

— Soit... écrivons-lui.

M. Troupeau se met à son bureau; il prend tout ce qu'il lui faut pour écrire; il reste un gros quart d'heure sans pouvoir commencer sa lettre; enfin il se lève en disant :

— C'est extrêmement embarrassant d'écrire de ces choses-là... Je ne sais comment tourner cela...

— Mon Dieu! mon cher papa, c'est bien facile; et, si vous le permettez, je vais vous dicter.

— Ma foi, je le veux bien.

Troupeau se remet à son bureau, et Virginie lui dicte : « *Mon cher monsieur Montreville, notre colère est passée; le bonheur de notre fille est maintenant notre seul désir, et nous sommes prêts à vous accorder sa main si vous l'aimez toujours, et jurez de n'aimer jamais qu'elle. Venez vous-même apporter votre réponse.* »

Troupeau écrit et signe; puis il regarde sa femme en murmurant :

— Comme notre fille a de l'esprit!

— Tout lui est venu à la fois, répond la maman.

La lettre est mise à la poste, et déjà Virginie compte les heures, les minutes. Maintenant que ses parents consentent à l'unir à celui qu'elle préfère, si Auguste avait cessé de l'aimer, s'il allait refuser sa main!... Cette idée ne lui laisse pas un instant de repos; elle est pâle, souffrante, et Baisemon dit :

— Elle a l'air plus malade depuis qu'on a consenti à faire son bonheur.

Virginie a calculé le temps; elle a dit :

— Auguste recevra la lettre cette après-midi... il pourrait venir ce soir, ou au plus tard demain matin. S'il n'est pas venu demain, c'est fini!... c'est qu'il ne m'aime plus... Oh! alors, je ne ——— ——— ce que je ferai!

Le soir se passe, Auguste ne vient pas.

— Il n'y a point encore de temps perdu, dit madame Troupeau; ce jeune homme pouvait être absent de chez lui quand la lettre est arrivée.

Virginie ne dit rien, mais elle est toute la nuit sans dormir : elle repasse dans sa mémoire ses entretiens avec Auguste; elle se rappelle que, même en lui faisant la cour, il était souvent rêveur, distrait; que des soupirs lui échappaient sans qu'il en eût avoué la cause; et elle se dit : Il ne m'aime pas, il ne m'a jamais aimée. J'étais une folle de le croire... Il me l'a dit, parce qu'il a vu que cela me faisait plaisir... mais il n'en pensait pas un mot!... Je suis sûre qu'il ne viendra pas.

Le lendemain, midi a sonné, et l'on n'a encore reçu aucune visite, aucune nouvelle de Paris. Virginie est triste, abattue, mais elle garde un morne silence. M. Troupeau va de sa femme à Baisemon, en murmurant :

— Je ne puis cependant pas aller prendre ce jeune homme au collet pour lui faire épouser ma fille.

Quant à mademoiselle Bellavoine, elle ne dit rien, et pourvu qu'on ne prononce plus devant elle le mot Cosaque, tout le reste semble lui être indifférent.

Sur les deux heures, on sonne à la grille de la rue : un mouvement général s'opère dans le salon; tous les regards se tournent vers la porte : elle s'ouvre, et Auguste Montreville paraît.

Virginie pousse un cri de joie, tous les fronts s'éclaircissent, le jeune homme salue avec modestie la famille, et s'avance vers M. Troupeau, qui lui tend la main en balbutiant une phrase que lui-même ne comprend pas. C'est encore Virginie qui met fin à l'embarras réciproque en s'écriant :

— Vous voyez qu'il m'aime toujours... ne parlez plus du passé... Auguste, embrassez ma mère, embrassez ma tante, vous êtes maintenant de la famille.

Auguste va respectueusement embrasser mademoiselle Bellavoine, qui se laisse faire sans rien perdre de sa gravité; madame Troupeau montre plus d'effusion en recevant le baiser de son futur gendre. Baisemon s'avance, croyant qu'on va aussi l'embrasser, mais c'est par sa jolie future que le jeune homme finit, et c'est bien ce que celle-ci espérait.

On parle de la grande affaire. Auguste n'a plus ni son père ni sa mère; il est libre de lui-même; il a mille écus de rente, ses talents qui doivent lui rapporter davantage, et en perspective de belles espérances : il expose franchement sa position, car il ne veut en imposer à personne; mais lorsque M. Troupeau va pour lui détailler tout ce que sa fille aura, ce qu'il compte lui donner en dot, Auguste l'interrompt en lui disant :

— Je vous jure, monsieur, que ce n'est point pour sa fortune que j'épouserai votre fille, mais parce que je crois en être sincèrement aimé; ne lui donnez point de dot, et je m'estimerai encore trop heureux d'être son mari.

Troupeau frappe dans la main d'Auguste en s'écriant :

— C'est très-bien, mon ami; je suis content de vous... mais ma fille n'en sera pas moins très-riche, et cela ne gâtera rien.

— Et moi qui croyais qu'il ne m'aimait pas! dit Virginie; ah! que j'étais injuste, que je l'avais mal jugé!

Tout est arrangé, décidé, et il est convenu que l'on va s'occuper sur-le-champ de se procurer les papiers indispensables pour le mariage, afin que le bonheur des jeunes gens ne soit pas éloigné.

Auguste est retenu pour dîner. On le prévient que jusqu'au jour de son hymen il doit regarder la maison de son beau-père comme la sienne, et que son couvert y sera toujours mis. Virginie aurait même désiré qu'on lui offrît une chambre pour coucher; mais on pense que cela ne serait pas décent : d'ailleurs, pour hâter son mariage, Auguste va avoir affaire à Paris, et il vaut mieux qu'il y retourne tous les jours.

Cette journée se passe vite : la joie, le plaisir sont revenus dans la maison de M. Troupeau. Virginie a retrouvé toute sa gaieté; elle rit, chante, danse, fait mille folies, et parvient même à faire sourire sa tante. Les journées suivantes s'écoulent de même : l'approche du mariage de Virginie nécessite mille emplettes, mille préparatifs. Tout le monde est occupé dans la maison; il n'y a pas un moment à soi. Baisemon est en course du matin au soir pour des achats d'étoffes ou de rubans; mais il ne se plaint pas, parce qu'il a en perspective un superbe repas de noces.

Auguste vient tous les jours à Belleville; il est tendre, empressé près de Virginie. Cependant son front est quelquefois soucieux; et lorsque sa future ne le regarde pas, il lui arrive de lever vers le ciel des regards où brillent plutôt de tristes souvenirs que de riantes espérances. Un jour il dit à Virginie :

— Tenez-vous beaucoup à ce pays?... voulez-vous rester à Belleville?

— Moi, mon ami? mon Dieu, non; j'irai où vous voudrez... Vous n'aimez pas Belleville?

— Je vous avoue... que je n'aime plus ce pays.

— Eh bien! nous demeurerons à Paris, cela m'amusera bien plus d'être à Paris, et, comme c'est tout près, nous viendrons souvent ici voir mes parens.

— Mais voudront-ils?

— Ne vous inquiétez pas de cela!...

Quinze jours ont suffi pour qu'Auguste ait les papiers qui lui sont nécessaires pour se marier. On a fixé à dix jours plus tard la grande cérémonie, lorsqu'un matin, avant que son futur gendre soit venu, M. Troupeau reçoit une lettre timbrée de Londres. Il pâlit en reconnaissant l'écriture, et balbutie : — C'est du comte de Senneville!

— Eh bien! mon père, qu'est-ce que cela vous fait maintenant, et pourquoi vous en affecter? dit Virginie en riant, vous n'avez plus rien à démêler avec le comte...

— Sans doute, ma fille... mais, malgré cela... je crains...

— Ne craignez donc rien, et voyez d'abord ce qu'il vous écrit.

Troupeau ouvre la lettre et lit :

« Après-demain je quitte Londres. Je m'arrêterai trois jours à Calais, pour vous y choisir des coquillages. Ainsi, d'aujourd'hui en huit attendez-moi à Belleville, et tenez-moi toute prête la main de ma petite comtesse. »

— Ah, mon Dieu!... il arrive dans huit jours! dit Troupeau en laissant tomber sa tête sur sa poitrine.

— Et il nous apporte des coquillages! murmure madame Troupeau en poussant un gros soupir.

— J'aurais préféré des huîtres, dit Baisemon.

— Mon cher papa, on dira à M. de Senneville qu'il aille chercher ailleurs une petite comtesse, et qu'il remporte ses coquillages, voilà tout.

— Voilà tout!... certainement, ma fille, je sais bien qu'il faudra lui dire cela... mais j'aurais mieux aimé, j'aurais beaucoup mieux aimé qu'il te trouvât mariée, parce qu'alors on lui aurait dit : C'est fini!... elle est mariée!... Et tant que tu ne le seras pas, il peut réclamer l'exécution de ma promesse. Si nous pouvions avancer ton mariage de quelques jours...

On voit bien que... Auguste ne demandera pas mieux...
... tout hâter... avec de l'argent on fait ce
... Mariez donc deux filles un jour au lieu de dix...
... dans huit jours... je vais courir pour cela...
Mes robes, mes robes de noces, qui ne sont pas faites!...
Il faut bien qu'elles le soient. J'irai moi-même à Paris chez
la couturière. Vous, papa, ... et disposez tout pour dans six
jours.

— C'est convenu. Alors, quand le comte arrivera, tu seras mariée!...
— Ma foi, il ne pourra plus t'épouser.

M. Troupeau se met en course pour avancer le mariage de sa fille.

Madame Troupeau refait ses invitations; lorsque Auguste arrive, on
lui apprend que son bonheur est avancé de quatre jours; en recevant
cette nouvelle, le jeune homme laisse échapper un soupir; car plus
le moment de son hymen approche, plus ses accès de mélancolie re-
doublent; mais, tout à son prochain mariage, Virginie ne s'aperçoit
pas du trouble de son amant, qui lui répond en lui baisant la main :

— Dans six jours... soit... Quand vous voudrez.
— Est-ce que vous n'êtes pas content que ce soit plus tôt ?...
— Oh ! pardonnez-moi...
— A la bonne heure... Mais pourvu que mes robes soient faites !
— Vous serez toujours bien, Virginie...
— C'est fort aimable de dire cela, mais je veux que votre femme
vous fasse honneur, et qu'il ne manque rien à ma toilette.

Encore trois jours, et Virginie sera madame Montreville. Mais la
couturière n'a pas apporté les robes pour la cérémonie et le bal. Ce
n'est pas à Belleville que l'on fait faire la toilette d'une mariée, c'est à
une des meilleures couturières de Paris que l'on s'est adressé; car on
veut que Virginie soit mise avec le dernier goût, la dernière élégance;
mais l'habile couturière est surchargée d'ouvrage, on craint qu'elle
ne manque de parole, et chaque matin on lui dépêche Baisemon.

— Si j'allais moi-même chez cette couturière, dit Virginie à sa
mère, je pourrais y essayer mes robes... Je serais bien plus certaine si
elles vont bien... Oh ! oui ; c'est une excellente idée, et je vais aller
à Paris.

— Mais, ma fille, tu ne peux aller seule à Paris... Je suis un peu
incommodée, et j'ai tant à faire ici!... Ton père est en course ; il ne
rentrera que pour dîner... Ton futur va venir, c'est vrai ; mais il ne
serait pas décent de courir ainsi avec lui avant votre hymen.

— Eh, mon Dieu! maman, vous voilà bien embarrassée; M. Baisemon viendra avec moi, nous prendrons à la barrière un fiacre à
l'heure, et il nous ramènera ici.

Le projet de Virginie est approuvé; depuis que la jeune fille avait
montré de la tête et du caractère, on ne savait plus résister à ses
moindres volontés. M. Baisemon est appelé; on le prie de servir de
cavalier à la jeune fiancée.

Baisemon, toujours aux ordres de la famille Troupeau, a pris son
chapeau et présente humblement son bras à Virginie, qui le fait aller
grand train jusqu'à la barrière, où il ne reprend sa respiration que
dans un fiacre.

La couturière demeure rue Montmartre. On se fait conduire chez
elle. Lorsqu'on est arrivé, Baisemon va pour descendre; mais Virginie
lui dit :

— Il est inutile que vous montiez; je n'ai pas besoin que vous soyez
là pour me voir essayer mes robes. Restez dans la voiture.

Le gros Baisemon ne demande pas mieux; il se jette sur les cous-
sins, et laisse descendre Virginie en se disant :

— Elle ne va pas courir après son amant, puisqu'elle l'épouse après-
demain.

La couturière occupe au second un fort bel appartement, où de
nombreuses ouvrières sont employées. On s'empresse de montrer à
Virginie sa robe de bal, qui est achevée; elle l'essaie, elle en est
enchantée.

— Mais ce n'est pas tout, dit elle. Et la robe pour la cérémonie ?
— Oh ! mademoiselle, il n'y a que fort peu de chose à y faire, elle
sera terminée ce soir.

— Montrez-la-moi, au moins.
— Mademoiselle, c'est que l'ouvrière qui est après travaille chez
elle... c'est une jeune femme, une jeune mère, qui ne peut quitter son
enfant pour venir ici; mais elle travaille comme une fée, et vous serez
satisfaite de votre robe.

— C'est possible, mais je voudrais la voir...
— On peut vous l'aller chercher : cette ouvrière demeure dans la
maison...

— Dans la maison ?... Alors, j'aime mieux monter chez elle; elle
n'aura pas besoin de quitter ma robe, ce qui la dérangerait et la re-
tarderait encore.

— Quoi! mademoiselle, vous vous donneriez la peine ?
— Pourquoi pas, puisque c'est dans la maison ?
— C'est que cette jeune femme... n'est pas heureuse... elle loge
dans une mansarde.

— Eh, mon Dieu ! qu'importe ? ce n'est pas son logement, c'est
ma robe que je vais voir.

— En ce cas, Alphonsine, conduisez mademoiselle.
Une petite apprentie se lève, Virginie la suit. Elles montent tout
au haut de l'escalier; arrivées là, l'apprentie tourne une clef qui est
sur la porte, et fait entrer Virginie dans une petite pièce mansardée,
où un berceau d'osier est placé sur deux chaises et recouvert de rideaux de calicot.

Il n'y avait personne dans cette pièce, mais elle communiquait à
une autre, et la petite apprentie se met à crier:

— C'est la demoiselle qui se marie qui vient essayer sa robe.
— Je viens, répond une voix qui part de la chambre voisine.
Alors l'apprentie présente une chaise à Virginie en lui disant : —
Elle va venir, mademoiselle... Puis la jeune fille salue et retourne à
son ouvrage.

Virginie s'est assise, et ses yeux se promènent avec curiosité dans la
pièce où elle se trouve ; l'ordre et la propreté qui y règnent ne peuvent cependant en cacher la pauvreté. Point de rideaux à la fenêtre
quelques vieilles chaises, une table vermoulue, un petit morceau de
glace pour servir de miroir, voilà tout l'ameublement. Habituée aux
douceurs de l'aisance, Virginie n'avait encore aucune idée de la misère ; son cœur est touché de ce spectacle, elle se dit : — Mon Dieu!
comme il y a des gens malheureux!... je suis sûre qu'on manque de
tout ici... et cette pauvre femme est mère... Voyons donc son enfant...

Virginie se lève, et va entr'ouvrir doucement les rideaux du berceau. Un enfant, qui paraît avoir deux mois au plus, y dort paisiblement. Sa petite figure blanche et rose a l'air de sourire, sa bouche
même en dormant semble chercher le sein de sa mère; Virginie ne
peut résister au désir de l'embrasser en s'écriant : — Que c'est joli
un enfant!...

Dans ce moment, une jeune femme sort de la pièce voisine et dit :
— Ah ! ne réveillez pas mon fils.

Virginie se retourne... elle reste immobile, elle n'a plus de voix...
plus de force pour marcher... Elle vient de reconnaître Adrienne, et
celle-ci a poussé un cri en murmurant : — Virginie!

— Adrienne ! Adrienne ici... dans cette mansarde... est-ce bien possible ? dit enfin Virginie en revenant de son émotion.

— Oui, mademoiselle, c'est bien moi... D'où vient votre étonnement ?... ignoriez-vous que j'avais quitté Belleville ?... que mon oncle
m'avait chassée de chez lui ?...

— Chassée... pauvre Adrienne !... Oui, sans doute, j'ignorais cela ;
car mon père ne voit plus votre oncle... et... on ne me parlait jamais
de vous... Mon Dieu !... et pourquoi donc votre oncle vous a-t-il
renvoyée ?...

Adrienne montre le berceau en murmurant :
— Ne le devinez-vous pas ?...
— Quoi... cet enfant... c'est à vous, cet enfant ?...
— C'est mon seul bien, ma seule consolation !...
— Et... et son père ?...

Adrienne essuie quelques larmes qui s'échappent de ses yeux. Puis,
en regardant fixement Virginie, elle lui répond:

— Ah ! j'ai bien souffert... j'ai eu bien des chagrins, et si je vous en
disais la cause.

— Dites-la-moi, Adrienne; dis-la-moi, je t'en prie; ne me cache
rien ...j'étais ton amie autrefois...

— Oui! mais depuis ce temps !...
— Adrienne, conte-moi tout ce qui t'est arrivé... viens, viens t'asseoir près de moi...

Et Virginie, prenant la main d'Adrienne, la fait asseoir à côté d'elle ;
alors, les yeux fixés sur ceux de son ancienne amie, elle attend avec
anxiété ce qu'elle va lui dire.

— Virginie, vous n'ignorez pas que M. Auguste Montreville demeu-
rait chez mon oncle à Belleville !

— Oui... je le sais.
— Je pensais aussi que vous saviez qu'il me faisait la cour. Alors ce
n'était pas un mystère... il avait l'air de m'aimer... et je crois bien
qu'il m'aimait réellement... Moi... je l'aimais aussi... oh ! je l'aimais
de toute mon âme!... mais il allait chez votre père... j'étais jalouse de
vous... je craignais... qu'en vous voyant... et n'avais-je pas bien des
raisons pour vous craindre?... Enfin, Auguste avait cessé d'aller chez
vous, et j'étais si heureuse... si confiante en son amour, que je n'eus
pas la force de lui rien refuser...

— Il est le père de votre enfant ! s'écrie Virginie en se levant avec
un mouvement convulsif.

— Oui... et tenez... regardez, regardez mon fils... Ne trouvez-vous
pas qu'il lui ressemble déjà?

Virginie s'approche du berceau, considère l'enfant pendant quelque
minutes, puis retourne s'asseoir en balbutiant d'un air abattu :

— Achevez donc votre récit.
— En apprenant que j'étais enceinte, Auguste, qui m'avait déjà
promis de m'épouser, ne cacha plus ses intentions à mon oncle et à ma
tante ; notre mariage allait se conclure lorsque ma tante mourut, et
nous dûmes le reculer pour quelque temps ; mais Auguste était toujours
aussi aimant, aussi tendre près de moi, et j'attendais sans impatience
le jour où il me nommerait sa femme, lorsqu'un matin... ce mot Dieu !
ce souvenir me glace encore le cœur; je n'avais pas vu Auguste la
veille au soir, et il ne paraissait pas; je monte à sa chambre, elle était
déserte ; mais j'y trouve deux lettres, une pour mon oncle, l'autre pour

moi... Tenez... la voici, cette lettre fatale. Oh! elle ne m'a jamais quittée depuis, quoique je ne puisse pas la lire sans pleurer.

Adrienne sort de son sein la lettre d'Auguste; elle la présente à Virginie, qui la lit précipitamment et sent un poids terrible se placer sur son cœur en arrivant à ces mots : « *Je connais maintenant vos intrigues avec M. Ledoux et votre cousin Godibert...*

— Ah! Virginie, vous savez combien cela est faux! dit Adrienne en levant les yeux au ciel. Vous savez si je fus coupable... mais dans le monde on l'a cru... on l'a dit à Auguste, qui m'a abandonnée, quittée pour jamais!... Alors, mon oncle m'a chassée : et je serais morte de douleur peut-être, si je ne m'étais pas souvenue que j'étais mère et que je me devais à mon enfant.

Une jeune femme sort de la pièce voisine, et dit : — Ah! ne réveillez pas mon fils : c'est Adrienne.

Deux ruisseaux de larmes coulent des yeux de Virginie, qui cache la tête dans ses mains en murmurant :

— Pauvre Adrienne! c'est moi qui ai causé tous ces évènements; c'est moi qui suis l'auteur de tous tes chagrins... Ah! tu dois bien me haïr, n'est-ce pas?...

— Vous haïr!... oh! non... vous pleurez vous êtes fâchée de me voir malheureuse. je vous pardonne... et pourtant j'ai bien souffert!... Mais vous, Virginie, vous êtes heureuse, vous allez vous marier?... vous aimez votre prétendu, sans doute?... Qui donc épousez-vous?...

— Je te le dirai plus tard, répond Virginie en se levant brusquement pour aller embrasser l'enfant dans son berceau.

— Votre robe sera faite ce soir... j'ai passé deux nuits après... voulez-vous l'essayer?...

— Non, non... c'est inutile...

— Pourquoi donc?

— Je l'essaierai plus tard... je reviendrai... Adrienne, veux-tu encore m'embrasser?

Pour toute réponse, Adrienne se jette dans les bras de son ancienne amie, et pendant quelques instants elles se tiennent étroitement embrassées; enfin, Virginie se dégage la première; elle essuie ses yeux gros de larmes, et, serrant la main d'Adrienne, sort de la mansarde en répétant :

— Tu me reverras.

Virginie a descendu l'escalier précipitamment; elle monte dans le fiacre, donne une adresse au cocher, et s'assied près de Baisemon, qui dormait et qui ne s'éveille qu'en se sentant rouler.

— Eh bien! mademoiselle, avez-vous essayé vos robes? dit le régisseur en s'écarquillant les yeux.

— Oui, monsieur Baisemon.

— Etes-vous satisfaite?

— Très-satisfaite.

— Ah! j'en suis bien aise... c'est que pour une mariée, des robes...

diable! c'est comme une barbe bien faite pour un homme. Mais il me semble que le cocher ne reprend pas le chemin de Belleville...

— Nous n'y allons pas non plus à présent.

— Et où donc allons nous?

— Chez un monsieur auquel je veux parler.

— Chez un monsieur... comment, mademoiselle... mais c'est que...

— Mais, mais, calmez-vous, c'est chez M. Auguste Montreville que je vais, et j'espère qu'il m'est bien permis d'aller lui parler.

— Ah! c'est chez monsieur votre futur... oh! alors... pourvu que j'accompagne mademoiselle.

— C'est-à-dire que je vous le défends : vous resterez dans le fiacre.

— Mais, mademoiselle, les convenances!

— Nous voici arrivés. Taisez-vous et restez-là.

Baisemon se tait et reste dans la voiture en murmurant :

— Quelle singulière petite fille!.. Est-ce qu'avant le mariage elle voudrait essayer si... Ma foi! c'est mon opinion!..

Virginie demande au portier si Auguste est chez lui, et elle laisse échapper un cri de joie en apprenant qu'il n'est pas encore sorti. Elle s'élance vers l'escalier, monte rapidement; sonne avec violence, répond à peine au domestique qui lui ouvre; entre dans le salon où est Auguste, et en referme la porte sur elle, tout cela dans l'espace de quelques secondes.

— Virginie!... c'est vous!... vous chez moi! dit Auguste en conduisant la jeune fille vers un fauteuil. Par quel hasard!... comme vous semblez agitée!... Serait-il arrivé quelque évènement?

— Non... je vais me calmer... mais je craignais tant de ne pas vous trouver... ce que j'ai à vous dire est si pressant... cela me pèse... cela m'étouffe... Mon Dieu!... est-ce que je n'ai plus de courage, à présent?...

— O ciel!... vous pleurez, Virginie!... Mais qu'avez-vous donc, de grâce?...

Voilà le père de ton fils... ton mari, que je te ramène, dit Virginie, et Adrienne voit Auguste à ses genoux.

— Laissez moi pleurer un peu... cela me fera du bien... cela me calmera.. Ecoutez-moi, maintenant... Je viens d'aller pour essayer ma robe de noces.. je suis montée chez l'ouvrière qui la terminait... Pauvre femme!... elle habite dans une mansarde, où elle manque de tout, et cependant il faut qu'elle travaille jour et nuit, et qu'elle allaite son enfant, qui n'a que quelques mois. Et bien!... cette pauvre mère... c'est Adrienne!... cet enfant... c'est votre fils!

— Adrienne!... mon fils!...

— Ecoutez-moi, Auguste, écoutez-moi bien. Vous aimiez Adrienne; vous alliez l'épouser, lorsque des bruits affreux ont terni sa réputation; vous l'avez crue coupable, vous l'avez abandonnée... et c'est moi que vous alliez épouser!... Eh bien! apprenez que c'est moi qui fut coupable réellement, tandis qu'Adrienne était innocente. Ce Godibert, ce Doudoux, c'est à moi qu'ils donnaient des rendez-vous; c'est avec moi qu'ils étaient... mais je me sauvais toujours à temps : Adrienne nous surprenait, et on la trouvait à ma place...

— Virginie !... que me dites-vous ?

— La vérité !... oh ! vous pouvez me croire... il m'en coûte assez de vous le dire !... mais je ne veux plus qu'Adrienne supporte la peine de mes folies... Je veux que vous sachiez qu'elle fut toujours digne de votre amour ; enfin je veux que vous rendiez un père à votre enfant... Auguste, vous aimiez encore Adrienne... oui, vous l'aimiez... vous y pensiez toujours... Ces soupirs qui vous échappaient, même auprès de moi, c'est à elle qu'ils s'adressaient. Auguste, je ne puis plus être votre femme... non, je ne le puis plus ; car le malheur d'Adrienne ne me laisserait pas un moment de repos... Venez avec moi, que je répare tous mes torts en lui rendant son époux. Auguste, vous le voulez bien... Dites donc que vous le voulez bien ?

Auguste est si ému qu'il peut à peine répondre. Il regarde Virginie en balbutiant :

— Adrienne innocente !... pauvre fille !... il serait vrai !... Et mon fils !... Ah ! Virginie, conduisez-moi près d'eux !

comte de Senneville fait à sa future un cadeau charmant. M. Troubsau trouve le procédé extrêmement délicat.

— Vous épouserez Adrienne ?

— Mais notre mariage...

— Il est rompu... Je vous rends votre liberté. Ah !... cela me coûte beaucoup ; car je vous aimais autant qu'elle vous aime ; mais elle vous rendra plus heureux... Auguste, embrassez-moi pour la dernière fois...

— Auguste presse Virginie dans ses bras. Elle se hâte de s'en dégager, en disant :

— C'est assez ; ne me rendez pas le sacrifice impossible... Venez, venez, Adrienne vous attend.

Elle sort de l'appartement ; Auguste la suit : ils montent dans la voiture. Baisemon, qui se rendormait, sourit à Auguste, en disant :

— Ah ! vous revenez avec nous à Belleville ? Je m'en doutais en vous attendant.

On ne répond pas à Baisemon, on est trop préoccupé pour faire attention à ce qu'il dit. Virginie et Auguste se regardent et s'entendent sans parler... La voiture s'arrête de nouveau devant la maison de la couturière, et les jeunes gens descendent tandis que Baisemon s'écrie :

— Eh bien ! qu'est-ce que M. Auguste va donc essayer chez la couturière !

Les jeunes gens montent sans s'arrêter jusqu'à la mansarde : c'est Virginie qui en ouvre la porte, et entre la première. Adrienne était assise près du berceau de son enfant.

— Voilà le père de ton fils... ton mari que je te ramène ! dit Virginie en allant embrasser Adrienne ; et presque au même instant celle-ci voit Auguste à ses genoux.

— O mon Dieu ! n'est-ce point un rêve ! dit la jeune mère ; Auguste ici !... Auguste à mes pieds !

— Oui, chère Adrienne, c'est Auguste... c'est votre époux qui vient réclamer son pardon ! car je sais à présent combien j'eus tort de vous accuser...

— Oh ! mon ami ! que je suis heureuse !... Mais comment se fait-il ?...

— J'avais causé tout le mal, dit Virginie, c'était à moi à le réparer. A présent que vous êtes réunis, je puis vous quitter.

— Nous quitter !... déjà ! dit Adrienne.

Le notaire qui lit le contrat.

— Il le faut... ne vais-je pas me marier aussi ?

— Et qui donc épouses-tu ?

Les derniers moments de la pucelle de Belleville.

Virginie, après avoir jeté un coup d'œil sur Auguste et hésité quelques instants, répond enfin :

— J'épouse le comte de Senneville..... Adieu, Adrienne..... adieu, monsieur Auguste... faites-lui bien vite quitter sa mansarde, épousez...

la, rendez-la bien heureuse... aimez votre fils, et pensez quelquefois à celle qui sera toujours votre amie.

En disant ces mots, Virginie se hâte de s'éloigner pour dérober à Auguste et à Adrienne les larmes qui coulent de ses yeux.

CHAPITRE XXIV. — Conclusion.

— A Belleville! crie Virginie au cocher en se jetant dans la voiture.

— Ah! nous retournons enfin à Belleville? dit Baisemon. Mais où est donc M. Auguste?... pourquoi ne revient-il pas avec nous?

— Monsieur Baisemon, ayez la complaisance de ne plus me dire un mot jusqu'à ce que nous soyons arrivés, vous me ferez grand plaisir.

Baisemon se tourne d'un autre côté en murmurant:

— Elle a des jours où elle n'est pas aimable du tout!

On arrive à Belleville, on se fait descendre rue de Calais. M. et madame Troupeau commençaient à être inquiets de la longue absence de leur fille, et surpris qu'Auguste ne vînt pas; mais Virginie entre dans le salon, suivie de Baisemon; et quoiqu'elle sourie, sa figure pâle semble dénoter quelque chose de nouveau.

— Je gage que tes robes ne sont pas faites! s'écrie madame Troupeau.

— Pardonnez-moi, maman, elles seront prêtes pour le jour de ma noce.

— Mais as-tu bien dit que c'était pour après-demain?

— Non, maman, car je ne pense plus que ce soit pour après-demain.

— Comment! que veux-tu dire?... Auguste est-il malade?...

— Non, ce n'est pas cela... Mais je vais vous apprendre une nouvelle qui vous fera grand plaisir, j'en suis certaine.

— Quoi donc, ma fille?

— Eh bien! mes chers parents, je vous avouerai que j'ai réfléchi... et décidément je n'épouse plus M. Auguste Montreville.

— Ah! mon Dieu! voilà bien une autre histoire!... Mais ce jeune homme qui compte sur ta main...

— Ce jeune homme m'a rendu ma parole, je lui ai rendu la sienne; nous sommes libres tous deux...

— Et qui donc épouses-tu maintenant?

— Le comte de Senneville.

— Le comte de Senneville! s'écrie M. Troupeau en sautant presque jusqu'au plafond.

— Le comte de Senneville! répète madame Troupeau en ouvrant ses bras à sa fille.

Et mademoiselle Bellavoine elle-même pousse un cri de satisfaction, tandis que Baisemon murmure:

— Elle en voudra peut-être un autre demain.

— Quoi! ma fille, c'est bien vrai?... tu consens maintenant à épouser le comte?

— Oui, mon papa, c'est fini, j'ai pris mon parti; je ne pense plus à Auguste, et votre fille sera comtesse.

— Ah! quel plaisir! quelle joie!... quelle ivresse!... notre fille sera comtesse!... Babelle, Lisette... Grilloie... accourez.

— Eh bien! mon ami, qu'est-ce que tu veux donc?

— Je veux dire cela à tout le monde... partout!... je veux que tout Belleville le sache dans cinq minutes!

Et M. Troupeau ouvre les deux fenêtres du salon et il se met à crier de nouveau:

— Notre fille sera comtesse!

Et il regarde s'il passe du monde dans la rue, et comme il n'y voit personne, il prend son chapeau et sort pour répandre partout cette grande nouvelle. Il va la dire à M. Rena..d, il va la dire à toutes ses connaissances, il n'oublie pas M. Tir, auquel il dit:

— Je veux donner des fêtes magnifiques pour célébrer ce mariage, je compte sur vous pour les feux d'artifice.

— Je vous ferai un soleil qui durera trois quarts d'heure!...

— Oh! mon ami! je veux mieux que cela!... On a tant vu de soleils en artifice!...

— Eh bien! je vous ferai une lune.

— A la bonne heure! une lune avec le nom des époux et leurs titres dans le milieu.

Dans sa joie, M. Troupeau, oubliant que ses relations ont cessé avec Vauxdoré, se rend chez son ancien ami et lui apprend que sa fille va épouser le comte de Senneville. Vauxdoré fait compliment à M. Troupeau de ce mariage, mais il refuse l'invitation qui lui est faite d'y assister. Depuis que sa nièce a quitté sa maison, il n'a pas eu de ses nouvelles, et, se reprochant toujours d'avoir été trop dur à son égard, Vauxdoré conserve au fond de son cœur des regrets qu'il ne peut surmonter.

Les parents de Virginie n'ont qu'une crainte, c'est que leur fille ne change de résolution avant l'arrivée de son futur époux; mais Virginie a pris son parti, et quoique au fond du cœur elle souffre encore, elle s'efforce de montrer sa gaieté d'autrefois.

La famille Troupeau voudrait bien savoir ce qui a pu brouiller Virginie et Auguste Montreville; on fait mille questions à Baisemon au sujet du voyage de Virginie à Paris. Mais Baisemon ne peut que répondre:

— Je suis resté dans la voiture, et nous avons été deux fois chez la couturière.

Alors M. Troupeau s'écrie:

— Qu'importe comment cela s'est fait!... Le principal, c'est que notre fille ne varie plus.

Le comte de Senneville est exact pour la première fois de sa vie; il arrive à Belleville le jour qu'il a indiqué; mais il ne possédait plus un sou; il avait achevé de manger sa terre de Touraine, et il était temps qu'un bon mariage vînt lui donner une nouvelle fortune.

M. de Senneville est reçu avec enthousiasme par la famille Troupeau; Virginie seule n'en montre pas; et, loin d'être glorieuse d'épouser le comte, elle prend d'abord avec lui un petit air de fierté qui semble dire que c'est lui qui doit s'estimer heureux d'obtenir sa main. Le comte avait trop de finesse pour ne point comprendre la jeune fille; mais, loin de paraître fâché du changement qui s'est opéré en elle, il en témoigne le plus vif plaisir.

— Je croyais épouser un ange, dit-il à Troupeau, je vois que vous me donnez un démon de malice et d'esprit, j'en suis enchanté; enfin de femmes, j'aime mieux les démons que les anges.

Virginie présente en souriant sa main au comte, qui la porte à ses lèvres, tandis que Troupeau dit à sa femme:

— Notre fille est un être extraordinaire!... Elle nous enfonce tous.

— Et ces coquillages que vous deviez nous apporter? dit Virginie au comte.

— Perdus! brisés, cassés en route!... Je n'ai sauvé que celui-ci, et je vous l'offre, mademoiselle, à condition que vous me le rendrez le soir de nos noces.

Le comte avait sorti de sa poche un de ces beaux coquillages que l'on a baptisés d'un très-joli nom. Il le présente à sa future, qui le reçoit en baissant les yeux.

— C'est une métaphore, dit Baisemon à Troupeau.

— C'est extrêmement délicat!...

Le mariage est fixé à quinze jours plus tard. Mais il est décidé que le festin se donnera à Paris, chez Grignon, car M. le comte ne veut pas se marier à l'Ile-d'Amour, et la famille Troupeau sent que ce n'est pas de Paris pour une si belle fête. Malheureusement à Paris on ne pourra pas tirer le feu d'artifice préparé par M. Tir. Mais, pour consoler l'artificier amateur, Troupeau lui promet de donner, à Belleville, une fête où le feu d'artifice commencera à midi.

On a fait de nouvelles invitations; Troupeau dit à sa femme:

— Si quelques-unes de nos connaissances allaient se tromper et appeler notre fille madame Montreville... comme il y avait sur les précédentes invitations!

— Ne craignez rien, mon père, dit Virginie, cela n'arrivera pas, et d'ailleurs je vous réponds que M. le comte ne ferait pas attention à cela... A propos, il y a deux personnes que vous voudrez bien ne pas oublier d'inviter.

— Qui donc, ma fille?

— M. Ledoux et M. Godibert, le neveu de M. Vauxdoré.

— Comment! ma fille, tu veux...

— Qu'ils viennent à ma noce, oui, mon père; ce sont deux jeunes gens fort aimables... Je les présenterai à mon mari; il m'a déjà dit que tous mes amis seraient les siens.

Troupeau ne résiste plus aux volontés de sa fille; les deux lettres d'invitation sont envoyées aux jeunes gens, dont il parvient à se procurer l'adresse.

Virginie ne s'occupe pas que des lettres d'invitation; sa petite tête, quelquefois si folle, si légère, enfante aussi des idées fort raisonnables. Elle devine que le comte de Senneville ne l'épouse que pour sa fortune. Mais elle ne veut pas que son mari puisse un jour la ruiner et ne lui laisser que le titre de comtesse. Pour prévenir cela, elle se fait conduire par Baisemon chez le notaire qui doit rédiger son contrat. Elle lui explique ses intentions, qui sont d'abandonner sa dot au comte pour qu'il dégage sa terre, mais de l'empêcher de toucher à la fortune que lui donne sa tante. Le notaire est tout surpris de voir qu'une jeune fille a plus d'esprit et de prévoyance que ses parents; il lui promet de rédiger l'acte de manière qu'elle soit toujours maîtresse de son bien.

Pendant l'intervalle qui s'écoule entre le retour du comte et son mariage, Auguste Montreville a épousé Adrienne. Les jeunes époux se sont installés à Paris dans un joli petit appartement. Tout au bonheur d'être père et de posséder une femme qui l'adore, Auguste ne regrette pas le riche mariage qu'il a été sur le point de faire; il se trouve plus heureux depuis que sa conscience ne lui reproche rien, et il passe gaiement sa vie entre les arts, l'amour et l'amitié; car l'oncle Vauxdoré a été instruit du mariage de sa nièce, et il vient souvent prendre part à son bonheur.

La veille du jour qui doit l'unir à mademoiselle Troupeau, le comte se rend à Belleville pour signer le contrat, dont auparavant on lui a fait la lecture. M. de Senneville fait une légère grimace lorsqu'il entend les clauses du contrat qui l'empêcheront de disposer du bien de sa femme.

— Comment, mon cher Troupeau, s'écrie-t-il, se défierait-on de moi?... J'apporte à votre fille ma noblesse, elle m'apporte ses écus, tout ne doit-il pas être commun entre nous?

— C'est juste, dit Troupeau, et je n'avais pas dit à M. le notaire de rédiger le contrat de cette façon.

— Mon père, dit Virginie en interrompant Troupeau, c'est moi qui suis allée chez M. le notaire le prier de rédiger l'acte de cette manière. Si cela déplaît à M. de Senneville, il est libre encore de ne pas me faire comtesse; mais s'il m'aime un peu pour moi, il approuvera une précaution qui n'a pour but que d'assurer notre avenir.

Troupeau sent un frisson parcourir tout son corps, car il voit encore le moment où sa fille ne sera pas comtesse : mais M. de Senneville a déjà repris son air aimable, il va baiser la main de Virginie en lui disant : — Il faut faire tout ce que vous voulez, je me mets à votre discrétion.

— Monsieur le comte, répond Virginie, c'est le meilleur moyen pour que je vous rende heureux.

Enfin le soleil éclaire ce grand jour, qui doit voir Virginie décorée du titre de comtesse de Senneville.

Troupeau et sa femme sont levés avant l'aurore. Ils n'ont pas fermé l'œil de la nuit, et contre l'ordinaire, c'est la future mariée qui a bien reposé; on est obligé d'aller la réveiller pour qu'elle descende déjeuner Troupeau dit à Baisemon :

— E le dormait paisiblement! un jour de noces!... c'est une bien forte tête que no're fille!...

Les équipages, les remises, les modestes citadines affluent bientôt dans la rue de Calais. M. Troupeau a fait les choses superbement : il a invité beaucoup de monde et loué un grand nombre de voitures. Tout Belleville est en émoi : la noce de Mademoiselle Troupeau forme un long cortège que chacun veut voir passer. Renard et Tir en font partie : le premier n'a pas assez de langue pour pérorer sur tout ce qu'on fait; le second ne sait comment s'asseoir, parce qu'il a déjà des chandelles romaines dans ses poches pour éclairer le coucher de la mariée

Virginie est éclatante de parure, sa figure piquante et spirituelle semble encore plus séduisante; le comte est enchanté de son élégance et de sa grâce. Virginie marche à l'autel, non pas en fille tremblante et timide, mais en reine qui va se faire couronner. Les bonnes gens, les curieux, les flâneurs font là-dessus leurs commentaires :

— Ce sera une maîtresse femme, dit l'un.

— Elle en fera voir de cruelles à son mari, dit un autre.

— Eh! mon Dieu! reprend un troisième, tout cela ne prouve rien. J'ai assisté à bien des mariages, et les jeunes épousées que j'ai vue pleurer, et n'oser lever les yeux pendant la cérémonie, ne sont pas toujours celles qui ont gardé le plus religieusement leur serment.

Baisemon, auquel mademoiselle Bellavoine a fait présent d'un costume tout neuf, juge convenable de pleurer pour les mariés : pour édifier les fidèles, il s'est mis à genoux devant le chœur : mais son nouveau pantalon collant lui est un peu étroit; en se relevant, il le déchire entre les jambes; un cri lui échappe, tout les regards se portent sur lui... Baisemon se hâte de dire :

— Qu'on ne craigne rien, j'ai deux caleçons.

Ce petit accident est le seul qui trouble un moment la cérémonie. En sortant de l'église, M. Troupeau a l'air d'un conquérant :

— Elle est comtesse!... répète-t-il en regardant tout le monde; et lorsqu'il dit cela à Baisemon, le gros bonhomme répond d'un air piteux : — Oui, mais elle a craqué entre les jambes!..,

— Qu'entendez-vous par là, monsieur Baisemon? s'écrie Troupeau en faisant des yeux fulminants. Pour toute réponse, le régisseur montre sa déchirure; alors Troupeau s'éloigne en haussant les épaules, et Baisemon va se faire faire une reprise en murmurant :

— Ah! si j'avais ici la divine Perpétue, comme elle me reprendrait bien cela!

Mademoiselle Bellavoine a assisté à la cérémonie de l'église, elle assiste même au dîner; mais, ne voulant point rester au bal, elle se fait ensuite reconduire à Belleville, d'où elle ne tarde pas à retourner à Senlis, pour habiter sa vieille maison, qu'elle ne veut plus quitter, parce qu'elle lui rappelle de mémorables événements.

Le bal des noces est magnifique; plus de cent personnes, qui n'étaient point conviées pour le dîner, viennent le soir augmenter le nombre des danseurs.

Parmi ceux qui n'arrivent que pour le bal, on distingue deux jeunes gens dont les yeux sont incessament fixés sur la mariée; ils semblent ne pouvoir se lasser de l'admirer, et cependant ils n'osent l'aborder. Mais en les apercevant, Virginie va d'un air gracieux au-devant d'eux, et leur dit :

— Ah! monsieur Godibert!... monsieur Ledoux! C'est bien aimable à vous d'être venus au bal de mes noces ..je suis la comtesse de Senneville, vous le savez .. permettez-moi de vous présenter à mon mari.

Le comte n'était qu'à quelque pas; sur un signe de Virginie, il est bientôt à ses côtés :

— Monsieur le comte, lui dit-elle, voici deux de mes bons amis que j'ai l'honneur de vous présenter; j'espère que vous les engagerez à venir nous voir à votre terre en Touraine.

— Comment donc, madame la comtesse! mais ne vous ai-je pas dit que tous vos amis seraient les miens? Soit à Paris, soit à la campagne ces messieurs seront toujours bienvenus.

— Vous l'entendez, messieurs, reprend Virginie, et vous viendrez j'espère?

— Avec grand plaisir, madame la comtesse.

— Pauvres jeunes gens! reprend Virginie en détournant la tête, je leur dois bien ce dédommagement!

Que vous dirai-je ensuite? Vous savez bien ce que c'est qu'un bal de noces... M. Tir ne put y tirer ses chandelles romaines, parce le comte emmena sa femme sans rien dire à personne. Quant à Baisemon, il se disait en allant se coucher :

— Je voudrais bien savoir si monsieur le comte a pris à sa femme le coquillage qu'il lui avait donné.

LES MÉSAVENTUR[ES]

PAUL DE KOCK.

Lord Boulingrog, après avoir passé une partie de sa vie à voyager, à jouer et à se griser, se résolut à faire quelque chose de mieux, présumant avec raison qu'un homme qui possède trente mille livres de rente et n'a pas plus de quarante ans peut trouver d'autres jouissances que celles dont nous venons de faire la nomenclature.

Lord Boulingrog n'était pas beau; il était petit et très-gros; ses yeux étaient ronds et presque aussi rouges que ses cheveux; ses joues descendaient carrément dans sa cravate, et tout l'ensemble de sa physionomie avait quelque chose de comique, malgré le sérieux national qu'il conservait habituellement.

Cependant, sous cette enveloppe grotesque, lord Boulingrog cachait un cœur accessible à l'amour, non cet amour léger et volage qui change à chaque instant d'idole; c'était un sentiment profond, une grande passion que milord voulait inspirer. N'ayant pas réussi à se marier dans sa patrie, lord Boulingrog, qui avait toujours eu un faible pour les Françaises, revint à Paris dans l'espoir d'y être plus heureux.

Il y avait trois mois que milord habitait la capitale de la France; il visitait les spectacles, les salles de concert, les promenades, les restaurants; il dépensait beaucoup d'argent et s'amusait peu, car son cœur sensible n'avait pas encore rencontré un cœur qui répondît au sien.

Un soir, comme il s'en revenait après minuit à son hôtel, lord Boulingrog entend des cris au moment où il entrait dans une rue peu fréquentée. L'Anglais est brave; il s'avance du côté d'où partent les plaintes. Bientôt il aperçoit une dame que deux hommes insultaient; il précipite sa marche et tombe à coups de poing sur les deux individus dont la conduite méritait une correction. Lord Boulingrog boxait parfaitement; en fort peu de temps il a mis en fuite ses adversaires.

Alors il veut revenir vers la dame qu'il a délivrée, comptant galamment lui offrir son bras; mais pendant le combat, celle pour qui l'on boxait avait commencé par se sauver du côté d'une assez belle maison où elle s'était empressée de frapper à coups redoublés.

Au moment où notre Anglais arrivait près de la maison, la porte cochère s'ouvre, la dame entre et la ferme aussitôt sur elle en criant à son libérateur:

— Bien obligé, monsieur, je suis bien reconnaissante.

Lord Boulingrog reste devant cette porte qui vient de se refermer sur lui. Il trouve que cette dame l'a quitté un peu brusquement; le service qu'il vient de lui rendre méritait quelques remercîments de plus. Cependant, ne connaissant point celui qui vient de la secourir, effrayée encore par le danger qu'elle a couru, la dame est excusable de n'avoir pensé d'abord qu'à regagner sa demeure.

Lord Boulingrog se dit tout cela en considérant toujours la maison de la dame inconnue. L'Anglais aurait voulu au moins voir la figure de celle pour laquelle il a boxé; mais il n'en a pas eu le temps. Il ne sait pas seulement si elle est vieille ou jeune; pourtant à la légèreté avec laquelle elle a fui pendant le combat, il juge qu'elle doit être encore à la fleur de l'âge. Cette aventure a commencé d'une manière qui pique singulièrement la curiosité de l'Anglais; se trouver après minuit le défenseur d'une inconnue, se battre pour elle, tout cela commence comme un roman d'*Anne Radcliff*, de sombre mémoire, et notre Anglais aimait beaucoup les *Mystères d'Udolfe*.

Lord Boulingrog ne peut se décider à s'éloigner de la maison dans laquelle est entrée cette dame. Les Anglais sont contemplatifs; il y avait plus d'une heure que celui-ci était en admiration devant cette porte cochère qui n'avait rien de remarquable; il y serait peut-être resté jusqu'au jour, si une patrouille de la garde nationale ne fût venue le tirer de sa préoccupation.

— Que faites-vous là? dit le caporal en s'approchant de celui qu'il voit immobile devant une porte cochère.

Lord Boulingrog s'exprimait fort difficilement en français et ne le comprenait pas très-bien. Il a pris la question du caporal pour une menace; en se retournant, il se voit entouré d'hommes armés; il croit que ce sont des camarades de ceux auxquels il a donné des coups de poing, qui viennent de l'envelopper, dans l'espoir de venger la défaite de leurs amis. Lord Boulingrog, ne songeant plus qu'à se frayer un passage à travers ces nouveaux adversaires, commence par distribuer des coups à droite et à gauche en s'écriant:

— Ah! *By God!* vous, envelopper moi par derrière!... vous, mettre vous douze contre moi! vous étaient des brigands... A la garde! à la garde! à l'assassin!...

L'Anglais continuait de donner des coups à la patrouille, tout en appelant la garde; ce n'est pas sans peine que l'on se rend maître de lui et qu'on lui fait comprendre que c'est la garde qui l'arrête. Alors Boulingrog s'écrie: — Si vous êtes le garde, pourquoi arrêtez-vous moi?...

— Pourquoi êtes-vous immobile à deux heures du matin devant une porte cochère? répond le caporal.

— Parce que cela plaisait à moi.

— Eh bien! ça ne nous plaît pas, à nous; et vous allez nous suivre au corps de garde.

— Je voulais pas aller du tout au corps de garde; je voulais rester là.

— Vous ne resterez pas là, et vous nous suivrez.

— Est-ce que par hasard vous prenez lord Boulingrog pour un voleur?

— Je ne sais pas si vous êtes lord Boulingrog ou autre chose; nous avons ici des gaillards qui contrefont parfaitement les Anglais. D'ailleurs, vous avez donné des coups de poing à la force publique, et cela ne peut pas se passer ainsi. Marchons!

— Je voulais pas marcher... A la garde!... on violentait moi!

La garde ne répond à l'Anglais qu'en le forçant un peu rudement à marcher. Lord Boulingrog est furieux; mais il faut qu'il cède. Il arrive au corps de garde dans un état d'exaspération difficile à décrire. Il souffle, il crie et ne peut trouver les mots pour se faire comprendre. Pendant que le caporal fait son rapport au commandant du poste, le gros Anglais, pour tâcher de se remettre un peu, se laisse aller sur un tambour dans l'espérance de s'y reposer; mais le poids de lord Boulingrog est trop lourd pour la peau d'âne; elle crève, et le malheureux étranger enfonce dans la caisse, ayant bientôt la tête au niveau des genoux.

La garde citoyenne ne peut résister à l'envie de rire que lui donne la position de l'Anglais. Soldats, officiers et tapins, chacun s'en donne à cœur joie, et la colère de lord Boulingrog redouble en voyant tout le monde rire autour de lui. Il fait de vains efforts pour sortir de la caisse en s'écriant:

— C'était affreux! c'était épouvantable! le Français arrêtait l'étranger et le mettait en prison dans un tonneau!... *I am very angry* contre vous... Aidez-moi à sortir un peu, que je boxe vous.

Et en effet, un tambour ayant pitié de l'Anglais, parvint à le remettre sur ses jambes; mais aussitôt lord Boulingrog recommence à donner des coups de poing autour de lui; on se décide alors à le mettre au violon, où on le laisse passer la nuit.

Après avoir longtemps crié, tempêté, après avoir donné quelques coups sur la muraille, lord Boulingrog finit par s'endormir. C'était le parti le plus sage; mais ce ne sont pas toujours ces partis-là que l'on prend d'abord.

Le sommeil, c'est le temps; il calme, il adoucit les peines. En s'éveillant, lord Boulingrog fut un peu honteux de se trouver au corps de garde; il sentit qu'il avait eu tort de vouloir boxer avec la patrouille, et lorsque l'officier du poste lui demanda ses papiers, il les lui présenta d'un air fort soumis.

On reconnut que l'étranger n'était point un homme sans aveu; on lui pardonna ses emportements de la veille et on le laissa libre, après lui avoir fait promettre toutefois qu'il ne resterait plus, passé minuit, en admiration devant les portes cochères de la capitale.

L'Anglais a bientôt oublié sa nuit au corps de garde, des aventures de la veille il n'a gardé qu'un souvenir, c'est celui de la dame qu'il a sauvée. Ce souvenir est un peu vague, puisque cette dame ne l'a remercié que de loin et lui a presque fermé la porte sur le nez; mais pour un esprit romanesque, le vague a bien son mérite. Lorsqu'on n'a vu d'une femme que sa taille, lorsqu'on ne connaît d'elle que sa légèreté à courir, on peut aisément joindre à cela une figure angélique, une voix touchante, et ces grâces qui subjuguent, qui captivent tous les cœurs. Quand on se berce d'illusions, on est libre de les pousser très-loin. Le positif a souvent moins de charmes, car il ne laisse plus rien à faire à l'imagination.

En sortant du corps de garde, lord Boulingrog se dirige donc vers la rue où lui est arrivée son aventure nocturne. Il parvient facilement à la retrouver (en général, les étrangers connaissent Paris beaucoup mieux que les Parisiens). Il ne lui est pas difficile non plus de reconnaître la maison dans laquelle est entrée son inconnue; il avait eu le temps la veille de compter les étages, les fenêtres, et jusqu'aux bornes qui la touchaient.

La porte cochère était ouverte; l'Anglais entre et se dirige vers le concierge avec cette assurance d'un homme qui a de l'or plein ses poches; il n'y a rien de tel pour donner de l'aplomb.

Mais, par un hasard fort rare à Paris, le concierge de cette maison se trouvait être un ancien soldat de l'empire, brave militaire invalide.

avait voué une haine profonde aux Anglais depuis que son ancien général était mort à Sainte-Hélène.

Aux premières paroles de lord Boulingrog, M. Bataillard, c'était le
nom du concierge, reconnut à qui il avait affaire; il fit aussitôt une
grimace très-prononcée, passa sa main gauche sur sa moustache; vous
savez que tout le monde en porte maintenant, et un invalide a bien le
droit de se permettre cette coquetterie. Enfin, de sa main droite, il
gratta sa jambe de bois... Ceci peut vous paraître extraordinaire; mais
elle était pourtant l'habitude de M. Bataillard lorsqu'il avait de l'humeur ou quand il méditait quelque malice.

— Mossieur le suisse, dit lord Boulingrog en entrant la moitié de
son corps dans la loge du concierge.

— Je ne suis point Suisse! répond le vieux Bataillard d'un air presque courroucé, je suis Français et je m'en fais gloire!

— Je ne voulais pas empêcher vous d'être Français, certainement...
Quand je disais suisse, c'est que je voulais dire...

— Il me semble pourtant que je n'ai pas l'air d'un Suisse, reprend
le concierge avec humeur.

— Oh!... vous, pas du tout Helvétique... je comprenais bien; mais
quand je nommais vous suisse, c'est que j'avais voulu dire...

— Est-ce que j'ai l'accent étranger?... Est-ce que vous m'avez vu
manger de la choucroute, par hasard?

— De la choucroute... je connaissais pas du tout ce pays-là... mais
quand je appelais vous suisse, c'était seulement pour exprimer... pour
questionner...

— Au fait, qu'est-ce que vous voulez? Qui demandez-vous dans
la maison?

— C'est ce que j'aurais déjà dit si vous il avait laissé expliquer
moi. Je venais ici pour savoir... pour connaître... pour faire connaissance...

Tout en disant ces mots, lord Boulingrog tirait de sa poche une pièce
d'or qu'il mettait sur le poêle du portier; celui-ci ne poussait pas sa haine
contre les Anglais jusqu'à détester leurs guinées; il pensait, au contraire, qu'il vaut mieux prendre l'argent de ses ennemis que celui de
ses amis.

— Hier au soir, reprend lord Boulingrog, il était fort tard... je avais
défendu une dame qui habitait cette maison... je avais boxé contre
deux insolents qui l'insultaient... la dame avait couru frapper bien
vite... puis avait refermé son porte sur mon nez... en me criant beaucoup de jolies choses... Je voulais savoir qui était cette personne, dont
la charmante tournure me trottait toujours dans la tête, et faisait soupirer moi comme un étouffement.

— Ah! oui... hier au soir... il était minuit bien passé quand elle est
rentrée... je sais qui vous voulez dire... je sais qui c'est!...

Et le concierge se frottait les mains, souriait malignement et grat-
tait sa jambe de bois.

— C'était une jeune femme bien jolie, n'est-ce pas?

— Jeune... oui... Oh! elle est jeune... jolie... mais j'ai entendu dire
qu'elle était superbe... dans son genre.

— Superbe!... Oh! *By God!*... je le aurais parié... Et qu'est-ce que
faisait cette dame? avait-elle un père... une famille?...

— Elle demeure seule et ne reçoit personne... il est vrai aussi que
personne ne vient la voir... Sa plus grande occupation dans la journée,
c'est de chanter... il paraît qu'elle aime beaucoup le chant et la musique...

— Elle aime le chant... c'est une musicienne alors? elle avait sans
doute chez elle un instrument?

— Je n'en ai pas vu... Ah! si, attendez donc... elle a une espèce de
petite guitare dont elle pince les cordes bien gentiment, et lorsqu'elle
chante, elle s'accompagne avec cela...

— Une petite guitare... je comprenais, *very well*, elle aime le musique mélodieuse... moi aussi je aimais très-fort le musique... Et à
quel étage loge cette dame?

— Ses fenêtres sont au troisième... les deux dernières à gauche
contre l'hôtel garni qui est à côté...

— Ah!... vous avez un hôtel garni à côté...

— Sans doute.

— Est-il confortable?

— Qu'est-ce que vous dites?

— Je demande à vous si l'hôtel voisin est confortable... je entendais
par là s'il était... confortable.

— Ah! très-bien... Si vous vouliez parler français, ça me serait plus
commode...

Lord Boulingrog met une seconde pièce d'or sur le poêle du concierge, afin de se faire mieux comprendre; puis il reprend:

— C'est égal... je me trouve bien satisfait... Ah! et le nom de cette
milady... *if you please?*

— Le nom de milady du troisième?

— *Yes.*

— Celle qui chante toute la journée?...

— *Yes.*

— D'abord, je ne vous ai pas dit que c'était une milady.

— C'est égal... je supplie vous de dire à moi son nom

— Damel... c'est peut-être une indiscrétion de ma part

Lord Boulingrog tire troisième pièce de son gousset et la jette
encore sur le poêle.

— Elle se nomme madame Chika, s'écrie le concierge en se pinçant
les lèvres avec intention.

— Lady Chique?...

— Madame Chika.

— Chiquette?...

— Je ne vous dis pas Chiquette, je vous dis Chika.

— Bien, très-bien, mon bon ami, je suis très-content... je suis bien
satisfait de vos renseignements... je reverrai vous... *farewell.*

Et l'Anglais s'éloigne de la loge et sort de la maison, tandis que
l'ancien troupier murmure entre ses dents:

— Va, mon gros goddem! je t'en ai donné pour ton argent.

Le premier soin de lord Boulingrog en sortant de la maison de son
inconnue est d'entrer dans l'hôtel voisin; et de dire à la maîtresse de
la maison:

— Madame, je voulais loger chez vous...

— C'est très-facile, milord.

— Je voulais loger au troisième étage.

— Les appartements sont bien plus beaux au premier, milord.

— Je vous dis que je voulais loger au troisième; je payerai comme si
je étais au premier.

— Oh! c'est différent, milord est libre.

— Je voulais loger sur le devant... dans le logement qui touche la
maison à gauche.

— L'appartement au troisième à gauche; il est pris, milord, il est
occupé par un Espagnol.

— Vous mettrez l'Espagnol dans ce que vous voudrez, mais je voulais absolument avoir son logement.

— Mais, milord, cependant...

— Je payerai tout ce que vous demanderez à moi...

— Allons, allons, cela pourra s'arranger... je trouverai un prétexte
pour l'Espagnol.

— Yes, logez l'Espagnol dans un prétexte; moi, dès ce soir, je viens
me installer chez vous.

— Tout sera disposé pour vous recevoir, milord.

Lord Boulingrog s'éloigne en se frottant les mains, et, quelques
heures après, il était installé dans l'hôtel à côté de la demeure de son
inconnue, et ses fenêtres étaient tout juste au niveau de celles de madame Chika; et il avait fait apporter chez lui un énorme tambour avec
des baguettes, ce qui avait un peu surpris les maîtres de l'hôtel garni;
mais comme milord payait tout sans marchander, on s'était dit:

— Si ce riche Anglais aime le tambour... Après tout, c'est un instrument comme un autre, et en grande faveur maintenant dans nos
orchestres.

Lord Boulingrog, dont le logement est appuyé contre le mur de la
maison voisine, passe d'abord une partie de la journée à sa fenêtre,
dans l'espoir que sa belle inconnue paraîtra à la sienne. Mais son at-
tente est trompée; alors il visite tous les placards qui sont contre le
mur voisin, et reste des heures entières l'oreille collée dans une armoire
afin de tâcher d'entendre chanter sa voisine.

Vers la fin de la seconde journée, des sons arrivent enfin à l'oreille
de milord; c'est madame Chika qui chante *Petit Blanc*, en s'accom-
pagnant avec une guitare.

Aussitôt milord prend son tambour et exécute un roulement dans
lequel il s'étudie à suivre la voix de la chanteuse. Ce n'est que lorsqu'il
a cessé d'entendre sa voisine que lord Boulingrog se décide à quitter
son tambour.

Cette manière de chercher à fixer l'attention de sa voisine avait quelque chose de neuf qui séduisait l'imagination de l'Anglais. Pendant huit
jours il a toujours l'oreille au guet; dès que sa belle inconnue se met
à chanter, milord s'empresse de battre la caisse; mais il accompagne
le plus galamment possible et sans trop couvrir la voix de la chanteuse;
au bout de ce temps, il va retrouver le concierge Bataillard.

— Mon ami, dit l'Anglais en s'approchant du concierge, qui sourit
malignement dès qu'il le voit, mon bon ami... je étais plus inconnu
pour votre belle dame du troisième... je avais fait connaissance avec
elle.

— Bah! est-ce que vous l'avez vue? répond le vieux militaire d'un
air surpris.

— Non, je ne l'ai pas encore vue; mais toutes les fois qu'elle chante,
je bats de la caisse pour entretenir avec elle une petite conversation à
travers la muraille.

— Comment! c'est vous qui battez du tambour toute la journée?
s'écrie le concierge en riant. Ah! bien... En effet, madame Chika vous
entend... Plus d'une fois elle a parlé devant moi du tambourineur!

— Elle en a parlé?... Oh! c'était délicieux... Je savais bien que je
ferais connaissance... Et que avait-elle dit de moi... *if you please?*

— Elle a dit: Si je connaissais l'animal qui tambourine à côté de
chez-moi, j'aurais bien du plaisir à lui casser ses baguettes sur le nez

La figure de milord s'est allongée, et il murmure entre ses dents:

— Ah! le bel femme avait appelé moi animal... Je voulais pas encore
faire connaissance... Je allais employer un autre moyen, je priais vous
de ne pas parler du tambourineur.

Lord Boulingrog va faire l'emplette d'une clarinette; dans sa jeunes il avait appris cet instrument; il espère en savoir assez pour accompagner sa voisine. Dès le lendemain, l'Anglais étudie sur la clarinette l'air du *Petit Blanc*; il le joue de toute la force de ses poumons, en ayant soin d'ouvrir toutes les armoires pour être entendu de la maison voisine. Quand milord avait joué quelque temps, il se mettait à sa fenêtre, espérant que la dame du troisième se placerait aussi à sa croisée; mais jamais madame Chika ne se faisait voir.

Huit jours s'écoulent, et lord Boulingrog va retrouver le vieil invalide, et lui dit:

— Je crois que je puis maintenant demander la permission de présenter mes hommages à milady Chika... Je faisais tous les jours de la musique avec elle... C'était bien joli... Je jouais *Petite Blanche* sur la clarinette qu'on m'entendrait du bout de la rue.

— Comment! c'est vous qui jouez de la clarinette! s'écrie le concierge. Ah! je crois bien qu'on vous entend!... Il faudrait être sourd pour ne pas entendre...

— Et la belle dame du troisième avait écouté moi?...

— La dame du troisième? Oh! oui... elle a encore parlé de vous... et plus d'une fois...

— J'étais dans l'enchantement!

— Elle a dit: Je ne sais pas quel est le malheureux aveugle qui souffle sans cesse dans une clarinette; mais j'aimerais mieux élever dix canards dans ma chambre que d'avoir cet homme-là pour voisin!

— Je voulais pas encore présenter moi chez lady Chika, dit lord Boulingrog en fronçant le sourcil; et il s'éloigne à grands pas en cherchant dans sa tête comment il pourra captiver agréablement l'attention de sa voisine.

Après avoir longtemps réfléchi, l'Anglais, qui ne savait pas d'autre instrument que la clarinette et le tambour, et qui voulait absolument être agréable à sa voisine, se frappa le front, poussa un gros rire et s'écria:

— Ah! goddem! cette fois je suis très-sûr que la voisine trouvera moi bien harmonieux. Je allais acheter de cet instrument qu'on joue dans les rues, en tournant une petite manivelle... Je suis certain que je jouerai tout de suite très-bien. Ils appelaient cela, je crois, un *ogre de Berberie*. Je voulais sur-le-champ acheter un *ogre* pour chatouiller agréablement les oreilles de mon jolie voisine.

Lord Boulingrog se met aussitôt à parcourir les rues de Paris; il ne tarde pas à rencontrer un joueur d'orgue; il court à lui et lui dit:

— Je voulais acheter ton musique...

— Vous voulez mes chansons... C'est six sous!

— Je demandais pas les chansons... C'est ton grosse musique que tu fais tourner et que tu portes sur ton dos ensuite, que je veux avoir.

— Vous voulez mon orgue?

— *Yes*, ton ogre de Berberie.

— Oh! je ne vends pas ça... C'est mon instrument, mon gagne-pain...

— Toi, tu sauras bien trouver un autre *gagne-bread*; je achetais l'ogre le prix que tu voulais... Je payais tout de suite... Tiens, voilà de l'or... *Giv emy* ton grosse musique.

La vue d'une bourse bien garnie lève sur-le-champ les difficultés; le joueur d'orgue se serait vendu lui-même si le riche Anglais l'avait exigé. L'instrument est cédé à lord Boulingrog, qui prie seulement le vendeur de le suivre avec l'orgue jusqu'à son hôtel.

Les maîtres de la maison sont un peu étonnés de voir leur locataire faire apporter un orgue dans son appartement; mais milord les avait déjà habitués à ses singularités, et ils pensèrent que cette nouvelle musique ne durerait pas plus longtemps que le tambour et la clarinette.

Voilà donc l'orgue placé dans la chambre de lord Boulingrog, et tout contre le mur qui touche à la maison voisine. Puis, dès qu'il est levé, l'Anglais court à son nouvel instrument et joue, pendant des heures entières sans s'arrêter, l'ouverture de la *Cordova*, l'ouverture du *Jeune Henri*, et autres morceaux aussi nouveaux qui étaient notés sur l'orgue.

Cette fois notre amoureux croit avoir réussi. Quinze jours s'écoulent, il n'entend plus chanter sa voisine, ce qui lui fait présumer qu'elle préfère l'écouter; il se rend de nouveau chez le concierge invalide. Celui-ci se met à rire dès qu'il aperçoit le gros Anglais.

— Eh bien! mon bon ami, je crois que cette fois je avais trouvé le moyen de lier connaissance avec la belle dame Chika... dit lord Boulingrog d'un air triomphant.

— Dame! je ne sais pas ce que vous avez trouvé, répond le portier en frottant sa jambe de bois; mais tout à l'heure je vous dirai quelque chose...

— Je avais trouvé un instrument dont je jouais très-bien... Est-ce que vous ne me entendez pas toute la journée? C'était moi qui tournais de l'ogre.

— Comment! c'est vous qui jouez de l'orgue depuis le matin jusqu'au soir?

— *Yes*, mon bon ami, et lady Chika avait dû entendre aussi moi avec satisfaction...

— Ah! je crois bien; avec tant de satisfaction, que depuis quatre jours elle a quitté la maison; elle n'y tenait plus; elle disait: Ce misérable joueur d'orgue me rendra sourde! Il n'y a pas moyen d'y tenir... Je voudrais que la peste l'étouffât!... Et autres choses de ce genre... Enfin, comme je vous le disais, elle est partie il y a quatre jours; elle ne veut plus rester à Paris, ni même en France, de peur d'y entendre encore l'orgue, la clarinette et le tambour; elle est allée au Havre, d'où elle doit s'embarquer pour la Guadeloupe... Il paraît qu'elle a des amis dans ce pays-là.

Lord Boulingrog est demeuré stupéfait; pendant dix minutes il ne trouve pas une parole pour exprimer ce qu'il éprouve; au bout de ce temps, il serre fortement le bras du concierge, lui glisse encore une pièce d'or dans la main et s'écrie:

— Elle était partie pour le Havre... vous étais sûr...

— Parfaitement sûr, j'ai porté ses effets à la diligence... Et au cas qu'il lui arrive des lettres, elle doit descendre à l'hôtel de Paris.

— Très-bien! je cours après elle... pour lui demander pardon d'avoir joué de l'ogre et déposer mon cœur à ses pieds.

Le soir même lord Boulingrog partait en poste; le lendemain il était au Havre. Il se rend à l'hôtel qu'on lui a indiqué et demande madame Chika, arrivée de Paris depuis peu de jours.

— Ma foi! vous arrivez à temps, si vous voulez la voir, dit le maître de l'hôtel; cette dame désirait partir pour la Guadeloupe; elle a trouvé un bâtiment qui fait voile aujourd'hui, elle est à bord... mais le bâtiment n'est pas encore parti.

— Ah! *God!*... courons au bâtiment! s'écrie l'Anglais, je voulais suivre partout mon belle dame... J'irai jusqu'à la Guadeloupe s'il le fallait.

Et lord Boulingrog arrive au port, s'informe, paye sur-le-champ son passage, et se trouve enfin sur le bâtiment qui allait emmener l'objet de sa passion. Il demande lady Chika; les matelots se regardent en riant; mais on indique à l'Anglais la chambre de cette dame; il s'y rend, aperçoit une assez belle femme qui a le dos tourné; il court se jeter à ses genoux en lui demandant pardon d'avoir joué de l'orgue, de la clarinette et du tambour; il lui offre sa fortune et sa main... la dame se retourne... l'Anglais pousse un cri et reste pétrifié.

Madame Chika était une vieille négresse.

Quand lord Boulingrog revint de sa stupeur, le bâtiment avait déjà perdu de vue le port; il fallut que le malheureux Anglais fît le voyage de la Guadeloupe pour avoir voulu épouser madame Chika.

Lord Boulingrog jura que ce serait sa dernière aventure galante, et depuis ce temps, en effet, il renonça entièrement au mariage.

PETITS TABLEAUX DE MOEURS,

PAR

PAUL DE KOCK.

QUELQUES VERRES DE LA LANTERNE MAGIQUES

Nous allons messieurs et dames, vous donner une représentation de la lanterne magique, pièce curieuse. Nous tâcherons, autant que possible, varier les tableaux. Si notre manière de vous les expliquer n'est pas toujours élégante, rappelez-vous, messieurs et dames, que c'est le propriétaire de la lanterne qui parle.

Vous voyez premièrement l'intérieur du palais du grand Artaxerxès, roi de Perse; vous le voyez lui-même assis sous un platane et une vigne d'or massif; c'est là-dessous que les anciens rois de ce pays ont l'habitude de prendre le frais. Vous voyez toute sa cour: remarquez comme les Persans ont l'œil vif et comme les Persanes leur sourient avec grâce... surtout celles qui ont de belles dents. Dans un coin, ce seigneur qui tient un placet se fait tout petit pour passer sous les grands; plus loin, cette belle dame est forcée depuis une heure d'entendre les doux propos du chef des eunuques; là-bas un seigneur tâche de ne point bâiller en écoutant les projets d'un favori; plus loin, cet autre reçoit un avis secret par lequel on le prévient qu'il ne tardera pas à être

...trangé ; au fond, des bayadères dansent pour amuser le souverain qui dort. Remarquez la gaîté qui règne dans ce tableau.

Maintenant nous sommes transportés dans les déserts de l'Arabie Pé-trée, qui ressemble à l'Arabie-Heureuse comme un sauvage du Caveau ressemble à un Caraïbe. Apercevez-vous dans le fond du tableau quelque chose de verdâtre?... c'est la mer Rouge, dans laquelle le grand Pharaon se noya avec toute son armée en poursuivant les Juifs qui ne vendaient ni lorgnettes ni chaînes pour les montres. Sur le devant du tableau en un groupe d'Arabes jouant aux dés et aux boules; voyez comme leurs figures sont animées, comme leurs yeux brillent, comme ils portent souvent la main à leur poignard. Quelle différence entre cette partie là et celle du café du Commerce ou du café de la Gaîté!... Mais les Arabes passent pour être grands joueurs, grands voleurs, paresseux et fripons. Du reste, c'est un peuple doux et hospitalier, chez lequel on monte à cheval aussi bien qu'au cirque de MM. Franconi.

Attention, messieurs et dames, nous voici sur la place du Palais-de-Justice, dans la superbe ville de Paris. Remarquez la vérité des détails et la correction du dessin.

Ici, c'est un enfant qui achète du pain d'épice; là, c'est une jeune fille qui tient un pot d'oreilles-d'ours, dont elle vient de faire emplette pour la fête de son cher père; là-bas, une jeune dame recommande sa cause à un jeune avocat; plus loin, ce vieux monsieur en noir, tenant des paperasses sous chaque bras et laissant voir un rouleau dans chaque poche, va, pendant trois ou quatre heures, se promener dans la salle des *Pas-Perdus*, où, depuis trente ans, il passe ses journées à attendre qu'on lui confie une cause. Mais pourquoi tout ce monde, cette foule dans le milieu du tableau?... Ce sont des particuliers *très-connus* qui viennent d'être mis en évidence. Cette jeune fille qui se trouve mal et tombe sur la poêle de cette marchande de friture ambulante, vient de reconnaître son amant, celui qui a quitté son village et ses parents. Ce nouveau-débarqué retrouve là un beau monsieur dont il avait fait la connaissance au Palais-Royal, n° 113, et qui lui avait promis de le pousser dans le monde, tout en lui vidant ses poches au bi-ribi. Mais les gendarmes font ranger la société... passons à un autre tableau.

Ceci est un tournoi donné du temps de Charlemagne. Les belles de ce temps-là aimaient beaucoup à voir leurs chevaliers se battre pour elles; maintenant encore il est des dames qui ne sont pas fâchées d'être la cause d'une affaire au bois de Boulogne; mais elles ne vont plus assister au combat, elles n'ont plus le cœur aussi héroïque que ces belles châtelaines, dont le plus doux plaisir était de voir leur amant se battre à la lance ou à l'épée, à pied ou cheval, et se rouler dans la poussière avec l'insolent qui refusait de proclamer que leur dame était la belle des belles, ce qui ne dépendait que du plus ou du moins de force et d'adresse de chaque chevalier. Voyez sur cette galerie, recouverte de franges et de draperies, toutes les beautés de la cour, les yeux fixés dans la lice, y cherchant celui qui porte leurs couleurs.

Mais déjà les hérauts d'armes ont donné le signal. Les preux, bardés de fer depuis le haut jusqu'en bas, courent dans l'arène, la lance au poing, le bouclier au bras. Vous trouverez, je gage, qu'ils ne sont pas aussi lestes, qu'ils n'ont pas autant de grâce que nos hussards ou nos lanciers; vous préférez peut-être voir les figures nobles et animées de nos braves à ces visières qui cachent les traits des chevaliers d'autre-fois.

Vous n'avez pas de goût, mesdames; ces barres de fer sont infiniment plus chevaleresques que deux beaux yeux et une paire de moustaches qui vous font tourner la tête en un moment; tandis qu'avec leur visière, leur cotte de mailles, leurs brassards, leurs cuissards, leur haubert et leur bouclier, les chevaliers soupiraient cinq ans avant de vous baiser le bout du doigt.

Mais remarquez ce preux aux armes vertes, il a déjà terrassé quatre chevaliers; un seul reste dans la lice et veut lui disputer le prix. Voyez avec quelle fureur ils s'attaquent!... Et cette dame qui les suit... à ces couleurs vous devez deviner que c'est la dame du chevalier vert. Comme elle attend avec anxiété l'issue de ce tournoi qui va la faire proclamer la plus belle!... Vous allez peut-être me dire qu'elle a de petits yeux ronds qui louchent assez fortement, que sa peau n'est pas blanche, que ses dents sont ne...res, son menton trop pointu et son nez trop aplati!... Eh! messieurs, si vous aviez une visière, vous verriez tout cela autrement. Le cheval...er vert triomphe, son adversaire roule dans la poussière, et la dame au nez épaté est proclamée la belle des belles... O le bon temps que celui de la chevalerie!...

Mais sautons du temps de Charlemagne au commencement du dix-neuvième siècle, et d'Aix-la-Chapelle à Paris. Comme cette place est animée!... Que de marchands, de chalands et de charlatans!.... Vous devez reconnaître cette magnifique fontaine qui rafraîchit la vue; c'est la fontaine des *Innocents*, près de laquelle, messieurs, vous avez sans doute passé souvent, car il n'est pas nécessaire d'être innocent pour approcher de la fontaine : si cette condition était de rigueur, nous ne verrions pas autant de monde sur la place.

L'histoire nous apprend que jadis un cimetière occupait cette place, et que ce ne fut qu'après de fréquentes réclamations que ce quartier populeux vit enfin se fermer un réceptacle de miasmes fatal aux habitants du voisinage. Mais des champs nourriciers occupent des places long-temps cachées par les vagues de la mer, tandis que des cités, jadis brillantes, sont maintenant englouties sous les eaux. Persépolis n'existe plus; Babylone n'offre à l'œil qu'un amas de ruines; Carthage est détruite!... Mais Lutèce s'embellit et de nouvelles villes s'élèvent; *les puissances maritimes ont commencé par des barques de pêcheurs ; les plus grands empires par des chaumières !*.... Tout passe et tout se renouvelle! Il n'y a donc rien de surprenant à voir une belle fontaine là où était un cimetière.

Examinons ces personnages : cette dame accompagne sa cuisinière au marché, de crainte que celle-ci ne fasse danser l'anse du panier. Un charlatan s'est établi sur la place; il vend des remèdes pour tous les maux : cet homme-là devrait faire fortune!... Mais il est philanthrope, il veut guérir l'humanité *gratis*, et il ne fait payer que la boîte qui contient le remède. Tandis que ces bonnes gens écoutent le charlatan d'un air hébété, voyez cette jeune fille qui s'éloigne de la foule et se promène seule autour de la fontaine. A son air préoccupé, vous devinez qu'elle attend quelqu'un. Elle se retourne souvent avec impatience. Il s'agit sans doute d'un tendre rendez-vous. Les petites filles du quartier choisissent, pour les donner, la fontaine autour de laquelle on peut se promener sans que cela soit remarqué.

Celui que l'on attend paraît enfin... On marche d'un air indifférent. On se lance un regard; on se comprend; on s'éloigne, chacun par un chemin différent.. mais on se retrouve un peu plus loin. Alors on se rapproche; le bras est pris, serré tendrement; on se met en route, mais ce n'est plus pour aller à la fontaine des *Innocents*.

Approchons un peu de ces dames à éventaires, nommées communément dames de la Halle. Vous devez en apercevoir deux qui causent avec chaleur. Prêtez l'oreille, messieurs et dames, ma lanterne a aussi le pouvoir de faire parler les personnages qu'elle vous montre.

— Vous voilà, ma commère!... Eh! mon Dieu! il y a z'un siècle que je ne vous ai vue!... Qu'avez-vous donc fait hier au soir? — Ah! ma chère, j'en ai long à vous conter : figurez-vous que M. Camus m'a menée z'au spectacle, à l'*Odéome*, rien que ça!... Parce qu'à c'te heure on y chante la tragédie, et M. Camus, amateur, retient toujours des petits refrains pour chanter z'au dessert. Mais ça m'a fait mal! c'était si triste!... J'en pleurais encore ce matin en habillant Fanfan.

— Et moi, donc! ma chère, est-ce que M. Détail ne m'a pas menée voir ce scélérat de *Cardillac*!... ce bijoutier de l'Ambigu-Comique!... Un gueux, ma chère, qui assassine ses pratiques avec la meilleure figure et un air de probité, que vous lui donneriez votre boutique à crédit!...

— Moi, j'ai vu *Andormaque* de M. Racine. — Quoi! M. Racine, not' voisin l'*herborisse*? — Eh! non, ma chère, c'est z'un auteur grec, à ce que m'a dit M. Camus. Figurez-vous que c'te pauvre Andormaque est une veuve dont le mari est mort à l'armée, en lui laissant un enfant sur les bras. Mais c'est égal, elle ne manque pas d'épouseurs!... Il y a d'abord un M. *Pirusse*, qui a de quoi, et qui en veut absolument, et puis un autre sournois, M. *Zoreste*, qui ne demande qu'à se charger du petit pour l'envoyer à l'enseignement mutuel. Mais la veuve parle toujours du défunt, sur quoi je disais à M. Camus : Il paraît que son *Zector* était un bien bel homme. Malgré ça, la veuve commençait à s'attendrir et à écouter M. Pirusse, qui a vraiment l'air d'un honnête garçon, et tout aurait été au mieux, malgré les propos d'une grande femme qu'est bien la plus mauvaise langue de l'endroit, lorsque ce vilain *Zoreste* s'est laissé étourdir par les promesses de cette vipère dont je n'ai jamais pu retenir le nom, et a été donner un mauvais coup à M. Pirusse. Vous entendez bien que l'on n'a plus fait de noce... Mais le bon Dieu a puni le coquin : comme il venait se vanter d'avoir rossé Pirusse, v'là qu'il lui a pris une colique et des attaques de nerfs, si bien qu'il se débattait comme un possédé!... Tous ces imbéciles qui l'entouraient ne lui donnaient pas seulement un verre d'eau! Quand j'ai vu ça, j'ai crié : Un médecin!... Un médecin, donc!... Vous voyez ben que c't'homme n'en peut plus! Alors la toile est tombée, et M. Camus m'a emmenée pendant qu'on riait autour de moi. J'ai dit à ceux qui m'entouraient : Vous êtes des rochers, des âmes insensibles! Et je me suis couchée le cœur gros. Je ne veux plus m'amuser comme cela! C'est des bêtises.

— Et moi, je n'ose plus descendre à la cave; je crois voir partout des trappes, des cachots, des figures qui tournent. Ce vilain bijoutier m'a toute bouleversée!... C'est au point, ma chère, que je ne peux plus me décider à m'aller faire percer les oreilles!

Mais c'est assez nous arrêter à la fontaine des Innocents; à une prochaine représentation, nous offrirons d'autres tableaux.

L'HOMME QU'ON AIME,
ET L'HOMME QU'ON N'AIME PAS.

L'homme qu'on aime est celui auquel on pense constamment, que l'on désire sans cesse, que l'on ne quitte qu'avec peine, que l'on retrouve toujours avec plaisir. On ne se lasse point de l'entendre; les moindres choses ont du charmes, dites par lui; il plaît et l'on trouve bien tout ce qu'il fait. On est de son avis; de son goût; on a point d'autres désirs que les siens.

L'homme qu'on n'aime pas fatigue, obsède; on est de mauvaise humeur dès qu'on le voit, il n'y a qu'un instant qu'on est avec lui, et déjà il semble qu'il y ait un siècle. On lui répond à peine, il ennuie, et on ne cherche pas à le lui cacher. Les plus jolies choses, dans sa bouche, paraissent fades ou absurdes; on trouve mal tout ce qu'il fait, on n'est jamais de son avis, on n'a aucun de ses goûts.

Que l'homme qu'on aime soit infidèle, on le lui pardonne. Que l'homme qu'on n'aime pas soit constant, on ne lui en sait aucun gré.

L'homme qu'on aime peut se fâcher, bouder, quereller, le cœur l'excuse sans cesse ou va au-devant de la réconciliation. L'homme qu'on n'aime pas cherche en vain à être agréable; qu'il soit attentif, complaisant, aux petits soins, on n'y fera point attention.

A la promenade, on s'appuie sur le bras de l'homme qu'on aime, on lui sourit tendrement, on cherche ses regards; alors on ne sent pas la fatigue, le chemin paraît court; et, s'il ne dit rien, le silence près de lui devient une douce rêverie. Se promène-t-on avec l'homme qu'on n'aime pas, on passe à peine son bras sous le sien; on craint de le toucher, de s'appuyer sur lui, d'établir le moindre contact avec sa personne. On ne le regarde jamais. On marche sans causer, ou on ne lui répond que par monosyllabes; le chemin paraît éternel.

Pour l'homme qu'on aime, on fait tous les sacrifices. A l'homme qu'on n'aime pas, on ne tient aucun compte de ceux qu'il a faits.

On ferme les yeux sur les défauts de l'homme qu'on aime; on ne veut pas voir les qualités de l'homme qu'on n'aime pas.

Souvent cependant on n'est pas aimée de l'homme qu'on aime, et l'on est tendrement chérie de l'homme qu'on n'aime pas.

LA FORTUNE DU POT.

— Venez donc manger ma soupe, me disait souvent un monsieur que je connais à peine, et avec lequel je ne désire pas me lier davantage. Vous verrez ma famille, ma femme, mes enfants; vous serez reçu sans façon, sans cérémonie; vous mangerez la fortune du pot; mais vous nous ferez le plus grand plaisir. Ce n'est qu'à un ami intime que l'on doit se permettre d'offrir la fortune du pot; mais les amis sont si rares, et les bons dîners si communs, que cette fortune-là serait bien agréable à partager, si l'on était sûr de n'être entouré que de bonnes gens, de vrais amis, vous recevant pour le seul plaisir de vous posséder, et non pour quelque motif d'intérêt, comme il s'en glisse toujours dans les invitations.

Près d'un camarade de collège, que les changements de fortune n'ont point rendu notre ennemi, ou qui n'est point envieux de notre bonheur; à côté d'une jeune mère de famille, aimable sans prétention, belle sans coquetterie, le dîner le plus simple serait véritablement une bonne fortune.

J'avais toujours éludé les invitations de cet ami que je ne connais pas, lorsque hier il me rencontra vers cinq heures du soir. Il court à moi, me saisit par le bras, m'arrête : — Où allez-vous? s'écrie-t-il. — Dîner, lui dis-je sans penser à rien. — Dîner?... Oh! cette fois je vous tiens bien, et vous viendrez chez moi.

Je veux en vain prétexter une invitation; mon homme ne me lâche pas. Une plus longue résistance eût été ridicule. Je cède, et je prends mon parti en me disant tout bas : — Je serai peut-être surpris agréablement; ce monsieur n'est qu'un bavard, mais sa femme peut être aimable, ses enfants bien élevés et sa cuisine bonne.

Nous arrivons chez mon amphitryon. Nous montons à un troisième étage. Avant d'être devant la porte, j'entends les cris de plusieurs enfants qui semblent se battre et pleurer. — Oh! oh! dit mon compagnon, mes petits gaillards ont faim; ils m'attendent avec impatience. Je me dis en moi-même : — Si les petits gaillards font ce train-là pendant tout le dîner, ce sera bien gentil!

Nous sonnons; une grande femme sèche et jaune vient ouvrir la porte et fait un mouvement de surprise en me voyant.

— Ma chère amie, dit mon introducteur, je t'amène M. ***, dont je t'ai souvent parlé; il veut bien dîner avec nous sans façon.

La figure déjà fort longue de la grande dame s'allonge encore au discours de son mari, et elle me fait un salut que je puis prendre pour une grimace. Il n'y a rien de plus désagréable que de voir que l'on gêne des gens chez lesquels on va malgré soi. Je voudrais être à cent lieues; mais mon ami, qui ne me connaît pas, me pousse dans une autre pièce pour que j'admire la commodité de son logement, et que je n'entende pas murmurer sa femme.

J'entre avec beaucoup de peine dans une pièce où les deux petits gaillards ont tout mis sens dessus dessous. Le parquet est couvert de joujoux, de papiers, d'images, de petits ménages; il n'y a pas une chaise de libre. — Quel bonheur d'être père de famille! me dit mon homme en tâchant de me trouver un siège. — Oui, dis-je, ce doit être charmant, d'après ce que je vois. — Holà, Alcide... Achille... venez ici, messieurs... — Qu'est-ce que c'est, papa? — Venez, vous dis-je.

Les petits garçons ne venaient pas. Le papa va les prendre par l'oreille en me disant : — Ils sont très-obéissants. Eh bien! Alcide, as-tu bien appris ta leçon? Voyons ta fable.

Le petit bonhomme... marmotte en pleurant :

— La fourmi ayant chanté tout l'été... tenait dans son fromage... — C'est très-bien, dit le papa. A ton tour, Achille, c'est un espiègle, celui-là... Voyons, mon gaillard, quelle est la première merveille du monde? — C'est un pâté, répond le petit décidé. — Eh bien, vous ne vous attendiez pas à cette réponse! le petit drôle a de l'esprit comme un démon!... Je le mettrai à l'administration des postes.

Enfin la grande dame nous crie que le dîner est servi. — Allons nous mettre à table, dit mon hôte, et il me fait asseoir entre lui et M. Alcide, parce que madame est obligée de se lever à chaque instant pour le service, sa bonne étant justement malade; nous savons ce que cela veut dire. — Si mon mari m'avait prévenue, dit la dame d'un air demi-agréable, j'aurais fait quelque chose pour monsieur; mais il me joue sans cesse de ces tours-là! — Madame, dis-je, j'aurais été bien fâché de vous causer du dérangement. — Sans doute! mon ami, vieux façon... La fortune du pot et le tableau du bonheur, voilà tout ce qu'il y aura.

Le tableau du bonheur se composait d'un mauvais potage au riz, flanqué de radis et de beurre de Bretagne; et pour ajouter à ma satisfaction, M. Alcide jetait à chaque minute des boulettes sur mon assiette, et M. Achille me donnait des coups de pied par-dessous la table.

— Buvons, me dit mon hôte, c'est du vin du cru. Hélas! je ne m'en aperçus que trop!... Quel cru, grand Dieu!... Il aurait fait rebrousser chemin aux moutons de Panurge. Après le potage paraît un morceau de bœuf réchauffé, et dans lequel mes yeux cherchaient en vain une apparence de graisse. Il me fallut cependant en accepter un morceau que j'aurais voulu conserver précieusement pour mettre l'hiver dans mes bottes. Après le bœuf, la dame de la maison nous présente d'un air fier un grand plat où je ne vois que de la sauce. A cette vue, les petits gaillards, qui probablement ne voyaient d'ordinaire que le bouilli, se mettent à sauter et à jeter leurs fourchettes en l'air; l'une me tombe sur le nez, et ma cravate en porte les marques. — Vous allez me dire des nouvelles de cette fricassée de poulet, me dit mon voisin en me servant. Ah! c'est que ma femme fait joliment la cuisine!...

Il m'avait heureusement prévenu que c'était du poulet, car, ne trouvant que des pattes et des ognons, j'aurais été fort embarrassé pour deviner ce que je mangeais. Mais M. Alcide, en voulant voler un petit os à son frère, fait tomber la carafe, qui roule et se brise sur ma culotte. La maman, au lieu de s'occuper de moi, ne songe qu'à la perte de sa carafe. Elle court sur les petits pour les battre; les deux enfants se sauvent derrière une porte, la mère les poursuit avec une canne; le papa se lève pour retenir sa femme; je reste seul à table... J'avais bien envie de me sauver aussi!

Enfin mon ami revient et me dit : — Prenez-vous quelquefois du café?... Il n'y en a pas de prêt, mais j'ai une cafetière pour en faire sans ébullition, et avec de l'eau chaude... — Merci, dis-je, je n'en prends jamais; d'ailleurs, j'ai beaucoup dîné... et j'ai besoin de prendre l'air... je suis forcé de vous quitter... — Au revoir donc. Maintenant que vous connaissez le chemin, j'espère que vous viendrez quelquefois manger la fortune du pot. — Oui, certes, je connais le chemin et je ne l'oublierai pas!... non plus que le tableau du bonheur que vous m'avez fait voir.

Je prends mon chapeau et je cours encore.

LE BONHEUR DES PAUVRES GENS.

Après une journée de travail, de fatigues, être certains qu'ils auront de l'ouvrage pour la semaine suivante, c'est le bonheur des pauvres gens.

Pour eux point de plaisir coûteux, point de spectacles, de guinguettes, de parties de campagne. Mais il est, pour le cœur, pour l'âme, des jouissances plus vraies, plus douces, et qui ne coûtent rien : embrasser sa femme, soutenir la marche d'un père ou d'une mère infirmes, faire sauter ses enfants sur ses genoux, voilà le plaisir des pauvres gens.

Le capitaliste est inquiet des mouvements de la bourse, l'armateur redoute les tempêtes; le commerçant fait des spéculations hasardeuses; le marchand qui n'a point vendu voit arriver avec effroi une époque de payement, un autre tremble pour ses créances; le commis craint les réformes, le propriétaire les incendies, le richard les voleurs. Ne connaître aucune de ces craintes, c'est encore le bonheur des pauvres gens.

Le gastronome est souvent malade des suites de son intempérance; l'Anglais, cloué dans son fauteuil, jure après la goutte qu'il a gagnée à force de toasts; ce jeune fat a la migraine pour avoir bu un demi verre de champagne; ce gros chansonnier est au régime par suite d'un grand dîner. Mais le travail et la sobriété entretiennent la santé, et avec elle on a la gaieté : c'est le bonheur des pauvres gens.

Si parfois des désirs ambitieux se glissent dans leur âme ils en sortent aussitôt, parce que l'oisiveté n'est pas venue avec eux. L'habitude du travail leur en fait un plaisir, celle de se contenter de peu leur fait mépriser les biens qu'ils n'ont pas, ils rougissent d'avoir pu un moment porter envie aux riches, et retournent dans leur famille en chantant une chansonnette, comme le sage, après avoir visité le palais des rois, se retrouve avec plaisir dans sa modeste demeure.

Paris. — Imp. Vᵉ P. Larousse et Cⁱᵉ, 19, rue Montparnasse. — Jules Rouff et Cⁱᵉ, Éditeurs.

www.ingramcontent.com/pod-product-compliance
Ingram Content Group UK Ltd.
Pitfield, Milton Keynes, MK11 3LW, UK
UKHW022345070726
13614UKWH00003B/1140